dtv

»Ich, ausgetauscht gegen mich, bin Jahr für Jahr dabeigewesen.« Die verschiedenen Menschen, denen Günter Grass hier seine Stimme leiht, sind Männer und Frauen aus allen Schichten, alte und junge, linke und rechte, konservative und fortschrittliche. Sie gehören nicht zu denen, die Geschichte machen, sondern zu denen, die als Zeugen Geschichte erleben und erleiden. In den ernsten und komischen, heiteren und auch tragischen Begebenheiten, die sie erzählen, spiegeln sich die großen historischen Ereignisse des 20. Jahrhunderts wider: technische Errungenschaften und wissenschaftliche Entdeckungen, sportliche und kulturelle Leistungen, Größenwahn, Verfolgung und Mord, Kriege und Katastrophen, Fanatismus und hoffnungsvolle neue Aufbrüche. »Ein in seinem Facettenreichtum einzigartiger Versuch, dem zerrissenen Jahrhundert gerecht zu werden.« (Volker Isfort in der Münchner ›Abendzeitung‹)

Günter Grass wurde am 16. Oktober 1927 in Danzig geboren, absolvierte nach der Entlassung aus amerikanischer Kriegsgefangenschaft eine Steinmetzlehre, studierte Grafik und Bildhauerei in Düsseldorf und Berlin. 1956 erschien der erste Gedichtband mit Zeichnungen, 1959 der erste Roman, ›Die Blechtrommel‹. 1999 wurde ihm der Nobelpreis für Literatur verliehen. Grass lebt in der Nähe von Lübeck.

Günter Grass

Mein Jahrhundert

Deutscher Taschenbuch Verlag

Ungekürzte Ausgabe
Mai 2001
3. Auflage Mai 2002
Deutscher Taschenbuch Verlag GmbH & Co. KG,
München
www.dtv.de

Der vorliegende Band entspricht der von Volker Neuhaus
und Daniela Hermes herausgegebenen Werkausgabe,
Göttingen 1999: Band 17, herausgegeben von Volker Neuhaus
Umschlagkonzept: Balk & Brumshagen
Umschlagbild: Günter Grass
Satz: Steidl, Göttingen
Gesetzt aus der Baskerville Book
Druck und Bindung: Druckerei C. H. Beck, Nördlingen
Gedruckt auf säurefreiem, chlorfrei gebleichtem Papier
Printed in Germany · ISBN 3-423-12880-1

In Erinnerung an Jakob Suhl

1900

Ich, ausgetauscht gegen mich, bin Jahr für Jahr dabeigewesen. Nicht immer in vorderster Linie, denn da alleweil Krieg war, zog sich unsereins gerne in die Etappe zurück. Anfangs jedoch, als es gegen die Chinesen ging und unser Bataillon in Bremerhaven aufmarschierte, stand ich zuvorderst im mittleren Block. Freiwillig waren fast alle, aber aus Straubing hatte einzig ich mich gemeldet, obgleich seit kurzem mit Resi, meiner Therese, verlobt.

Wir hatten zwecks Einschiffung den Überseebau des Norddeutschen Lloyd im Rücken und die Sonne im Gesicht. Vor uns auf hohem Podest sprach der Kaiser recht forsch über uns weg. Gegen die Sonne schützten neue breitkrempige Hüte, Südwester genannt. Schmuck sah unsereins aus. Der Kaiser jedoch trug einen Spezialhelm, drauf der auf blauem Grund schimmernde Adler. Er sprach von großen Aufgaben, vom grausamen Feind. Seine Rede riß mit. Er sagte: »Kommt ihr an, so wißt: Pardon wird nicht gegeben, Gefangene werden nicht gemacht ...« Dann erzählte er vom König Etzel und dessen Hunnenhorden. Die Hunnen belobigte er, wenngleich sie recht grausig gehaust hätten. Weshalb die Sozis später freche Hunnenbriefe gedruckt und über des Kaisers Hunnenrede gottserbärmlich gelästert haben. Zum Schluß gab er uns Order für China: »Öffnet der

Kultur den Weg ein für allemal!« Wir riefen ein dreimaliges Hurra.

Für mich, der aus dem Niederbayerischen kommt, verlief die lange Seereise saumäßig. Als wir endlich in Tientsin ankamen, waren alle schon da: Briten, Amerikaner, der Russe, sogar richtige Japaner und Trüppchen aus kleinen Ländern. Die Briten waren eigentlich Inder. Wir zählten anfangs nur wenige, verfügten aber zum Glück über die neuen 5-cm-Schnellfeuerkanonen von Krupp. Und die Amerikaner erprobten ihre Maxim-Maschinengewehre, ein wahres Teufelszeug. So war Peking schnell erstürmt. Denn als unsere Kompanie einmarschierte, schien alles vorbei zu sein, was bedauerlich war. Dennoch gaben einige Boxer keine Ruh. Die wurden so genannt, weil sie insgeheim eine Gesellschaft waren, die »Tatauhuei« oder in unserer Sprache »die mit der Faust Kämpfenden« heißt. Deshalb redete zuerst der Engländer, dann ein jeglicher vom Boxeraufstand. Die Boxer haßten Ausländer, weil diese den Chinesen allerlei Zeug, die Briten besonders gerne Opium verkauften. Und so kam es, wie der Kaiser befohlen hatte: Gefangene wurden nicht gemacht.

Der Ordnung halber hat man die Boxer auf dem Platz am Chienmentor, direkt vor der Mauer, welche die Mandschustadt vom gewöhnlichen Teil Pekings trennt, zusammengetrieben. Ihre Zöpfe waren aneinandergebunden, was komisch aussah. Dann wurden sie in Gruppen erschossen oder einzeln geköpft. Doch über das Grausige hab ich meiner Verlobten kein Sterbenswörtchen geschrieben, nur über hundertjährige Eier und Dampfknödeln auf chinesische Art. Die Briten und wir Deutsche machten am liebsten mit dem Gewehr kurzen Prozeß, während der Japaner beim Enthaupten seiner altehrwürdigen Tradition folgte. Aber die Boxer zogen es vor, erschossen zu werden, weil sie Furcht hatten, alsbald mit dem Kopf unterm Arm in der Hölle herumlaufen zu müssen. Sonst hatten sie keine Angst. Ich sah jemand, der noch gierig, bevor er erschossen wurde, einen in Sirup getunkten Reiskuchen aß.

Auf dem Platz Chienmen wehte ein Wind, welcher von der Wüste kam und immerfort gelbe Staubwolken aufwirbelte. Alles war gelb, auch wir. Das habe ich meiner Verlobten geschrieben und ihr ein wenig Wüstensand in den Brief getan. Weil aber die japanischen Scharfrichter den Boxern, die ganz junge Burschen waren wie wir, den Nackenzopf abschnitten, um zu einem sauberen Hieb zu kommen, lagen auf dem Platz oft Häuflein abgeschnittener Chinesenzöpfe im Staub. Einen hab ich mitgenommen und als Andenken nach Hause geschickt. Zurück in der Heimat trug ich ihn dann zur allgemeinen Gaudi beim Fasching, bis meine Verlobte das Mitbringsel verbrannt hat. »Sowas bringt Spuk ins Haus«, sagte Resi zwei Tage vor unserer Hochzeit.

Aber das ist schon eine andere Geschichte.

1901

Wer sucht, der findet. Ich habe schon immer im Trödel gekramt. Am Chamissoplatz, und zwar bei einem Händler, der mit schwarzweißem Ladenschild Antiquitäten versprach, doch zwischen dessen Ramsch sich wertvolle Stücke nur tief verborgen fanden, wohl aber Kuriositäten meine Neugierde weckten, entdeckte ich gegen Ende der fünfziger Jahre drei mit einem Bindfaden verschnürte Ansichtskarten, deren Motive als Moschee, Grabkirche und Klagemauer matt schimmerten. Im Januar fünfundvierzig in Jerusalem gestempelt, waren sie an einen gewissen Doktor Benn mit Adresse in Berlin gerichtet, doch war es der Post während der letzten Kriegsmonate nicht gelungen, den Adressaten – was ein Stempel beglaubigte – zwischen den Trümmern der Stadt ausfindig zu machen. Ein Glück, daß ihnen Kurtchen Mühlenhaupts Fundgrube im Bezirk Kreuzberg Zuflucht gewährt hatte.

Der von Strichmännchen und Kometenschweifen durchwebte Text, fortlaufend über alle drei Karten, war nur mühsam zu entziffern und las sich so: »Wie doch die Zeit kopfsteht! Heute, am allerersten März, da das grad erblühte Jahrhundert steifbeinig mit einer Eins prangt und Du, mein Barbar und Tiger, in fernen Dschungeln gierig nach Fleisch bist, nahm mich mein Vater Schüler bei seiner Eulenspiegelhand, um mit mir und meinem gläsernen Herzen die Schwebebahn von Barmen nach Elberfeld zur jungfräulichen Fahrt zu besteigen. Über die schwarze Wupper hinweg! Ein stahlharter Drachen ist es, der tausendfüßig sich windet und wendet über dem Fluß, den die bibelfrommen Färber gegen wenig Lohn mit den Abwässern ihrer Tinten schwärzen. Und immerfort fliegt mit tosendem Getön das Bahnschiff durch die Lüfte, während auf schweren Ringfüßen der Drache schreitet. Ach, könntest doch Du, mein Giselher, an dessen süßem Mund ich soviel Seligkeiten durchbebte, mit mir, Deiner Sulamit – oder soll ich Jussuf der Prinz sein? –, so über den Totenfluß Styx, der die andere Wupper ist, hinschweben, bis wir im Sturz verjüngt vereint verglühn. Aber nein, ich bin ja gerettet auf heiliger Erde und lebe ganz dem Messias versprochen, während Du verloren bleibst, mir abtrünnig geworden, hartgesichtiger Verräter, Barbar, der Du bist. Wehgeschrei! Siehst Du den schwarzen Schwan auf schwarzer Wupper? Hörst Du mein Lied, klagend gestimmt auf blauem Klavier? – Doch nun müssen wir aussteigen, sagt Vater Schüler zu seiner Else. Auf Erden war ich ihm zumeist ein folgsames Kind ...«

Nun ist zwar bekannt, daß Else Schüler am Tag, als die erste, viereinhalb Kilometer lange Teilstrecke der Wuppertaler Schwebebahn festlich für den öffentlichen Verkehr freigegeben wurde, kein Kind, vielmehr gut dreißig Jahre alt, mit Berthold Lasker verheiratet und seit zwei Jahren Mutter eines Sohnes war, aber das Alter ist ihren Wünschen jederzeit gefügig gewesen, weshalb die drei Lebenszeichen aus Jerusalem, adressiert an Doktor Benn, frankiert und abgeschickt kurz vor ihrem Tod, ohnehin alles besser wußten.

Ich feilschte nicht lange, zahlte für die wiederum verschnürten Karten einen Liebhaberpreis, und Kurtchen Mühlenhaupt, dessen Trödel schon immer besonders war, zwinkerte mir zu.

1902

So etwas wurde in Lübeck zum kleinen Ereignis, als sich der Gymnasiast in mir eigens für Promenaden zum Mühlentor oder den Ufern der Trave entlang seinen ersten Strohhut kaufte. Keinen weichen Filz, keine Melone, einen flachen, butterblumengelb prahlenden Strohhut, der, neuerdings in Mode, entweder vornehm »Canotier« oder volkstümlich »Kreissäge« genannt wurde. Auch Damen trugen bändergeschmückte Strohhüte, schnürten sich aber gleichwohl und noch lange ins fischbeingestützte Korsett; nur wenige wagten es, sich etwa vorm Katharineum, uns Primaner zum Spotte reizend, im luftdurchlässigen Reformkleid zu zeigen.

Damals war vieles neu. Zum Beispiel brachte die Reichspost reichseinheitliche Briefmarken in Umlauf, drauf die Germania metallbusig im Profil. Und weil allerorts Fortschritt verkündet wurde, zeigten sich viele Strohhutträger neugierig auf die kommende Zeit. Meiner hat manches erlebt. Ich schob ihn in den Nacken, als ich den ersten Zeppelin bestaunte. Im Café Niederegger legte ich ihn zu den druckfrischen und den Bürgersinn heftig aufreizenden »Buddenbrooks«. Dann führte ich ihn als Student durch Hagenbecks Tierpark, der jüngst eröffnet worden war, und sah, so uniform behütet, Affen und Kamele im Freigehege, wie mich hochmütig Kamele und Affen begehrlich mit Strohhut sahen.

Vertauscht auf dem Paukboden, vergessen im Alsterpavillon. Einige litten wiederholt unter Prüfungsschweiß. Mal um Mal war ein neuer Strohhut fällig, den ich schwungvoll oder nur lässig vor Damen zog. Bald schob ich ihn mir seitlich schräg zurecht, wie ihn Buster Keaton im Stummfilm trug, nur daß mich nichts todtraurig stimmte, sondern jeglicher Anlaß zum Lachen brachte, so daß mir in Göttingen, wo ich nach zweitem Examen als Brillenträger die Universität verließ, eher Harold Lloyd glich, der in späteren Jahren turmhoch zappelnd mit Strohhut und filmgerecht komisch am Uhrzeiger hing.

Wieder in Hamburg war ich einer der vielen Strohhutmänner, die sich bei der Einweihung des Elbtunnels drängten. Vom Handelskontor zur Speicherstadt, vom Gericht zur Anwaltskanzlei eilten wir mit unseren Kreissägen und schwenkten sie, als der Welt größtes Schiff, der Nordatlantik-Schnelldampfer »Imperator«, zur Jungfernfahrt den Hafen verließ.

Oft genug fand sich Gelegenheit zum Hüteschwenken. Und dann, als ich mich mit einer Pfarrerstochter am Arm, die später einen Tierarzt ehelichte, am Elbufer bei Blankenese erging – weiß nicht mehr, ob im Frühling oder Herbst –, entführte ein Windstoß meinen leichtgewichtigen Kopfputz. Er rollte, segelte. Ich lief ihm nach, vergeblich. Ich sah ihn flußabwärts treiben, war untröstlich, sosehr Elisabeth, der zeitweilig meine Liebe galt, um mich bemüht blieb.

Erst als Referendar, dann als Assessor leistete ich mir Strohhüte besserer Qualität, solche mit Prägung der Hutmacherfirma im Schweißband. Sie blieben in Mode, bis vieltausend Strohhutmänner in Klein- und Großstädten – ich in Schwerin beim Kammergericht – um jeweils einen Gendarmen versammelt standen, der uns auf offener Straße und im Namen Seiner Majestät an einem Spätsommertag, vom Blatt lesend, den Kriegszustand verkündete. Da warfen viele ihre Kreissägen in die Luft, erlebten sich vom öden Zivilleben befreit und tauschten freiwillig – nicht wenige endgültig – ihre butterblumengelb leuchtenden Strohhüte gegen feldgraue Helme ein, Pickelhauben genannt.

1903

Auf Pfingsten begann kurz nach halb fünf das Finale. Wir Leipziger hatten den Nachtzug genommen: unsere Elf, drei Ersatzspieler, der Mannschaftstrainer, zwei Herren vom Vorstand. Von wegen Schlafwagen! Klar, daß alle, auch ich, dritter Klasse fuhren, hatten wir doch die Penunzen für die Fahrt mühsam zusammenkratzen müssen. Unsere Jungs jedoch haben sich klaglos auf den harten Bänken langgelegt, und mir wurde bis kurz vor Uelzen ein wahres Schnarchkonzert geboten.

So liefen wir in Altona zwar ziemlich gerädert, aber dennoch frischgemut auf. Wie anderswo üblich, empfing uns auch hier ein ordinärer Exerzierplatz, den sogar ein kiesgestreuter Weg kreuzte. Da half kein Protest. Herr Behr, der Unparteiische vom Altonaer FC 93, hatte das sandige, aber sonst tadellos ebene Spielfeld bereits mit einem Tau umzäunt und die Strafräume sowie die Mittellinie eigenhändig mit Sägespänen markiert.

Daß unsere Gegner, die Jungs aus Prag, hatten anreisen dürfen, verdankten sie nur den schusseligen Herren vom Vorstand des Karlsruher FV, die auf einen üblen Trick reingefallen, an ein irreführendes Telegramm geglaubt und deshalb nicht mit ihrer Mannschaft zur Vorrunde nach Sachsen gereist waren. Also schickte der Deutsche Fußballbund kurzentschlossen den DFC Prag ins Endspiel. War übrigens das erste, das stattfand, und zwar bei schönstem Wetter, so daß Herr Behr von den rund zweitausend Zuschauern ein hübsches Sümmchen Eintrittsgeld abkassieren konnte, in eine Blechschüssel hinein. Dennoch reichten die knapp fünfhundert Mark nicht, alle Kosten zu decken.

Gleich zu Beginn eine Panne: vorm Anpfiff fehlte der Ball. Prompt protestierten die Prager. Doch die Zuschauer haben mehr gelacht als geschimpft. Entsprechend groß war der Jubel, als endlich das Leder auf der Mittellinie lag und unser Gegner mit Wind und Sonne im Rücken den Anstoß hatte. Waren auch bald vor unserem Tor, gaben von links eine Flanke rein, und nur knapp konnte Raydt, unser baumlanger Schlußmann, Leipzig vor einem frühen Rückstand retten. Nun hielten wir gegen, doch die Pässe von rechts kamen zu scharf. Dann aber gelang den Pragern aus dem Gedränge vor unserem Strafraum ein Goal, das wir erst nach einer Reihe heftiger Angriffe gegen Prag, das mit Pick einen zuverlässigen Torhüter hatte, vor der Halftime ausgleichen konnten.

Nach dem Seitenwechsel waren wir nicht mehr zu halten. In knapp fünf Minuten gelang es Stany und Riso dreimal einzusenden, nachdem Friedrich unseren zweiten Punkt und Stany noch vor dem Torsegen sein erstes Goal erzielt hatte. Zwar konnten die Prager nach einem Fehlpaß von uns noch einmal scoren, nun aber – wie gesagt – ging die Post ab, und der Jubel war groß. Selbst der tüchtige Mittelläufer Robitsek, der allerdings Stany schwer foulte, konnte unsere Männer nicht stoppen. Nachdem Herr Behr den unfairen Robi verwarnt hatte, holte Riso kurz vor Abpfiff den siebten Punkt.

Die Prager – vorher so hoch gelobt – enttäuschten ziemlich, besonders die Stürmerreihe. Zu viele Rückpässe, zu lasch im Strafraum. Später hieß es, Stany und Riso seien die Helden des Tages gewesen. Aber das stimmt nicht. Die ganze Elf kämpfte wie ein Mann, wenngleich Bruno Stanischewski, der bei uns nur Stany hieß, schon damals zu erkennen gab, was die Feldspieler polnischer Herkunft im Verlauf der Jahre für den deutschen Fußball geleistet haben. Da ich bei uns im Vorstand noch lange aktiv war, die letzten Jahre als Kassenwart, und häufig bei Auswärtsspielen dabeigewesen bin, auch noch Fritz Szepan und seinen Schwager Ernst Kuzorra, also den Schalker Kreisel, Schalkes große Triumphe erlebt habe, kann ich getrost sagen: Von der Altonaer Meisterschaft an ging es mit dem deutschen Fußball nur noch bergauf, nicht zuletzt dank der Spielfreude und Torgefährlichkeit eingedeutschter Polen.

Zurück nach Altona: Es war ein gutes, wenn auch kein großes Spiel. Aber schon damals, als der VfB Leipzig klar und unbestritten als deutscher Meister galt, war manch ein Journalist versucht, sein Süppchen in der Legendenküche zu wärmen. Jedenfalls hat sich das Gerücht, die Prager hätten in der Vornacht auf Sankt Paulis Reeperbahn mit Weibern rumgesumpft und wären deshalb, besonders in der zweiten Halbzeit, so flau im Angriff gewesen, als Ausrede erwiesen. Eigenhändig hat mir der Unparteiische, Herr Behr, geschrieben: »Die Besseren haben gesiegt!«

1904

Bei uns in Herne ging datt schon kurz vor Weihnacht los ...«

»Datt sin dem Hugo Stinnes seine Zechen ...«

»Aber datt Wagennullen gibs auch woanners, beim Harpener Bergbau, wenn der ihre Wagen nich ganz voll sin oder bißken unreine Kohle zwischen ...«

»Da gibs nochen Strafgeld drauf ...«

»Gewiß, Herr Bergrat. Aber mit ein Grund für den Streik der ansonsten friedfertigen Bergleute mag wohl die im ganzen Revier verbreitete und von den Grubenverwaltungen verharmloste Wurmkrankheit sein, von der ein Fünftel aller Knappen ...«

»Wenne mich frags, denn sin von datt Gewürm sogar die Grubenpferde befallen ...«

»Ach watt, datt waren die Polacken, die datt Dingens eingeschleppt ham ...«

»Aber streiken tun alle, auch die polnischen Bergleute, die ja, wie Sie wissen, Herr Bergrat, sonst leicht zu beruhigen sind ...«

»Mit Schnaps!«

»Son Kappes! Am Saufen sin die hier alle ...«

»Jedenfalls beruft sich die Streikleitung auf das Berliner Friedensprotokoll von neunundachtzig, also auf die achtstündige Normalschicht ...«

»Gibts nirgendwo! Überall werden die Seilfahrten verlängert ...«

»Bei uns in Herne sin wir an die zehn Stunden unter Tage ...«

»Aber wenne mich frags, isset datt Wagennullen, datt inne lezze Zeit immer mehr am Zunehmen is ...«

»Jetzt werden schon über sechzig Schächte bestreikt ...«

»Außerdem gibs wieder mal schwarze Listen ...«

»Und in Wesel steht das Infanterieregiment 57 auf Abruf schon und Gewehr bei Fuß ...«

»Unsinn, Leute! Bisher sind im ganzen Revier nur Gendarmen im Einsatz ...«

»Aber bei uns in Herne ham se Bergbeamte, wie Sie einer sind, als Zechenpolizei mit Armbinde und Schlagstock bewaffnet ...«

»Pinkertons werden die genannt, weil nämlich der Amerikaner Pinkerton als erster auf diesen fiesen Dreh gekommen is ...«

»Und weil nu überall Generalstreik is, is der Stinnes Hugo am Stillegen von seine Zechen ...«

»Dafür is gezz in Rußland sowatt wiene Revluzzjon am Laufen ...«

»Und in Berlin hat der Genosse Liebknecht ...«

»Aber da is gleich Militär aufmarschiert un hat losgeballert ...«

»Wie in Südwest, da räumen unsere Männer ruckzuck mit all die Hottentotten auf ...«

»Jedenfalls werden jetzt im ganzen Revier über zweihundert Zechen bestreikt ...«

»Hat man gerechnet, sind fünfundachtzig Prozent ...«

»Läuft aber bisher ziemlich ruhig, geordnet, Herr Bergrat, weil selbst die Gewerkschaftsleitung ...«

»Nich wie in Rußland, wo die Revluzzjon immer mehr am Zunehmen is ...«

»Und deshalb, Genossen, wurde in Herne erstmals gegen Streikbrecher eingeschritten ...«

»Weil Stinnes jedoch immer noch jede Einigung ablehnt, muß man befürchten ...«

»Jetzt herrscht in Rußland Kriegszustand ...«

»Aber unsere Jungs haben diese Hereros und ähnliche Hottentotten einfach inne Wüste gejagt ...«

»Jedenfalls hat Liebknecht die Arbeiter in Petersburg und uns im Revier Helden des Proletariats genannt ...«

»Doch mit den Japanern wird der Russe nicht so fix fertig ...«

»Und bei uns in Herne ham se nu doch geschossen ...«

»Aber nur inne Luft ...«

»Jedenfalls sin alle am Laufen gewesen ...«

»Vom Zechentor weg quer übern Vorplatz ...«

»Nein, Herr Bergrat, kein Militär, Polizei nur ...«

»Aber gelaufen sind wir trotzdem ...«

»Nix wie weg hier, hab ich zu Anton gesagt ...«

1905

Schon mein Herr Vater war im Auftrag einer Bremer Reederei in Tanger, Casablanca und Marrakesch tätig, und zwar lange vor der ersten Marokkokrise. Ein immer besorgter Mann, dem die Politik, insbesondere der fernab regierende Kanzler Bülow, die Bilanzen trübte. Als seinem Sohn, der zwar unser Handelshaus leidlich neben der starken französischen und spanischen Konkurrenz über Wasser hielt, aber den Tagesgeschäften mit Safran und Feigen, Datteln und Kokosnüssen ohne wahre Leidenschaft nachging, deshalb das Kontor gerne mit dem Teehaus tauschte und auch sonst zu allerlei Kurzweil die Souks aufsuchte, war mir das ständige Krisengerede bei Tisch und im Club eher lächerlich. So habe ich denn auch des Kaisers spontane Visite beim Sultan aus Distanz und nur durchs ironische Monokel betrachtet, zumal es Abd Al Aziz verstand, selbst auf unangemeldeten Staatsbesuch mit bestaunenswertem Spektakel zu reagieren, den hohen Gast mit malerischer Leibgarde und englischen Agenten abzuschirmen und sich insgeheim dennoch Frankreichs Gunst und Schutz zu sichern.

Trotz der vielbelächelten Pannen bei der Landung – fast wäre die Barkasse samt Souverän gekentert – war des Kaisers Auftritt imposant. Auf einem geliehenen, sichtlich nervösen Schimmel ritt er, durchaus sattelfest, in Tanger ein. Sogar Jubel war zu haben. Spontan jedoch wurde insbesondere sein Helm bewundert, von dem mit der Sonne korrespondierende Lichtsignale ausgingen.

Später kursierten in den Teehäusern, aber auch im Club karikierende Zeichnungen, auf denen die adlergeschmückte Haube, bei Aussparung aller Gesichtszüge, mit dem majestätischen Schnurrbart lebhaft Zwiesprache hielt. Zudem verstand es der Zeichner – nein, nicht ich war der Übeltäter, sondern ein Künstler, den ich von Bremen her kannte und der mit dem Künstlervölkchen in Worpswede verkehrte –, Helm und Zwirbelbart dergestalt vor marokkanischer Kulisse zur Schau zu stellen, daß sich die Kuppeln der Moscheen und deren Minarette mit der Rundung der reichverzierten Haube und dem spitzen Pickel aufs Lebendigste in Einklang befanden.

Außer besorgten Depeschen brachte der demonstrative Auftritt nichts ein. Während Seine Majestät forsche Reden hielt, einigten sich Frankreich und England, was Ägypten und Marokko betraf. Mir war das Ganze ohnehin lachhaft. Und ähnlich lächerlich wirkte sechs Jahre später das Aufkreuzen unseres Kanonenbootes »Panther« vor Agadir. Gewiß, sowas brachte nachgrollenden Theaterdonner. Doch bleibenden Eindruck hat einzig des Kaisers im Sonnenglast blitzender Helm hinterlassen. Die hiesigen Kupferschmiede haben ihn fleißig nachgebildet und auf alle Märkte gebracht. Noch lange – jedenfalls länger, als unser Export-Import sich hielt – konnte man in den Souks von Tanger und Marrakesch die preußischen Pickelhauben en miniature und überlebensgroß als Souvenir, aber auch als nützlichen Spucknapf kaufen; mir ist bis auf den heutigen Tag solch eine Haube, die mit dem Pickel in einer Sandkiste steckt, von Nutzen.

Meinem Vater jedoch, dem nicht nur im Geschäftlichen ein immer das Schlimmste befürchtender Weitblick eigen war und der seinen Sohn gelegentlich und nicht ganz grundlos als »Bruder Leichtfuß« titulierte, konnten meine witzigsten Einfälle nicht den Lachmuskel stimulieren, vielmehr sah er zunehmend Anlaß, seinen besorgten Befund »Wir werden eingekreist, im Bund mit den Russen kreisen Briten und Franzosen uns ein« nicht nur bei Tisch zu äußern. Und manchmal beunruhigte er uns mit dem Nachsatz: »Zwar versteht es der Kaiser, mit dem Säbel zu rasseln, aber die wirkliche Politik machen andere.«

1906

MAN NENNE MICH KAPITÄN SIRIUS. Mein Erfinder heißt Sir Arthur Conan Doyle, berühmt als Autor weltweit verbreiteter Sherlock-Holmes-Geschichten, in denen die Kriminalistik streng wissenschaftlich betrieben wird. Und wie nebenbei hat er versucht, das insulare England vor drohender Gefahr zu warnen, als – acht Jahre nachdem unser erstes seetüchtiges U-Boot zu Wasser gelassen war – eine Erzählung von ihm unter dem Titel »Danger!« veröffentlicht wurde, die im Kriegsjahr fünfzehn als »Der Tauchbootkrieg – wie Kapitän Sirius England niederzwang« in deutscher Übersetzung erschien, bis gegen Kriegsende achtzehn Auflagen erlebte, inzwischen jedoch leider vergessen zu sein scheint.

Diesem vorausblickenden Büchlein zufolge gelang es mir als Kapitän Sirius, den König von Norland, mit dem unser Reich gemeint war, von der gewagten, aber dennoch zu beweisenden Möglichkeit zu überzeugen, mit nur acht Unterseebooten – mehr hatten wir nicht – England von jeglicher Lebensmittelzufuhr abzuschneiden und regelrecht auszuhungern. Unsere Boote hießen: Alpha, Beta, Gamma, Theta, Delta, Epsilon, Jota und Kappa. Das zuletzt genannte Boot ging leider im Verlauf des insgesamt erfolgreichen Unternehmens im Englischen Kanal verloren. Ich war Kapitän der »Jota« und führte die gesamte Flottille an. Erste Erfolge konnten wir in der Themsemündung, nahe der Insel Sheerness, verbuchen: Kurz nacheinander versenkte ich mit Torpedotreffern mittschiffs die »Adela«, beladen mit Hammelfleisch aus Neuseeland, gleich darauf die »Moldavia« der Oriental-Gesellschaft, danach die »Cusco«, beide Schiffe mit Getreide beladen. Nach weiteren Erfolgen vor der Kanalküste und fleißigem Schiffeversenken bis in die Irische See hinein, wobei unsere gesamte Flottille in Rudeln oder bei Einzelaktionen beteiligt war, begannen zuerst in London, dann auf der ganzen Insel die Preise zu steigen: ein Fünfpence-Brotlaib kostete bald einein-halb Shilling. Durch systematische Blockierung aller wichtigen Einfuhrhäfen trieben wir die Wucherpreise weiter in die Höhe und lösten landesweit eine Hungersnot aus. Die darbende Bevölkerung protestierte gewalttätig gegen die Regierung. Die Börse, des Empire Heiligtum, wurde gestürmt. Wer zur Oberschicht gehörte oder es sich sonst leisten konnte, flüchtete nach Irland, wo es immerhin ausreichend Kartoffeln gab. Schließlich mußte das stolze England gedemütigt mit Norland Frieden schließen.

Im zweiten Teil des Buches äußerten sich Marinefachleute und andere Sachverständige, die alle des Autors Conan Doyle publizierte Warnung vor der U-Bootgefahr bekräftigten. Jemand – ein Vizeadmiral a. D. – gab den Ratschlag, wie einst Joseph in Ägypten nunmehr in England Getreidespeicher zu bauen und die Produkte der einheimischen Landwirtschaft durch Zölle zu schützen. Dringlich wurde gefordert, vom dogmatischen Inseldenken Abstand zu nehmen und endlich den Tunnel nach Frankreich zu graben. Ein anderer Vizeadmiral schlug vor, Handelsschiffe nur noch im Konvoi fahren zu lassen und schnell bewegliche Kriegsschiffe speziell für die U-Bootjagd umzurüsten. Lauter kluge Hinweise, deren Nützlichkeit im wirklichen Kriegsverlauf leider bestätigt worden sind. Ich könnte, was die Wirkung von Wasserbomben betrifft, ein besonderes Lied davon singen.

Bedauerlicherweise hat mein Erfinder, Sir Arthur, vergessen zu berichten, daß ich als junger Leutnant in Kiel dabeigewesen bin, als am 4. August 1906 auf der Germaniawerft unser erstes seetaugliches Boot mit dem Werftkran auf Wasser gesetzt wurde, streng abgeschirmt, weil geheim. Bis dahin war ich zweiter Offizier auf einem Torpedoboot gewesen, hatte mich aber nun freiwillig zur Erprobung unserer noch unterentwickelten Unterwasserwaffe gemeldet. Zur Mannschaft gehörend, erlebte ich erstmals, wie »U 1« auf dreißig Meter Tiefe gebracht wurde und wenig später mit eigener Kraft die offene See erreichte. Einräumen muß ich allerdings, daß die Firma Krupp schon zuvor nach den Plänen eines spanischen Ingenieurs ein Dreizehnmeterboot, das unter Wasser fünfeinhalb Knoten lief, hat bauen lassen. Die »Forelle« erregte sogar des Kaisers Interesse. Prinz Heinrich nahm persönlich an einer Tauchfahrt teil. Leider hat das Reichsmarineamt die zügige Weiterentwicklung der »Forelle« verzögert. Und überdies gab es Schwierigkeiten mit dem Petroleummotor. Als aber nach einem Jahr Verspätung »U 1« in Eckernförde in Dienst gestellt wurde, war kein Halten mehr, auch wenn man die »Forelle« und ein Neununddreißigmeterboot, die »Kambala«, die bereits mit drei Torpedos armiert war, später nach Rußland verkauft hat. Ich sah mich peinlicherweise zur feierlichen Übergabe abkommandiert. Extra aus Petersburg angereiste Popen segneten die Boote von vorn bis achtern mit Weihwasser. Nach langwierigem Landtransport hat man sie in Wladiwostok zu Wasser gelassen, zu spät, um sie gegen Japan zum Einsatz zu bringen.

Aber mein Traum ging dennoch in Erfüllung. Trotz seines in unzähligen Geschichten bewiesenen Detektivgespürs hat Conan Doyle nicht ahnen können, wie viele deutsche Jungmänner sich – gleich mir – das schnelle Abtauchen, den schweifenden Sehrohrblick, die zielgerecht dümpelnden Tanker, das Kommando »Torpedo los!«, die vielen bejubelten Treffer, das kameradschaftlich enge Beieinander und die wimpelgeschmückte Heimfahrt erträumt haben. Und ich, der ich von Anfang an dabeigewesen bin und inzwischen zur Literatur gehöre, habe nicht ahnen können, daß Zehntausende unserer Jungs aus ihrem Unterwassertraum nicht auftauchen würden.

Leider mißlang, dank Sir Arthurs Warnung, unser wiederholter Versuch, England in die Knie zu zwingen. So viele Tote. Doch Kapitän Sirius blieb verurteilt, jedes Abtauchen zu überleben.

1907

Ende November brannte an der Celler Chaussee unser Walzwerk aus: Totalschaden. Dabei waren wir prima in Schwung. Ungelogen: Sechsunddreißigtausend Platten pro Tag spuckten wir aus. Man riß uns die Dinger aus der Hand. Und der Umsatz von unserem Grammophonsortiment kletterte auf jährlich zwölf Millionen Mark. Besonders gut lief das Geschäft, weil wir in Hannover seit zwei Jahren beiderseits abspielbare Platten preßten. Die gab's sonst nur in Amerika. Viel Militärgeschmetter. Wenig, das gehobenem Anspruch genügte. Doch dann endlich gelang es Rappaport, das ist meine Wenigkeit, Nellie Melba, die »große Melba«, zur Aufnahme zu überreden. Anfangs zierte sie sich wie später Schaljapin, der eine heidnische Angst hatte, durch das Teufelszeug, wie er unsere neueste Technik nannte, seine weiche Baßstimme zu verlieren. Joseph Berliner, der mit seinem Bruder Emile noch vorm Jahrhundertende »Die Deutsche Grammophon« in Hannover gegründet, dann deren Sitz nach Berlin verlegt hatte und bei nur zwanzigtausend Mark Gründungskapital ein ziemliches Risiko eingegangen war, sagte eines schönen Morgens zu mir: »Pack die Koffer, Rappaport, du mußt schleunigst nach Moskau abdampfen und, frag mich nicht wie, den Schaljapin rumkriegen.«

Ungelogen! Ich stieg in den nächsten Zug, ohne lange

zu packen, nahm aber unsere ersten Schellackplatten mit, die mit der Melba drauf, sozusagen als Gastgeschenk. War das ne Reise! Kennen Sie das Restaurant Yar? Exquisit! Wurde dann eine lange Nacht im Chambre séparée. Anfangs tranken wir nur Wodka aus Wassergläsern, bis Fedor sich schließlich bekreuzigte und zu singen begann. Nein, nicht seine Boris-Godunov-Glanznummer, nur immer dieses fromme Zeug, das die Mönche mit ihren abgrundtiefen Bässen brummen. Dann gingen wir zu Champagner über. Aber erst gegen Morgengrauen unterschrieb er weinend und immerzu kreuzschlagend. Weil ich von Kindheit an hinke, hat er in mir, als ich zur Signatur drängte, wohl den Teufel gesehen. Und zur Unterschrift kam es nur, weil wir den großen Tenor Sobinow bereits an Land gezogen hatten und ich ihm dessen Vertrag vorlegen konnte, sozusagen als Muster. Jedenfalls wurde Schaljapin unser erster wirklicher Plattenstar.

Nun kamen sie alle: Leo Slezak, Alessandro Moreschi, den wir als letzten Kastraten auf Platte nahmen. Und dann gelang es mir, im Hotel di Milano – unglaublich, ich weiß, nämlich eine Etage über Verdis Sterbezimmer – die ersten Aufnahmen mit Enrico Caruso – zehn Arien! – unter Dach und Fach zu bringen. Selbstverständlich mit Exklusivvertrag. Bald sang auch Adelina Patti und wer sonst noch für uns. Wir lieferten in aller Herren Länder. Das englische und das spanische Königshaus gehörten zu unseren Stammkunden. Was das Pariser Haus Rothschild betrifft, gelang es Rappaport sogar, mit ein paar Tricks dessen amerikanischen Lieferanten auszubooten. Trotzdem war mir als Plattenhändler klar, daß wir nicht exklusiv bleiben durften, weil nämlich nur die Masse es macht, und daß wir dezentralisieren mußten, um mit weiteren Preßwerken in Barcelona, Wien und – ungelogen! – Calcutta auf dem Weltmarkt bestehen zu können. Deshalb war der Brand in Hannover auch kein totales Desaster. Aber bekümmert hat uns das schon, weil wir an der Celler Chaussee mit den Brüdern Berliner ganz klein angefangen haben. Zwar waren die beiden Genies, ich nur Plattenhändler, aber Rappaport hat immer gewußt: Mit der Schallplatte und dem Grammophon erfindet die Welt sich neu. Trotzdem hat sich Schaljapin noch lange vor jeder Aufnahme x-mal bekreuzigt.

1908

Das ist so Usus in unserer Familie: der Vater nimmt den Sohn mit. Schon mein Großvater, der bei der Eisenbahn und gewerkschaftlich organisiert war, nahm seinen Stammhalter mit, wenn Wilhelm Liebknecht wieder mal in der Hasenheide sprach. Und mein Vater, der auch bei der Eisenbahn und Genosse war, hat mir von diesen Großkundgebungen, die, solang Bismarck dran war, verboten wurden, den gewissermaßen prophetischen Satz »Die Annexion von Elsaß-Lothringen bringt uns nicht den Frieden, sondern den Krieg!« regelrecht eingetrichtert.

Nun nahm er mich, den neun- oder zehnjährigen Steppke, mit, wenn Wilhelms Sohn, der Genosse Karl Liebknecht, entweder im Freien oder, wenn das verboten wurde, in verräucherten Wirtshäusern sprach. Auch nach Spandau fuhr er mit mir, weil Liebknecht da für Wahlen kandidierte. Und im Jahr nullfünf durfte ich mit der Eisenbahn, weil Vater als Lokomotivführer Freifahrten zustanden, sogar nach Leipzig, denn im Felsenkeller in Plagwitz sprach Karl Liebknecht über den großen Streik im Ruhrrevier, der damals durch alle Zeitungen ging. Aber er redete nicht nur über Bergleute und agitierte nicht nur gegen die preußischen Kraut- und Schlotjunker, sondern verbreitete sich hauptsächlich und regelrecht prophetisch über den Generalstreik als zukünftiges Kampfmittel der proletarischen Massen. Er sprach frei und holte sich die Wörter aus der Luft. Und schon war er bei der Revolution in Rußland und beim blutbefleckten Zarismus.

Zwischendurch gab's immer wieder Beifall. Und zum Schluß wurde einstimmig eine Resolution angenommen, in der sich die Versammelten – mein Vater sagte, es sind bestimmt über zweitausend gewesen – mit den heldenmütigen Kämpfern im Ruhrrevier und in Rußland solidarisiert haben.

Vielleicht waren es sogar dreitausend, die sich im Felsenkeller drängten. Ich sah ja mehr als mein Vater, weil er mich auf seine Schultern gesetzt hatte, wie schon sein Vater es tat, wenn Wilhelm Liebknecht oder der Genosse Bebel zur Lage der Arbeiterklasse sprachen. Das war ja so Usus bei uns. Jedenfalls habe ich als Steppke den Genossen Liebknecht immer erhöht, gewissermaßen von hoher Warte nicht nur gesehen, auch gehört. Er war ein Massenredner. Dem gingen die Worte nie aus. Besonders gerne hat er die Jugend agitiert. Auf freiem Feld hörte ich ihn über die Köpfe der Zigtausend hinweg rufen: »Wer die Jugend hat, der hat die Armee!« Was ja auch wieder prophetisch gewesen ist. Jedenfalls hab ich auf Vaters Schultern richtig Angst bekommen, wenn er uns anschrie: »Der Militarismus ist der brutale Exekutor und blutig-eiserne Schutzwall des Kapitalismus!«

Denn das weiß ich noch wie heute, daß er mir regelrecht Angst eingeredet hat, sobald er vom inneren Feind sprach, den man bekämpfen muß. Wahrscheinlich mußte ich deshalb so dringend pinkeln und auf den Schultern hin- und herrutschen. Aber mein Vater merkte nichts von meinem Bedürfnis, weil er begeistert war. Da konnt ich mich auf meinem Hochsitz nicht mehr zurückhalten. Und das geschah im Jahr nullsieben, daß ich meinem Vater durch die Latzhose durch in den Nacken gepißt habe. Bald danach wurde der Genosse Liebknecht verhaftet und mußte, weil vom Reichsgericht wegen seiner Kampfschrift gegen den Militarismus verurteilt, ein ganzes Jahr, 1908 und länger, Festungshaft in Glatz absitzen.

Mein Vater jedoch hat mich, als ich ihm in höchster Not den Rücken runter bepinkelt hatte, von seinen Schultern genommen und während der Kundgebung und während noch der Genosse Liebknecht die Jugend agitierte, regelrecht durchgeprügelt, so daß ich seine Hand noch lange gespürt habe. Und deshalb, nur deshalb bin ich später, als es endlich losging, zum Wehrbezirk gelaufen, habe mich freiwillig gemeldet, bin sogar wegen Tapferkeit ausgezeichnet worden und habe es nach zweimaliger Verwundung bei Arras und vor Verdun bis zum Unteroffizier gebracht, auch wenn mir immer, selbst als Stoßtruppführer in Flandern, gewiß gewesen ist, daß der Genosse Liebknecht, den einige Kameraden vom Freikorps später, viel später wie die Genossin Rosa erschossen und eine der Leichen sogar in den Landwehrkanal geworfen haben, hundertmal recht gehabt hat, als er die Jugend agitierte.

1909

WEIL ICH MEINEN WEG zum Urban-Krankenhaus tagtäglich mit dem Fahrrad abstrampelte und überhaupt als Velo-Enthusiast galt, wurde ich Dr. Willners Assistent beim Sechstagerennen, das auf dem Wintervelodrom am Zoologischen Garten stattfand, übrigens nicht nur erstmals in Berlin und im Reich, sondern überhaupt in Europa. Nur in Amerika kannte man diese Strapaze schon seit einigen Jahren, weil dort sowieso alles, was kolossal ist, Publikum anzieht. Deshalb galten denn auch die New Yorker Sieger der letzten Saison, Floyd MacFarland und Jimmy Moran, als Favoriten. Schade, daß der deutsche Fahrer Rütt, der zwei Jahre zuvor mit seinem holländischen Partner Stol das amerikanische Rennen gewonnen hatte, in Berlin nicht dabeisein durfte. Im Reich fahnenflüchtig geworden, galt er als straffällig und konnte keine Einreise in sein Vaterland wagen. Aber Stol, dieser hübsche Bengel, war auf der Bahn und bald gefeierter Liebling des Publikums. Natürlich hoffte ich, daß Robl, Stellbrink und unser Velo-As, Willy Arend, die deutschen Farben nach besten Kräften vertreten würden.

Ständig, das heißt rund um die Uhr, leitete Dr. Willner die ärztliche Station des Sechstagerennens. Auch wir bezogen, wie die Fahrer, hühnerstallgroße Schlafkojen, die an der Längsseite des Innenraumes zusammengezimmert worden waren, gleich neben der kleinen Mechanikerwerkstatt und der einigermaßen abgeschirmten Station für medizinische Betreuung. Und wir bekamen zu tun. Schon am ersten Tag des Rennens stürzte Poulain und riß im Sturz unseren Willy Arend mit sich. Für beide, die einige Runden lang aussetzen mußten, fuhren Georget und Rosenlöcher weiter, der letztere hat dann später erschöpft ausscheiden müssen.

Nach unserem Medizinplan hatte Dr. Willner schon vor Beginn des Rennens angeordnet, das Körpergewicht aller Teilnehmer zu erfassen, was abermals nach Ende der Sechstagefrist geschah. Ferner bot er allen Rennfahrern, nicht nur den deutschblütigen, Sauerstoffinhalationen an. Ein Vorschlag, dem fast alle Konkurrenten nachgekommen sind. Täglich wurden in unserer Station sechs bis sieben Flaschen Sauerstoff verbraucht, was die enormen Belastungen des Rennens bezeugt.

Nach dem grad noch rechtzeitig beendeten Umbau zeigte die Hundertfünfzigmeterbahn im Velodrom ein verändertes Aussehen. Die frisch gestampfte Rennpiste war grün angestrichen. Auf den Stehplätzen der Galerie drängte Jugend. In den Logen und auf den Sperrsitzen des Innenraumes sah man Herren in Frack und weißer Bauchbinde aus Berlin W. Mit ihren Riesenhüten behinderten die Damen die Sicht. Zwar wurde die Hofloge schon am zweiten Tag, als unser Willy Arend bereits zwei Runden zurücklag, von Prinz Oskar und Gefolge besucht, aber als sich am vierten Tag zwischen den Favoriten MacFarland-Moran und Stol-Berthet während fünfundzwanzig Runden stürmische Überholkämpfe abspielten und der Franzose Jacquelin unseren Fahrer Stellbrink geohrfeigt hat, worauf es auf der Galerie zu Tumulten kam und das Publikum Jacquelin zu lynchen drohte, weshalb das Rennen für kurze Zeit abgeläutet und der Franzose disqualifiziert wurde, erschien mit prächtig aufgeputztem Hofstaat Seine Kaiserliche Hoheit der Kronprinz und blieb gutgelaunt bis lange nach Mitternacht. Großer Jubel bei seinem Erscheinen. Dazu flotte Militärmärsche, aber auch Gassenhauer für die mitjohlende Galerie. Selbst während ruhiger Stunden, wenn die Fahrer ihre Runden ganz sachte drehten, erschallte, um alle wach zu halten, stramme Musik. Stellbrink, ein zäher Bursche, der nun mit Mandoline im Arm fuhr, kam gegen das Marschgeschmetter natürlich nicht an.

Sogar am frühen Morgen, wenn sich absolut nichts Aufregendes ereignete, hatten wir zu tun. Dank der Elektrizitätsgesellschaft »Sanitas« war unsere Station mit den neuesten Rotar-Röntgen-Apparaten ausgestattet, so daß Dr. Willner, als wir vom Generaloberstabsarzt, Professor Dr. Schjerning, inspiziert wurden, bereits sechzig Röntgenaufnahmen von den beteiligten oder bereits ausgeschiedenen Rennfahrern gemacht hatte und nun Professor Schjerning vorzeigen konnte. Der Professor riet Dr. Willner, dieses und anderes Material später zu veröffentlichen, was in einer maßgeblichen Fachzeitschrift, ohne daß allerdings meine Tätigkeit erwähnt wurde, geschehen ist.

Aber auch das Rennen war unserem hohen Besuch einige Neugierde wert. Der Professor sah, wie das bisherige Spitzenteam Stol-Berthet am fünften Tag von den amerikanischen Favoriten überrundet wurde. Später, nachdem Brocco beim Spurt Berthet behindert hatte, behauptete dieser, daß sein Partner Stol vom Team

MacFarland-Moran bestochen worden sei, ohne diese Anschuldigung vor der Rennaufsicht beweisen zu können. So blieb Stol, auch wenn sich der Verdacht hielt, weiterhin Publikumsliebling.

Dr. Willner hat unseren Fahrern als aufbauende Nahrung Biocitin und Biomalz, rohe Eier und Roastbeef, Reis, Nudeln und Pudding empfohlen. Robl, ein mürrischer Einzelgänger, löffelte auf Rat seines Privatarztes mächtige Portionen Kaviar in sich hinein. Fast alle Fahrer rauchten, tranken Sekt, Jacquelin bis zum Ausscheiden sogar Portwein. Wir glaubten, Grund zur Annahme zu haben, daß einige der ausländischen Fahrer von anregenden Mitteln, mehr oder weniger gefährlichen Giftstoffen, Gebrauch machten; Dr. Willner vermutete Strychnin- und Coffein-Präparate. Bei Berthet, einem schwarzlockigen Millionärssohn, konnte ich beobachten, wie er in seiner Koje süchtig an einer Ingwerwurzel kaute.

Trotzdem fiel das Team Stol-Berthet überrundet zurück, und Floyd MacFarland und Jimmy Moran holten sich am siebten Tag abends um zehn Uhr den Sieg. Sie konnten die Preissumme von fünftausend Mark einstreichen. Natürlich hat unser Willy Arend mit siebzehn Runden Rückstand selbst seine treuesten Anhänger enttäuscht. Das Velodrom jedoch blieb, trotz der gegen Schluß aufs Doppelte erhöhten Eintrittspreise, bis zum 21. März ausverkauft. Von anfangs fünfzehn Paaren waren am Ende nur noch neun auf der Bahn. Rauschender Beifall beim Abläuten. Auch wenn Stol, dieser hübsche Bengel, Sonderapplaus bekam, wurde den Amerikanern, als sie die Ehrenrunde abfuhren, fairer Beifall gespendet. Selbstverständlich war die Hofloge mit Kronprinz, den Prinzen von Thurn und Taxis sowie weiterem Adel besetzt. Ein veloverrückter Mäzen spendierte sogar unseren Fahrern Arend und Robl für aufgeholte Runden ansehnliche Trostpreise. Mir schenkte Stol als Andenken eine seiner in Holland fabrizierten Luftpumpen. Und Dr. Willner hielt für bemerkenswert, daß wir im Verlauf des Sechstagerennens bei allen Fahrern starke Eiweißausscheidungen feststellen konnten.

1910

GEZZ WILL ICH ma erzähln, warum mich die Kerls hier, nur weil ich Berta heiß un ne volle Figur hab, sowatt wien Spitznamen angehängt ham. Wir waren damals inne Kolonie am Wohnen. Die war vom Werk un ganz nah anne Arbeit dran. Deshalb kriegten wir auch von dem ganzen Qualm ab. Aber wenn ich am Schimpfen gewesen bin, weil die Wäsche schon wieder ganz grau beim Trocknen un die Blagen immerzu am Husten warn, hat Vatter gesagt: Laß ma, Berta. Wer bei Krupp auf Akkord is, der muß ganz schnell bei die Arbeit sein.

Warn wir denn auch bis inne lezze Zeit all die Jahre, auch wennes eng is gewesen, weil wir die Kammer nach hinten, die zum Karnickelstall raus, für zwei Alleinstehende, watt man bei uns Kostgänger genannt hat, haben abgeben gemußt un ich für meine Strickmaschin, die ich von mein eigenes Erspartes mir abgeknapst hab, kein Platz nich fand. Aber was mein Köbes is, der hat immer für mich gesagt: Laß ma, Berta, Hauptsach, es regnet nich rein.

Er war inne Gießerei. Da warn se Kanonenrohre am Gießen. Mit allem Drum un Dran. War ja paar Jahr nur vorm Krieg. Da gabs zu tun. Und da ham se ein Dingens gegossen, worauf se ganz stolz sin gewesen alle, weils son Riesendingens noch nie inne Welt gegeben hat. Un weil bei uns inne Kolonie viele inne Gießerei warn, sogar unsre Kostgänger beide, warn se immerzu über datt Dingens am Reden, auch wennes angeblich noch so geheim is gewesen. Aber datt wurd un wurd nich fertig. Sollt anfürsich sowatt wien Mörser sein. Datt sin die mitte Stummelrohre. Zweiundvierzig Zentimeter Durchmesser genau hat es geheißen. Aber paarmal ging dem Rohr sein Guß daneben. Un auch sonst zog sich datt hin. Aber Vatter hat immer gesagt: Wenne mich frags, datt kriegen wir schon noch hin, bisses losgeht richtig. Oder watt Krupp is, der verkauft datt Dingens beim Zar in Rußland womöglich.

Als es dann aber richtig losging, paar Jahr später, ham se nich verkauft, sondern von weit weg sogar mit datt Dingens auf Paris draufgeballert. Wurd denn überall Dicke Berta genannt. Auch wo mich keiner gekannt hat. Datt warn nur die Gießer von uns inne Kolonie, die datt als erste nach mir genannt ham, weil ich nu mal bei uns die am dicksten war. Hat mir gar nich gefallen, daß ich nu überall ins Gerede kam, auch wenn mein Köbes für mich gesagt hat: Is ja nich bös gemeint. Dabei hab ich noch nie watt für Kanonen übergehabt, auch wenn wir von dem Krupp seine Dinger gelebt ham. Wennse mich fragen, gar nich mal schlecht. Sogar Gänse und Hühner sin bei uns inne Kolonie am Rumlaufen gewesen. Fast jeder hat sein Schwein im Koben gefüttert. Un denn noch, wenns Frühling war, all die Karnickel ...

Soll aber nich viel genutzt ham im Krieg, ihre Dicke Berta. Waren sich am Kaputtlachen, die Franzosen, wenn datt Dingens mal wieder danebengeballert hat. Un mein Köbes, den dieser Ludendorff noch ganz am Schluß innen Landsturm geholt hat, weshalb er gezz

Krüppel is un wir nich mehr inne Kolonie sein dürfen un nur noch inne Laube auf Miete von mein bißken Erspartes leben, sagt immer zu mir: Laß ma, Berta. Von mir aus kannze ruhig watt drauflegen noch, Hauptsach, du bleibs uns gesund …

1911

Mein lieber Eulenburg, wenn ich Sie noch so nennen darf, nachdem uns die Kanaille Harden mit seinen Zeitungsschmierereien so arg besudelt hat, worauf ich, wenn auch murrend, der Staatsraison gehorchen und meinen mir treu ergebenen Reisebegleiter und beratenden Freund im Stich lassen mußte. Dennoch, lieber Fürst, bitte ich Sie, nun mit mir zu triumphieren: Es ist soweit! Heute habe ich meinen Marineminister Tirpitz, der im Reichstag so trefflich den Linksliberalen einzuheizen wußte, zum Großadmiral ernannt. All meine Skizzen zum Flottenbestand, deren Akribie Sie oft milde gerügt haben, weil ich während allerlangweiligster Sitzungen nicht müde wurde, auf Aktendeckel, ja, sogar in die überaus drögen Akten hinein meinem kleinen Talent zu frönen und – uns zur Mahnung – Frankreichs »Charles Martel« und seine Panzerkreuzer I. Klasse, voran die »Jeanne d'Arc«, dann Rußlands Neubauten, vorab die Panzerschiffe »Petropawlowsk«, »Poltawa« und »Sewastopol«, mit allen Geschütztürmen als geballte Seemacht zu notieren. Denn was hatten wir Englands »Dreadnoughts« entgegenzusetzen, bevor uns die Flottengesetze nach und nach freie Hand verschafften? Allenfalls die vier Panzerkreuzer der Brandenburgklasse, sonst nichts. Doch dieses den denkbaren Feind umfassende Skizzenwerk findet nun – wie Sie, lieber

Freund, dem beigelegten Material entnehmen können – unsererseits Antwort, ist nicht mehr nur Entwurf, sondern pflügt bereits die Nord- und Ostsee oder liegt in Kiel, Wilhelmshaven und Danzig auf Stapel.

Ich weiß, wir haben Jahre verloren. Unsere Leute waren in rebus navalibus leider äußerst unkundig. Es galt, im Volke eine allgemeine Bewegung, mehr noch, Begeisterung für das Flottenwesen auszulösen. Der Flottenverein, ein Flottengesetz mußte her, wobei mir die Engländer – oder sage ich besser, meine liebenswerten englischen Vettern? – wider Willen geholfen haben, als sie während des Burenkrieges – Sie erinnern sich, lieber Freund – zwei unserer Dampfer ganz und gar widerrechtlich vor der ostafrikanischen Küste aufbrachten. Da war die Empörung im Reiche groß. Das half im Reichstag. Wenn auch mein Ausspruch »Wir Deutsche müssen den englischen ›Dreadnoughts‹ unsere gepanzerten ›Fürchtenichts‹ entgegensetzen« allerlei Lärm verursacht hat. (Jaja, lieber Eulenburg, ich weiß: meine größte Versuchung ist und bleibt Wolff's Telegraphenbüro.)

Aber nun schwimmen die ersten verwirklichten Träume. Und das Weitere? Tirpitz wird's richten. Mir jedenfalls bleibt es ein heiliges Vergnügen, fernerhin Linienschiffe und Panzerkreuzer zu skizzieren. Nunmehr ernsthaft an meinem Schreibsekretär, vor dem ich, wie Sie wissen, auf einem Sattel sitze, allzeit bereit zur Attacke. Nach dem üblichen Ausritt ist es mir morgendliche Pflicht, in kühnem Vorentwurf unsere noch so junge Flotte angesichts feindlicher Übermacht zu Papier zu bringen, weiß ich doch, daß Tirpitz, wie ich, auf Großschiffe setzt. Wir müssen schneller, beweglicher, feuerstärker werden. Entsprechende Einfälle fliegen mir zu. Es ist oft so, als purzelten mir bei diesem Schöpfungsakt die Großschiffe aus dem Kopfe. Gestern sind mir etliche schwere Kreuzer, die »Seydlitz«, die »Blücher«, vor Augen gewesen und dann von der Hand gegangen. Ganze Geschwader sehe ich in Kiellinie aufkreuzen. Immer noch fehlt es an Großkampfschiffen. Allein deshalb müssen die Unterseeboote warten, meint Tirpitz.

Ach, hätte ich doch Sie, meinen besten Freund, den Schöngeist und Liebhaber der Künste, wie einst in der Nähe! Wie kühn und hellsichtig kämen wir ins Plaudern. Wie eifrig würde ich Ihre Ängste beschwichtigen. Jadoch, liebster Eulenburg, ich will ein Friedensfürst sein, aber einer in Waffen …

1912

Wenngleich beim Wasserbauamt Potsdam als Uferaufseher in Lohn und Brot, schrieb ich dennoch Gedichte, in denen der Weltuntergang dämmerte und der Tod seines Amtes waltete, war also auf jegliches Schrecknis vorbereitet. Es geschah Mitte Januar. Zwei Jahre zuvor hatte ich seinen Auftritt im Nollendorf-Casino, wo sich an Mittwochabenden der »Neue Club« in der Kleiststraße traf, zum ersten Mal erlebt. Danach häufiger, sooft mir die lange Anreise möglich war. Ich fand mit meinen Sonetten kaum Aufmerksamkeit, er jedoch war nicht zu überhören. Später widerfuhr mir seine Wortkraft beim »Neopathetischen Cabaret«. Blass und Wolfenstein waren anwesend. In polternden Kolonnen zogen Verse vorbei. Ein Marsch monotoner Monologe, der geradewegs zur Schlachtbank führte. Dann aber explodierte der kindliche Riese. Es war wie beim Ausbruch des Krakatau vom Vorjahr. Da schrieb er schon für Pfemferts »Aktion«, zum Beispiel gleich nach der jüngsten Marokkokrise, als alles auf der Kippe stand und wir schon hoffen durften, jetzt geht's ins Gefecht, sein Gedicht »Der Krieg«. Höre ich noch: »Zahllos sind die Leichen schon im Schilf gestreckt / Von des Todes starken Vögeln weiß bedeckt ...« Überhaupt hatte er es mit Schwarz und Weiß, besonders mit Weiß. Kein Wunder, daß sich auf der seit Wochen zugefrorenen Havel im endlosen Weiß der begehbaren Fläche jenes schwarze, wie auf ihn wartende Loch fand.

Welch ein Verlust! Doch warum, fragten wir uns, hat ihm die »Vossische« keinen Nachruf geschrieben? Nur die Kurzmeldung: »Am Dienstag nachmittag gerieten beim Schlittschuhlaufen der Referendar Dr. Georg Heym und der Cand. jur. Ernst Balcke gegenüber von Kladow in eine offene Stelle, die für Wasservögel in die Eisdecke geschlagen worden war.«

Mehr nicht. Aber soviel stimmt: von Schwanenwerder her hatten wir den Unfall bemerkt. Ich vom Wasserbauamt und mein Assistent machten uns mit einigen Schlittschuhläufern zu der gefährlichen Stelle auf, fanden aber nur, wie sich später erwies, Heyms Stock mit elegant verziertem Knauf und seine Handschuhe. Vielleicht hatte er dem verunglückten Freund helfen wollen und war dabei gleichfalls unter die Eisdecke geraten. Oder Balcke hatte ihn mit sich gerissen. Oder es haben willentlich beide den Tod gesucht.

Außerdem stand in der »Vossischen«, als wäre das wichtig gewesen, er sei Sohn des Militäranwalts a. D. Heym, wohnhaft Charlottenburg, Königsweg 31. Der Vater des verunglückten Kandidaten Balcke sei Bankier. Doch nichts, kein Wort darüber, was zwei junge Menschen verlockt haben könnte, von dem mit Strohbündeln und Stangen markierten Schlittschuhweg, der als sicher gelten durfte, willentlich abzuweichen. Nichts über die innere Not unserer schon damals verlorenen Generation. Nichts über Heyms Gedichte. Immerhin hatte ihn ein junger Verleger namens Rowohlt herausgebracht. Demnächst sollten seine Erzählungen erscheinen. Nur im »Berliner Tagblatt« fand sich, dem Unfallbericht nachgestellt, der Hinweis, der ertrunkene Referendar sei auch literarisch hervorgetreten und habe vor einiger Zeit einen Band Gedichte, »Der ewige Tag«, veröffentlicht. Spuren schöner Begabung hätten sich gezeigt. Spuren! Lachhaft war das.

Wir vom Wasserbauamt waren bei der Bergung der Leiche beteiligt. Zwar spotteten meine Kollegen, wenn ich seine Gedichte »schrecklich groß« nannte und aus den jüngsten Versen des jungen Heym zitierte – »Die Menschen stehen vorwärts in den Straßen / Und sehen auf die großen Himmelszeichen« –, wurden aber dennoch nicht müde, das Eis der Havel an verschiedenen Stellen aufzuhacken und den Grund mit sogenannten Todesankern abzusuchen. So wurde er schließlich gefunden. Und ich habe, kaum in Potsdam zurück, mein Heym gewidmetes Gedicht unter dem Titel »Todesanker« geschrieben, das Pfemfert eigentlich hatte drucken wollen, mir aber dann unter Bedauern zurückgeschickt hat.

Den um ein Jahr jüngeren Balcke sah, wie die »Kreuzzeitung« zu melden beeilt war, ein Fischer durchs Eis hindurch in der Havel treiben. Er schlug ein Loch und holte die Leiche mit dem Schiffshaken bei. Balcke sah friedlich aus. Heym aber hatte die Beine, gleich einem Embryo, an den Leib gezogen. Verkrampft, das Gesicht verzerrt, die Hände wundgestoßen. Mit beiden Rennschlittschuhen an den Füßen lag er auf dem verharschten Eis. Nur äußerlich ein robuster Bursche. Hin- und hergerissen von verschiedenem Wollen. Er, dem alles Militärische zuwider war, hatte sich noch vor wenigen Wochen in Metz freiwillig beim Elsässischen Infanterieregiment beworben. Dabei ist er voller Pläne in andere Richtung gewesen. Wollte, wie ich weiß, Dramen schreiben ...

1913

Diese auf flachem Acker dräuende Masse, einen versteinerten Koloß, den expressiven Wahn eines Granit scheißenden Architekten soll ich gebaut, nein, nicht geplant und entworfen, aber in gut vierzehn Jahren als zuständiger Bauleiter fundiert, geschichtet, aufgestockt, gen Himmel getürmt haben?

Zu Hofrat Thieme, der dem Patriotenbund vorsteht und – soweit sich das Reich erstreckt – an die sechs Millionen zusammengeschnorrt hatte, sagte ich heute, nachdem vor gut einem Jahr der Schlußstein feierlich gelegt worden war und einer meiner Poliere höchstselbst die letzten Fugen verstrichen hatte: »Bißchen kolossal, das Ganze!«

»Soll es, Krause, soll es. Mit einundneunzig Metern überragen wir das Kyffhäuserdenkmal um sage und schreibe sechsundzwanzig ...«

Darauf ich: »Und den Kaisertempel an der Porta Westfalica um beinahe dreißig ...«

»Und um genau dreißig die Berliner Siegessäule ...«

»Und erst das Hermannsdenkmal! Nicht zu reden von der Münchener Bavaria mit ihren knapp siebenundzwanzig Meterlein ...«

Hofrat Thieme hatte wohl meinen Spott herausgehört: »Jedenfalls wird genau hundert Jahre nach der

Völkerschlacht unser patriotisches Gedenken feierlichst eingeweiht werden.«

Ich mischte einigen Zweifel in seine vaterländische Suppe – »Paar Nummern kleiner hätten es auch gebracht« – und begann dann zu fachsimpeln, indem ich noch einmal das Fundament ausschachtete: »Lauter Müll aus Leipzig und Umgebung. Jahr nach Jahr, Schicht auf Schicht Müll.« Doch all meine Warnungen – darauf lasse sich schlecht bauen, bald werde es Risse geben, solche Schlamperei werde laufende Reparaturkosten zur Folge haben – sind damals für die Katz gewesen.

Thieme guckte belemmert, als seien ihm schon jetzt Unsummen für die Instandhaltung aufgebrummt. »Ja«, sagte ich, »hätten wir nicht auf einer Müllhalde, sondern auf dem festen Baugrund des Schlachtfeldes das Fundament abgesenkt, wäre eine Unmenge Schädel und Knochen, Säbel und Lanzen, in Fetzen Montur, heile und gespaltene Helme, Offizierstressen und hundsgemeine Knöpfe, unter ihnen preußische, schwedische, habsburgische, aber auch solche der polnischen Legion und natürlich französische Knöpfe, besonders solche der Garde, zu Tage getreten. Gab ja Tote nicht zu knapp. An die hunderttausend spendeten die versammelten Völker.«

Dann verhielt ich mich wieder sachlich, redete von den ausgleichenden hundertzwanzigtausend Kubikmeter Beton und fünfzehntausend Kubikmeter Granit. Hofrat Thieme, an dessen Seite inzwischen der Architekt der gegliederten Baumasse, Professor Schmitz, getreten war, zeigte sich stolz und nannte das Denkmal »der Toten würdig«. Dann gratulierte er Schmitz, der seinerseits Thieme für die erschnorrten Baugelder und erwiesenes Vertrauen dankte.

Ich fragte die Herren, ob man sich der granitenen Inschrift am Obersockel, genau in der Mittelachse – »Gott mit uns« –, so sicher sei. Beide sahen mich fragend, dann kopfschüttelnd an und schritten nun auf den versteinerten, eine ehemalige Müllhalde belastenden Koloß zu. Solche Biedermänner müßte man in Granit hauen und zwischen jene Muskelprotze stellen, die Schulter an Schulter das Denkmal hoch oben verkörpern, dachte ich mir.

Tagsdrauf sollte Einweihung sein. Nicht nur Wilhelm, auch der König von Sachsen war angesagt, obgleich dazumal die Sachsen gegen die Preußen ... Der klare Oktoberhimmel versprach Kaiserwetter. Einer meiner Maurerpoliere, bestimmt Sozi, spuckte aus: »No, in sowas sind wir Teutschen groß. Denkmalbaun! Goste es, was es wolle.«

1914

Endlich, nachdem sich zwei Kollegen unseres Instituts wiederholt und vergeblich bemüht hatten, gelang es mir Mitte der sechziger Jahre die beiden alten Herren zu einem Treffen zu bewegen. Mag sein, daß mir, der jungen Frau, mehr Glück zufiel und ich obendrein als Schweizerin mit dem Bonus der Neutralität ausgestattet war. Meine Briefe mochten, so sachlich ich unseren Forschungsauftrag umriß, als zartes, wenn nicht schüchternes Anklopfen erhört worden sein; innert weniger Tage kamen die Zusagen annähernd gleichzeitig.

Von einem denkwürdigen, »is bitzeli fossil« wirkenden Paar berichtete ich meinen Kollegen. Ruhige Zimmer hatte ich im Hotel »Zum Storchen« reserviert. Dort saßen wir, zumeist in der Galerie der Rôtisserie, mit Blick auf die Limmat, das gegenüberliegende Rathaus und das Haus »Zum Rüden«. Herr Remarque – damals im siebenundsechzigsten Lebensjahr – kam von Locarno her angereist. Er, offensichtlich ein Lebemann, schien mir gebrechlicher zu sein als der rüstige Herr Jünger, der seinen Siebzigsten grad hinter sich hatte und sich betont sportlich gab. Wohnhaft im Württembergischen, war er über Basel gereist, nachdem ihn eine Fußwanderung durch die Vogesen zum einst blutig umkämpften Hartmannsweilerkopf geführt hatte.

Unsere erste Gesprächsrunde ließ sich recht stockend

an. Meine Herren »Zeitzeugen« redeten kenntnisreich über Schweizer Weine: Remarque lobte Tessiner Sorten, Jünger gab dem welschen Dole den Vorzug. Beide waren sichtlich bemüht, mir ihren wohlkonservierten Charme anzudienen. Drollig, aber auch lästig wirkten ihre Versuche, mit mir »uff Schwyzerdütsch zu schwätze«. Doch dann, als ich aus einem im Verlauf des Ersten Weltkrieges oft gesungenen Lied – »Flandrischer Totentanz« –, dessen Verfasser anonym geblieben ist, den Anfang zitierte: »Der Tod reit't auf ein'm schwarzen Rappen, er trägt ein undurchsichtige Kappen«, summte zuerst Remarque, bald auch Jünger die schaurig schwermütige Melodie; beide wußten die jeweils das Strophenende beschließenden Zeilen: »Flandern in Not, in Flandern reitet der Tod.« Dann schauten sie in Richtung Großmünster, dessen Türme die Häuser der Schiffslände überragten.

Nach dieser von einigem Räuspern unterbrochenen Nachdenklichkeit sagte Remarque, im Herbst vierzehn – er habe noch in Osnabrück die Schulbank gedrückt, während die Freiwilligenregimenter bei Bixschoote und vor Ypern verblutet seien – hätte die Legende von Langemarck, nach der man das englische Maschinengewehrfeuer mit dem Deutschlandlied auf den Lippen beantwortet habe, auch auf ihn großen Eindruck gemacht. Wohl deshalb – und von Lehrern ermuntert – habe sich manch eine Gymnasialklasse kriegsfreiwillig gemeldet. Jeder zweite sei draußen geblieben. Und die überlebt hätten, wie er, der allerdings kein Gymnasium habe besuchen dürfen, seien noch heute verdorben. Er jedenfalls sehe sich immer noch als »lebendigen Toten«.

Herr Jünger, der seines Schriftstellerkollegen Schulerlebnisse – offenbar nur Realschule – mit feinem Lächeln bedacht hatte, nannte zwar den Langemarckkult »vaterländischen Mumpitz«, räumte aber ein, daß ihn schon lange vor Kriegsbeginn ein großes Sehnen nach Gefahr, die Lust aufs Ungewöhnliche – »und sei's im Dienst der französischen Fremdenlegion« – gepackt hätten: »Als es dann losging, fühlten wir uns zu einem großen Körper zusammengeschmolzen. Doch selbst als der Krieg seine Krallen zeigte, vermochte mich der Kampf als inneres Erlebnis bis hin in meine letzten Stoßtruppführertage zu faszinieren. Geben Sie es ruhig zu, bester Remarque, selbst in ›Im Westen nichts Neues‹, Ihrem vortrefflichen Erstling, erzählten Sie, nicht ohne innere Rührung, von der Kraft soldatischer Kameradschaft, die bis in den Tod reichte.« Dieses Buch, sagte Remarque, reihe nicht Selbsterlebtes, sondern sammle die Fronterfahrung einer verheizten Generation. »Mein Lazarettdienst war mir Quelle genug.«

Nicht daß sich die alten Herren nun zu streiten begannen, aber betont legten sie Wert darauf, in Sachen Krieg unterschiedlicher Meinung zu sein, einen gegensätzlichen Stil zu pflegen und auch sonst aus jeweils anderem Lager zu kommen. Wenn sich der eine noch immer als »unverbesserlicher Pazifist« sah, verlangte der andere, als »Anarch« begriffen zu werden.

»Ach was!« rief Remarque. »Sie sind doch in Ihren ›Stahlgewittern‹ bis hin zur letzten Ludendorff-Offensive wie ein Lausbub auf Abenteuersuche gewesen. Haben leichtsinnig einen Stoßtrupp zusammengetrommelt, um aus blutigem Vergnügen schnell ein, zwei Gefangene zu machen und dabei womöglich ein Fläschchen Cognac zu ergattern ...« Dann jedoch räumte er ein, daß der Kollege Jünger in seinem Tagebuch den Graben- und Stellungskrieg, überhaupt den Charakter der Materialschlacht teilweise treffend beschrieben habe.

Gegen Ende unserer ersten Gesprächsrunde – die Herren hatten zwei Flaschen Rotwein geleert – kam Jünger abermals auf Flandern zu sprechen: »Als wir zweieinhalb Jahre später im Frontabschnitt Langemarck schanzten, stießen wir auf Gewehre, Koppelzeug und Patronenhülsen aus dem Jahr vierzehn. Sogar Pickelhauben fanden sich, mit denen damals die Freiwilligen in Regimentsstärke ausgerückt sind ...«

1915

UNSER NÄCHSTES TREFFEN fand im Odéon statt, jenem altehrwürdigen Café, in dem schon Lenin bis zu seiner unter reichsdeutschem Geleit stehenden Reise nach Rußland die »Neue Zürcher Zeitung« und andere Journale gelesen hatte, dabei insgeheim die Revolution planend. Wir hingegen waren nicht vorausblickend, sondern auf vergangene Zeit bedacht. Vorerst jedoch bestanden meine Herren darauf, unsere Sitzung als Sektfrühstück zu beginnen. Mir wurde Orangensaft genehmigt.

Wie Beweisstücke lagen die beiden einst heiß umstrittenen Buchausgaben zwischen Croissants und einer Käseplatte auf dem Marmortisch: »Im Westen nichts Neues« war allerdings in weit höherer Auflage verbreitet als »In Stahlgewittern«. »Stimmt schon«, sagte Remarque, »erwies sich als Renner. Dabei hat mein Buch nach dreiunddreißig, als es öffentlich verbrannt wurde, gut zwölf Jahre auf dem deutschen Büchermarkt, desgleichen in einigen Übersetzungen pausieren müssen, während Ihre Kriegshymne offenbar jederzeit lieferbar gewesen ist.«

Dazu schwieg Jünger. Erst als ich versuchte, den Grabenkampf in Flandern und in den kreidigen Böden der Champagne ins Gespräch zu bringen, auch Kartenausschnitte der umkämpften Regionen auf den nunmehr abgeräumten Frühstückstisch legte, warf er, der sogleich auf die Offensive und Gegenoffensive an der Somme kam, ein Stichwort in die Debatte, von dem nicht mehr recht loszukommen war: »Diese elende Pickelhaube, die Sie, mein werter Remarque, nicht mehr tragen mußten, wurde in unserem Frontabschnitt bereits ab Juni fünfzehn vom Stahlhelm abgelöst. Es handelte sich um Versuchshelme, die ein Hauptmann der Artillerie namens Schwerd im Wettlauf mit den Franzosen, die gleichfalls Stahlhelme einzuführen begannen, nach mehreren Fehlentwürfen entwickelt hatte. Da Krupp nicht in der Lage war, die geeignete Chromstahllegierung zu erzeugen, bekamen andere Firmen, unter ihnen das Eisenhüttenwerk Thale, den Auftrag. Ab Februar sechzehn war der Stahlhelm an allen Frontabschnitten in Gebrauch. Die Truppen vor Verdun und an der Somme wurden mit Vorrang beliefert, die Ostfront mußte am längsten warten. Sie haben ja keine Ahnung, bester Remarque, welchen Blutzoll wir dank dieser nichtsnutzen Lederkappe, die ersatzweise, weil Leder fehlte, aus Filz gepreßt wurde, besonders im Stellungskrieg zu zahlen hatten. Jeder gezielte Gewehrschuß ein Mann weniger, jedes Splitterchen schlug durch.«

Dann sprach er mich direkt an: »Auch Ihr bis heutzutage bei der Miliz gebräuchlicher Schweizerhelm ist, wennzwar in abgewandelter Form, unserem Stahlhelm bis zu den zwecks Ventilation durchbohrten Stehbolzen nachgebildet.«

Meinen Einwand »Zum Glück hat sich unser Helm nicht in den von Ihnen so wortmächtig gefeierten Materialschlachten bewähren müssen« überging er und deckte den betont schweigenden Remarque mit weiteren

Details ein: vom Rostschutz durch ein feldgraues Mattierungsverfahren bis zum ausladenden Nackenschutz und dem Innenfutter aus Roßhaarkissen oder gestepptem Filz. Dann klagte er über die Sichtbehinderung im Grabenkampf, weil die auskragende Stirnseite Schutz bis zur Nasenspitze geben sollte. »Na, Sie wissen ja, daß mir bei Stoßtruppunternehmen diese gewichtige Stahlhaube äußerst lästig gewesen ist. Bevorzugte, zugegeben leichtfertigerweise, meine altgediente Leutnantsmütze, hatte übrigens Seidenfutter.« Dann fiel ihm noch etwas, wie er meinte, Amüsantes ein: »Nebenbei gesagt, liegt auf meinem Schreibtisch als Andenken ein ganz anders, extrem flach geformter Tommyhelm, durchschossen natürlich.«

Nach längerer Pause – die Herren tranken jetzt zum schwarzen Kaffee ein Pflümli – sagte Remarque: »Die Stahlhelme M 16, später M 17, waren dem Ersatz, der aus kaum ausgebildeten Rekruten bestand, viel zu groß. Rutschten ständig. Von ihren Kindergesichtern war grad noch der ängstliche Mund, das zitternde Kinn zu sehen. Komisch und jammervoll zugleich. Und daß Infanteriegeschosse und selbst kleinere Schrapnells den Stahl dennoch durchschlugen, muß ich Ihnen wohl nicht erzählen ...«

Er rief nach einem weiteren Pflümli. Jünger hielt mit. Mir, dem »Meidschi«, wurde ein zweites Glas frisch gepreßter Orangensaft verordnet.

1916

Nach längerem Spaziergang entlang dem Limmatquai, vorbei am Helmhaus und dann längs der Uferpromenade des Zürichsees – worauf die von mir verordnete Ruhepause von beiden Herren, schien's, eingehalten wurde – nahmen wir das Abendessen, auf Einladung von Herrn Remarque, der dank der Verfilmung seiner Romane offenbar zu den vermögenden Autoren zählte, in der Kronenhalle, einem gutbürgerlichen Restaurant mit künstlerischem Ambiente: echte Impressionisten, aber auch Matisse, Braque, sogar Picasso hängen dort als Besitz an den Wänden. Wir aßen Felchenfilet, danach Rösti zu Kalbsgeschnetzeltem, und die Herren schlossen mit Espresso und Armagnac ab. Ich mutete mir eine viel zu mächtige Mousse au chocolat zu, an der ich noch lange löffelte.

Nachdem sonst alles abgeräumt war, konzentrierten sich meine Fragen nun auf den Stellungskrieg an der Westfront. Beide Herren wußten, ohne ihre Bücher zu Rate ziehen zu müssen, über tagelanges wechselseitiges Trommelfeuer, das mitunter die eigenen Gräben in Mitleidenschaft zog, zu berichten. Über gestaffelte Grabensysteme samt Schulter-, Brust- und Rückenwehr, über Sappenköpfe, erdabgedeckte Unterstände, tief ins Erdreich gestufte Stollen, unterirdische Laufgänge, bis dicht an die feindlichen Linien herangetriebene Horch- und

Minierstollen, das Geflecht der Stacheldrahtverhaue, aber auch über verschüttete, abgesoffene Gräben und Unterstände gaben sie Auskunft. Ihre Erfahrungen muteten unverbraucht an, wenngleich Remarque einschränkend sagte, nur beim Schanzen im Einsatz gewesen zu sein: »War kein Grabenkämpfer, sah allerdings, was davon übrigblieb.«

Doch ob Schanzarbeit, Essenholen oder nächtliches Drahtlegen, jedes Detail war abrufbar. Sie erinnerten sich präzise, und nur gelegentlich verloren sich beide in Anekdoten, zum Beispiel in Plaudereien, die Jünger aus vorgetriebenem Sappenkopf mit dem kaum dreißig Schritt entfernten »Tommy« oder »Franzmann« geführt hatte, dabei dem Fremdsprachenunterricht seiner Schulzeit vertrauend. Innert zweier geschilderter Angriffe und Gegenangriffe beschlich mich das Gefühl, dabeigewesen zu sein. Danach ging es um englische Kugelminen und deren Wirkung, um sogenannte »Ratscher«, Flaschenminen, Schrapnells, um Blindgänger und schwere Granaten mit Aufschlag-, Brenn- und Verzögerungszünder und um die Geräusche nahender Geschosse von verschiedenem Kaliber.

Beide Herren verstanden es, die Einzelstimmen derart beängstigender Konzertveranstaltungen, »Feuerriegel« genannt, zu imitieren. Es muß die Hölle gewesen sein. »Und dennoch«, sagte Herr Jünger, »war in uns allen ein Element lebendig, das die Wüstheit des Krieges unterstrich und vergeistigte, die sachliche Freude an der Gefahr, der ritterliche Drang zum Bestehen eines Kampfes. Ja, ich kann sagen: Im Lauf der Jahre schmolz das Feuer dieser Dauerschlacht ein immer reineres, ein immer kühneres Kriegertum heraus ...«

Herr Remarque lachte seinem Gegenüber ins Gesicht: »Ach was, Jünger! Sie reden daher wie ein Herrenreiter. Diese Frontschweine in den zu großen Stiefeln und mit den zugeschütteten Herzen waren durchweg vertiert. Mag sein: Furcht kannten sie kaum noch. Aber die Todesangst war immer da. Was sie konnten? Karten spielen, fluchen, sich breitbeinig liegende Frauen ausmalen und Krieg führen, also auf Befehl morden. Auch Fachwissen war da: über die Vorzüge des Feldspatens im Vergleich mit dem Seitengewehr ließ sich reden, weil man mit dem Spaten nicht nur unters Kinn stoßen, sondern mit größter Wucht zuschlagen konnte, etwa schräg zwischen Hals und Schulter. Das geht leicht bis zur Brust durch, während das Seitengewehr oft zwischen Rippen geklemmt steckenblieb und man gegen den Bauch treten mußte, um es freizukriegen …«

Da sich keiner der in der Kronenhalle besonders zurückhaltenden Kellner an unseren gar lauten Tisch traute, goß Jünger, der für unser, wie er sagte, »Arbeitsgespräch« einen leichten Roten gewählt hatte, nach und nahm – betont verzögert – einen Schluck: »Alles richtig, mein lieber Remarque. Bleibe trotzdem dabei: Wenn ich meine Männer in steinerner Unbeweglichkeit im Graben sah, Gewehr in der Hand, die Bajonette aufgepflanzt, und beim Schein einer Leuchtkugel Stahlhelm an Stahlhelm, Klinge an Klinge blinken sah, wurde ich von einem Gefühl der Unverletzbarkeit erfüllt. Ja. Wir konnten zermalmt, aber nicht besiegt werden.«

Nach einigem Schweigen, das nicht zu überbrücken war – Herr Remarque hatte wohl etwas sagen wollen, winkte dann aber ab –, hoben beide ihre Gläser, blickten jedoch aneinander vorbei und kippten dennoch zur selbigen Zeit den restlichen Inhalt in sich hinein. Remarque zupfte immer wieder an seinem Kavalierstüchlein. Bisweilen sah mich Jünger wie einen seltenen Käfer an, der offenbar seiner Sammlung fehlte. Ich kämpfte immer noch tapfer gegen meine allzu mächtige Portion Mousse au chocolat an.

Später sprachen meine Herren eher gelassen und amüsiert über den Jargon der »Frontschweine«. Von »Latrinengerüchten« war die Rede. Allzu derbe Ausdrücke wurden mir gegenüber, dem »Vreneli«, wie Remarque scherzte, nach Kavaliersart entschuldigt. Schließlich lobten sie wechselseitig die Anschaulichkeit ihrer Frontberichte. »Wen gibt es denn noch außer uns?« fragte Jünger. »Bei den Franzosen allenfalls diesen verrückten Céline ...«

1917

Gleich nach dem Frühstück – diesmal kein opulentes mit Sekt, vielmehr einigten sich die Herren auf das von mir empfohlene Birchermüsli – setzten wir unser Gespräch fort, in dessen Verlauf mich beide behutsam, als sei ich ein Schulmeidschi, das nicht schokkiert werden dürfe, über den Gaskrieg, also das Abblasen von Chlorgas, die gezielte Verwendung von Blau-, Grün-, schließlich Gelbkreuzmunition aufklärten, wobei sie teilweise aus eigener, aber auch aus vermittelter Erfahrung zu berichten wußten.

Wir waren auf die chemischen Kampfstoffe recht umweglos gekommen, nachdem Remarque den zur Zeit unseres Gesprächs aktuellen Vietnamkrieg erwähnt und den dortigen Einsatz von Napalm, desgleichen die Verwendung von Agent Orange verbrecherisch genannt hatte. Er sagte: »Wer die Atombombe geworfen hat, der kennt keine Hemmung mehr.« Jünger beurteilte die systematische Entlaubung des Dschungels durch flächendeckende Giftstoffe als konsequente Fortsetzung des seinerzeitigen Einsatzes von Kampfgasen, war aber, hierin in Übereinstimmung mit Remarque, der Meinung, daß »der Amerikaner«, trotz Materialüberlegenheit, diesen »schmutzigen Krieg«, der kein »soldatisches Handeln« mehr erlaube, verlieren werde.

»Doch zugegeben: Als erste haben wir im April fünfzehn vor Ypern Chlorgas gegen die Franzosen abgeblasen«, sagte Jünger. Und nun rief Remarque so laut, daß eine Serviertochter in Nähe unseres Tisches erschrokken innehielt, dann aber davoneilte: »Gasangriff! Gas! Gaaas!«, worauf Jünger das Bimmeln der Alarmglocken mit Hilfe des Teelöffels nachahmte, plötzlich jedoch, wie auf inneren Befehl, sachlich wurde: »Laut Vorschrift begannen wir sofort unsere Gewehrläufe, jegliches Metall einzufetten. Dann die Schutzmaske vorgeschnallt. Später sahen wir in Monchy – das war kurz vor Beginn der Somme-Schlacht – eine Menge Gaskranker sitzen, die stöhnten und würgten, während ihnen das Wasser aus den Augen lief. Aber hauptsächlich wirkt Chlorgas durch Ätzen und Verbrennen der Lunge. Sah diese Wirkung gleichfalls in feindlichen Gräben. Bald danach wurden wir vom Engländer mit Phosgengas bedacht, das süßlich riecht.«

Jetzt war Remarque wieder dran: »In tagelangem Würgen haben sie ihre verbrannten Lungen stückweise ausgekotzt. Am Schlimmsten war es, wenn sie bei gleichzeitigem Sperrfeuer nicht aus den Trichtern rauskamen, weil sich die Gaswolke wie ein breites Quallentier in jede Bodenvertiefung legte. Wehe dem, der sich die Maske zu früh abriß ... Ganz schlimm hat es immer den unerfahrenen Ersatz erwischt ... Diese jungen, hilflos herumirrenden Burschen ... Diese blassen Steckrübengesichter ... In ihren zu weiten Uniformen ... Noch lebend hatten sie die entsetzliche Ausdruckslosigkeit gestorbener Kinder ... Sah, als wir zum Schanzen auf unsere vorderste Linie stießen, einen Unterstand voll dieser armen Hunde ... Fand sie mit blauen Köpfen und schwarzen Lippen ... Und in einem Trichter hatten sie sich die Masken zu früh ... Würgten sich mit Blutstürzen zu Tode ...«

Beide Herren entschuldigten sich bei mir: Das sei wohl zuviel am frühen Morgen. Überhaupt sei es befremdlich, daß eine junge Dame Interesse für derartige Bestialitäten zeige, die der Krieg nun einmal mit sich bringe. Ich beruhigte Remarque, der sich, darin Jünger übertreffend, als Herr alter Schule verstand. Man möge, bitte, auf mich keine Rücksicht nehmen. Der Forschungsauftrag, den uns die Firma Bührle erteilt habe, verlange nun mal Detailtreue, sagte ich. »Sie wissen ja, welche Kaliber man in Oerlikon für den Export produziert, oder?« Dann bat ich um weitere Einzelheiten.

Da Herr Remarque schwieg und mit abgewandtem Blick die Rathausbrücke zum Limmatquai fixierte, klärte mich Herr Jünger, der einen gefaßteren Eindruck machte, über die Entwicklung der Gasmaske und dann über das Kampfmittel Senfgas auf, das im Juni siebzehn zum ersten Mal – und von deutscher Seite – während der dritten Schlacht um Ypern eingesetzt wurde. Es handelte sich um fast geruchlose, kaum erkennbare Gasschwaden, sozusagen um einen am Boden haftenden Nebel, dessen die Zellen zersetzende Wirkung erst nach drei bis vier Stunden begann. Dichlordiäthylsulfid, eine ölartige, in winzige Tröpfchen zerstäubte Verbindung, gegen die keine Gasmaske half.

Dann erklärte Herr Jünger mir noch, wie durch Gelbkreuzbeschuß feindliche Grabensysteme verseucht wurden und daraufhin kampflos geräumt werden mußten. Er sagte: »Aber im Spätherbst siebzehn erbeutete der Engländer bei Cambrai ein größeres Depot Senfgasgranaten und setzte sie sogleich gegen unsere Gräben ein. Viele Erblindungen ... Sagen Sie mal, Remarque, hat es nicht auf diese oder ähnliche Weise den größten Gefreiten aller Zeiten erwischt? Kam daraufhin ins Lazarett nach Pasewalk ... Erlebte das Kriegsende dort ... Beschloß dort, Politiker zu werden ...«

1918

NACH KURZEM EINKAUFSBUMMEL – Jünger deckte sich mit Zigarren, auch solchen aus Brissago ein; Remarque kaufte, von mir beraten, bei Grieder einen Seidenshawl für seine Frau Paulette – brachte ich beide Herren mit dem Taxi zum Hauptbahnhof. Da uns noch Zeit blieb, suchten wir das Bahnhofsbufett auf. Ich schlug als Abschiedstrunk einen leichten Weißwein vor. Obgleich im Grunde alles gesagt war, ergaben sich dann innert einer guten Stunde doch noch einige Notizen. Auf meine Frage, ob man im letzten Kriegsjahr Erfahrungen mit den nun gehäuft zum Einsatz gekommenen englischen Tanks gemacht habe, verneinten beide Herren, überrollt worden zu sein, aber Jünger behauptete, sein Trupp sei bei Gegenangriffen auf mehrere »ausgeräucherte Kolosse« gestoßen. Mit Flammenwerfern und gebündelten Handgranaten habe man sich zu wehren versucht. »Diese Waffe«, sagte er, »steckte sozusagen in den Kinderschuhen. Die Zeit der schnellen, umfassenden Panzervorstöße sollte noch kommen.«

Dann aber erwiesen sich beide Herren als Beobachter von Luftkämpfen. Remarque erinnerte sich an Wetten, abgeschlossen aus Graben- und Etappensicht: »Eine Portion Leberwurst oder fünf Zigaretten waren der Einsatz, gleich ob nun eine Fokker von uns oder ein englischer Spad-Einsitzer mit Rauchfahne abtrudelte. Aber an Zahl war man uns sowieso überlegen. Zum Schluß kamen auf ein Flugzeug von uns fünf englische oder amerikanische.«

Jünger bestätigte: »Allgemein war die Überlegenheit an Material erdrückend, besonders in der Luft. Habe trotzdem unsere Burschen in ihren Dreideckern mit gewissem Neid gesehen. Ging immerhin ritterlich zu bei Luftkämpfen. Tollkühn, wie eine einzelne Maschine, aus der Sonne kommend, sich ihren Gegner aus dem Feindverband herauspickte. Wie hieß nochmal das Motto der Richthofen-Staffel? Ich hab's: ›Eisern, aber irre!‹ Haben jedenfalls diesem Wahlspruch alle Ehre gemacht. Kaltblütig und doch fair. Ist übrigens lohnende Lektüre, mein lieber Remarque, ›Der rote Kampfflieger‹, wenngleich auch der Herr Baron gegen Schluß seiner äußerst lebendigen Erinnerungen einräumen muß, daß es spätestens ab sechzehn mit dem frisch-fröhlichen Krieg vorbeigewesen sei. Unten nur noch Schlamm, Trichterlandschaften. Alles sei ernst, verbissen geworden. Und doch: bis zum Schluß, als auch er vom Himmel geholt wurde, tapfer geblieben. Und diese Haltung bewies sich unten im gleichen Maße. Einzig das Material war stärker. Im Felde unbesiegt! hieß es. Doch im Rücken hatten wir die Revolte. Wenn ich mir aber meine Verwundungen aufzähle: mindestens vierzehn Treffer, fünf von Gewehrgeschossen, zwei von Granatsplittern, eine durch Schrapnellkugel verursacht, vier gehen aufs Konto von Handgranaten, und zwei rühren von sonstigen Splittern her – macht mit Ein- und Ausschüssen gut zwanzig Narben –, komme ich zu der Feststellung: Hat sich gelohnt!«

Diese Bilanz schloß er mit einem hellen, besser gesagt, so greisen- wie jungenhaften Lachen ab. Remarque saß in sich zurückgezogen: »Damit will ich nicht konkurrieren. Mich hat es nur einmal erwischt. Das reichte mir. Kann überhaupt nicht mit Heldentaten aufwarten. War später nur noch im Lazarett tätig. Da sah und hörte ich genug. Kann schon gar nicht mit Ihrem Halsschmuck konkurrieren: ›Pour le Mérite‹. Aber besiegt waren wir dennoch. In jeder Beziehung. Ihnen und Ihresgleichen fehlte nur der Mut, die Niederlage einzugestehen. Und an diesem Mut mangelt es offenbar heut noch.«

War damit alles gesagt? Nein. Jünger bilanzierte die Opfer jener Grippeepidemie, die während der letzten Kriegsjahre in beiden Feindlagern umging: »Über zwanzig Millionen Grippetote, etwa gleich viele, wie auf allen Seiten im Kampf gefallen sind, und die haben immerhin gewußt, wofür!« Eher leise fragte Remarque: »Um Gotteswillen, wofür denn?«

Ein wenig verlegen legte ich nun die so berühmt gewordenen Bücher der Autoren auf den Tisch, bat um eine Widmung. Jünger beeilte sich, mir seinen Band mit dem Zusatz »Für unser tapferes Vreneli« zu signieren; Remarque signierte unter dem recht eindeutigen Bekenntnis: »Wie aus Soldaten Mörder wurden.«

Nun erst war alles gesagt. Die Herren tranken aus. Fast gleichzeitig – Remarque voran – standen sie auf, verbeugten sich knapp, vermieden aber den Handschlag und baten mich, der jeweils ein angedeuteter Handkuß nicht erspart wurde, weder den einen noch den anderen zum Perron zu begleiten; beide reisten mit Handgepäck nur.

Fünf Jahre später starb Herr Remarque. Herr Jünger hat offenbar vor, dieses Jahrhundert zu überleben.

1919

Das sind doch Kriegsjewinnler sind das. Alle durch die Bank. Nehmen Se den da, der hat mit »Bratolin«, was ne Kotelettmasse sein soll, Millionen jescheffelt. War aber nur jeschrotetes Zeug, Mais, Erbsen und Steckrüben drin. Och inne Wurst. Und jetzt schrein diese Wurstfälscher: Wir, die sojenannte Heimatfront, na, all diejenjen, die Granaten nich jenug jedreht haben solln, und och die deutsche Hausfrau soll janz tückisch unsre Soldaten von hinten ... Und zwar erdolcht ... Dabei is meen Mann, den se zum Schluß noch zum Landsturm jezogen ham, als Krüppel zurück, und die Mädels beede, mickrig, wie se jewesen sind, hat die Grippe jeholt. Und och Erich, was meen einzjer Bruder war und der bei de Marine alles, Doggerbank, Skagerrak, jedes Jeballer sag ich, mit bißchen Glück überlebt hat, den hat es nu in Berlin, wo er von Kiel rauf mit sein Bataillon für die Republik einmarschiert is, uff ner Barrikade erwischt. Friede? Da kann ich janz bitter lachen nur. Vonwejen Friede. Immer noch schießen sie rum. Und immer noch Steckrüben. Steckrüben im Brot, inne Frikadellen. Sogar Kuchen hab ich neulich aus Steckrüben jebacken, mit bißchen Bucheckern drin, weil Sonntag war und Besuch kam. Und da kommen nu diese Schwindler, die uns für teuer Jeld mit sojenannte Duftstoffe vermengte Schlämmkreide als Bratentunke verkooft ham, und reden inne Zeitung von Dolchstoß und hinterrücks. Nee! Abjemurkst jehörn die, anne Laterne, damit Schluß is mit all die Ersatzmittel. Was heißt hier Verrat? Wir wolln bloß keen Kaiser nich mehr und keene Steckrüben. Aber och keene Revolution immerzu und keen Dolch von vorn oder hinten rein. Aber richtjes Brot soll wieder jenug sein. Und nich »Frux«, sondern richtje Marmelade. Och keen »Eirol«, wo nur Stärke drin war, sondern echte Eier vom Huhn. Und nie wieder Bratenmasse, abern Stück vom richtjen Schwein. Das, nur das wolln wir. Denn is och Friede endlich. Und deshalb bin ich nu bei uns in Prenzlau für ne Räterepublik einjetreten, und zwar im Frauenrat für Ernährungsfragen, wo wir nen Aufruf jemacht haben, der nu jedruckt is, weshalb er an alle Litfaßsäulen klebt. »Deutsche Hausfrau!« hab ich vorm Rathaus vonne Treppe runter jerufen. »Nu muß Schluß sein mit dem Schwindel und die Kriegsjewinnler. Was heißt hier Dolchstoß. Ham wir nich och jekämpft all die Jahre anne Heimatfront? Schon November fuffzehn jing das los mit Margarine knapp und Steckrüben satt. Und wurd denn immer schlimmer. Nee! Keene Milch, aber Doktor Caros Milchtabletten. Und denn kam die Grippe noch über uns und hat, wie inne Zeitung stand, reichlich Ernte jehalten. Und denn, nachem strengen Winter, keene Kartoffeln nich, immer nur Steckrüben. ›Schmeckt wie Drahtverhau‹, hat meen Mann jesagt, als er auf Urlaub kam. Und nu, wo sich Willem mit all seine Schätze dünnejemacht hat und ab is nach Holland auf sein Schloß, solln wir es jewesen sein, die vonne Heimatfront aus mit nem Dolch, und zwar feige von hinten ...«

1920

ZUM WOHLE, MEINE HERREN! Nach sauren Wochen darf froh gefeiert werden. Doch bevor ich das Glas hebe, sei eingangs gesagt: Was wäre das Reich ohne die Bahn! Endlich haben wir sie. Stand ja deutlich fordernd in der ansonsten dubiosen Verfassung: Aufgabe des Reiches ist es ... Und ausgerechnet die Herren Genossen, denen das Vaterland sonst schnurzpiepegal ist, haben darauf bestanden. Was einst dem Kanzler Bismarck nicht gelingen wollte, was Seiner Majestät nicht vergönnt gewesen ist, was uns im Kriege teuer zu stehen kam, denn weil nicht genormt, vielmehr in zweihundertzehn Lokomotivtypen zersplittert, war die Bahn oft ohne Ersatzteile, so daß Truppentransporte, der dringliche Nachschub, die vor Verdun fehlende Munition auf der Strecke blieben, diesen Mißstand, meine Herren, der uns womöglich den Sieg gekostet hat, haben nun die Sozis beseitigt. Ich wiederhole, ausgerechnet jene Sozis, die zum novemberlichen Verrat bereit gewesen sind, haben diesen löblichen Entwurf zwar nicht in die längst überfällige Tat umgesetzt, doch immerhin seine Verwirklichung möglich gemacht. Denn – frage ich Sie – welchen Nutzen hat uns das allerdichteste Bahnnetz gebracht, solang sich Bayern und Sachsen gesträubt haben, aus – seien wir ehrlich – blankem Preußenhaß gesträubt haben, endlich reichsweit zu einigen, was nicht nur nach Gottes Willen, sondern auch aus Gründen der Vernunft zusammengehört? Deshalb habe ich immer wieder gesagt: Erst auf den Schienen einer Reichsbahn wird der Zug zur wirklichen Einheit rollen. Oder wie schon der alte Goethe in weiser Voraussicht sagte: »Was der Fürsten Eigensinn verhindert, die Eisenbahn wird's richten …« Aber es mußte wohl erst der Diktatfriede, demzufolge achttausend Lokomotiven und zigtausend Personen- und Güterwagen der schamlos zugreifenden Feindeshand ausgeliefert wurden, unser Unglück vollenden, auf daß wir bereit waren, nach Geheiß dieser dubiosen Republik mit Preußen und Sachsen, mit Bayern sogar und Hessen, mit Mecklenburg-Schwerin und Oldenburg einen Staatsvertrag zu schließen, nach dessen Willen das Reich alle Länderbahnen, die übrigens hochverschuldet waren, übernahm, wobei der Übernahmepreis glatt mit den Schulden hätte beglichen werden können, wenn nicht der Inflation jegliche Rechnung zum Spott geworden wäre. Doch sobald ich auf das Jahr zwanzig zurückblicke und mit nunmehr erhobenem Glas vor Ihnen stehe, kann ich getrost sagen: Jawoll, meine Herren, seitdem uns das Reichsbahngesetz mit sattem Rentenmarkkapital ausgestattet hat, sind wir raus aus den roten Zahlen, sind sogar in der Lage, die von uns frech geforderten Reparationsleistungen zu erwirtschaften, sind überdies dabei, uns rundum zu modernisieren, und zwar mit Ihrer verdienstvollen Hilfe. Selbst wenn man mich – anfangs insgeheim, dann in aller Offenheit – den »Vater der deutschen Einheitslokomotive« genannt hat, habe ich doch immer gewußt, daß die Normierung beim Lokomotivbau nur mit vereinten Kräften gelingen kann. Ob Hanomag, was die Achsbuchsen betraf, oder Krauss & Co. betreffs Steuerung, ob Maffei Zylinderdeckel herstellte oder Borsig den Zusammenbau übernahm, all diese Industriebetriebe, deren Vorstände hier heute in feierlicher Runde versammelt sind, haben begriffen: Die reichseinheitliche Lokomotive verkörpert außer der technischen des Reiches Einheit! Doch kaum haben wir begonnen, mit Gewinn zu exportieren – jüngst sogar ins bolschewistische Rußland, wo der bekannte Professor Lomonossoff unseren Heißdampf-Güterzuglokomotiven ein exzellentes Zeugnis ausgestellt hat –, da werden schon erste Stimmen laut, die der Privatisierung der Bahn das Wort reden. Schnellen Gewinn will man machen. Personal einsparen. Angeblich nicht rentable Teilstrecken stillegen. Da kann ich nur warnend ausrufen: Wehret den Anfängen! Wer die Reichsbahn in private, sprich fremde, weil schlußendlich ausländische Hände gibt, schädigt unser armes, gedemütigtes Vaterland. Denn wie schon Goethe, auf dessen weise Vorausschau wir nun alle das Glas bis zur Neige leeren wollen, zu seinem Eckermann gesagt hat …

1921

Lieber Peter Panter, sonst schreib ich nie Leserbriefe, aber als mir neulich mein Verlobter, der so ziemlich alles, was er kriegen kann, liest, ein paar von Ihren wirklich komischen Sachen, und zwar beim Frühstück untern Eierbecher geschoben hat, hab ich herzlich lachen gemußt, auch wenn ich das Politische davon nicht voll mitgekriegt habe. Sie sind ganz schön scharf, aber immer witzig dabei. Sowas mag ich. Nur vom Tanzen verstehn Sie wirklich nix. Denn was Sie da über einen Shimmytänzer mit »Hände in den Hosentaschen« schreiben, ist ehrlich daneben. Das mag ja beim Onestep noch angehn oder beim Foxtrott. Horst-Eberhard jedenfalls, der, wie Sie in Ihrem Artikelchen richtig bemerken, bei der Post ist – aber kein Postrat, mehr am Schalter – und den ich voriges Jahr auf »Walterchens Shimmydiele« kennengelernt habe, tanzt mit mir Shimmy beidhändig, und zwar offen und eng. Und letzten Freitag, als mein Wochenlohn grad mal für ein Paar Strümpfe gereicht hat, wir aber unbedingt uns in Schale werfen wollten – vielleicht bin ich ja wirklich Ihr »Fräulein Piesenwang«, über die Sie sich ziemlich lustig machen –, hat er mit mir im Admiralspalast, wo Preistanzen war, das Allerneueste aus Amerika, einen Charleston, aufs Parkett gelegt, der sich gewaschen hatte. Er im geliehenen Frack, ich goldgelb kniefrei.

War aber trotzdem kein »Tanz ums Goldne Kalb«! Da liegen Sie schief, mein lieber Herr Panter. Wir tanzen ums reine Vergnügen. Sogar in der Küche zum Grammophon. Weil wir das intus haben. Überall. Im Bauch, bis in die Schultern. Sogar in beiden Ohren, die, wie Sie in Ihrem Artikelchen richtig beobachten, bei meinem Horst-Eberhard ziemlich abstehn. Denn ob Shimmy oder Charleston, das ist nicht nur Beinsache, sondern kommt von innen und geht durch und durch. Richtig in Wellen von unten nach oben. Und zwar bis unter die Kopfhaut. Sogar zittern gehört dazu und macht bißchen glücklich. Aber wenn Sie nicht wissen, was Glück ist, ich meine Glück momentan, dann lassen Sie sich doch bei »Walterchen« von mir jeden Dienstag und Sonnabend Gratisunterricht geben.

Ehrlich versprochen! Und keine Angst. Wir gehn das ganz sachte an. Erst legen wir zum Anwärmen einen Schieber vorwärts und rückwärts aufs Parkett. Ich führe, und Sie lassen sich ausnahmsweise mal führen. Ist reine Vertrauenssache. Außerdem geht das einfacher, als es aussieht. Und dann versuchen wir »Ausgerechnet Bananen«. Kann man mitsingen. Sowas bringt Spaß. Und wenn Sie dann noch bei Puste sind und mein Horst-Eberhard nix dagegen hat, lassen wir zwei beide uns auf nen richtigen Charleston ein. Der geht anfangs ganz schön in die Waden, heizt aber ein. Und wenn wir dann voll in Stimmung sind, mach ich extra für Sie mein Döschen auf. Keine Angst! Ne Prise nur. Nix zum Angewöhnen. Nur zwecks Heiterkeit, ehrlich.

Übrigens sagt mein Horst-Eberhard, daß Sie meistens unter sowas wie Pseudonym schreiben. Mal als Panter, mal als Tiger, manchmal als Herr Wrobel. Und daß Sie ein kleiner dicker polnischer Jude sind, hat er irgendwo gelesen. Aber das macht nix. Ich heiß auch mit ki hinten. Und Dicke sind meistens gute Tänzer. Sollten Sie aber nächsten Sonnabend Ihre Spendierhosen anhaben und auch sonst bei Laune sein, machen wir prompt ne Flasche Schampus auf oder zwei. Und ich erzähl Ihnen, wie das so abläuft beim Schuhverkauf. Bin nämlich bei Leiser, Herrenabteilung. Nur über Politik reden wir nicht. Versprochen?

Von Herzen Ihre Ilse Lepinski

1922

Was will man noch von mir hören! Ihr Journalisten wißt sowieso alles besser. Die Wahrheit? Was zu sagen war, hab ich gesagt. Aber mir glaubt ja doch keiner. »Erwerbslos und übel beleumundet ist er«, hat man vor Gericht zu Protokoll gegeben. »Ein Spitzel ist dieser Theodor Brüdigam«, hieß es, »von den Sozis gelöhnt und obendrein von der Reaktion.« Jadoch, aber gezahlt haben nur Leute von der Brigade Ehrhardt, die, als der Kapp-Putsch total danebenging und die Brigade zwangsaufgelöst wurde, weitergemacht haben. Was hätten sie sonst tun sollen? Und was heißt hier »illegal«, wenn ziemlich alles, was läuft, sowieso dem Gesetz spottet und der Feind links und nicht, wie der Kanzler Wirth behauptet, rechts steht? Nein, nicht Korvettenkapitän Ehrhardt, Kapitän Hoffmann war zuständig für Honorare. Und der gehört bestimmt zur O. C. Bei anderen weiß man das nie so genau, weil sie selber nicht wissen, wer zur Organisation zählt, wer nicht. Auch von Tillessen kamen Kleinbeträge. Das ist der Bruder von jenem Tillessen, der auf Erzberger geschossen hat und genauso katholisch ist wie dieser Zentrumsbonze, der nun weg ist. Tillessen sitzt jetzt in Ungarn oder sonstwo versteckt. Doch eigentlich hat mich Hoffmann beauftragt. Sollte für die Organisation Consul einige Linksorganisationen, nicht nur kommunistische, aushorchen. Ganz nebenbei hat er mir aufgelistet, wer nach dem Novemberverräter Erzberger dran sein sollte. Natürlich der Sozi Scheidemann und der Erfüllungspolitiker Rathenau. Auch für den Reichskanzler Wirth gab's Pläne. Stimmt, das war ich, der in Kassel Scheidemann gewarnt hat. Warum? Na, weil ich die Meinung vertrete, daß man nicht mit Mord, sondern halbwegs legal, und zwar zuerst in Bayern, das ganze System aushebeln, stürzen und dann, wie Mussolini in Italien, den nationalen Ordnungsstaat errichten muß, notfalls mit diesem Gefreiten Hitler, der zwar ein Spinner, aber doch der geborene Massenredner ist und besonders in München Zulauf hat. Doch Scheidemann wollte nicht auf mich hören. Mir glaubt ja sowieso keiner was. Zum Glück klappte es nicht, denn im Habichtswald ging der Anschlag mit Blausäure ins Gesicht daneben. Ja, sein Schnurrbart hat ihn geschützt. Klingt komisch, war aber so. Weshalb diese Methode auch nicht mehr zur Anwendung kommt. Stimmt, widerlich fand ich das. Wollte deshalb nur noch für Scheidemann und seine Leute arbeiten. Aber die Sozis schenkten mir keinen Glauben, als ich sagte: Hinter der Organisation Consul steckt die Reichswehr, Abteilung Abwehr. Und natürlich Helfferich, von dessen Bank das Geld kommt. Von Stinnes sowieso. Für Plutokraten rechnet sich das wie Trinkgeld. Jedenfalls hat Rathenau, der ja selbst Kapitalist ist und den ich auch gewarnt habe, eigentlich ahnen müssen, was kommt. Denn wie Helfferich mit seiner Kampagne »Fort mit Erzberger!« den Anschlag auf den Punkt gebracht hat: »Nur ein Vaterlandsverräter konnte bereit sein, mit dem Franzosen Foch den schmählichen Waffenstillstand auszuhandeln«, so hat er, knapp vor den Schüssen, Rathenau als »Erfüllungspolitiker« gebrandmarkt. Aber der Herr Minister brachte trotzdem kein Vertrauen auf. Denn daß er im letzten Moment, als die Sache schon anlief, ein Vieraugengespräch zwischen Kapitalisten, nämlich mit Hugo Stinnes, gewollt hat, konnte ihn nicht retten, weil er Jude war sowieso nicht. Als ich durchblicken ließ: »Sie sind besonders während der morgendlichen Anfahrt zum Ministerium gefährdet«, sagte er arrogant, wie dieser jüdische Geldadel sein kann: »Aber wie soll ich Ihnen, werter Herr Brüdigam, Glauben schenken, wenn Sie doch nach meinen Erkundungen so übel beleumundet sind ...« Kein Wunder, wenn später beim Prozeß der Oberstaatsanwalt verhindert hat, daß ich als Zeuge vereidigt wurde, weil ich, das behauptete er, »der Teilnahme an der zur Verhandlung stehenden Tat verdächtig war«. Klar, das Gericht wollte die O. C. raushalten. Na, die Hintermänner sollten im dunkeln bleiben. Allenfalls wurde von Organisationen gemunkelt, die eventuell illegal seien. Nur dieser von Salomon, ein dummer Junge, der sich als Schriftsteller aufspielte, hat beim Verhör aus lauter Angeberei Namen geplappert. Bekam deshalb fünf Jahre aufgebrummt, obwohl er nur den Hamburger Autofahrer vermittelt hat. Jedenfalls waren meine Warnungen für die Katz. Alles verlief wie im Fall Erzberger. Schon damals waren die Jungs von der Brigade total auf Gehorsam getrimmt, weshalb die O. C. die Täter Schulz und Tillessen einfach auslosen konnte. War klare Sache von dann an. Wie Ihnen ja aus eigener Presse bekannt sein dürfte, erwischten sie ihn im Schwarzwald, wo er mit Frau und Tochter zur Erholung weilte. Während eines Spaziergangs mit einem anderen Zentrumsmann wurde ihm aufgelauert. Von zwölf abgegebenen Schüssen tötete ein Kopfschuß. Der andere, ein Dr. Diez, kam verletzt davon. Danach wanderten die Täter seelenruhig zur nahe gelegenen Ortschaft Oppenau, wo sie in einer Pension Kaffee tranken. Was Sie aber nicht wissen, meine Herren, ist, daß im Fall Rathenau gleichfalls ausgelost wurde, wie einer der Täter noch vor dem Anschlag einem Priester gebeichtet hat, worauf dieser dem Kanzler Wirth Bericht gab, dabei allerdings das sogenannte Beichtgeheimnis wahrte und keine Namen nannte. Aber Rathenau hat weder dem Priester noch mir glauben wollen. Und selbst vom Frankfurter Vorstand der deutschen Juden, den hinwiederum ich informiert hatte, ließ er sich nicht zu gebotener Vorsicht überreden, lehnte jeglichen Polizeischutz ab. Wollte sich jedenfalls am 24. Juni von seiner Grunewaldvilla in der Königsallee wie gewohnt im offenen Wagen in Richtung Wilhelmstraße kutschieren lassen. Auch auf seinen Chauffeur hörte er nicht. Deshalb lief alles wie im Lehrbuch ab. Noch auf der Königsallee mußte, wie allgemein bekannt ist, der Chauffeur Ecke Erdener/Lynarstraße bremsen, weil ein Pferdefuhrwerk, dessen Kutscher übrigens nicht verhört worden ist, die Allee überquerte. Aus dem verfolgenden Mercedes-Benz-Tourenwagen wurden neun Schüsse, von denen fünf trafen, abgegeben. Beim Überholen gelang es, eine Eierhandgranate zu plazieren. Die Täter waren nicht nur von soldatischem Geist, sondern auch vom Haß auf alles Undeutsche erfüllt. Techow steuerte den Mercedes, Kern konnte mit der Maschinenpistole umgehen, Fischer, der sich während der Flucht selbst entleibte, warf die Handgranate. Doch all das klappte nur, weil mir, der übel beleumundeten Person, dem Spitzel Brüdigam, niemand hat glauben wollen. Bald stellte die Organisation Consul die Zahlungen ein, und im Jahr drauf ging der Marsch des Gefreiten Hitler zur Münchner Feldherrnhalle blutig daneben. Mein Versuch, Ludendorff zu warnen, schlug fehl. Dabei bin ich diesmal ohne Bezahlung tätig gewesen, denn aufs Geld kam es mir nie an. Wurde sowieso von Tag zu Tag wertloser. Einzig aus Sorge um Deutschland … Als Patriot habe ich … Aber niemand will auf mich hören. Sie auch nicht.

1923

HEUTE SEHEN DIE SCHEINE ja hübsch aus. Und meine Urenkel spielen gerne damit Häuserkaufen und Häuserverkaufen, zumal ich aus der Zeit vorm Mauerfall noch einige Lappen mit Ähre und Zirkel drauf aufbewahrt habe, die allerdings den Kindern, weil nicht mit so vielen Nullen verziert, als weniger wertvoll gelten und ihnen deshalb nur Kleingeld sind.

Das Inflationsgeld fand ich nach Mutters Tod in ihrem Haushaltsbuch, in dem ich nun oft gedankenvoll blättere, weil es, was Preise und Kochrezepte betrifft, in mir so traurige wie reizvolle Erinnerungen wachruft. Ach ja, Mama hat es gewiß nicht leicht gehabt. Wir vier Mädchen haben ihr, wenn auch ungewollt, viel Kummer bereitet. Ich war die Älteste. Und gewiß ist jene Haushaltsschürze, die Ende zweiundzwanzig – wie ich lese – dreieinhalbtausend Mark gekostet hat, für mich bestimmt gewesen, denn jeden Abend half ich Mama beim Servieren für die von ihr so einfallsreich bekochten Untermieter. Das Dirndlkleid für achttausend hat meine Schwester Hilde aufgetragen, auch wenn sie sich an das grünrote Muster nicht erinnern mag. Aber Hilde, die bereits in den fünfziger Jahren in den Westen ging und schon als Kind recht eigensinnig war, hat sich sowieso von all dem, was einmal gewesen ist, innerlich losgesagt.

Ach ja, diese zum Himmel schreienden Preise. Wir

sind damit aufgewachsen. Und in Chemnitz, gewiß aber auch anderswo sangen wir einen Abzählvers, den meine Urenkel noch heute recht niedlich finden:

Eins, zwei, vier und fünf Millionen.
Meine Mutter, die kocht Bohnen.
Zehn Millionen kost das Pfund.
Ohne Speck bist du weg!

Und Bohnen gab es dreimal die Woche oder Linsen. Denn Hülsenfrüchte, die ja leicht zu lagern sind, wurden, wenn man wie Mama rechtzeitig eingekauft hatte, immer wertvoller. Gleiches traf für Corned beef zu, von dem sich mehrere Dutzend gehamsterte Dosen im Küchenschrank stapelten. Also kochte Mama für unsere drei Untermieter, die des sprunghaften Preisanstiegs wegen täglich zahlen mußten, Krautwickel und Hefetaschen mit Corned beef gefüllt. Zum Glück hatte einer der Untermieter, den wir Kinder Onkel Eddi nannten und der vor dem ersten Krieg als Steward auf stolzen Passagierdampfern tätig gewesen ist, ein Säckchen Silberdollars auf Vorrat. Und weil Onkel Eddi nach Vaters frühem Tod Mama nahestand, finde ich auch im Haushaltsbuch Hinweise darauf, daß der amerikanische Dollar anfangs für siebeneinhalbtausend, später für zwanzig und mehr Millionen käuflich gewesen ist. Gegen Schluß jedoch, als in Onkel Eddis Säckchen nur noch wenige Silberlinge klimperten, ging der Gegenwert – man glaubt es nicht! – in die Billionen. Jedenfalls sorgte Onkel Eddi für Frischmilch, Lebertran, Mamas Herztropfen. Und manchmal, wenn wir brav gewesen sind, belohnte er uns mit Schokoladenplätzchen.

Aber den kleinen Angestellten und Beamten, ganz zu schweigen von all jenen, die auf Wohlfahrt angewiesen waren, ging es überaus dreckig. Als Witwe hätte Mama uns allein mit dem, was ihr von Vaters Beamtenrente zustand, kaum über Wasser halten können. Und überall Bettler und bettelnde Invaliden. Herr Heinze allerdings, der Parterre wohnte und dem gleich nach dem Krieg eine ansehnliche Erbschaft zugekommen war, hatte sich offenbar gut beraten lassen, indem er sein Vermögen in über vierzig Hektar Acker- und Weideland steckte, worauf er sich die Pacht von den Bauern, die seine Felder bestellten, in Naturalien auszahlen ließ. Ganze Speckseiten sollen bei ihm gehangen haben. Die hat er dann, als das Geld nur noch aus Nullen bestand und überall Notgeld, bei uns in Sachsen sogar Kohlenotgeld ausgegeben wurde, gegen Stoffballen – Kammgarn, Gabardine – getauscht, so daß er, als endlich die Rentenmark kam, schnell ins Geschäft fand. Oh ja, der hat es geschafft!

Aber ein Kriegsgewinnler, wie ihn die Leute geschimpft haben, ist Herr Heinze wohl nicht gewesen. Die hießen anders. Und Onkel Eddi, der damals schon Kommunist war und der es später im Arbeiter- und Bauern-Staat, hier in Karl-Marx-Stadt, wie Chemnitz dann hieß, zu was gebracht hat, konnte diese »Haie unterm Zylinderhut«, wie er die Kapitalisten zu nennen pflegte, alle beim Namen nennen. Für ihn und Mama ist es gewiß besser gewesen, daß sie das Westgeld nicht mehr erlebt haben. So ist ihnen auch die Sorge, was wird, wenn nun der Euro kommt, erspart geblieben.

1924

DAS KOLUMBUSDATUM STAND FEST. Auf den Tag genau sollten wir abheben. Wie der Genuese anno 1492 mit »Leinen los!« in Richtung Indien, doch in Wahrheit auf Amerika Kurs nahm, so wollten wir, mit freilich genauerem Instrument, ein Wagnis eingehen. Eigentlich lag unser Luftschiff am frühen Morgen des 11. Oktober in offener Halle bereit. Brennstoff für fünf Maybachmotoren und Wasserballast waren in knapp berechneter Menge an Bord. Schon hatte die Haltemannschaft die Seile in den Händen. Aber LZ 126 wollte nicht schwimmen, war schwer geworden und blieb schwer, weil plötzlich Nebel mit wärmeren Luftmassen einströmte und auf den gesamten Bodenseeraum drückte. Da wir weder Wasser noch Kraftstoff mindern durften, mußte der Start auf den nächsten Morgen verschoben werden. Kaum auszuhalten war der Spott der wartenden Menge. Aber am 12. hoben wir glücklich ab.

Zweiundzwanzig Mann stark. Daß ich als Bordmechaniker dabeisein durfte, war lange Zeit fraglich gewesen, galt ich doch als einer von jenen, die unsere letzten vier Kriegsluftschiffe, die in Friedrichshafen gewartet wurden, um an den Feind ausgeliefert zu werden, aus nationalem Protest zerstört hatten; wie ja auch über siebzig Schiffe unserer Kriegsflotte, unter ihnen ein Dutzend Schlachtschiffe und Linienschiffe, die dem Engländer übergeben werden sollten, im Juni neunzehn von unseren Leuten vor Scapa Flow versenkt worden waren.

Prompt verlangten die Alliierten Entschädigung. Bei uns wollte der Amerikaner über drei Millionen Goldmark abkassieren. Da machte die Zeppelin GmbH den Vorschlag, alle Schulden durch Lieferung eines Luftschiffes, gebaut nach jüngstem technischen Stand, zu tilgen. Und da das amerikanische Militär an unserem neuesten Modell, das eine Füllmenge von 70 000 Kubikmetern Heliumgas garantierte, mehr als lebhaft Interesse nahm, gelang der Kuhhandel: LZ 126 sollte nach Lakehurst überführt und gleich nach der Landung ausgeliefert werden.

Genau das empfanden viele von uns als Schande. Ich auch. Waren wir nicht genug gedemütigt? Hatte der Diktatfrieden dem Vaterland nicht Lasten im Übermaß aufgebürdet? Wir, das heißt einige von uns spielten mit dem Gedanken, diesem miesen Geschäft die Grundlage zu entziehen. Lange mußte ich mit mir kämpfen, bis ich dem Unternehmen einen einigermaßen positiven Sinn abgewinnen konnte. Doch erst als ich Dr. Eckener, den wir alle als Kapitän und Mensch verehrten, in die Hand versprochen hatte, auf Sabotage zu verzichten, durfte ich mit auf die Reise.

LZ 126 war von so makelloser Schönheit, daß sie mir bis heute vor Augen steht. Dennoch war mein Denken von Anbeginn, noch überm europäischen Festland, als wir in nur fünfzig Meter Höhe über die Sättel der Côte d'Or hinwegzogen, von der Idee der Zerstörung bewegt. Wir hatten ja, obgleich luxuriös für zwei Dutzend ausgerüstet, keine Passagiere an Bord, nur einige amerikanische Militärs, die uns allerdings rund um die Uhr bewachten. Doch als wir über der spanischen Küste bei Cap Ortegal mit starken Fallböen zu kämpfen hatten und das Schiff erheblich stampfte, als jede Hand beschäftigt war, den Kurs zu halten, und die Militärs ihre Aufmerksamkeit der Navigation zuwenden mußten, wäre ein Anschlag möglich gewesen. Es hätte gereicht, durch Abwurf von Brennstoffbehältern eine vorzeitige Landung zu erzwingen. Diese Versuchung verspürte ich abermals, als die Azoren unter uns lagen. Tag und Nacht bewegten mich Zweifel, sah ich mich angefochten, suchte ich Gelegenheit. Noch als wir über dem Nebel der Neufundlandbank auf zweitausend Meter Höhe stiegen und wenig später, als bei Sturm ein Verspannungsdraht brach, wollte ich die immer näher rückende Schmach der Übergabe von LZ 126 von uns abwenden, aber es blieb beim bloßen Gedanken.

Was ließ mich zögern? Angst gewiß nicht. Schließlich war ich im Verlauf des Krieges über London, sobald unser Luftschiff von Suchscheinwerfern erfaßt war, der ständigen Abschußgefahr ausgesetzt gewesen. Nein, Furcht kannte ich nicht. Einzig Dr. Eckeners Wille hat mich gelähmt, jedoch nicht überzeugt. Er bestand darauf, aller Willkür der Siegermächte zum Trotz den Beweis deutscher Leistungsfähigkeit zu erbringen, und sei es in Gestalt unserer silbern schimmernden Himmelszigarre. Diesem Willen beugte ich mich schließlich bis zum totalen Verzicht; denn eine nichtige, sozusagen nur symbolische Panne hätte kaum Eindruck gemacht, zumal uns die Amerikaner zwei Kreuzer entgegengeschickt hatten, mit denen wir ständig Funkkontakt hielten. Die wären uns im Fall einer Notlage zu Hilfe gekommen, nicht nur bei anhaltend starkem Gegenwind, sondern auch beim kleinsten Sabotagefall.

Erst heute weiß ich, daß mein Verzicht auf die befreiende Tat richtig gewesen ist. Aber schon damals, als sich LZ 126 New York näherte, als uns am 15. Oktober aus dem Morgendunst die Freiheitsstatue grüßte, als wir die Bay hinaufsteuerten, als schließlich die Metropole mit ihrem Wolkenkratzergebirge unter uns lag und alle im Hafen liegenden Schiffe uns mit Sirenengeheul begrüßten, als wir zweimal in mittlerer Höhe den Broadway in ganzer Länge hin und her überflogen, um dann auf dreitausend Meter zu steigen, damit sich allen Bewohnern New Yorks das in der Morgensonne glänzende Bild deutscher Leistungsfähigkeit einprägte, als wir dann schließlich in Richtung Lakehurst abdrehten und gerade noch Zeit fanden, uns mit dem restlichen Wasservorrat zu waschen und zu rasieren, als wir uns landfein für Landung und Empfang vorbereitet hatten, war ich nur noch stolz, unbändig stolz.

Später, nachdem die traurige Schiffsübergabe hinter uns lag und unser ganzer Stolz fortan »Los Angeles« hieß, dankte mir Dr. Eckener und versicherte dabei, daß er meinen Kampf miterlebt habe. »Jaja«, sagte er, »es fällt schwer, dem inständigen Gebot, Würde zu wahren, Folge zu leisten.« Was mag er wohl empfunden haben, als dreizehn Jahre später des wiedererstarkten Reiches schönster Ausdruck, die leider nicht mit Helium, sondern mit entzündbarem Wasserstoffgas gefüllte »Hindenburg«, beim Landen in Lakehurst in Flammen aufging? Ob er wie ich sicher gewesen ist: Das war Sabotage! Das waren die Roten! Die haben nicht gezögert. Deren Würde kannte ein anderes Gebot.

1925

Manche sahen in mir nur das quengelnde Kind. Nichts Herkömmliches konnte mich ruhigstellen. Selbst dem Kasperletheater, dessen bunte Stellwand und halbes Dutzend Handspielpuppen mein Papa wirklich liebevoll gebastelt hatte, gelang es nicht, mich zu unterhalten. Ich quengelte immerfort. Kein Bemühen vermochte diesen auf- und abschwellenden Dauerton abzuschalten. Weder Omis Versuch mit Märchen noch Opas »Fang den Ball«-Spiel hielt mich davon ab, zu nölen, schließlich zu plärren und meine Familie und ihren Besuch mit immerfort gleichgestimmter Mißlaune zu nerven, deren betont aufs Geistvolle abonnierte Gespräche abzutöten. Zwar war ich mit Schokolade – Katzenzungen – für fünf Minuten zu bestechen, aber sonst gab es nichts, das mich auf längere Dauer, wie vormals die Mutterbrust, gestillt hätte. Sogar dem elterlichen Streit erlaubte ich nicht, sich ungestört zu entfalten.

Dann endlich und noch bevor wir zahlendes Mitglied der Reichsrundfunkgesellschaft wurden, glückte es meiner Familie, mich mit Hilfe eines Detektorempfängers nebst Kopfhörern zum stummen, in sich gekehrten Kind zu machen. Das geschah im Sendebereich Breslau, wo die Schlesische Funkstunde AG vor- und nachmittags ein abwechslungsreiches Programm bot. Bald verstand ich es, die wenigen Drehknöpfe zu bedienen und für einen von atmosphärischen Störungen und sonstigen Nebengeräuschen freien Empfang zu sorgen.

Ich hörte alles. Carl Loewes Ballade »Die Uhr«, den strahlenden Tenor Jan Kiepura, die himmlische Erna Sack. Ob Waldemar Bonsels aus »Die Biene Maja« las oder ein direkt übertragener Bericht über eine Ruderregatta für Spannung sorgte, ich war ganz Ohr. Vorträge über Mundhygiene oder unter dem Titel »Was man von den Sternen wissen muß« bildeten mich vielseitig. Zweimal täglich hörte ich Börsenberichte und erfuhr so vom wirtschaftlichen Aufschwung der Industrie; mein Papa exportierte landwirtschaftliche Maschinen. Noch vor der Familie, die nunmehr, von mir entlastet, ihrem prinzipiellen Dauerstreit nachgehen konnte, hörte ich von Eberts Tod und wenig später, daß erst im zweiten Wahlgang der Generalfeldmarschall Hindenburg zu dessen Nachfolger als Reichspräsident gewählt worden war. Aber auch Kinderstunden, in denen der Sagenheld Rübezahl durchs heimische Riesengebirge geisterte und arme Köhler erschreckte, hatten in mir einen dankbaren Zuhörer. Weniger mochte ich die Heinzelmännchen der Gutenachtsendung, jene emsigen Vorläufer späterer Fernsehhits, die in Ost und West »Sandmännchen« hießen. Doch meine eigentlichen Lieblinge waren in frühester Rundfunkzeit erprobte Hörspiele, in denen der Wind pfiff, Regen naturgetreu aufs Dach prasselte, Donner grollte, des Schimmelreiters Pferd wieherte, eine Tür quietschte oder ein Kind quengelte, wie ich vormals gequengelt hatte.

Da man mich an Frühlings- und Sommertagen oft im Garten unseres Villengrundstücks abstellte, wo ich mit Hilfe des Detektorradios gleichfalls Zufriedenheit fand, bildete ich mich inmitten Natur. Doch wurden mir die zahlreichen Vogelstimmen nicht etwa vom Himmel herab oder aus dem Geäst unserer Obstbäume dargeboten, vielmehr hat mir Dr. Hubertus, ein genialer Tierstimmenimitator, über Kopfhörer den Zeisig und die Meise, die Schwarzamsel und Buchfinken, Pirol und Goldammer, die Lerche vermittelt. Kein Wunder, daß mir der zur Ehekrise gesteigerte Zwist meiner Eltern entrückt blieb. So geriet deren Scheidung auch nicht zum überaus schmerzhaften Ereignis, denn Mama und mir blieben die Breslauer Vorstadtvilla samt Garten, alles Mobiliar und also auch der Rundfunkempfänger und die Kopfhörer.

Unser Detektorapparat war mit einem Verstärker für Niederfrequenz ausgestattet. Für die Kopfhörer hatte Mama Schutzmuscheln gekauft, die das lästige Drücken minderten. Später verdrängten Geräte mit Lautsprechern – wir hatten ein Fünf-Röhren-Koffergerät der Firma Blaupunkt – meinen geliebten Detektor. Zwar konnten wir nun den Sender Königs Wusterhausen, sogar Hamburger Hafenkonzerte und die Wiener Sängerknaben hören, aber die Exklusivität des Kopfhörens ging verloren.

Übrigens ist es die Schlesische Funkstunde gewesen, die als erster Sender mit gefälligem Dreiklang das Pausenzeichen eingeführt hat, worauf es in ganz Deutschland üblich wurde. Wen wundert es, daß ich dem Rundfunk treu geblieben bin – und zwar von Beruf. So zeichnete ich während des Krieges funktechnisch für die beliebten Sendungen vom Eismeer bis zum Schwarzen Meer, vom Atlantikwall bis zur Libyschen Wüste verantwortlich, etwa auf Weihnachten: Stimmungsbilder von allen

Fronten. Und als uns die Stunde Null schlug, habe ich mich beim Nordwestdeutschen Rundfunk aufs Hörspiel spezialisiert, eine mittlerweile aussterbende Gattung, während sich der Kopfhörer meiner Kindheit bei Jugendlichen wieder zunehmender Beliebtheit erfreut: gestöpselt sind sie, still in sich gekehrt, abwesend und dennoch ganz da.

1926

Die Strichlisten sind von meiner Hand. Als Seine Kaiserliche Majestät sich gezwungen sah, ins Exil zu gehen, oblag es mir von Anbeginn, Ordnung zu halten: vier Striche senkrecht, einen quer durch. Bereits im ersten holländischen Quartier gefiel's S. M., eigenhändig Bäume zu fällen, danach tagtäglich in Schloß Doorn, das zwischen Wäldern liegt. Die Strichliste führte ich nebenbei, denn eigentlich war ich zuständig für die Wartung der Kutschen in der Wagenremise. Und dort hat S. M. auch bei Schlechtwetter mit mir und manchmal mit seinem Adjutanten, Herrn von Ilsemann, die Stämme auf Klafterlänge gesägt, vorrätig für die Kamine im Haupthaus und in der Orangerie, die als Gästehaus diente. Aber das Kleinholz wurde nur von ihm gehackt, selbstverständlich mit der gesunden Hand. Bereits am frühen Morgen, gleich nach der Andacht, die S. M. mit dem Gesinde abhielt, ging es ab in den Wald, auch bei Regen. Und das Tag für Tag. Doch soll das Bäumefällen schon im Großen Hauptquartier zu Spa der kaiserlichen Entspannung gedient haben, damals Ende Oktober, als Ludendorff sozusagen abgesägt und General Groener Nachfolger wurde. Hör ich noch, wie S. M. später beim Sägen in der Remise geschimpft hat: »Dieser Ludendorff trägt die Schuld!« Und wer sonst noch am Waffenstillstand und an allem, was danach kam, schuldig war. Die Roten natürlich. Aber auch Prinz Max von Baden, alle Minister, die Diplomatie, sogar der Kronprinz. Dem Großadmiral Tirpitz wollte er den Großen Schwarzen Adlerorden aberkennen, doch sein Beraterstab, der Geheimrat voran, bewegte ihn, es bei einer Abmahnung zu belassen. Orden verteilt hat S. M. dennoch und, wie ich bemerken darf, oft zu freigiebig, etwa wenn Besuch gleich nach dem Holzsägen und -hacken antanzte, unter ihnen viele Anschleimer, die ihn später im Stich gelassen haben. So jedenfalls ging es über Wochen und Monate.

Da mir ja das Führen der Strichliste oblag, kann ich versichern, daß schon nach einem Jahr unter holländischer Obhut in Amerongen Seine Kaiserliche Majestät Tausende Bäume gefällt hatte. Als dann in Doorn der zwölftausendste fiel, wurde er in Scheiben gesägt, die, jeweils mit einem großen W signiert, als Gastgeschenk beliebt wurden. Nein, mir wurde die Gunst einer solchen Ehrengabe nicht zuteil.

Aber gewiß doch! Zwölf und mehr tausend Bäume. Ich habe die Strichlisten aufbewahrt. Na, für später, wenn wieder das Kaisertum aufkommt und endlich Deutschland erwacht ist. Und da sich gegenwärtig im Reich einiges rührt, darf immerhin gehofft werden. Denn deshalb, nur deshalb hat S. M. weitergemacht. Als kürzlich die Abstimmung über die Fürstenenteignung vom Volk abgeschmettert wurde und uns, die wir beim Holzklaftern waren, die Depesche mit dem knappen, aber doch erfreulichen Ergebnis überreicht wurde, gab es sogar Grund für größere Hoffnung. Jedenfalls bekundete Seine Kaiserliche Majestät spontan: »Wenn das deutsche Volk mich ruft, bin ich auf der Stelle bereit!«

Schon im März, als der berühmte Forschungsreisende Sven Hedin zu Besuch kam, hat der Forscher, als er beim morgendlichen Bäumefällen dabeisein durfte, den Kaiser aufs Lebhafteste ermuntert: »Wer einzig mit rechter Hand Stamm für Stamm umlegt, der kann auch in Deutschland wieder Ordnung schaffen.« Danach hat er von seinen Reisen in Ost-Turkestan, nach Tibet und durch die Wüste Gobi erzählt. Am nächsten Morgen hat S. M. dann zwischen Baum und Baum dem Schweden mehrmals versichert, wie sehr er den Krieg gehaßt und gewiß nicht gewollt habe. Das kann ich bezeugen. Besonders beim morgendlichen Klafterholzschlagen hat er immer wieder sich selbst gegenüber beteuert: »War noch auf sommerlicher Norwegenreise, als Franzosen und Russen schon Gewehr bei Fuß ... War ganz und gar gegen Krieg ... Wollte schon immer als Friedensfürst gelten ... Aber wenn es denn sein mußte ... Auch lag unsere Flotte zerstreut ... die englische jedoch bei Spithead ... Jawohl, konzentriert unter Dampf ... Mußte handeln ...«

Danach kam S. M. zumeist auf die Marneschlacht zu sprechen. Er verfluchte die Generäle, besonders heftig Falkenhayn. Überhaupt gefiel es ihm, sich beim Holzhacken Luft zu machen. Jeder Hieb – und immer mit rechter, gesunder Hand – traf. Besonders, wenn es um den November achtzehn ging. Zuvörderst bekamen die Österreicher mit ihrem abtrünnigen Kaiser Karl ihr Fett ab, dann ging's gegen die Drückeberger hinter der Front, um beginnende Insubordination und rote Fahnen in Fronturlauberzügen. Auch verklagte er zwischen Hieb und Hieb die Regierung, voran Prinz Max: »Dieser Revolutionskanzler!« Worauf S. M., während der

Berg Klafterholz wuchs, auf die erzwungene Abdankung kam. »Nein!« rief er. »Die eigenen Leute haben mich gezwungen, und dann erst die Roten … Dieser Scheidemann … Nicht ich habe die Armee, die Armee hat mich verlassen … Gab kein Zurück mehr nach Berlin … Alle Rheinbrücken unter Kontrolle … Hätte einen Bürgerkrieg riskieren müssen … oder wäre dem Feind in die Hand gefallen … Hätte ein schmähliches Ende … oder mir selbst die Kugel … Blieb nur der Schritt über die Grenze …«

So vergeht uns jeder Tag, mein Herr. Die kaiserliche Majestät scheint unermüdlich zu sein. Doch neuerdings hackt er stumm. Und mir obliegt es nicht mehr, Strichlisten zu führen. Aber in den Kahlschlägen rings um Doorn wachsen Jahr um Jahr Neuanpflanzungen, Jungholz, das S. M., wenn es soweit sein wird, zu schlagen gewillt ist.

1927

BIS IN DIE MITTE DES GOLDENEN OKTOBER trug meine Mama mich aus, aber genau betrachtet war nur mein Geburtsjahr golden, während die übrigen zwanziger Jahre davor und danach allenfalls glitzerten oder den Alltag bunt zu überschreien versuchten. Was aber hat meinem Jahr zu Glanz verholfen? Etwa die Reichsmark, weil sie sich stabilisiert hatte? Oder »Sein und Zeit«, ein Buch, das mit erhabenem Wortprunk auf den Markt kam, worauf jeder Feuilletonbengel unterm Strich zu heideggern begann?

Stimmt schon: nach Krieg, Hunger und Inflation, woran Krüppel an jeder Straßenecke und allgemein der verarmte Mittelstand erinnerten, konnte das Leben als »Geworfenheit« gefeiert oder als »Sein zum Tode« bei Sekt oder immer noch einem Gläschen Martini verplaudert werden. Aber golden waren diese sich in ein existentielles Finale hochspielenden Prunkwörter gewiß nicht. Eher hatte der Tenor Richard Tauber Gold in der Stimme. Und meine Mama, die ihn aus der Ferne, sobald im Wohnzimmer das Grammophon lief, heißinnig liebte, hat nach meiner Geburt und dann Zeit ihres Lebens – sie wurde nicht alt – den damals auf allen Operettenbühnen gefeierten »Zarewitsch« auf den Lippen gehabt: »Es steht ein Soldat am Wolgastrand ...« oder »Hast du dort droben vergessen auch mich ...« oder

»Allein, wieder allein ...« bis zum bittersüßen Schluß: »Ich sitz im goldnen Käfig drin ...«

War aber alles nur Blattgold. Richtig golden waren die Girls, nur die Girls. Sogar bei uns in Danzig traten sie zu Gastspielen in ihrem Flitterzeug auf, nicht gerade im Stadttheater, aber in Zoppots Kasino. Doch Max Kauer, der mit seinem Medium Susi in Varietés als Hellseher und Illusionist einigen Erfolg hatte, so daß er auf seinen Reisekoffern mittels Hotelaufklebern die europäischen Hauptstädte Revue passieren lassen konnte, und den ich später, weil er mit Papas Bruder Friedel seit Schulzeiten befreundet war, Onkel Max nannte, winkte nur müde ab, wenn von den »hier durchreisenden Girls« die Rede war. »Billigste Nachahmung!«

Als Mama mit mir noch schwanger ging, soll er »Unbedingt müßt ihr mal in Berlin vorbeischaun. Da ist immer was los!« gerufen und mit seinen langen Zauberersfingern die Tiller-Girls, das heißt deren endlose Beine imitiert und dabei Chaplin gemimt haben. Er wußte vom »Gebein« der Girls zu berichten. Er behauptete, es sei »vollkommen durchgebildet«. Dann sprach er von »rhythmischer Akkuratesse« und von »Sternstunden im Admiralspalast«. Auch fielen, das begleitende Programm betreffend, in Gold gefaßte Namen: »Wie diese herzerfrischende Trude Hesterberg mit ihrem Trüppchen die Schillerschen Räuber verjazzt und ins Urkomische vertanzt hat.« Man hörte ihn von den »Chocolate Kiddies« schwärmen, die er in der »Skala« oder im »Wintergarten« erlebt hatte. »Und demnächst soll Josephine Baker, dieses animalische Vollweib, auf Gastspiel nach Berlin kommen. Die getanzte Geworfenheit, wie der Philosoph sagt ...«

Mama, die ihren Sehnsüchten gerne Auslauf gab, hat mir Onkel Maxens Begeisterung überliefert: »Überhaupt wird in Berlin viel getanzt, nur noch getanzt. Ihr müßt mal kommen, unbedingt, und eine original Haller-Revue mit La Jana tanzend vor goldbesticktem Vorhang erleben.« Wonach er wieder mit seinen langbeinigen Zaubererfingern bei den Tiller-Girls war. Und Mama, die an mir trug, mag gelächelt haben: »Vielleicht später mal, wenn es mit dem Geschäft besserläuft.« Doch bis Berlin hat sie es nie geschafft.

Nur einmal, gegen Ende der dreißiger Jahre, als von den Zwanzigern kein Goldstäubchen mehr flimmerte, hat sie den Kolonialwarenladen meinem Vater überlassen und ist im Verlauf einer »Kraft-durch-Freude-Reise« hoch in die Berge bis ins Salzkammergut gekommen. Da ging es krachledern zu. Schuhplattler wurde getanzt.

1928

Können Sie ruhig lesen all das. Hab ich für meine Urenkel aufgeschrieben für später. Glaubt einem ja heut keiner, was damals hier los war in Barmbek und überall. Liest sich wie ein Roman, ist aber alles selber erlebt. Tja, stand mit drei Jungs allein da mit bißchen Rente, als Vater vorm Schuppen 25 am Versmannkai, wo er Stauer war, unter ne Platte mit Apfelsinenkisten gekommen ist. Hieß »selbstverschuldet« beim Reeder. Da war mit Schmerzensgeld oder ner angemessenen Abfindung nichts zu machen. Damals war mein Ältester schon bei der Polizei, Revier 46, können Sie lesen hier: »Herbert ging zwar nicht in die Partei, hat aber immer links gewählt ...« Denn eigentlich waren wir ne alte Sozifamilie, schon mein Vater und der Vater von meinem Mann. Tja, und Jochen, der Zweite, wurde plötzlich, als das hier losging mit Krawall und Stechereien, strammer Kommunist, war sogar beim Rotfrontkämpferbund. Eigentlich ein ganz Ruhiger, der sich vorher nur für seine Käfer und Schmetterlinge interessiert hatte. Hat vom Hafen aus Schuten zum Kehrwiederfleet geschippert und sonstwohin in die Speicherstadt. Nu wurd der auf einmal fanatisch. Genau wie Heinz, unser Jüngster, der damals, als hier und überall die Reichstagswahl lief, ein richtiger kleiner Nazi wurde, ohne mir vorher ein Sterbenswörtchen zu sagen. Tja, kam der nu plötzlich in SA-Uniform und hielt Reden. Ein lustiger Bengel eigentlich und überall beliebt. War auch in der Speicherstadt tätig, beim Rohkaffeeversand. Hat mir heimlich manchmal zum Rösten was rausgeschmuggelt. Roch dann in der ganzen Wohnung bis ins Treppenhaus. Und nu auf einmal ... Ging trotzdem hier anfangs noch ruhig zu. Sogar sonntags, wenn alle drei am Küchentisch saßen und ich am Herd stand. Haben sich nur gefrotzelt die beiden. Und wenn es mal laut wurde, so mit der Faust auffen Tisch, hat mein Herbert für Ruhe gesorgt. Auf den haben beide gehört, auch wenn er dienstfrei hatte und nicht in Uniform steckte. Tja, aber dann gabs nur noch Krach hier. Können Sie lesen, was ich übern 17. Mai aufgeschrieben hab, als zwei Genossen von uns, beide Reichsbannermänner, na, das warn die vom sozialdemokratischen Schutzbund, die bei Versammlungen und vorm Wahllokal aufgepaßt haben, draufgingen alle beide. Einer bei uns in Barmbek, der andre in Eimsbüttel ermordet. Den Genossen Tiedemann haben die Kommunisten von ihrem Propagandaauto runter abgeknallt. Den Genossen Heidorn hat die SA, als sie beim Plakatüberkleben Ecke Bundesstraße und Hohe Weide erwischt wurde, einfach erledigt. Na, das war ein Gebrülle bei uns am Küchentisch. »Nee!« schrie Jochen. »Zuerst haben diese Sozialfaschisten auf uns geballert und dabei ihren eignen Mann, diesen Tiedemann, erwischt ...« Und mein Heinz hat krakeelt: »Das war Notwehr, reine Notwehr bei uns! Diese Reichsjammerkerle haben angefangen ...« Da hat mein Ältester, der ja vom Polizeibericht her Bescheid gewußt hat, außerdem noch das »Volksblatt« auffen Tisch geknallt, und da stand drin – hier, können Sie lesen, hab ich eingeklebt –, »daß der erschossene Tiedemann, von Beruf Tischler, einen seitlich oben an der vorderen Kopfpartie liegenden Kopfschuß erhielt und daß nach dem Einschuß und dem tiefer liegenden Ausschuß feststeht, daß der Schuß von einem erhöhten Standorte aus abgegeben wurde ...« Tja, war ja nu klar, daß die Kommune von oben runter, und auch, daß in Eimsbüttel die SA zuerst. Half aber trotzdem kein bißchen. Ging weiter der Streit am Küchentisch, weil nu mein Heinz den SA-Mann spielte und meinen Ältesten als »Polenteschwein« beschimpfte, worauf ihm ausgerechnet mein Zweiter beisprang und meinem Herbert ganz hundsgemein das ja nu wirklich schlimme Schimpfwort »Sozialfaschist« ins Gesicht gebrüllt hat. Blieb aber ganz ruhig, mein Ältester, wie das so seine Art war. Hat nur gesagt, was ich hier aufgeschrieben hab: »Seitdem die aus Moskau euch mit dem Kominternbeschluß verblödet haben, könnt ihr nicht mal Rot von Braun unterscheiden ...« Und noch paar Sachen hat er gesagt, daß wenn die Arbeiter sich gegenseitig fertigmachen, der Kapitalist sich ins Fäustchen lacht. »Genauso isses«, hab ich vom Küchenherd aus gerufen. Tja, und so isses denn auch gekommen am Ende, sag ich noch heut. Jedenfalls gab es nach der Blutnacht von Barmbek und Eimsbüttel in ganz Hamburg keine Ruhe mehr. Bei uns am Küchentisch sowieso nicht. Erst als mein Jochen, noch bevor Hitler rankam, von den Kommunisten wegmachte und, nur weil er Knall auf Fall arbeitslos wurde, nach Pinneberg zur SA ging, wo er auch bald im Getreidesilo wieder Arbeit fand, wurde es hier ruhiger. Mein Jüngster aber, der ist zwar nach außen hin Nazi geblieben, wurd aber immer stiller dabei und war kein bißchen mehr lustig, bis er dann, als es soweit war, nach Eckernförde zur Marine ging, weshalb er als U-Bootfahrer im Krieg draußen verblieben ist. Tja, wie mein Zweiter auch. Der kam bis nach Afrika, doch nicht mehr zurück. Nur Briefe hab ich von ihm, hier eingeklebt alle. Mein Ältester aber blieb bei der Polizei und hat überlebt. Weil er mit nem Polizeibataillon nach Rußland bis in die Ukraine mußte, wird er paar schlimme Sachen mitgemacht haben. Hat darüber nie gesprochen. Auch nachem Krieg nicht. Und ich hab nicht gefragt. Wußt auch so, was mit meinem Herbert los war bis zum Schluß, als er, Herbst dreiundfünfzig war das, rausging aussem Polizeidienst, weil er Krebs hatte und nur noch paar Monate. Hat seiner Monika, was meine Schwiegertochter ist, drei Kinder hinterlassen, tja, alles Mädchen. Sind längst verheiratet und haben nu auch schon Nachwuchs. Für die hab ich all das aufgeschrieben für später, auch wenn das weh tut, das Aufschreiben mein ich. All das, was mal gewesen ist. Aber lesen Sie nur.

1929

UND UFF EIMOL warn wir all Amerikaner. Eijo, die han uns eifach gekauft. Weils den alten Adam Opel nit mehr gab und die junge Herrn von Opel uns nit mehr gewollt han. Aber unsere Leut han die Sach mit dem Fließband schon lang gekannt. Waren ja all auf Gruppenakkord. Und ich hab vorher noch selber uff Stücklohn fürn Laubfrosch ... Der hat so geheiße, weil die Buben uff de Straß, als der Zweisitzer ganz grün lackiert uffen Markt gekomme is, so gerufen han: »Laubfrosch«. Eijo, so um vierundzwanzig kam der in Serie. Das waren sogenannte Bremsexzenter, wo ich gedreht hab. Wurden anner Vorderachse gebraucht. Doch als wir dann neunundzwanzig all Amerikaner geworde sind, gabs nur noch Gruppenakkord, auch beim Laubfrosch, weil der ja nu fix vom Band ging. Aber nei, nit mehr mit alle Leut, weil die entlasse han, kurz vor Weihnacht, was schlimm war. Stand bei uns im »Opel-Prolet«, was unsere Betriebszeitung gewese is, daß die Amerikaner wie bei sich zu Haus das sogenannte Fordsystem mache: jedes Jahr die Leut rausgeworfe und dann billig Ungelernte geholt. Sowas geht ja am Fließband und bei Gruppenakkord. Aber der Laubfrosch, der war schon Klasse. Ging weg wie nix. Eijo, gelästert han die Leut schon von der Branche: Is vonne Franzose ihrem Citroën abgeguckt, nur is der gelb gewese, hat es geheiße. Die Franzose han geklagt vor Gericht uff Ersatz von dem Schaden, han aber nix bekomme. Und der Laubfrosch, der lief und lief überall in die deutschen Lande. No, weil er billig gewese is, sogar für einfache Leut, nit nur für die sogenannte Herrenfahrer oder solchwelche mit Chauffeur. Nei, ich nit. Mit vier Kinder und dem Häusle, wo nit abgezahlt war? Aber mein Bruder, der Vertreter von Nähgarn und sonschtige Kurzware gewese is, der is von sein Motorrad, wo er bei jedem Wetter hat fahre gemußt, uff unsern Zweisitzer umgestiege. Hatte zwölf PS! Gell, da staune Sie. Nur fünf Liter hat der verbraucht und kam uff sechzig Sache. Hat anfangs noch viersechs gekostet, aber mein Bruder hat ihn für zweisieben bekomme, weil ja die Preis überall runter und es immer schlimmer wurd mit der Erwerbslosigkeit. Nei, mein Bruder is mit sein Musterkoffer im Laubfrosch noch lang unterwegs gewese. Immer uff Achse, eijo, bis Konstanz runter. Und uff Tagestouren mit Elsbeth, wo damals seine Verlobte gewese is, nach Heilbronn oder Karlsruhe. Der hats gut gehabt in die schwere Zeit. Denn ein Jahr druff, als bei uns alle Leut Amerikaner geworde sind, han ich stempeln gehn gemußt, wie ja in Rüsselsheim und sonstwo gar viele. Gell, das warn Zeiten! Aber mein Bruder hat mich a paarmal uff Vertreterreise mitgenomme, als Beifahrer sozusage. Eimol sind wir im Laubfrosch bis nach Bielefeld rauf, wo sei Firma gewese is. Da hab ich die Porta Westfalica gesehn und wie schön Deutschland is. Und wo die Cherusker dozumal die Römer verhaun han im Teutoburger Wald. Da han wir Veschper gemacht. War schön. Aber sonst hab ich gar wenig zu tun gehabt. Mal was fürs Gartenbauamt, mal als Aushilfe im Zementwerk. Erst nachem

Umsturz, als Adolf kam, war wieder was frei bei Opel, und zwar war ich anfangs als Reklamator beim Einkauf und dann im Versuchswerk, weil ich schon solang und noch beim Adam Opel an der Drehbank gelernt han. Aber mein Bruder, der is noch viele Jahr mit sein Laubfrosch uff Vertreterreise gewese, später sogar uff die Autobahn, bis er zum Barras kam und der Laubfrosch bei uns im Schuppen stand für nachem Krieg. Aber da steht er noch heut, weil mein Bruder in Rußland gebliebe is und ich mich nit trenne kann. Nei, mich han sie nur kriegsdienstverpflichtet nach Riga geschickt, wo unser Reparaturwerk gewese is. Eijo, und dann han ich mit unsre Leut gleich nachem Krieg wieder angefange bei Opel. War ja gut, daß wir Amerikaner waren. Nur wenig Bomben vorher und keine Demontage danach. Han Glück gehabt, gell?

1930

Nahe dem Savignyplatz, in der Grolmanstraße, kurz vor der S-Bahnunterführung befand sich dieses besondere Lokal. Als gelegentlicher Gast an Franz Dieners Biertresen bekam ich mit, was am Stammtisch, der jeden Abend hochkarätig besetzt war, an Groß- und Kleinereignissen feuchtfröhlich verhandelt wurde. Man hätte glauben sollen, daß bei Franz, der ja gegen Ende der zwanziger Jahre, bevor ihn Max Schmeling nach fünfzehn Runden entthronte, deutscher Meister im Schwergewicht war, ein paar ehemalige und noch aktive Boxer Stammgäste gewesen wären. War aber nicht so. In den Fünfzigern und Anfang der sechziger Jahre trafen sich bei ihm Schauspieler, Leute vom Kabarett und vom Hörfunk, sogar Schriftsteller und eher dubiose Figuren, die sich als Intellektuelle ausgaben. Also waren nicht die Erfolge von Bubi Scholz und dessen Niederlage im Kampf gegen Johnson Thema, sondern Theaterklatsch, etwa heiße Spekulationen über die Ursache von Gustaf Gründgens' Tod fern auf den Philippinen oder irgendeine SFB-Intrige. Das alles schwappte lautstark bis zum Tresen. Auch war, erinnere ich mich, Hochhuths »Stellvertreter« ziemlich umstritten, doch sonst blieb die Politik ausgespart, obgleich sich die Adenauerzeit merklich ihrem Ende zuneigte.

Franz Diener hatte, sosehr er den biederen Gastwirt

betonte, ein von Würde und Melancholie verhängtes Boxergesicht. Man suchte gern seine Nähe. Auf solide Weise ging geheimnisvoll Tragisches von ihm aus. Aber das war schon immer so gewesen: Künstler und Intellektuelle wurden vom Boxsport angezogen. Nicht nur Brecht pflegte sein Faible für schlagkräftige Männer; um Max Schmeling haben sich, noch bevor er nach Amerika ging und dort Schlagzeilen machte, namhafte Leute geschart, unter ihnen der Schauspieler Fritz Kortner und der Filmregisseur Josef von Sternberg, aber auch Heinrich Mann hat sich mit ihm sehen lassen. Deshalb waren in Franz Dieners Kneipe an allen Wänden des vorderen Schankraumes und hinterm Tresen nicht nur Fotos von Boxern in bekannter Pose, sondern in Überzahl gerahmte Fotografien einst oder noch immer bekannter Größen des Kulturlebens zu bewundern.

Franz gehörte zu den wenigen Profis, die es verstanden hatten, ihre Kampfeinnahmen einigermaßen sicher anzulegen. Jedenfalls war seine Kneipe immer rappelvoll. Der Stammtisch blieb oft bis lange nach Mitternacht rundum besetzt. Er bediente persönlich. Doch wenn ausnahmsweise mal von Boxkämpfen die Rede war, ging es so gut wie nie um Dieners Kämpfe gegen Neusel oder Heuser – Franz war viel zu bescheiden, um seine Siege ins Gespräch zu bringen –, sondern immer nur um den ersten und zweiten Fight Schmeling gegen Sharkey anno dreißig und zweiunddreißig, als Max Weltmeister im Schwergewicht wurde, doch den Titel bald wieder abgeben mußte. Außerdem ging's um den Sieg in Cleveland über Young Stribling, der in der fünfzehnten Runde K. o. geschlagen wurde. Doch diese Rückbesinnung meist älterer Herren spielte sich, was die Politik jener Jahre betraf, wie im luftleeren Raum ab: kein Wort über die Regierung Brüning und den Schock, als die Nazis aus der Reichstagswahl mit einem Schlag als zweitstärkste Partei hervorgingen.

Ich weiß nicht mehr, ob der Schauspieler O. E. Hasse, der sich in »Des Teufels General« einen Namen gemacht hatte, oder der schon damals bekannte Schweizer Autor Dürrenmatt, den Theaterproben gelegentlich nach Berlin brachten, das Stichwort gegeben hat; vielleicht war ich es vom Tresen aus. Schon möglich, denn hauptsächlich ging es bei dem anschließenden Streit um jene sensationelle Rundfunkübertragung vom 12. Juni dreißig, die am 13. über amerikanische Kurzwellensender ab drei Uhr morgens bei uns zu hören gewesen war; und ich zeichnete als Rundfunktechniker für die Station des Reichsrundfunks in Zehlendorf verantwortlich. Mit unserem jüngst konstruierten Kurzwellenempfänger habe ich für einen optimalen Empfang gesorgt, wie ich schon vorher – wenn auch nicht störungsfrei – den Kampf Schmeling gegen Paolino auf Sendung gebracht habe und zuvor als Assistent dabei war, als die erste Zeppelinlandung in Lakehurst übertragen wurde. Hunderttausende hörten zu, als das Luftschiff LZ 126 hoch über Manhattan hin und her seine Show abzog. Doch diesmal war das Vergnügen schon nach einer halben Stunde vorbei: In der vierten Runde wurde Sharkey, der mit seinen gezielten linken Haken drei Runden lang vorne lag, nach einem schweren Magenhaken, der aber zu tief traf und Schmeling auf der Stelle zu Boden warf, disqualifiziert. Noch während sich Max vor Schmerzen wälzte, wurde er vom Ringrichter als neuer Weltmeister ausgerufen, bejubelt übrigens, denn Schmeling war sogar im New Yorker Yankee-Stadion Publikumsliebling.

Einige an Franz Dieners Stammtisch hatten die Rundfunksendung noch im Ohr. »Aber Sharkey war eindeutig der Bessere!« hieß es. »Ach was. Max war ein Spätzünder. Immer erst ab Runde fünf lief er zu großer Form auf ...« – »Stimmt. Denn als er zwei Jahre später nach fünfzehn starken Runden gegen Sharkey dennoch verlor, haben alle, sogar New Yorks Bürgermeister protestiert, weil Schmeling nach Punkten klar der Bessere gewesen ist.«

Die späteren Fights mit dem »braunen Bomber« – Max siegte im ersten Kampf nach zwölf Runden durch K. o. und Joe Louis im zweiten schon in der ersten Runde gleichfalls durch K. o. – wurden nur am Rande erwähnt, desgleichen die abermals gesteigerte Qualität unserer Rundfunkübertragungen. Vielmehr ging es nun um die »Legende Schmeling«. Eigentlich sei er kein überragend großer Boxer gewesen, hieß es, mehr ein Sympathieträger. Das wirklich Große an ihm habe sich durch seine Person, nicht durch die Schlagkraft seiner Fäuste zu erkennen gegeben. Auch sei ihm, wennzwar ungewollt, die verfluchte Politik jener Jahre behilflich geworden: ein Vorzeigedeutscher. Kein Wunder, daß ihm nach dem Krieg, als er in Hamburg und Berlin gegen Neusel und Vogt verlor, kein Comeback gelang.

Da sagte Franz Diener, der hinterm Tresen geblieben war und der ganz selten Boxkämpfe kommentierte: »Bin immer noch stolz darauf, meinen Meistertitel gegen Max verloren zu haben, auch wenn er heute nur ne Hühnerfarm betreibt.«

Danach zapfte er wieder Bier, legte Soleier oder zum

Mostrichklacks Buletten auf Teller, goß Lage nach Lage Korn bis zum Strich ein. Und am Stammtisch ging es wiederum um Theaterklatsch, bis Friedrich Dürrenmatt der nunmehr zum Schweigen verdonnerten Runde umständlich und nach Berner Art das Universum samt Galaxien, Sternennebel und Lichtjahren erklärte. »Unsere Erde, ich meine, was darauf rumkrabbelt und sich wichtig nimmt, ischt es Krümeli nur!« rief er und wünschte vom Tresen eine weitere Runde gezapft.

1931

Gen Harzburg, gen Braunschweig hieß die Parole ...«

»Aus allen Gauen kamen sie. Mit der Bahn die meisten, aber wir Kameraden aus dem Vogtland reisten in Autokolonne ...«

»Endwärts geht's mit der Knechtschaft! Neue Standarten werden geweiht! Sogar von der Küste, vom Pommernstrand, aus Franken, München, den Rheinlanden rollten sie an, auf Lastwagen, in Autobussen, auf Motorrädern ...«

»Und alle im braunen Ehrenkleid ...«

»Wir von der Motorstaffel zwei fuhren ab Plauen, zwanzig Wagen stark, singend: Es zittern die morschen Knochen ...«

»Bereits im Morgengrauen verließ unser Sturm Crimmitschau. Und über Altenburg ging's bei schönstem Herbstwetter in Richtung Leipzig ...«

»Jawoll, Kameraden! Zum ersten Mal erlebte ich die ganze Wucht des Denkmals, sah die auf Schwerter gestützten Heldengestalten, begriff, daß uns heute, weit über hundert Jahre nach der Völkerschlacht, abermals die Stunde der Befreiung schlägt ...«

»Schluß mit der Knechtschaft!«

»So ist es, Kamerad! Nicht in dieser Quasselbude von

Reichstag, die abgefackelt gehört, nein, auf Deutschlands Straßen findet sich endlich die Nation ...«

»Doch als wir das liebliche Thüringen, an der Kolonnenspitze unser Gauleiter Sauckel, hinter uns hatten, als dann Halle und Eisleben, die Lutherstadt, hinter uns blieben, kamen wir ins preußische Aschersleben, wo wir unsere Braunhemden ablegen mußten, um nunmehr im weißen Hemd, sozusagen neutral ...«

»Weil dort noch immer die Sozis mit ihrem Verbot ...«

»Und diesem Hund von Polizeiminister. Merkt euch den Namen: Severing!«

»Doch in Bad Harzburg, bereits auf braunschweigischem Boden, waren wir wieder frei von Zwängen: Tausende und Abertausende im braunen Ehrenkleid ...«

»Wie eine Woche später in Braunschweig selbst, wo immer noch unsere Leute die Polizei stellten und sich geordnet mehr als hunderttausend Braunhemden versammelt hatten ...«

»Da hab ich dem Führer in die Augen gesehen.«

»Beim Vorbeimarsch, ich auch!«

»Und ich eine Sekunde, nein, eine Ewigkeit lang ...«

»Ach was, Kameraden! Da gab es kein Ich mehr, nur noch ein großes Wir, das Stunde um Stunde mit zum deutschen Gruß erhobener Hand vorbeizog. Alle, wir alle nahmen seinen Blick in uns auf ...«

»Mir war, als hätten seine Augen mich gesegnet ...«

»Ein braunes Heer zog vorbei. Und auf jedem von uns ruhte sein Blick ...«

»Aber vorher hat er die über vierhundert Mannschaftswagen, Omnibusse, Kradräder, die alle ausgerichtet in Linie standen, persönlich besichtigt, weil nur mit Motorstaffeln die Zukunft ...«

»Und hat dann auf dem Franzschen Feld die neuen Standarten, vierundzwanzig an der Zahl, mit Worten geweiht wie aus Erz gehauen ...«

»Über Lautsprecher kam seine Stimme. Es war, als rührte das Schicksal uns an. Es war, als wollte aus den Stahlgewittern des großen Krieges jenes Deutschland der Zucht und Disziplin herüberleuchten. Es war, als spräche die Vorsehung aus ihm. Es war, aus Erz geschmolzen, das Neue ...«

»Und doch gibt es welche, die sagen, das alles haben uns Mussolinis Faschistenbünde schon vorgemacht. Na, mit ihren Schwarzhemden, ihrem Squadrismus, dem Sturmtrupplertum ...«

»Quatsch mit Soße! Sieht doch jeder, daß an uns nichts Welsches ist. Wir beten deutsch, wir lieben deutsch, wir hassen deutsch. Und wer sich uns in den Weg stellt ...«

»Aber vorläufig brauchen wir noch paar Verbündete, wie in der Woche davor, als die Harzburger Front geschmiedet wurde und dieser Hugenberg mit seinen deutschnationalen Heinis ...«

»All diese Spießer und Plutokraten mit Hut und Zylinder ...«

»Die sind doch von gestern und gehören alle weggeräumt eines Tages, auch die vom Stahlhelm ...«

»Jadoch, aus uns, nur aus uns spricht die Zukunft ...«

»Und als die Motor-SA vom Leonhardsplatz in endlosen Kolonnen die braunen Massen aus der Stadt Heinrichs des Löwen wieder in unsere nahen und fernen Gaue brachte, nahmen wir alle jenes Feuer mit, das des Führers Blick in uns entzündet hatte, auf daß es brenne und brenne ...«

1932

Irgend etwas musste geschehen. So jedenfalls ging es nicht weiter, mit Notverordnungen und immerzu Wahlen. Doch im Prinzip hat sich bis heute nicht viel verändert. Naja, erwerbslos damals und arbeitslos jetzt sieht bißchen anders aus. Dazumal sagte man nicht »Ich bin ohne Arbeit«, sondern »Ich geh stempeln«. Klang irgendwie aktiver. Wollte ja keiner zugeben, erwerbslos zu sein. Galt als Schande. Ich jedenfalls hab, wenn ich in der Schule oder in der Katechismusstunde von Hochwürden Watzek gefragt wurde, »Vater geht stempeln« gesagt, während mein Enkelsohn schon wieder mal und ganz bequem, wie es bei ihm heißt, »auf Stütze lebt«. Stimmt, als Brüning noch dran war, gab's an die sechs Millionen, aber bei fünf sind wir, wenn man genau zählt, auch schon wieder. Weshalb heut wie dazumal am Geld geknapst und nur das Nötigste gekauft wird. Da hat sich im Prinzip nichts geändert. Nur daß um zweiunddreißig, als er schon den dritten Winter über stempeln ging, Vater längst ausgesteuert war und ihm die Wohlfahrt dauernd weggekürzt wurde. Ganze drei Mark fünfzig bekam er die Woche. Und da meine Brüder beide auch stempeln gingen und nur meine Schwester Erika als Verkäuferin bei Tietz richtig Lohn nach Hause brachte, hatte Mutter keine hundert Mark Wirtschaftsgeld pro Woche. Das reichte hinten und vorn nicht, war aber in unserer Gegend überall so. Wehe, wenn jemand die Grippe oder sonstwas bekam. Allein für den Krankenschein mußten fünfzig Pfennig berappt werden. Schuhebesohlen riß ein Loch in die Kasse. Preßkohlen kamen der Zentner auf zwei Mark ungefähr. Aber im Revier wuchsen die Halden. Waren natürlich bewacht, streng sogar, mit Stacheldraht rum und Hunden. Und ganz schlimm war es mit Winterkartoffeln. Da mußte ja irgendwas passieren, weil in dem ganzen System der Wurm tickte. Das ist im Prinzip heute nicht anders. Auch das Warten auf dem Arbeitsamt. Einmal nahm Vater mich mit: »Damit du siehst, wie sowas abläuft.« Vorm Amt paßten zwei Schupos auf, daß die Stempelordnung von niemand verletzt wurde, denn draußen standen sie in Schlange, und drinnen standen sie auch, weil nicht genug Sitzplätze waren. Blieb aber draußen und drinnen ganz ruhig, weil alle nur vor sich hin grübelten. Deshalb konnte man das Geräusch vom Stempeln so gut hören. Diesen trockenen Knall. An fünf oder sechs Schaltern wurde gestempelt. Hab ich heut noch im Ohr. Und deutlich seh ich die Gesichter, wenn jemand abgewiesen wurde. »Frist vorbei!« oder »Fehlende Papiere«. Vater hatte alles bei sich: Meldeschein, letzten Arbeitsnachweis, den Bedürftigkeitsbescheid und die Zahlkarte. Denn seitdem er nur noch Wohlfahrt kriegte, wurde die Bedürftigkeit geprüft, bis in die Wohnung rein. Wehe, wenn da zu neue Möbel standen oder ein Radio. Achja, und nach nassen Klamotten hat es gerochen. Draußen standen sie nämlich bei Regen in Schlange. Nein, kein Gedrängel und kein Radau, nicht mal politisch. Na, weil jeder die Nase voll hatte und alle wußten: So geht's nicht weiter. Jetzt muß was passieren.

Doch hinterher nahm mich Vater mit zur Erwerbslosen-Selbsthilfe, ins Gewerkschaftshaus. Da hingen Plakate und Aufrufe zur Solidarität. Und da gab's auch was zu löffeln, Tellergericht, Eintopf meistens. Das durfte Mutter nicht wissen, daß wir da hingegangen waren. »Ich bring euch schon durch alle«, hat sie gesagt, und wenn sie mir für die Schule bißchen Schmalz auf die Klappstulle kratzte, hat sie gelacht, oder wenn's nur trocken Brot gab, »Heut gibt's Karo einfach« gesagt. Na, so schlimm ist es ja heute nicht, kann aber noch kommen. Jedenfalls gab es dazumal schon sowas wie Arbeitsdienstpflicht für die sogenannten Wohlfahrtserwerbslosen. Bei uns in Remscheid mußten sie beim Wegebau an der Talsperre schuften. Vater auch, weil wir von der Wohlfahrt lebten. Da hat man, weil Pferde zu teuer waren, an die zwanzig Mann vor eine zigzentnerschwere Walze gespannt, und auf »Hüh!« ging's los. Ich durfte da nicht hin und zugucken, weil sich Vater, der ja mal Maschinenmeister gewesen ist, geschämt hat vor seinem Sohn. Aber zu Hause, da hab ich ihn weinen gehört, wenn er im Dunkeln bei Mutter lag. Sie hat nie geweint, doch zum Schluß, kurz vor der Machtergreifung, immer wieder »Schlimmer kann's nicht werden« gesagt. Sowas kann uns heute nicht passieren, hab ich meinen Enkelsohn beruhigt, als er mal wieder an allem, was ist, nur noch rummäkelte. »Hast ja recht«, gab der Bengel zurück, »so schlecht es mit Arbeit aussieht, die Aktien steigen und steigen.«

1933

DIE NACHRICHT VON DER ERNENNUNG überraschte uns mittags, als ich mit Bernd, meinem jungen Mitarbeiter, in der Galerie einen Imbiß nahm und dabei mit halbem Ohr Radio hörte. Das heißt, überrascht war ich nicht: nach Schleichers Rücktritt deutete alles auf Ihn, nur noch Er kam in Frage, Seinem Willen zur Macht mußte sich selbst der greise Reichspräsident fügen. Ich versuchte, mit einem Scherz zu reagieren: »Nun wird uns der Anstreicher als Maler beglücken«, doch Bernd, den sonst die Politik, wie er sagte, »nicht die Bohne« interessierte, sah sich persönlich bedroht: »Weg! Wir müssen weg!« rief er.

Zwar belächelte ich seine Überreaktion, sah mich aber gleichwohl in meiner Vorsorge bestätigt: schon vor Monaten hatte ich einen Teil jener Bilder nach Amsterdam ausgelagert, die angesichts der zu erahnenden Machtergreifung als besonders anrüchig zu gelten hatten, mehrere Kirchner, Pechstein, Nolde usw. Nur von des Meisters Hand befand sich noch einiges, die späten farbfrohen Gartenstücke, in der Galerie. Sie gehörten gewiß nicht zur Kategorie »entartet«. Einzig als Jude war er gefährdet, wie seine Frau, wenngleich ich mir und Bernd einzureden versuchte: »Er ist weit über achtzig. Sie werden es nicht wagen, sich an ihm zu vergreifen. Allenfalls wird er von seinem Amt als Präsident der

Akademie zurücktreten müssen. Ach was, in drei, vier Monaten ist der Spuk ohnehin vorbei.«

Dennoch hielt oder steigerte sich meine Unruhe. Wir schlossen die Galerie. Und nachdem es mir gelungen war, meinen lieben Bernd, der natürlich in Tränen stand, ein wenig zu beschwichtigen, machte ich mich am späten Nachmittag auf den Weg. Schon bald war kaum ein Durchkommen. Ich hätte die S-Bahn nehmen sollen. Von überall her Kolonnen. Bereits auf der Hardenbergstraße. In Sechserreihen zogen sie die Siegesallee hoch, einem SA-Sturm folgte der nächste, zielbewußt. Ein Sog schien ihnen Richtung zu geben, zum Großen Stern hin, wo offenbar alle Kolonnen ihren Treffpunkt hatten. Sobald sich die Züge stauten, traten sie auf der Stelle, drängend, ungeduldig: nur kein Stillstand. Ach, dieser schreckliche Ernst in den jungen, von Sturmriemen markierten Gesichtern. Und mehr und mehr Schaulustige, deren Andrang die Fußgängerbereiche zu sperren begann. Über allem dieses gleichgestimmte Singen ...

Da schlug ich mich sozusagen in die Büsche, nahm meinen Weg durch den bereits dunklen Tiergarten, war aber nicht der einzige, der bemüht war, auf Nebenwegen voranzukommen. Endlich, nahe dem Ziel, zeigte sich, daß das Brandenburger Tor für den normalen Verkehr gesperrt war. Nur mit Hilfe eines Schutzpolizisten, dem ich weiß nicht mehr was erzählte, durfte ich zum gleich hinterm Tor liegenden Pariser Platz. Ach, wie oft waren wir hier erwartungsvoll vorgefahren! Welch exklusive und doch bekannte Adresse! Wie viele Atelierbesuche beim Meister! Und immer ging es geistreich zu, oft witzig. Sein trocken berlinernder Humor.

Vor dem großbürgerlichen Gebäude – seit Jahrzehnten Besitz der Familie – stand, als erwartete er mich, der Hausmeister. »Die Herrschaften sind auffem Dach«, sagte er und brachte mich treppauf. Inzwischen mochte jener wie seit Jahren geübte, jedenfalls auf die Minute organisierte Fackelzug begonnen haben, denn als ich das Flachdach betrat, kündigte Jubel die sich nähernden Kolonnen an. Gewiß, ekelhaft, dieser Pöbel! Und doch wirkte das anschwellende Gebrüll erregend. Heute muß ich mir eingestehen, fasziniert gewesen zu sein – und sei es nur einen Schauer lang.

Aber warum setzte er sich der Masse aus? Der Meister und seine Frau Martha standen am äußersten Rand des Daches. Später, als wir im Atelier saßen, hörten wir: Von dort aus habe er schon anno einundsiebzig die aus Frankreich heimkehrenden Regimenter siegreich durchs Tor marschieren sehen, dann vierzehn die ausrückenden, noch mit Pickelhauben behelmten Infanteristen, achtzehn sodann den Einmarsch der revoltierenden Matrosenbataillone, und nun habe er einen letzten Blick von oben riskieren wollen. Dazu ließe sich eine Menge Unsinn sagen.

Doch vorher, auf dem Flachdach, stand er stumm, die erkaltete Havanna im Gesicht. Beide mit Hüten, in Wintermänteln, wie fertig zur Abreise. Dunkel gegen den Himmel. Ein statuarisches Paar. Auch war das Brandenburger Tor noch graue, nur ab und zu von Polizeischeinwerfern abgetastete Masse. Dann aber näherte, ergoß sich der Fackelzug gleich einem Lavastrom in aller Breite, für kurze Zeit von den Pfeilern getrennt, um wieder zusammenzufließen, unablässig, nicht aufzuhalten, feierlich, schicksalhaft, und erhellte die Nacht, leuchtete das Tor bis zur Quadriga der Rosse aus, bis hoch zum Helmesrand und Siegeszeichen der Göttin; selbst wir auf dem Dach des Liebermannschen Hauses wurden von jenem fatalen Glanz beschienen, und zugleich erreichte uns der Qualm und Gestank von hunderttausend und mehr Fackeln.

Welche Schande! Nur ungern gebe ich zu, daß dies Bild, nein, dies naturgewaltige Gemälde mich zwar entsetzt, aber zugleich ergriffen hat. Ein Wille ging von ihm aus, dem zu folgen geboten schien. Diesem erhaben fortschreitenden Verhängnis war nichts in den Weg gestellt. Eine Flut, die mitriß. Und der von unten allseits aufsteigende Jubel hätte womöglich auch mir – und sei es versuchsweise – ein zustimmendes »Sieg Heil!« entlockt, wenn nicht Max Liebermann jenen Satz beigesteuert hätte, der später überall in der Stadt als geflüsterte Parole in Umlauf blieb. Sich von dem geschichtsträchtigen Bild wie von einem firnisglänzenden Historienschinken abwendend, berlinerte er: »Ick kann janich soviel fressen, wie ick kotzen möcht.«

Als der Meister das Flachdach seines Hauses verließ, nahm Martha seinen Arm. Und ich begann nach Wörtern zu suchen, geeignet, das greise Paar zur Flucht zu überreden. Aber kein Wort taugte. Sie waren nicht zu verpflanzen, selbst nicht nach Amsterdam, wohin ich mich mit Bernd alsbald geflüchtet habe. Allerdings war unseren geliebten Bildern – unter ihnen einige von Liebermanns Hand – schon wenige Jahre später die Schweiz der relativ sichere, wenn auch wenig geliebte Ort. Bernd verließ mich … Ach … Doch das ist bereits eine andere Geschichte.

1934

Unter uns gesagt: Dieser Fall hätte exakter erledigt werden müssen. Habe mich zu sehr von persönlichen Motiven leiten lassen. Der Schlamassel begann mit dem überstürzten, durch den Röhmputsch verursachten Standortwechsel: von Dachau abkommandiert, übernahmen wir am 5. Juli das KZ Oranienburg, kurz nachdem ein wahrer Sauhaufen von SA-Männern durch ein Kommando der Leibstandarte abgelöst worden war, übrigens Kameraden, die wenige Tage zuvor in Wiessee und anderswo mit der Röhm-Clique kurzen Prozeß gemacht hatten. Immer noch sichtlich erschöpft, berichteten sie von der »Nacht der langen Messer« und übergaben uns den Laden mitsamt einigen SA-Unterführern, die beim bürokratischen Teil der Ablösung behilflich werden sollten, sich aber als total untauglich erwiesen.

Einer dieser Schlägertypen – bezeichnenderweise Stahlkopf mit Namen – ließ die uns anvertrauten Schutzhäftlinge zum Appell antreten und befahl den Juden unter ihnen, gesondert Aufstellung zu nehmen.

Ein knappes Dutzend Figuren nur, zwischen denen eine besonders auffiel. Jedenfalls erkannte ich Mühsam sofort. Unverkennbar seine Visage. Obgleich man dem einstigen Räterevoluzzer im Zuchthaus Brandenburg den Bart abgesäbelt und ihn auch sonst gehörig zusammengestaucht hatte, war von ihm genug übriggeblieben.

Unter uns gesagt: ein Anarchist der feinsinnigen Sorte und obendrein ein typischer Kaffeehausliterat, der während meiner frühen Münchner Jahre eine eher komische Figur abgegeben hatte, und zwar als Dichter und Agitator der absoluten Freiheit, klar doch, besonders der freien Liebe. Nun stand ein Häufchen Elend vor mir, kaum noch anzusprechen, weil ertaubt. Zur Begründung wies er auf seine teils eiterflüssigen, teils verkrusteten Ohren und griente entschuldigend.

Als dessen Adjutant erstattete ich Brigadeführer Eicke Bericht, nannte Erich Mühsam einerseits harmlos, andererseits besonders gefährlich, weil selbst die Kommunisten dessen agitierenden Redefluß gefürchtet hätten: »Der wäre in Moskau längst liquidiert worden.«

Brigadeführer Eicke sagte, ich solle mich um den Fall kümmern, und riet mir Sonderbehandlung an, was verständlich genug war. Schließlich ist es Theodor Eicke persönlich gewesen, der Röhm erledigt hat. Doch gleich nach dem Appell machte ich meinen ersten Fehler, indem ich meinte, die Drecksarbeit dem SA-Trottel Stahlkopf überlassen zu können.

Unter uns gesagt: Ich hatte eine gewisse Scheu, mich mit diesem Juden näher als notwendig einzulassen. Hinzu kam, daß er beim Verhör erstaunlich Haltung bewies. Auf jede Frage hat er mit Gedichtzeilen geantwortet, offenbar eigenen, aber auch solchen von Schiller: »... und setzet ihr nicht das Leben ein ...« Obgleich ihm etliche Vorderzähne fehlten, zitierte er bühnenreif. Das war einerseits komisch, aber andererseits ... Außerdem irritierte mich der Kneifer auf seiner Judennase ... Mehr noch die Sprünge in beiden Gläsern ... Und unbeirrt lächelte er nach jedem Zitat ...

Jedenfalls räumte ich Mühsam achtundvierzig Stunden ein, gab ihm den dringlichen Rat, während dieser Frist selbsttätig Schluß zu machen. Wäre die sauberste Lösung gewesen.

Nunja, den Gefallen hat er uns nicht getan. Also wurde Stahlkopf tätig. Offenbar hat er ihn in einer Klosettschüssel ertränkt. Wollte das nicht im Detail wissen. Erwies sich, genau besehen, als glatter Pfusch. Fiel natürlich schwer, im Nachhinein einen Selbstmord durch Erhängen zu fingieren. Die Hände untypisch verkrampft. Wir bekamen die Zunge nicht raus. Auch war der Knoten zu fachkundig geknüpft. Mühsam hätte das nie geschafft. Und dann hat Stahlkopf, dieser Idiot, noch weiteren Mist gebaut, indem er beim Morgenappell mit seinem Kommando »Juden zum Abschneiden raustreten!« die Sache publik machte. Natürlich haben diese Herren, unter ihnen zwei Ärzte, die Stümperei sofort erkannt.

Prompt bekam ich von Brigadeführer Eicke einen Anpfiff: »Mensch, Ehardt, das hätten Sie, weiß Gott, sauberer hinkriegen müssen.«

Dem war nur zuzustimmen, denn, vertraulich gesagt, wird uns diese Chose noch lange anhängen, weil wir es nicht geschafft haben, den tauben Juden stumm zu machen. Überall hieß es … Im Ausland feierte man Mühsam als Märtyrer … Sogar die Kommunisten … Und das KZ Oranienburg haben wir schließen, die Schutzhäftlinge auf andere Lager verteilen müssen. Bin jetzt wieder in Dachau, nehme an, zur Bewährung.

1935

Über meine Corporation, die »Teutonia«, der gleichfalls mein Vater als »Alter Herr« verbunden war, wurde mir, nach Abschluß der medizinischen Studien, die Möglichkeit eröffnet, bei Dr. Brösing – auch er alter Teutone – zu famulieren, das heißt, ich assistierte ihm bei der ärztlichen Betreuung jener Arbeiterlager, die für den Ausbau der ersten Reichsautobahnteilstrecke von Frankfurt am Main nach Darmstadt auf freiem Feld errichtet worden waren. Damaligen Verhältnissen entsprechend, ging es dort äußerst primitiv zu, zumal sich unter den Autobahnarbeitern, insbesondere bei den Schipperkolonnen, auffallend viele Elemente befanden, deren asoziales Verhalten ständig zu Konflikten führte. »Rabatz machen« und »Die Bude auf den Kopf stellen« waren alltägliche Vorgänge. Infolgedessen zählten nicht nur bei der Streckenarbeit Verunglückte zu unseren Patienten, sondern auch etliche Rabauken anrüchiger Herkunft, die bei Schlägereien verletzt worden waren. Dr. Brösing behandelte Stichwunden, ohne nach Ursachen zu fragen. Allenfalls hörte ich seinen Standardsatz: »Aber meine Herren, die Zeit der Saalschlachten sollte eigentlich vorbei sein.«

Die meisten Arbeiter jedoch verhielten sich ordentlich und in der Regel dankbar, weil die Großtat des Führers, der bereits am 1. Mai dreiunddreißig angekündigte

Ausbau eines ganz Deutschland verbindenden Autobahnnetzes, vieltausend jungen Männern Arbeit und Lohn gebracht hatte. Und auch für Ältere fand so die jahrelang andauernde Erwerbslosigkeit ein Ende. Dennoch ging vielen die ungewohnt schwere Arbeit nicht recht von der Hand. Schlechte und einseitige Ernährung während zurückliegender Zeit mag Ursache für körperliches Versagen gewesen sein. Jedenfalls wurden Dr. Brösing und ich im Verlauf des rapid voranschreitenden Streckenausbaus mit einer bisher unbekannten und deshalb nicht erforschten Arbeitsinvalidität konfrontiert, die Dr. Brösing, ein zwar konservativer, doch nicht humorloser Praktiker, die »Schipperkrankheit« zu nennen pflegte. Er sprach auch vom »Schipperknacks«.

Es handelte sich um immer den gleichen Vorfall: die betroffenen Arbeiter, gleich ob jung oder schon fortgeschrittenen Alters, verspürten bei intensiver körperlicher Belastung, insbesondere dort, wo immense Erdmassen fortwährend mit der Schaufel bewegt werden mußten, jenen besagten Knacks zwischen den Schulterblättern, dem heftige und die Weiterarbeit beendende Schmerzen folgten. Auf Röntgenbildern fand Dr. Brösing den Nachweis der von ihm so treffend benannten Krankheit: einen Abrißbruch der Wirbeldornfortsätze an der Hals- und Brustgrenze, von dem, in der Regel, der erste Brustwirbel- und der siebente Halswirbeldorn betroffen waren.

Eigentlich hätten diese Leute sogleich arbeitsunfähig geschrieben und entlassen werden müssen; aber Dr. Brösing, der das von der Bauleitung angeordnete Tempo »unverantwortlich« und mir gegenüber sogar »mörderisch« nannte, sonst aber politisch indifferent zu sein schien, zögerte die Entlassungen hinaus, so daß die Krankenbaracke ständig überbelegt war. Er sammelte geradezu Patienten, sei es, um den Verlauf der »Schipperkrankheit« zu erforschen, sei es, um auf Mißstände aufmerksam zu machen.

Da aber an freien Arbeitskräften kein Mangel herrschte, wurde schließlich doch noch der erste Teilabschnitt der Reichsautobahn termingerecht fertiggestellt. Am 19. Mai fand die feierliche Einweihung in Gegenwart des Führers sowie hochrangiger Parteigenossen und unter Beteiligung von über viertausend Autobahnarbeitern statt. Leider war das Wetter miserabel. Regen wechselte mit Hagel ab. Nur selten kam die Sonne durch. Trotzdem fuhr der Führer, im offenen Mercedes stehend und die hunderttausend Schaulustigen mal mit der geraden, mal mit der angewinkelten Rechten grüßend, die ausgebaute Strecke ab. Groß war der Jubel. Immer wieder erklang der Badenweiler Marsch. Und vom Generalinspektor Dr. Todt bis zu den Schipperkolonnen waren sich alle der großen Stunde bewußt. Nach der knappen Dankesrede des Führers, gerichtet an »die Arbeiter der Faust und der Stirn«, begrüßte stellvertretend für alle am Bau Beteiligten der Maschinist Ludwig Droeßler den hohen Gast und fand, unter anderem, diese schlichten Worte: »Mit der Errichtung der Autobahn haben Sie, mein Führer, ein Werk in Gang gesetzt, das noch nach Jahrhunderten vom Lebenswillen und der Größe dieser Zeit sprechen wird ...«

Später wurde die Strecke, bei nun leicht gebessertem Wetter, für einen Autokorso freigegeben, an dem sich zur Freude des Publikums fauchend und knatternd uralte, aber auch vorgestrige Vehikel beteiligten, übrigens auch Dr. Brösing in seinem gut zehn Jahre alten Opel-Zweisitzer, der einst grünlackiert gewesen sein mag. An den offiziellen Feierlichkeiten meinte er allerdings nicht teilnehmen zu müssen; wichtiger war ihm, gegen Abend die Krankenbaracke zu inspizieren, während ich, wie er sagte, »beim uniformierten Quatsch« dabeisein durfte.

Seinen medizinischen Bericht über die sogenannte »Schipperkrankheit« hat er leider in keiner Fachzeitschrift veröffentlichen dürfen; sogar unser Verbindungsblättchen, die »Teutonia«, soll, ohne Gründe zu nennen, den Abdruck verweigert haben.

1936

An Hoffnungsmachern hat es nie gefehlt. Bei uns im Lager Esterwegen, das durch das »Lied der Moorsoldaten«, dessen Kehrreim den »Spaten« bemühte, zu einiger Berühmtheit gekommen ist, wurde ab Frühsommer sechsunddreißig gemunkelt, noch vor Beginn der Olympischen Spiele werde eine Amnestie unser kümmerliches Dasein als Volksschädlinge und Torfstecher im Emsland beenden. Dieses Gerücht lebte von der frommen Annahme, selbst Hitler müsse aufs Ausland Rücksicht nehmen, die Zeit des einschüchternden Terrors sei nun vorbei, außerdem solle das Torfstechen als urdeutsche Tätigkeit den freiwilligen Arbeitsdienstmännern vorbehalten bleiben.

Doch dann wurden fünfzig Häftlinge, alles gelernte Handwerker, nach Sachsenhausen nahe Berlin abkommandiert. Dort sollten wir, bewacht von SS-Männern der kasernierten Totenkopf-Verbände, ein Großlager aufbauen, das vorerst für zweieinhalbtausend Insassen auf etwa dreißig Hektar umzäunter Fläche geplant war: ein Lager mit Zukunft.

Ich gehörte als Bauzeichner zu den abkommandierten Torfstechern. Da die vorgefertigten Barackenteile von einer Berliner Firma geliefert wurden, hatten wir einigen, sonst strikt verbotenen Kontakt zur Außenwelt und bekamen etwas von dem Rummel mit, der in der

Reichshauptstadt bereits vor der Eröffnung der Spiele ablief: Touristen aus aller Welt bevölkerten den Ku'damm, die Friedrichstraße, den Alex und den Potsdamer Platz. Doch mehr sickerte nicht durch. Erst als in der Wachstube der bereits erstellten Kommandantur-Baracke, in der auch die Bauleitung saß, ein Radio installiert wurde, das von früh bis spät Stimmungsberichte von der Eröffnungsfeier, dann erste Wettkampfergebnisse brachte, kamen wir in den gelegentlichen Genuß dieser Anschaffung. Da ich allein oder mit anderen ziemlich oft zur Bauleitung mußte, waren wir, was den Beginn der Spiele betraf, einigermaßen auf dem laufenden. Und als bei der Verkündung der ersten Ergebnisse aus Finalkämpfen der Apparat auf volle Lautstärke gedreht und dadurch sogar der Appellplatz und die angrenzenden Baustellen beschallt wurden, bekamen viele von uns den Medaillensegen mit. Außerdem hörten wir von nebenan, wer alles auf der Ehrentribüne saß: lauter internationale Prominenz, mittendrin der schwedische Thronfolger Gustav Adolf, der italienische Kronprinz Umberto, ein englischer Unterstaatssekretär namens Vansittart, dazu ein Pulk Diplomaten, unter ihnen welche aus der Schweiz. Deshalb hofften manche von uns, daß dieser massiven ausländischen Präsenz das entstehende Groß-KZ am Rande Berlins nicht verborgen bleiben werde.

Aber die Welt nahm von uns keine Notiz. Die sportliche »Jugend der Welt« hatte genug mit sich selbst zu tun. Unser Los kratzte niemanden. Uns gab es nicht. Und so verlief der Lageralltag normal, wenn man vom Radio in der Wachstube absah. Denn dieses übrigens feldgraue, offenbar dem Militär entliehene Gerät brachte Nachrichten aus einer Wirklichkeit, die sich außerhalb des Stacheldrahtes abspielte. Gleich am 1. August gab es beim Kugelstoßen und Hammerwerfen deutsche Siege. Ich war mit Fritjof Tuschinski, einem »Grünen«, wie wir der Häftlingsmarkierung wegen die Kriminellen nannten, bei der Bauleitung, um Korrekturen in den Planunterlagen zu übernehmen, als die zweite Goldmedaille im Radio verkündet und sogleich von den wachfreien Totenkopfmännern im Nebenraum lautstark gefeiert wurde. Als aber Tuschinski meinte, mitjubeln zu dürfen, traf ihn der Blick des Bauleiters, Hauptsturmführer Esser, dem der Ruf anhing, scharf, aber korrekt zu sein. Ein lautes Mitjubeln meinerseits hätte bestimmt strenge Strafe zur Folge gehabt, denn als Politischer, gekennzeichnet durch einen roten Winkel, wäre ich härter als der Grüne angefaßt worden. Tuschinski mußte nur fünfzig Kniebeugen ableisten, während es mir, dank äußerster Disziplin, gelang, nach außen hin unbewegt auf Weisung zu warten, mich jedoch innerlich über diese und weitere deutsche Siege zu freuen; war ich doch vor wenigen Jahren noch beim Spartakus Magdeburg als Mittelstreckenläufer aktiv und über dreitausend Meter sogar erfolgreich gewesen.

Trotz des verbotenen Mitjubelns – wir waren, gab Esser zu verstehen, offen bekundeter Teilnahme an deutschen Siegen nicht würdig – ließ sich im Verlauf der Spiele kaum vermeiden, daß es für Minuten zu spontanen Annäherungen zwischen Häftlingen und Bewachern kam, zum Beispiel, als sich der Leipziger Student Luz Long beim Weitsprung ein spannendes Duell mit dem amerikanischen Sieger im Hundert- und – kurze Zeit später – Zweihundertmeterlauf Jesse Owens, einem

Schwarzen, lieferte, das Owens schließlich mit seinem olympischen Rekordsprung von acht Metern sechs gewann. Den Weltrekord mit acht dreizehn hielt er ohnehin. Aber Longs Silbermedaille wurde dennoch von allen gefeiert, die in der Nähe des Radios standen: zwei SS-Unterscharführer, die als Bluthunde galten, ein grüner Kapo, der uns Politische verachtete und bei jeder Gelegenheit schikanierte, und ich, ein mittlerer KPD-Funktionär, der all das und noch mehr überlebt hat und heute mit schlecht sitzendem Gebiß an trüben Erinnerungen kaut.

Mag sein, daß jenes Händeschütteln, zu dem sich Hitler mit dem mehrfach siegreichen Neger herabgelassen haben soll, diese kurzfristige Kumpanei gestiftet hat. Danach herrschte wieder Distanz. Hauptsturmführer Esser erstattete Meldung. Disziplinarmaßnahmen betrafen Häftlinge und Bewacher. Das ordnungswidrige Radio verschwand, weshalb wir den weiteren Verlauf der Olympischen Spiele verpaßt haben. Nur gerüchteweise erfuhr ich vom Pech unserer Mädels, die im Endlauf der Viermalhundertmeterstaffel den Stafettenstab beim Wechsel verloren hatten. Und als die Spiele vorbei waren, gab es auch keine Hoffnung mehr.

1937

UNSERE PAUSENHOFSPIELE endeten nicht mit dem Klingelzeichen, sondern wurden unter Kastanienbäumen und vor dem einstöckigen Toilettengebäude, Pißbude genannt, von Pause zu Pause fortgesetzt. Wir kämpften miteinander. Die an die Turnhalle anschließende Pißbude galt als Alcázar von Toledo. Zwar lag das Ereignis um ein Jahr zurück, aber in unseren Schülerträumen verteidigte die Falange andauernd heldenhaft das Gemäuer. Immer wieder griffen die Roten vergeblich an. Doch war deren Versagen auch auf Lustlosigkeit zurückzuführen: niemand wollte den Roten zugezählt werden, ich auch nicht. Alle Schüler sahen sich todesmutig auf General Francos Seite. Schließlich haben uns einige Untersekundaner durch Losentscheid aufgeteilt: mit anderen Sextanern zog ich Rot, ohne die spätere Bedeutung dieses Zufalls erahnen zu können; offenbar zeichnet sich Zukünftiges bereits auf Pausenhöfen ab.

Also belagerten wir die Pißbude. Das geschah nicht ohne Kompromiß, denn die Aufsicht führenden Lehrer sorgten dafür, daß neutrale, aber auch kämpfende Schülergruppen während angeordneter Waffenruhe zumindest ihr Wasser abschlagen durften. Einer der Höhepunkte im Kampfgeschehen war das Telefongespräch zwischen dem Kommandanten des Alcázar, Oberst

Moscardó, und seinem Sohn Luis, den die Roten gefangen hatten und mit Erschießung bedrohten, falls die Festung nicht bereit sei, zu kapitulieren.

Helmut Kurella, ein Quartaner mit Engelsgesicht und entsprechender Stimme, spielte den Luis. Ich mußte den roten Miliz-Kommissar Caballo mimen und den Telefonhörer an Luis übergeben. Trompetenhell klang es über den Pausenhof: »Hallo, Papa.« Darauf Oberst Moscardó: »Was ist los, mein Junge?« – »Nichts. Sie sagen, ich werde erschossen, wenn der Alcázar nicht kapituliert.« – »Wenn das wahr sein sollte, mein Sohn, dann empfehle deine Seele Gott, rufe ›Viva España‹, und stirb wie ein Held.« – »Lebe wohl, Vater. Und einen ganz großen Kuß!«

Das rief der engelhafte Helmut als Luis. Woraufhin ich, der rote Kommissar, dem ein Primaner den abschließenden Ruf »Viva la muerte!« eingetrichtert hatte, den tapferen Knaben unter einem blühenden Kastanienbaum erschießen mußte.

Nein, bin nicht sicher, ob ich oder ein anderer die Hinrichtung vollzogen hat; doch hätte ich es sein können. Dann ging der Kampf weiter. Während der nächsten Pause wurde der Turm der Festung gesprengt. Wir machten das akustisch. Aber die Verteidiger gaben nicht auf. Was später Spanischer Bürgerkrieg hieß, spielte sich auf dem Pausenhof des Conradinums zu Danzig-Langfuhr als ein einziges, stets wiederholbares Ereignis ab. Natürlich siegte am Ende die Falange. Der Belagerungsring wurde von außen gesprengt. Eine Horde Tertianer schlug übertrieben heftig zu. Danach große Umarmung. Oberst Moscardó begrüßte die Befreier mit der berühmt gewordenen Losung »Sin novedad«, was soviel wie »Nichts zu berichten« heißt. Dann wurden wir, die Roten, liquidiert.

So konnte gegen Schluß der Pause die Pißbude wieder normal benutzt werden, doch schon am nächsten Schultag wiederholten wir unser Spiel. Das zog sich bis zu den Sommerferien siebenunddreißig hin. Eigentlich hätten wir auch die Bombardierung der baskischen Stadt Guernica spielen können. Die deutsche Wochenschau hatte uns diesen Einsatz unserer Freiwilligen vorm Hauptfilm im Kino gezeigt. Am 26. April wurde das Städtchen in Schutt und Asche gelegt. Noch heute höre ich die dem Motorenlärm unterlegte Musik. Aber zu sehen waren nur unsere Heinkel- und Junkersflugzeuge im Anflug Sturzflug Abflug. Es sah aus, als übten sie. Das gab keine Heldentat her, die sich auf dem Pausenhof nachspielen ließ.

1938

DER ÄRGER MIT UNSEREM GESCHICHTSLEHRER begann, als alle im Fernsehen zugeguckt haben, wie in Berlin auf einmal die Mauer offenstand und alle, auch meine Oma, die in Pankow wohnt, einfach so in den Westen rüberkonnten. Dabei hat es Herr Studienrat Hösle bestimmt gut gemeint, als er nicht nur vom Mauerfall gesprochen, sondern uns alle gefragt hat: »Wißt ihr, was sonst noch alles in Deutschland an einem 9. November geschehen ist? Zum Beispiel vor einundfünfzig Jahren genau?«

Weil alle nur irgendwie etwas, aber keiner Genaues wußte, hat er uns dann die Reichskristallnacht erklärt. Die hieß so, weil sie im ganzen deutschen Reich stattfand, wobei viel Geschirr, das Juden gehörte, kaputtgegangen ist, darunter besonders viele Kristallvasen. Auch hat man mit Pflastersteinen alle Schaufenster von Geschäften, deren Eigentümer Juden waren, zerschmissen. Und auch sonst wurde viel Wertvolles sinnlos zerstört.

Vielleicht war es ein Fehler von Herrn Hösle, daß er nicht hat aufhören können und uns zu viele Geschichtsstunden lang nur noch darüber erzählt und uns aus Dokumenten vorgelesen hat, wie viele Synagogen genau abgebrannt wurden und daß man einundneunzig Juden einfach ermordet hat. Lauter traurige Geschichten, während in Berlin, nein, überall in Deutschland natürlich der Jubel groß war, weil nun endlich alle Deutschen vereinigt werden konnten. Aber bei ihm ging es immer nur um die alten Geschichten, wie es dazu gekommen ist. Und es stimmt schon, daß er uns mit dem, was damals hier los war, ziemlich genervt hat.

Jedenfalls ist seine, wie man sagte, »Vergangenheitsbesessenheit« bei der Elternversammlung von fast allen Anwesenden gerügt worden. Sogar mein Vater, der eigentlich gerne von früher erzählt, zum Beispiel, als er noch vor dem Mauerbau aus der sowjetisch besetzten Zone geflüchtet und hierher, nach Schwaben gekommen und lange fremd geblieben ist, hat ungefähr so mit Herrn Hösle gesprochen: »Natürlich ist nichts dagegen einzuwenden, daß meine Tochter erfährt, wie übel die SA-Horden überall und auch leider hier in Esslingen gehaust haben, aber doch, bitte, zum rechten Zeitpunkt und nicht gerade dann, wenn, wie gegenwärtig, endlich einmal Anlaß zur Freude besteht und alle Welt uns Deutsche beglückwünscht ...«

Dabei haben wir Schüler uns irgendwie schon dafür interessiert, was damals in unserer Heimatstadt, zum Beispiel im Israelitischen Waisenhaus »Wilhelmspflege«, passiert ist. Alle Kinder mußten raus auf den Hof. Die Schulbücher alle, die Gebetbücher, sogar die Thorarollen wurden auf einen Haufen geworfen und alle verbrannt. Die weinenden Kinder, die das alles ansehen mußten, hatten Angst, mitverbrannt zu werden. Aber nur den Lehrer Fritz Samuel hat man bewußtlos geschlagen, und zwar mit Gymnastikkeulen aus dem Turnsaal.

Gottseidank gab es in Esslingen aber auch Leute, die einfach zu helfen versucht haben, zum Beispiel ein Taxifahrer, der einige Waisenkinder nach Stuttgart bringen wollte. Jedenfalls war das, was uns Herr Hösle erzählt hat, schon aufregend irgendwie. Sogar die Jungs in unserer Klasse haben diesmal beim Unterricht mitgemacht, auch die türkischen Jungs, und sowieso meine Freundin Shirin, deren Familie aus Persien kommt.

Und vor der Elternversammlung hat sich unser Geschichtslehrer, wie mein Vater zugegeben hat, ganz gut verteidigt. Er soll den Eltern erklärt haben: Kein Kind kann das Ende der Mauerzeit richtig begreifen, wenn es nicht weiß, wann und wo genau das Unrecht begonnen und was schließlich zur Teilung Deutschlands geführt hat. Da sollen fast alle Eltern genickt haben. Aber den weiteren Unterricht über die Reichskristallnacht hat Herr Hösle dann abbrechen und auf später verschieben müssen. Eigentlich schade.

Doch ein bißchen mehr wissen wir nun darüber. Zum Beispiel, daß fast alle in Esslingen nur stumm zugeschaut oder einfach weggeguckt haben, als das mit dem Waisenhaus passierte. Deshalb sind wir, als vor einigen Wochen Yasir, ein kurdischer Mitschüler, mit seinen Eltern in die Türkei abgeschoben werden sollte, auf die Idee gekommen, einen Protestbrief an den Bürgermeister zu schreiben. Alle gaben ihre Unterschrift. Aber das Schicksal der jüdischen Kinder im Israelitischen Waisenhaus »Wilhelmspflege« haben wir, auf Rat von Herrn Hösle, nicht in dem Brief erwähnt. Jetzt hoffen alle, daß Yasir bleiben darf.

1939

Drei Inseltage. Nachdem uns versichert worden war, daß in und um Westerland Gästezimmer frei seien und die große Wohndiele genug Raum für unser Palaver biete, dankte ich dem Gastgeber, einem Ehemaligen, der sich, inzwischen im Verlagswesen tätig und gut betucht, eines dieser reetgedeckten Friesenhäuser auf Sylt leisten konnte. Unser Treffen fand im Februar statt. Mehr als die Hälfte der Eingeladenen kam, sogar einige Großkopfeten, die mittlerweile beim Rundfunk oder – wie gehabt – als Chefredakteure das Sagen hatten. Wetten wurden abgeschlossen: tatsächlich trudelte der Chef einer auflagenstarken Illustrierten ein, wenn auch verspätet und nur auf Stippvisite. Die meisten Ehemaligen jedoch hatten nach dem Krieg in untergeordneten Redaktionsstuben ihr Auskommen gefunden oder waren, wie ich, als Freiberufliche auf Achse. Ihnen – und also auch mir – hing als Makel, aber auch Qualitätsausweis die Legende an, als Angehörige der Propagandakompanien Kriegsberichterstatter gewesen zu sein, weshalb ich an dieser Stelle daran erinnern möchte, daß grob geschätzt tausend unserer Kameraden, sei es beim Einsatz über England in einer He-111-Kanzel oder als Reporter in vorderster Frontlinie, den Tod gefunden haben.

Nun, bei uns Überlebenden wurde immer dringlicher der Wunsch nach einem Treffen laut. Also übernahm ich, nach einigem Zögern, die Organisation. Vereinbart war zurückhaltende Berichterstattung. Keine Namen sollten genannt werden, keine persönliche Abrechnung erlaubt sein. Ein ganz normales Kameradschaftstreffen war gewünscht, vergleichbar jenen Versammlungen der Nachkriegsjahre, bei denen sich ehemalige Ritterkreuzträger, Angehörige dieser oder jener Division, aber auch ehemalige KZ-Häftlinge trafen. Da ich als junger Dachs von Anfang an, das heißt seit dem Polenfeldzug dabeigewesen bin und keinerlei Dienststubentätigkeit im Propagandaministerium verdächtig war, genoß ich ein gewisses Ansehen. Zudem erinnerten sich viele Kameraden an meine ersten Berichte kurz nach Kriegsausbruch, die ich über das 79. Pionierbataillon der 2. Panzerdivision während der Schlacht an der Bzura geschrieben hatte, Brückenbau unter Feindbeschuß, und über den Vorstoß unserer Panzer bis kurz vor Warschau, wobei der Einsatz von Stukas aus Sicht des einfachen Infanteristen den Ton angegeben hatte. Wie ich ja überhaupt immer nur über die Truppe, arme Frontschweine und deren eher stilles Heldentum berichtet habe. Der deutsche Infantrist. Seine täglichen Marschleistungen auf Polens staubigen Straßen. Knobelbecherprosa! Immer den vorpreschenden Panzern hinterdrein, lehmverkrustet, sonnenverbrannt, aber stets bei Laune, auch wenn nach kurzem Gefecht manch lichterloh brennendes Dorf das wahre Gesicht des Krieges erkennen ließ. Oder mein nicht teilnahmsloser Blick auf die endlosen Kolonnen gefangener, gänzlich geschlagener Polen ...

Nunja, dieser gelegentlich nachdenkliche Tonfall in meinen Berichten stand wohl für Glaubwürdigkeit. Dabei hat mir manches die Zensur weggeschnipselt. Zum

Beispiel, als ich das Zusammentreffen unserer Panzerspitzen mit den Russen bei Mosty Wielkie allzu »waffenbrüderlich« ausgepinselt hatte. Oder als mir die Schilderung der Bärte alter Kaftanjuden zu liebevoll komisch geriet. Jedenfalls haben mir einige Kollegen von damals bei unserem Treffen bestätigt, daß sich meine Polenartikel in ihrer lebendigen Anschaulichkeit nicht von dem unterscheiden, was ich während letzter Zeit für eine der marktführenden Illustrierten, sei es in Laos, Algerien oder im Nahen Osten, zu Papier gebracht habe.

Nachdem die Quartierfragen geregelt waren, kamen wir umstandslos ins kollegiale Gespräch. Allein das Wetter meinte es nicht gut mit uns. An eine Strandpromenade oder einen Spaziergang in Richtung Wattseite der Insel war nicht zu denken. Wir, zwar gewohnt, uns jedem Klima auszusetzen, entpuppten uns als passionierte Stubenhocker, saßen ums offene Kaminfeuer bei Grog und Punsch, die unser Gastgeber reichlich auftischen ließ. Also handelten wir den Polenfeldzug ab. Den Blitzkrieg. Die achtzehn Tage.

Als Warschau, ein einziger Trümmerhaufen, gefallen war, schlug einer der Ehemaligen, der, so hieß es, als Kunstsammler und auch sonst gut im Geschäft war, langatmig und zunehmend dröhnend einen anderen Ton an. Er tischte uns Zitate aus Berichten auf, die er an Bord eines U-Bootes geschrieben und später unter dem Titel »Jäger im Weltmeer« als Buch samt Vorwort des Großadmirals herausgegeben hatte: »Rohr fünf fertig! – Treffer mittschiffs! – Torpedo nachladen ...« Das gab natürlich mehr her als meine staubigen Infanteristen auf Polens endlosen Landstraßen ...

1940

VON SYLT HABE ICH NICHT VIEL GESEHEN. Wie schon gesagt, erlaubte das Wetter allenfalls kurze Strandwanderungen in Richtung List oder in entgegengesetzte Richtung nach Hörnum. Wie fußkrank seit der Zeit der Rückzüge, hockte unser schräger Verein von Ehemaligen rauchend und trinkend ums Kaminfeuer. Jeder kramte in Erinnerungen. War der eine siegreich in Frankreich dabeigewesen, kam der nächste mit Heldentaten aus Narvik und den Fjorden Norwegens. Es war, als müßte ein jeder Artikel wiederkäuen, die in der Luftwaffenpostille »Adler« oder im »Signal« gestanden hatten, einer Wehrmachts-Illustrierten in gekonnter Aufmachung: Farbdruck, modernes Layout, bald in ganz Europa verbreitet. In der Chefetage vom »Signal« hatte ein gewisser Schmidt den Kurs bestimmt. Nach dem Krieg gab er, selbstredend unter anderem Namen, in Springers »Kristall« den Ton an. Und nun war uns das zweifelhafte Vergnügen seiner beharrlichen Anwesenheit gegönnt. Wir mußten uns seinen Sermon über »verschenkte Siege« anhören.

Es ging um Dünkirchen, wohin sich das gesamte britische Expeditionskorps geflüchtet hatte: an die dreihunderttausend Mann sollten eiligst eingeschifft werden. Der einstige Schmidt, dessen neuester Namen nicht genannt werden darf, war immer noch satt an Entrüstung: »Hätte nicht Hitler das Panzerkorps Kleist bei Abbeville gestoppt, hätte er vielmehr Guderians und Mansteins Panzern erlaubt, bis zur Küste durchzustoßen, hätte er Befehl gegeben, die Strände aufzurollen und den Sack zuzumachen, dann hätte der Engländer eine ganze Armee und nicht nur deren Ausrüstung verloren. Der Krieg hätte frühzeitig entschieden werden können, ja, einer Invasion hätten die Briten kaum was entgegenzusetzen gehabt. Aber der oberste Feldherr verschenkte den Sieg. Meinte wohl, England schonen zu müssen. Glaubte an Verhandlungen. Ja, hätten unsere Panzer damals ...«

So lamentierte der Schmidt von einst, um dann in dumpfes Brüten zu versinken, mit Blick aufs Kaminfeuer. Was andere an siegreichen Zangenbewegungen und tollkühner Kampftechnik zu bieten hatten, interessierte ihn nicht. Zum Beispiel gab es einen, der sich in den fünfziger Jahren bei Bastei-Lübbe mit Landserheftchen über Wasser gehalten hatte und jetzt an dubiose Blätter – was man so »Regenbogenpresse« nennt – seine Seele verkaufte, aber damals im »Adler« mit Einsatzberichten der Luftwaffe groß herausgekommen war. Nun erklärte er uns die Vorzüge der Ju 88 gegenüber der Ju 87, kurz Stuka genannt, indem er mit kurvenden Händen das Bombenabwurfverfahren beim Sturzflug ausmalte, nämlich das einfache Zielen mit dem ganzen Flugzeug, den Bombenabwurf beim Abfangen der Maschine, die kurzen Auslöseabstände beim Reihenabwurf und den Außenkurvenangriff auf fahrende, das heißt in Schlangenbewegungen ausweichende Schiffe. Er war in Junkersmaschinen dabei, aber auch in der He 111. Und zwar in der Glaskanzel mit Blick auf London, Coventry.

Er machte das ziemlich sachlich. Man konnte ihm abnehmen, daß er die Luftschlacht um England nur zufällig überlebt hatte. Jedenfalls gelang es ihm, uns den Reihenabwurf von Bomben aus geschlossenen Flugverbänden so eindrucksvoll – und mitsamt dem Wörtchen »ausradieren« – zu demonstrieren, daß uns die Zeit der Gegenschläge, als Lübeck, Köln, Hamburg, Berlin bei Terrorangriffen draufgingen, wieder vor Augen war.

Danach drohte die Stimmung ums Kaminfeuer abzuflauen. Die Runde behalf sich mit üblichem Journalistentratsch: Wer welchen Chefredakteur abgesägt hat. Wessen Stuhl wackelt. Was Springer oder Augstein wem zahlt. Schließlich kam Rettung von unserem Kunst- und U-Bootspezialisten. Entweder plauderte er stilgerecht farbig über den Expressionismus und seine gehorteten Bildschätze oder erschreckte uns mit dröhnend plötzlichem Ruf: »Klarmachen zum Tauchen!« Bald glaubten wir, Wasserbomben zu hören, »... noch entfernt – Horchpeilung in sechzig Grad«, dann hieß es »Auf Sehrohrtiefe einsteuern ...«, und dann sahen wir die Gefahr: »Steuerbord querab ein Zerstörer ...« Wie gut, daß wir im Trocknen saßen, während draußen böiger Wind für einschlägige Musik sorgte.

1941

Mir ist es im Verlauf meiner Berichterstattung, ob in Rußland oder später in Indochina und Algerien – für unsereins ging der Krieg ja weiter –, nur selten gelungen, Sensationen zu Papier zu bringen, denn wie beim Polen- und Frankreichfeldzug war ich auch in der Ukraine zumeist mit Infanterieeinheiten unseren Panzerspitzen hinterdrein: anfangs von Kesselschlacht zu Kesselschlacht, über Kiew bis Smolensk, und als die Schlammperiode einsetzte, war ich einem Pionierbataillon auf der Spur, das, um den Nachschub zu sichern, Knüppeldämme legte und Abschleppdienste leistete. Wie gesagt: Knobelbecher- und Fußlappenprosa. Da waren meine Kollegen redselig ruhmreicher. Einer, der später, viel später in unser aller Massenblatt aus Israel über »Blitzsiege« berichtet hat, grad so, als sei der Sechstagekrieg die Fortsetzung des »Unternehmens Barbarossa« gewesen, war im Mai einundvierzig mit unseren Fallschirmjägern über Kreta abgesprungen – »... und Max Schmeling hat sich dabei den Fuß verstaucht ...« –, ein anderer hatte vom Kreuzer »Prinz Eugen« aus beobachtet, wie die »Bismarck«, drei Tage bevor sie mit über tausend Mann absoff, das britische Schlachtschiff »Hood« versenkte: »Und hätte nicht ein Lufttorpedo die Ruderanlage getroffen und so die ›Bismarck‹ manövrierunfähig gemacht, wäre sie vielleicht doch noch ...« Und weitere

Geschichten, die nach dem Motto »Hätte der Hund nicht, dann hätt' er den Hasen ...« verliefen.

So auch der Kaminstratege Schmidt, der mit seiner »Kristall«-Serie, die später bei Ullstein als dickleibiger Schmöker erschien, Millionen gescheffelt hat. Ihm war inzwischen eine Erkenntnis einleuchtend, nach der uns der Balkanfeldzug um den Endsieg in Rußland gebracht haben soll: »Nur weil ein serbischer General namens Simowitsch in Belgrad putschte, mußten wir erst da unten Ordnung schaffen, was uns fünf kostbare Wochen Zeitverlust eingebracht hat. Was aber wäre geschehen, wenn unsere Armeen nicht erst am 22. Juni, sondern schon am 15. Mai nach Osten vorgestoßen wären, wenn also General Guderians Panzer nicht Mitte November, sondern bereits fünf Wochen früher, bevor der Schlamm kam und Väterchen Frost zuschlug, zum Endstoß gegen Moskau angetreten wären ...«

Und wieder grübelte er, in stummer Korrespondenz mit dem Kaminfeuer, »verschenkten Siegen« nach und versuchte, verlorene Schlachten – später boten Stalingrad und El Alamein Gelegenheit – im Nachhinein zu gewinnen. Er blieb mit seinen Spekulationen allein. Aber niemand wagte ein Widerwort, auch ich nicht, saßen doch außer ihm zwei, drei weitere stramme Nazis – damals wie heute Chefredakteure – einflußreich in unserer Veteranenrunde. Wer traut sich schon, freiwillig seine Brötchengeber zu vergrätzen?

Erst als es mir gelang, mit einem Kumpel, der wie ich immer nur aus der Frontschwein-Perspektive berichtet hatte, dem Dunstkreis des Großstrategen zu entweichen, haben wir uns in einer von Westerlands Kneipen über die Philosophie des »Hätte und Wäre« lustig gemacht. Wir kannten uns seit Januar einundvierzig, als wir Marschbefehl erhielten – er als Fotograf, ich als Schreiberling –, Rommels Afrikakorps nach Libyen zu begleiten. Seine Wüstenfotos und meine Berichte über die Rückeroberung der Cyrenaika wurden im »Signal« groß rausgebracht und fanden ziemliche Beachtung. Darüber plauderten wir am Tresen der Kneipe und schütteten Schnäpse in uns hinein.

Reichlich angeduhnt standen wir später auf Westerlands Strandpromenade schräg gegen den Wind. Anfangs sangen wir noch: »Wir lieben die Stürme, die brausenden Wogen ...« Dann starrten wir stumm aufs Meer, das monoton anschlug. Auf dem Rückweg durch schwarzverhängte Nacht versuchte ich, unseren einstigen Herrn Schmidt, dessen neuer Name besser ungenannt bleibt, zu parodieren: »Stell dir mal vor, es wäre Churchill gleich zu Beginn des Ersten Weltkriegs gelungen, seinen Plan umzusetzen und mit drei Divisionen auf Sylt zu landen. Hätte so nicht viel früher alles ein Ende gefunden? Und wäre der Geschichte dann nicht ein anderer Verlauf eingefallen? Kein Adolf und der ganze Schlamassel danach. Kein Stacheldraht, keine Mauer querdurch. Heute noch hätten wir einen Kaiser und Kolonien womöglich. Auch sonst wären wir besser, viel besser dran ...«

1942

Am nächsten Vormittag versammelten wir uns nur zögerlich, es kleckerte sozusagen. Weil die Wolkendecke einige Sonnenlöcher zuließ, war ein Bummel halbwegs in Richtung Keitum möglich. Aber in der Wohndiele, deren rustikales Gebälk über Jahrhunderte andauernde Tragfähigkeit versprach, brannte schon wieder – oder immer noch – das Kaminfeuer. Unser Gastgeber sorgte für Tee in bauchigen Kannen. Die Gespräche jedoch verliefen gedämpft. Selbst die Gegenwart gab keinen Stoff her. Nur mit Geduld konnten aus dem kargen Wortsalat der maulfaulen Runde einige Stichworte gestochert werden, die den Wolchowkessel, den Ring um Leningrad oder die Eismeerfront mehr antippten als zum Ereignis machten. Einer berichtete eher touristisch vom Kaukasus. Ein anderer war, gleichfalls wie auf Urlaubsreise, bei der Besetzung Südfrankreichs dabei. Immerhin wurde Charkow eingenommen: die große Sommeroffensive begann. Jede Menge Sondermeldungen. Langsam jedoch wurde es kritisch. Dem einen Berichterstatter hatte man die am Ladogasee Erfrorenen, dem anderen den vor Rostow fehlenden Nachschub gestrichen. Und dann, in eine zufällige Pause hinein, sprach ich.

Bis dahin war es mir gelungen, mich zurückzunehmen. Mag sein, daß mich die großkopfeten Chefredakteure ein wenig eingeschüchtert hatten. Aber da diese Riege mitsamt dem Kunst- und U-Bootspezialisten noch nicht eingetrudelt war und wahrscheinlich in Sylts umliegenden Prominentenburgen ein attraktiveres Publikum gefunden hatte, nutzte ich die Gelegenheit und sprach, nein stotterte vor mich hin, denn mündlich bin ich nie gut gewesen: »War von Sewastopol weg auf Heimaturlaub in Köln. Wohnte bei meiner Schwester in der Nähe vom Neumarkt. Sah alles noch einigermaßen friedlich aus, fast wie früher. Ging zu meinem Zahnarzt und hab mir links nen Backenzahn, der ganz übel tickte, anbohren lassen. Sollte zwei Tage später plombiert werden. Kam aber nicht mehr dazu. Weil in der Nacht vom 30. auf den 31. Mai ... Bei Vollmond ... Wie'n Hammerschlag ... An die tausend Bomber der Royal Air Force ... Haben zuerst unsere Flak beharkt, dann jede Menge Brandbomben, drauf Sprengbomben, Luftminen, Phosphorkanister ... Nicht nur auf die Innenstadt, auch auf Außenbezirke, sogar Deutz, Mülheim auf der anderen Seite vom Rhein ... Nicht gezielt, Bombenteppiche ... Ganze Stadtviertel ... Bei uns nur Dachstuhlbrand, aber nebenan schlug es ein ... Und Sachen hab ich dabei erlebt, die gibt's nicht ... Half in der Wohnung über uns zwei alten Damen beim Löschen ihres Schlafzimmers, wo die Vorhänge und beide Bettladen in Flammen ... Kaum war ich fertig, sagte die eine Alte: ›Und wer stellt uns nun eine Kraft zum Reinigen unserer Wohnung?‹ Aber das kann man gar nicht erzählen sowas. Auch nicht über Verschüttete ... Oder verkohlte Leichen ... Seh aber noch in der Friesenstraße die Straßenbahnleitungen zwischen rauchenden Trümmern rumhängen, na, wie sonst die Papierschlangen beim Karneval. Und Breite Straße vier große Geschäftshäuser nur noch Eisenskelette. Ausgebrannt das Agrippahaus mit beiden Kinos. Am Ring das Café Wien, wo ich früher mit Hildchen, die später meine Frau wurde ... Vom Polizeipräsidium die obersten Stockwerke weg ... Und Sankt Aposteln gespalten wie mit ner Axt ... Aber der Dom steht, raucht, aber steht, während ringsum und auch die Brücke nach Deutz ... Ach ja, und das Haus, in dem die Praxis von meinem Zahnarzt war, gab's einfach nicht mehr. War, wenn man von Lübeck absieht, der erste große Terrorangriff. Naja, begonnen haben eigentlich wir mit Rotterdam, Coventry, Warschau nicht mitgerechnet. Und so ging's dann weiter bis Dresden. Einer fängt immer an. Aber mit tausend Bombern, darunter an die siebzig Lancaster viermotorig ... Zwar hat unsere Flak über dreißig runtergeholt ... Aber die wurden mehr und mehr ... Erst vier Tage später fuhr wieder die Bahn. Hab meinen Urlaub abgebrochen. Auch wenn mein Zahn immer noch tickte. Wollte zurück an die Front. Da wußt ich wenigstens, womit zu rechnen war. Geheult hab ich, richtig geheult, sag ich euch, als ich von Deutz aus mein Köln sah. Rauchte immer noch, nur der Dom stand ...«

Man hörte mir zu. Das passiert nicht oft. Nicht nur, weil ich mündlich nicht gut genug bin. Diesmal jedoch hatte meine Wenigkeit den Ton angegeben. Einige haben dann von Darmstadt und Würzburg, von Nürnberg, Heilbronn und so weiter erzählt. Und von Berlin natürlich, von Hamburg. Jede Menge Trümmer ... Immer die gleichen Geschichten ... Kann man eigentlich nicht erzählen ... Doch dann, gegen Mittag, als unsere Runde sich einigermaßen aufgefüllt hatte, war Stalingrad dran, nur noch Stalingrad, obgleich keiner von uns im Kessel gewesen ist. Haben Schwein gehabt alle Mann …

1943

So gottvaterhaft sich unser Gastgeber heraushielt, verstand er es dennoch, dafür zu sorgen, daß unser Palaver in etwa dem Gefälle des Krieges folgte, weshalb nach Stalingrad und El Alamein fast nur noch von Rückzügen oder, wie es damals hieß, Frontbegradigungen zu berichten war. Die meisten klagten über Schreibschwierigkeiten nicht nur, weil die Zensur ihre Texte kürzte oder umlog, sondern generell: über Kesselschlachten, im Atlantik dezimierte Geleitzüge und die Siegesparade auf den Champs-Élysées schreibe sich halt griffiger als über Frostbeulen, die Räumung des gesamten Donez-Beckens oder über die Kapitulation des restlichen Afrikakorps in Tunis. Heroisches habe allenfalls die Verteidigung des Monte Cassino hergegeben. »Na gut, die Befreiung des Duce ließ sich als Husarenstückchen verbraten, aber sonst?« Als peinlich, wenn nicht fehl am Platz, wurde deshalb eine Wortmeldung empfunden, die von der Niederschlagung des Aufstandes im Warschauer Ghetto Bericht gab und dieses Gemetzel auch noch als Sieg gewertet sehen wollte.

Einer, der bisher nicht das Maul aufgemacht hatte, ein rundlicher, ganz in Jägerloden gekleideter Herr, der, wie ich später erfuhr, mit brillanten Tierfotos und Safari-Bildreportagen eine jagdbegeisterte Kundschaft beglückte, war mit seiner Leica dabeigewesen, als im

Mai dreiundvierzig in dem ummauerten Bezirk durch Artilleriebeschuß und Flammenwerfer über fünfzigtausend Juden liquidiert wurden. Danach war das Warschauer Ghetto nahezu spurlos verschwunden.

Als Angehörigen einer Wehrmacht-Propagandakompanie hatte man ihn als Fotoreporter abkommandiert: nur für die Dauer der Säuberung. Außerdem – oder besser gesagt: während seiner Freizeit – hat er jenes schwarze, in genarbtes Leder gebundene Album mit seinen Fotos bestückt, das in drei Exemplaren dem Reichsführer SS, Himmler, dem Befehlshaber der SS und Polizei in Krakau, Krüger, und dem Befehlshaber in Warschau, SS-Brigadeführer Jürgen Stroop, geliefert wurde. Als »Stroop-Bericht« lag es später dem Militärtribunal in Nürnberg vor.

»An die sechshundert Fotos habe ich geschossen«, sagte er, »aber nur vierundfünfzig kamen als Auswahl ins Album. Alle fein säuberlich auf glatten Bristol-Karton geklebt. Eigentlich ne beschauliche Arbeit, was für Tüftler. Aber die handschriftliche Bildtitelei ist nur teilweise von mir. Da hat mir Stroops Adjutant Kaleske reingeredet. Und das vorne in Fraktur stehende Motto ›Es gibt keinen jüdischen Wohnbezirk in Warschau mehr!‹ ist ne Stroopsche Erfindung gewesen. Anfangs ging es ja nur um die Räumung des Ghettos, angeblich wegen Seuchengefahr. Also schrieb ich in Schönschrift unter die Fotos: ›Heraus aus den Betrieben!‹ Doch dann stießen unsere Männer auf Widerstand: schlecht bewaffnete Burschen, aber auch Weiber, darunter welche von der berüchtigten Haluzzenbewegung. Bei uns kamen Waffen-SS und ein Pionierzug der Wehrmacht mit Flammenwerfern zum Einsatz, aber auch Trawnikimänner, das waren freiwillige Letten, Litauer und Polen. Klar, auch wir hatten Verluste. Aber die hab ich fotografisch nicht erfaßt. Überhaupt kamen nur wenige Tote ins Bild. Mehr Gruppenaufnahmen. Ein später überall bekannt gewordenes Foto hieß: ›Mit Gewalt aus Bunkern hervorgeholt.‹ Ein anderes, genauso berühmtes: ›Nach dem Umschlagplatz.‹ Die kamen nämlich alle zur Verladerampe. Und dann ging's ab nach Treblinka. Hab dieses Wort damals zum ersten Mal gehört. An die hundertfünfzigtausend wurden ausgelagert. Aber es gibt auch Fotos ohne Beschriftung, weil die klar für sich sprechen. Eines ist lustig, da unterhalten sich unsere Männer ganz freundlich mit ner Gruppe Rabbiner. Aber am berühmtesten ist nach dem Krieg ein Foto geworden, das Frauen und Kinder mit erhobenen Händen zeigt. Rechts und im Hintergrund einige unserer Männer mit vorgehaltener Knarre. Und im Vordergrund ein süßer kleiner Judenbengel mit verrutschter Schiebermütze und Kniestrümpfen. Ihr kennt das Foto bestimmt. Ist Tausende Male abgedruckt worden. Im In- und Ausland. Sogar als Buchumschlag. Nen richtigen Kult treiben die damit, immer noch. Natürlich ohne Nennung des Fotoreporters jedesmal … Keinen Pfennig hab ich dafür … Keine müde Mark … Von wegen Urheberrecht … Nix Honorar … Hab das mal hochgerechnet … Denn wenn ich pro Abdruck fünfzig Märker bekommen hätte, dann wären auf meinem Konto für dieses einzige Foto … Nein, keinen Schuß hab ich abgegeben. Dabei immer vorneweg. Ihr kennt das ja. Nur diese Fotos … Und die handschriftlichen Bildtitel natürlich … Ganz altmodisch in deutscher Schrift … Ganz wichtige Dokumente, wie man heut weiß …«

Er faselte noch lange vor sich hin. Keiner hörte mehr zu. Draußen besserte sich endlich das Wetter. Alle hatten Verlangen nach frischer Luft. Und so riskierten wir in Gruppen und als einzelne einen Bummel gegen den immer noch steifen Wind. Auf Trampelpfaden über die Dünen. Ich hatte meinem Söhnchen versprochen, paar Muscheln mitzubringen. Fand auch welche.

1944

IRGENDWANN MUSSTE ES ZUM KRACH KOMMEN. Nicht, daß Stunk in der Luft lag, aber Treffen dieser Art bringen das mit sich. Als nur noch von Rückzügen zu berichten war – »Kiew, Lemberg gefallen, der Iwan vor Warschau ...« –, als die Front um Nettuno zusammenbrach, Rom kampflos fiel und die Invasion den unbezwingbaren Atlantikwall zum Gespött machte, als zu Hause eine Stadt nach der anderen zerbombt wurde, es nichts mehr zu fressen gab und allenfalls Kohlenklau- und Feindhörtmit-Plakate für einen kleinen Scherz taugten, als sich selbst unsere Veteranenrunde nachträglich nur noch in Durchhaltewitzen gefiel, ließ jemand – einer jener PK-Männer, die damals nie bei der Truppe gewesen sind, nur auf Druckposten als Schreibstubenhengste zu wiehern verstanden und später in leicht abgewandelter Stillage Bestseller fabrizierten – das Reizwort »Wunderwaffen« aus der Kiste.

Gegröle gab Antwort. Der große Chef der marktführenden Illustrierten rief: »Machen Sie sich nicht lächerlich!« Einige Pfiffe sogar. Aber jener mittlerweile betagte Herr gab nicht auf. Nach provozierendem Lächeln versprach er dem »Mythos Hitler« Zukunft. Indem er den Sachsenschlächter Karl, natürlich den großen Friedrich und selbstredend das »Raubtier Napoleon« als Zeugen aufrief, baute er dem »Führerprinzip« ein künftiges

Denkmal. Kein Wort strich er aus jenem Wunderwaffen-Artikel, der im Sommer vierundvierzig im »Völkischen Beobachter« gestanden, Furore gemacht und – klar doch – den Durchhaltewillen gestärkt hatte.

Nun stand er, hatte das Kaminfeuer im Rücken, straffte sich: »Wer hat vorausblickend Europa den Weg gewiesen? Wer hat sich, Europa rettend, bis zum Schluß gegen die bolschewistische Flut gestemmt? Wer hat mit Fernwaffen den ersten bahnbrechenden Schritt zur Entwicklung von Trägersystemen mit atomaren Sprengköpfen getan? Nur er. Nur mit ihm verbindet sich Größe, die vor der Geschichte bestehen wird. Und was meinen Artikel im ›Völkischen‹ betrifft, frage ich alle hier Anwesenden: Sind wir nicht abermals, und sei es auch nur in Gestalt dieser lächerlichen Bundeswehr, als Soldaten gefragt? Sind wir nicht Speerspitze und Bollwerk zugleich? Beweist sich nicht heutzutage, wenn auch verspätet, daß wir, daß eigentlich Deutschland den Krieg gewonnen hat? Mit Neid und Bewunderung sieht die Welt unser beginnendes Aufbauwerk. Nach totaler Niederlage erwächst uns aus überschüssiger Energie wirtschaftliche Stärke. Wir sind wieder wer. Bald werden wir führend sein. Und gleichfalls ist es Japan gelungen …«

Der Rest ging in Gebrüll, Gelächter, Rede und Widerrede unter. Jemand schrie ihm »Deutschland über alles!« ins Gesicht und zitierte damit den Titel seines seit Jahren gängigen Bestsellers. Der große Chef entzog seine hünenhafte Erscheinung laut protestierend unserer Runde. Der anwesende Autor jedoch erfreute sich der Wirkung seiner Provokation. Nun saß er wieder und gab seinem Blick den Anschein seherischer Kraft.

Unser Gastgeber und ich versuchten vergeblich, eine einigermaßen geordnete Diskussion anzubahnen. Einige wollten unbedingt Rückzüge ausbaden und noch einmal das Desaster der Kesselschlacht bei Minsk überleben, anderen gab das Attentat in der Wolfsschanze Spekulationen ein: »Hätte es geklappt, dann hätte bestimmt ein Waffenstillstand mit den Westalliierten die Ostfront stabilisiert, so daß man gemeinsam mit den Amerikanern gegen den Iwan ...«, doch die meisten jammerten dem Verlust Frankreichs nach und beschworen »schöne Tage in Paris«, überhaupt die Vorzüge »französischer Lebensart« und sahen sich dem Beginn der Invasion an den Stränden der Normandie so weit ins Fabelhafte entrückt, als sei ihnen die Nachricht von der Großlandung erst in Nachkriegsjahren und zwar durch amerikanische Breitwandfilme bewußt geworden. Natürlich tischten einige Weibergeschichten auf, so unser U-Boot- und Kunstexperte, der französischen Hafenbräuten nachweinte, um dann wieder auf Feindfahrt und Tauchstation zu gehen.

Der alte Knacker aber, dem der »Mythos Hitler« Herzensangelegenheit war, bestand darauf, uns an die Verleihung des Nobelpreises für Chemie an einen Deutschen zu erinnern. Von der Kaminbank, wo er, schien's, ein Nickerchen gemacht hatte, kam die Botschaft: »Das geschah, meine Herren, kurz nachdem Aachen gefallen war und wenige Tage vor Beginn unserer letzten, der Ardennenoffensive, als das neutrale Schweden den überragenden Wissenschaftler Otto Hahn ehrte, weil er als erster die Atomkernspaltung entdeckt hatte. Freilich zu spät für uns. Doch hätten wir vor Amerika – und sei es in letzter Stunde – über diese alles entscheidende Wunderwaffe verfügt ...«

Kein Lärm mehr. Nur Schweigen und dumpfes Nachsinnen über die Folgen versäumter Möglichkeit. Seufzen, Kopfschütteln, Räuspern, dem aber keine gewichtige Aussage folgte. Selbst unserem U-Bootfahrer, einem Gemütsmenschen von der poltrigen Sorte, ging das Seemannsgarn aus.

Doch dann sorgte der Gastgeber für Grog nach friesischer Art. Der Grog sorgte nach und nach für Stimmung. Wir rückten zusammen. Niemand wollte hinaus in die früh beginnende Nacht. Unwetter war angesagt.

1945

Nach den Worten unseres Gastgebers war ein Orkantief von Island in Richtung Schweden unterwegs. Er habe den Wetterdienst gehört. Der Luftdruck sacke rapide ab. Böen in Windstärke zwölf seien zu erwarten. »Aber keine Bange, Leute, dieses Haus trotzt allen Sturmgewalten.«

Und an jenem Freitag, dem 16. Februar 1962, heulten kurz nach zwanzig Uhr die Sirenen. Es war wie Krieg. Der Orkan traf die Insel in ihrer Länge mit ganzer Wucht. Verständlich, daß dieses Naturtheater einige äußerst lebendig machte. Jahre an der Front hatten uns trainiert, dabei-, möglichst ganz vorne dabeizusein. Immer noch waren wir Spezialisten, ich auch.

Trotz der Warnungen unseres Gastgebers verließ ein Pulk ehemaliger Kriegsberichterstatter das, wie uns versichert worden war, wetterfeste Haus. Nur mühsam und geduckt arbeiteten, ja, robbten wir uns von Alt-Westerland bis zur Strandpromenade vor, sahen dort Fahnenmasten geknickt, entwurzelte Bäume, Reetdächer abgedeckt, Ruhebänke und Zäune durch die Luft gewirbelt. Und durch die Gischt ahnten wir mehr, als zu sehen war: haushohe Wellen berannten die Westküste der Insel. Erst später erfuhren wir, was diese Sturmflut elbaufwärts, in Hamburg, besonders im Stadtteil Wilhelmsburg angerichtet hatte: dreieinhalb Meter Wasserstand über normal. Deiche brachen. Sandsäcke fehlten. Über dreihundert Tote. Der Einsatz der Bundeswehr. Einer, der später Kanzler wurde, erteilte Befehle, verhinderte das Schlimmste …

Nein, auf Sylt gab es keine Toten. Aber bis zu sechzehn Meter tief wurde die Westküste weggerissen. Sogar auf der Wattseite der Insel hieß es »Land unter!« Das Kliff von Keitum überspült. List und Hörnum gefährdet. Kein Zug kam mehr über den Hindenburgdamm.

Als der Sturm abgeflaut war, sichteten wir die Schäden. Wir wollten berichten. Das hatten wir gelernt. Darauf waren wir spezialisiert. Doch als der Krieg zu Ende ging und nur noch über Schäden und Verluste zu berichten gewesen wäre, waren allenfalls – und das bis zum Schluß – Durchhalteappelle gefragt. Zwar schrieb ich über ostpreußische Flüchtlingstrecks, die von Heiligenbeil aus über das zugefrorene Haff die Frische Nehrung erreichen wollten, aber niemand, kein »Signal« druckte meinen Elendsbericht. Ich sah mit Zivilisten, Verwundeten, Parteibonzen überladene Schiffe von Danzig-Neufahrwasser ablegen, sah die »Wilhelm Gustloff«, drei Tage bevor sie sank. Ich schrieb kein Wort darüber. Und als Danzig weithin sichtbar in Flammen stand, gelang mir keine zum Himmel schreiende Elegie, vielmehr schlug ich mich, inmitten versprengter Soldaten und ziviler Flüchtlinge, zur Weichselmündung durch. Ich sah, wie das KZ Stutthof geräumt, wie Häftlinge, soweit sie den Marsch bis Nickelswalde überlebt hatten, auf Fährprähme gepfercht, dann auf Schiffe verladen wurden, die vor der Flußmündung ankerten. Keine Schreckensprosa, keine aufgewärmte Götterdämmerung. Ich sah das alles und schrieb nichts darüber.

Ich sah, wie in dem geräumten KZ die hinterlassenen Leichen geschichtet, verbrannt wurden, sah, wie Flüchtlinge aus Elbing und Tiegenhof mit Sack und Pack die leeren Baracken belegten. Sah aber keine Bewacher mehr. Nun kamen polnische Landarbeiter. Ab und zu wurde geplündert. Und immer noch Kämpfe, weil sich der Brückenkopf Weichselmündung bis in den Mai hielt.

Das alles bei schönstem Frühlingswetter. Ich lag zwischen Strandkiefern, sonnte mich, brachte aber keine Zeile zu Papier, obgleich mir alle, die Bauersfrau aus Masuren, die ihre Kinder verloren, ein greises Ehepaar, das sich von Frauenburg bis hierher durchgeschlagen hatte, ein polnischer Professor, der als einer von wenigen KZ-Häftlingen geblieben war, mit ihrem Elend in den Ohren lagen. Das zu beschreiben, hatte ich nicht gelernt. Dafür fehlten mir Worte. So lernte ich das Verschweigen. Mit einem der letzten Küstenwachschiffe, das von Schiewenhorst aus Kurs nach Westen nahm und trotz einiger Tieffliegerangriffe am 2. Mai Travemünde erreichte, kam ich davon.

Nun stand ich zwischen gleichfalls Davongekommenen, die, wie meine Wenigkeit, geübt waren, über Vormärsche und Siege zu berichten und den Rest zu verschweigen. Ich versuchte, wie es die anderen taten, Sturmschäden auf der Insel Sylt zu notieren, und hörte mir notierend die Klagen der Wassergeschädigten an. Was hätten wir anderes tun sollen? Schließlich lebte unsereins von Berichten.

Tagsdrauf verkrümelte sich der Haufen. Die Asse unter uns Ehemaligen hatten ohnehin in den massiven Strandvillen der Inselprominenz Unterkunft gefunden.

Zum Schluß erlebte ich bei nun frostig sonnigem Winterwetter einen unbeschreiblichen Sonnenuntergang.

Dann, als wieder die Bahn fuhr, machte ich mich über den Hindenburgdamm davon. Nein, wir haben uns nirgendwo mehr getroffen.

Meinen nächsten Bericht schrieb ich weitab in Algerien, wo nach sieben Jahren anhaltendem Gemetzel Frankreichs Krieg in den letzten Zügen lag, aber nicht aufhören wollte. Was sagt das schon: Frieden? Für unsereins hat der Krieg nie aufgehört.

1946

Ziegelsplitt, sag ich Ihnen, überall Ziegelsplitt! Inne Luft, inne Klamotten, zwischen die Zähne und sonst wo noch drin. Aber uns Frauen hat das nich jucken jekonnt. Hauptsache, war Frieden endlich. Und heut wolln se uns nu ein Denkmal baun sogar. Aber ja doch! Jibts ne richtje Initiative für: Die Berliner Trümmerfrau! Damals aber, als überall nur Ruinen rumstanden und jede Menge Schutt zwischen die Trampelweje, gabs grad mal einundsechzig Pfennig die Stunde, weiß ich noch. Doch ne beßre Lebensmittelkarte gabs och, hieß Nummer zwei, war ne Arbeiterkarte. Denn auf Hausfrauenkarte gabs nur dreihundert Gramm Brot täglich und sieben Gramm Fett knapp. Was konnt man mit sonem Klacks schon anfangen, frag ich Ihnen.

War ne harte Arbeit, Enttrümmern. Icke mit Lotte, was meine Tochter is, wir haben in Kolonne jekloppt: Berlin Mitte, wo fast alles flach lag. Lotte war immer mit Kinderwagen dabei. Hieß Felix, der Bengel, hat aber Tb jekriegt, von dem ewgen Ziegelsplitt, nehm ich mal an. Der is ihr dann siebenundvierzig schon wegjestorben, noch bevor ihr Mann aus Jefangenschaft kam. Kannten sich ja kaum, die beiden. War ne Kriegshochzeit mit Ferntrauung jewesen, weil er erst auffem Balkan und denn anne Ostfront jekämpft hat. Hielt denn och nich, die Ehe. Na, weil se sich innerlich fremd waren. Und er kein Stück hat helfen jewollt, nich mal Holzstubben aussem Tiergarten holen. Wollt immer bloß auffem Bett liegen und Löcher inne Decke starren. Na, weil er in Rußland, nehm ich mal an, ziemlich schlimme Sachen erlebt hat. Hat nur jejammert, als wärn die Bombennächte für uns Frauen det reinste Vergnügen jewesen. Da half aber keen Jammer. Zujepackt haben wir: rin in die Trümmer, raus aus die Trümmer! Und manchmal haben wir och ausjebombte Dachböden und janze Stockwerke entrümpelt. Den Schutt in Eimer, fünf Treppen runter, weil wir noch keene Rutsche hatten.

Und einmal, das weiß ich noch, ham wir inne leere Wohnung mit Teilschaden rumjestöbert. Da war nuscht mehr, nur die Tapeten in Fetzen. Doch Lotte hat inner Ecke nen Teddybär jefunden. War janz verstaubt, bevor se ihn abjekloppt hat. Der sah denn wie neu aus. Aber jefragt haben wir uns alle, was aus dem Kind jeworden is, dem mal der Teddy jehört hat. Keiner von unsre Kolonne hat ihn haben jewollt, bis Lotte ihn für ihren Felix jenommen hat, weil ja der Kleine damals noch lebte. Doch meistens haben wir Schutt in Loren jeschaufelt oder Putz von noch heile Ziegel jekloppt. Den Schutt ham se anfangs in Bombentrichter jekippt, später dann mit Lastwagen zum Trümmerberg hoch, der ja inzwischen janz jrün is und ne schöne Aussicht bietet.

Jenau! Die noch heilen Ziegel wurden jestapelt. Haben Lotte und icke in Akkord jemacht: Ziegelkloppen. Wir waren ne tolle Kolonne. Da waren Frauen drunter, die bestimmt beßre Tage jesehn hatten, Beamtenwitwen und ne richtige Gräfin sogar. Weiß ich noch: von Türkheim hieß die. Hat ihre Rittergüter im Osten jehabt, nehm ich mal an. Und wie wir ausjesehn haben! Hosen aus olle Wehrmachtsdecken, Pullover aus Wollreste. Und alle mit nem Kopftuch fest oben verknotet, na, jegen Staub. Sollen an die Fuffzigtausend jewesen sein in Berlin. Nee, nur Trümmerfrauen und keene Männer nich. Gab ja zu wenige. Und die, die noch da waren, standen nur rum oder waren im Schwarzhandel tätig. Drecksarbeit war nischt für die.

Aber einmal, das weiß ich noch, kriegt ich, als wir frisch anne Trümmerhalde ranjingen und nen Eisenträger rausbuddeln mußten, nen Schuh zu fassen. Richtig, da hing ein Mann dran. War aber nich mehr viel zu erkennen von dem, nur daß er vom Volkssturm war, stand auf ner Armbinde von seinem Mantel. Und dieser Mantel sah noch janz brauchbar aus. Reine Wolle, Vorkriegsware. Hoppla! hab ich zu mir jesagt und dat jute Stück mitjehn lassen, bevor der Mann abjeholt wurde. Sogar die Knöppe waren alle noch dran. Und in die eine Manteltasche steckte ne Mundharmonika von Hohner. Die hab ich meinem Schwiegersohn jeschenkt, um ihn bißken aufzumuntern. Aber der wollt nich spielen. Und wenn, denn nur traurige Sachen. Da waren Lotte und icke janz anders. Sollt doch irgendwie vorwärtsjehn. Jing denn och peu à peu …

Stimmt! Ich bekam Arbeit in der Kantine vom Rathaus Schöneberg. Und Lotte, die ja im Krieg Blitzmädchen jewesen is, hat denn, als die Trümmer ziemlich weg waren, bei der Volkshochschule Steno und Tippen jebüffelt. Bekam och bald ne Stellung und is nu sowas wie Sekretärin, seitdem se jeschieden is. Aber das weiß ich noch, wie uns Reuter, das war der Bürgermeister von damals, alle jelobt hat. Und meistens jeh ich hin, wenn sich die Trümmerfrauen wieder mal treffen, zu Kaffee und Kuchen bei Schilling am Tauentzien. Is immer lustig da.

1947

In jenem Winter ohnegleichen, als wir unter Temperaturen von 20 Grad minus litten und durch Vereisung der Wasserwege Elbe, Weser, Rhein die Verschiffung von Ruhrkohle innerhalb der westlichen Zonen unmöglich geworden war, bin ich als Senator für die Energieversorgung der Stadt Hamburg verantwortlich gewesen. Wie Bürgermeister Brauer in Rundfunkansprachen betont hatte, war die Lage noch nie – selbst in Kriegsjahren nicht – so hoffnungslos gewesen. Während der anhaltenden Frostperiode hatten wir fünfundachtzig Erfrierungstote zu beklagen. Doch fragen Sie mich bitte nicht nach der Zahl der Grippetoten.

Ein wenig Abhilfe brachten die von Senatsseite eingerichteten Wärmehallen in allen Stadtteilen, sei es in Eimsbüttel und Barmbek oder in Langenhorn oder Wandsbek. Da unsere im Vorjahr gespeicherten Kohlevorräte von der britischen Besatzungsbehörde zugunsten des Militärs beschlagnahmt worden waren und die Bestände der Hamburgischen Electricitäts-Werke nur noch für wenige Wochen reichten, mußten drastische Einsparungen beschlossen werden. So kam es in allen Stadtgebieten zu Stromabschaltungen. Die S-Bahn schränkte ihren Betrieb ein, desgleichen die Straßenbahn. Alle Gaststätten hatten ab neunzehn Uhr, Theater und Lichtspielhäuser generell geschlossen. Über hundert Schulen mußten den Unterricht einstellen. Und für Betriebe mit nicht lebenswichtiger Produktion blieb allenfalls Kurzarbeit übrig.

Ja, es wurde, um genau zu sein, noch schlimmer: selbst Krankenhäuser waren von der Stromsperre betroffen. Die Gesundheitsverwaltung mußte den Röntgenreihenuntersuchungen in der Impfanstalt Brennerstraße ein Ende setzen. Hinzu kam, daß die ohnehin kalorienarme Lebensmittelversorgung durch die im Vorjahr schwach ausgefallene Ölsaatenernte praktisch nur auf dem Papier stand: pro Person kamen monatlich fünfundsiebzig Gramm Margarine zur Austeilung. Und wie der Wunsch nach einer deutschen Beteiligung an der internationalen Walfangflotte von den britischen Behörden abschlägig entschieden worden war, so konnte auch von den örtlichen Margarinebetrieben des holländischen Unilever-Konzerns keine Abhilfe erhofft werden. Niemand half! Allgemein herrschten Hunger und Frost.

Doch wenn Sie mich nach den Meistbetroffenen fragen, weise ich heute noch, nicht ohne Anklage gegen die damals schon Bessergestellten, auf all jene hin, die als Ausgebombte in Kellerräumen von Ruinengrundstükken und als Ostflüchtlinge in Laubenkolonien oder Nissenhütten hausen mußten. Auch wenn ich als Senator nicht für das Wohnungswesen zuständig gewesen bin, habe ich es mir dennoch nicht nehmen lassen, diese eilends aus gewölbtem Wellblech über Betonböden errichteten Notquartiere, desgleichen die Laubenkolonie Waltershof zu inspizieren. Unsägliches spielte sich dort ab. Zwar pfiff der Wind eisig durch alle Ritzen, aber die meisten Kanonenöfen blieben unbeheizt. Alte Menschen verließen das Bett nicht mehr. Wen konnte es wundern, wenn die Ärmsten der Armen, die beim Schwarzmarkthandel – wo vier Brikett gegen ein Ei oder drei Zigaretten zu haben waren – über keine Tauschware mehr verfügten, deshalb verzweifelten oder den illegalen Weg einschlugen; insbesondere waren Kinder von Ausgebombten und Heimatvertriebenen beim Plündern von Kohlenzügen beteiligt.

Ich will gerne zugeben, daß ich mir schon damals ein den Vorschriften entsprechendes Urteil versagt habe. Im Beisein höherer Polizeibeamter konnte ich die rechtswidrigen Aktivitäten am Tiefstack-Verschiebebahnhof beobachten: vom Nachtdunkel geschützte Gestalten, die kein Risiko scheuten, unter ihnen Halbwüchsige, Kinder. Mit Säcken und Kiepen kamen sie, dabei jeden Schatten nutzend, nur manchmal vom Schein der Bogenlampen erfaßt. Einige warfen von den Waggons herab, andere sammelten ein. Und schon waren sie weg, schwerbeladen und glücklich, konnte angenommen werden.

Folglich bat ich den zuständigen Einsatzleiter der Bahnpolizei, diesmal nicht einzuschreiten. Aber die Razzia lief bereits. Scheinwerfer erhellten das Gelände. Kommandoworte, durch Lautsprecher verstärkt. Polizeihunde bellten. Noch immer höre ich die Trillerpfeifen und sehe verhärmte Kindergesichter. Wenn sie doch geweint hätten, aber nicht einmal dazu waren sie fähig.

Nein, fragen Sie mich bitte nicht, wie mir zumute gewesen ist. Für Ihren Bericht sei nur noch soviel bemerkt: Es ging wohl nicht anders. Die städtischen Organe und insbesondere die Polizei waren gehalten, nicht tatenlos zuzusehen. Erst ab März ließ die Kälte nach.

1948

Eigentlich hatten meine Frau und ich zum ersten Mal richtig Urlaub machen gewollt. Als Kleinrentner mußten wir knausern, auch wenn die Reichsmark kaum noch was wert war. Weil wir aber immer Nichtraucher gewesen sind, konnten wir uns mit Raucherkarten – es gab ja alles bloß auf Marken – übern Schwarzmarkt behelfen und sogar bißchen was sparen.

Also fuhren wir ins Allgäu hoch. Aber da hat es geregnet und geregnet. Darüber konnte meine Frau später und über alles, was wir in den Bergen erlebt haben und was sonst noch passierte, ein richtig gereimtes Gedicht machen, und zwar auf echt Rheinländisch, weil wir nämlich beide aus Bonn gebürtig sind. Und das Gedicht ging so an:

»Et wore drei Dag un drei Nächte am Rähne.
Me soch kene Hemmel, ken Berg un ken Stähne ...«

Aber da wurde schon in der Pension und überall vom neuen Geld, das nun endlich kommen sollte, gemunkelt, bis es denn hieß: In zwei Tagen isses soweit!

»Dat wor en schöne Urlaubsbescherung.
Zo allem Onjlöck kom puffpaff de Währung ...«

hat meine Frau gedichtet. Da hab ich mir schnell noch auf Vorrat und gegen alte Reichsmark beim Dorffriseur die Haare schneiden lassen, und zwar kürzer als sonst. Meine Frau ließ sich ihre kastanienbraun färben und –

koste es, was es wolle – eine neue Dauerwelle legen. Dann aber mußte gepackt werden. Schluß mit dem Urlaub! Doch die Züge nach überall hin und besonders ins Rheinland waren, fast wie auf Hamsterfahrten, überfüllt, weil jeder schnell nach Hause wollte, weshalb Anneliese gereimt hat:

»De Zog, dä wor esu knubbelevoll.
De Löck, de wore all währungsdoll ...«

Und so sind wir denn, kaum in Bonn angekommen, noch schnell auf die Sparkasse und haben das bißchen abgehoben, was noch da war, denn am Sonntag drauf, auf den 20. Juni genau, ging das los mit dem Umtausch. Erst mal hieß es, sich anstellen. Und das bei Regen. War nämlich überall, nicht nur im Allgäu, ein verregneter Tag. Wir standen drei Stunden an, so lang war die Schlange. Jeder bekam vierzig Mark und einen Monat später nochmal zwanzig, aber nicht mehr Reichsmärker, sondern Deutsche Mark, denn mit dem Reich war ja sowieso alles vorbei. Das sollte sowas wie Gerechtigkeit sein, war aber keine. Bestimmt nicht für uns Kleinrentner. Denn was wir am nächsten Tag schon zu Gesicht bekamen, das konnte einen so richtig schwindlich machen. Auf einmal, als hätt wer »Hokuspokus« gesagt, waren die Schaufenster alle voll. Wurst, Schinken, Radios, normale Schuhe, keine mit Holzsohle, und Anzüge – Kammgarn! – in jeder Größe. Sind natürlich alles gehortete Waren gewesen. Lauter Währungsschwindler waren das, die auf Vorrat gehamstert haben, bis denn das richtige Geld kam. Später hat es geheißen, das verdanken wir alles dem Erhard mit seiner dicken Zigarre. Dabei sind es die Amis gewesen, die das neue Geld heimlich gedruckt haben. Und die haben auch dafür gesorgt, daß es die D-Mark nur in der sogenannten Trizone gab und nicht in der sowjetischen auch. Deshalb hat der Russe dann drüben seine eigne Mark drucken lassen und nach Berlin hin alles dichtgemacht, worauf es zur Luftbrücke gekommen ist und unser Deutschland nun auch noch vom Geld her geteilt wurde. Das war aber bald knapp. Für Kleinrentner sowieso. Weshalb Anneliese gedichtet hat:

»So joven uns do partu net de Kwot.
On Jeld zo leve, dat jeht net jot ...«

Kein Wunder, daß in unserem Ortsverein der Genosse Hermann geschimpft hat: »Woher kommt denn plötzlich die viele Ware? Weil die Privatwirtschaft nicht der Bedarfsdeckung dient, sondern einzig dem Profit ...« Hat ja recht gehabt, auch wenn es später bißchen besser wurde. Aber für Kleinrentner blieb es immer knapp. Zwar konnten wir uns vor volle Schaufenster stellen und staunen, aber mehr nicht. Richtig gut war nur, daß es endlich frisches Obst und Gemüse gab, Kirschen, das Pfund fünfzig Pfennig, und Blumenkohl für fünfundsechzig pro Kopf. Rechnen mußten wir trotzdem.

Zum Glück hat meine Frau ihr gereimtes Gedicht, das »De Flucht us em Alljäu« geheißen hat, für ein Preisausschreiben an die »Kölnische Rundschau« geschickt. »Mein schönstes Urlaubserlebnis« sollte bedichtet werden. Was soll ich sagen: Sie bekam den zweiten Preis. Das waren zwanzig neue Mark auf die Hand. Und für den Abdruck in der »Rundschau« gab's nochmal zehn. Die haben wir auf die Sparkasse gebracht. Überhaupt haben wir gespart, wo wir nur konnten. Doch für eine Urlaubsreise hat es all die Jahre danach nie gereicht. Wir waren ja, wie man damals sagte, »Währungsgeschädigte«.

1949

... UND STELL DIR VOR, mein lieber Ulli, es geschehen Zeichen und Wunder, denn kürzlich hatte ich auf meine alten Tage eine Begegnung besonderer Art: es gibt sie noch, die schöne Inge, deren kühle Erscheinung (in natura und figura) uns Stettiner Jungs einst – oder soll ich sagen, zu Adolfs Zeiten? – erhitzt, in Wallung oder ins Stottern gebracht, jedenfalls gehörig den Kopf verdreht hat; und ich darf sogar behaupten, ihr mit Herzbibbern auf Armeslänge nahe gekommen zu sein. Nein, nicht beim Zelten am Haff, aber als wir gemeinsam die Winterhilfe für die fröstelnde Ostfront organisiert haben: beim Stapeln und Verpacken von Unterhosen, Pullovern, Pulswärmern und sonstigen Wollsachen fielen wir übereinander her. Am Ende war's aber nur eine verquälte Knutscherei, gebettet auf Pelzmäntel und Strickjacken. Danach stanken wir bestialisch nach Mottenkugeln.

Um wieder auf die gegenwärtige Inge zu kommen: wie uns, so hat auch ihr das Alter mitgespielt, doch selbst von Falten gezeichnet und silbrig ergraut, geht von Frau Dr. Stephan jener jugendbewegte Kräftestrom aus, der sie dazumal in höhere Ränge getragen hat. Du erinnerst Dich gewiß: Beförderung nach Beförderung. Gegen Schluß war sie beim BDM Mädelringführerin, während wir beide es nur, ich zum Jungzug-, Du zum Fähnleinführer gebracht haben. Als man uns dann in

Luftwaffenhelferuniform steckte, war die Zeit der Braunhemden, Halstücher, Führerschnüre (auch Affenschaukel genannt) ohnehin vorbei. Inge jedoch hat, wie sie mir schamhaft flüsterte, ihre Mädels bis in die letzten Kampftage zusammengehalten: Betreuung hinterpommerscher Flüchtlinge, Singstunden im Lazarett. Erst als die Russen da waren, entsagte sie, ohne körperlich Schaden zu nehmen, dem Bund Deutscher Mädel.

Um Deine Geduld als Leser dieser Epistel nicht zu überfordern: wir begegneten einander anläßlich der Buchmesse in Leipzig, zu deren Rahmenprogramm ein übrigens vom Arbeiter- und Bauern-Staat geduldetes Fachgespräch der Dudengesellschaft gehörte, zu deren Mitgliedern zweierlei Deutsche zählen, so auch ich, der demnächst (gleich Dir) emeritierte Professor, dessen linguistische Spitzfindigkeiten jedoch beim Duden-West in schöner Fortdauer gefragt bleiben werden. Und da wir mit Duden-Ost einigermaßen störungsfrei zusammenarbeiten, kam es zu dieser Begegnung, denn auch Inge gehört als ausgewiesene Linguistin zur gesamtdeutschen Sprachverschlimmbesserergemeinde, in der Österreicher und Deutschschweizer ein Wörtchen mitreden dürfen. Doch will ich Dich nicht mit unseren Querelen in Sachen Rechtschreibreform langweilen; dieser Berg kreißt schon lange und wird eines Tages das sprichwörtliche Mäuslein gebären.

Interessant allein ist mein Tête-à-tête mit Inge. Wir verabredeten uns manierlich zu Kaffee und Kuchen in der Mädlerpassage, und ich durfte, von ihr eingeladen, an einer sächsischen Spezialität namens »Eierschecke« knabbern. Nach kurzer Fachsimpelei hatten wir die Stettiner Jugendjahre am Wickel. Anfangs nur die üblichen

Pennälergeschichten. Sie zögerte, zwischen den Erinnerungsbrocken unserer gemeinsamen Hitlerjugendzeit herumzustochern, und bemühte Metaphern wie »In jenen dunklen Jahren der Verführung ...« Auch sagte sie: »Wie hat man doch unsere Ideale beschmutzt und unsere Glaubensstärke mißbraucht.« Doch als ich auf die Zeit nach fünfundvierzig kam, hatte sie keine Mühe, ihren System- und zugleich Farbwechsel ins sozialistische Lager, der nach nur eineinhalbjähriger Schonfrist vollzogen wurde, als eine »schmerzhafte Bekehrung zum Antifaschismus« zu deuten. Auch bei der FDJ hat sie, weil ja in jeder Beziehung qualifiziert, rasch Karriere gemacht. Sie erzählte von ihrer Teilnahme bei den Gründungsfeierlichkeiten der DDR, die ja neunundvierzig, wie bekannt ist, in Görings ehemaligem Reichsluftfahrtministerium stattfanden. Dann sei sie bei Weltjugendfestspielen, 1.-Mai-Umzügen und, fleißig die störrischen Bauern agitierend, sogar bei der Kollektivierung der Landwirtschaft dabeigewesen. Doch bei dieser forcierten, sie sagte, »mittels Lautsprecherbeschallung betriebenen Agitation« seien ihr erste Zweifel gekommen. Trotzdem ist unsere schöne Inge bis heutzutage SED-Mitglied, und als ein solches bleibe sie, wie mir versichert wurde, bemüht, »den Irrtümern der Partei mit konstruktiver Kritik zu begegnen«.

Dann schweiften wir ab auf die Fluchtrouten unserer Familien. Ihre faßte auf dem Landweg in Rostock Fuß, wo sie bald und nachweislich als Arbeiterkind – Inges Vater war Schweißer auf der Vulkanwerft – ihr Studium beginnen und die spätere Parteikarriere anbahnen konnte. Meine Eltern hat es, wie Du weißt, über den Seeweg zuerst nach Dänemark, dann nach Schleswig-Holstein, genau gesagt, nach Pinneberg verschlagen. Zu Inge sagte ich: »Naja, mich hat es glücklicherweise über die Elbe in den Westen gespült, wo mich die Engländer hopsnahmen« und habe ihr dann meine Stationen aufgelistet: die Gefangenschaft im Munster-Lager, die Tante in Göttingen, das nachgeholte Abitur, die ersten Semester dortselbst, die Assistentenstelle in Gießen, mein Amerikastipendium usw. usw.

Während wir noch plauderten, fiel mir auf, wie benachteiligt und begünstigt zugleich unser westlicher Werdegang verlaufen ist: zwar war das Braunhemd weg, aber kein Blauhemd wurde uns angepaßt. »Das sind Äußerlichkeiten«, sagte Inge. »Wir haben an etwas geglaubt, während euch im Kapitalismus jegliches Ideal abhanden gekommen ist.« Natürlich hielt ich dagegen: »Also an Glaubenskraft hat es bereits zuvor nicht gefehlt, als ich das Braunhemd trug und du in blütenweißer Bluse und in knielangem Rock gläubig gewesen bist!« – »Wir waren Kinder, verführt!« hieß ihre Antwort. Danach versteifte sich Inge. Das konnte sie immer schon. Verständlich, daß sie meine Hand auf ihrer nicht duldete. Eher nach innen gesprochen hauchte sie ihr Eingeständnis: »Irgendwann ist bei uns etwas schiefgelaufen.« Wie selbstverständlich kam mein Echo: »Bei uns auch.«

Dann sprachen wir nur noch sachlich, kamen auf die Dudengesellschaft und deren gesamtdeutsche Querelen. Am Ende ging es um die Rechtschreibreform. Beide waren wir der Meinung, diese müsse radikal sein oder überhaupt nicht wirksam werden. »Nur nichts Halbes!« rief sie und bekam bis zum Haaransatz ein wenig Farbe. Ich nickte und sann meiner Jugendliebe nach …

1950

Die Kölsche haben mich, weil ich mal, lang vorm Krieg, Bäcker gewesen bin, »Et jecke Hefeteilchen« genannt. War aber nicht bös gemeint, denn nach dem großen Ostermann Willi gelangen mir vor allen anderen die besten Schunkelwalzer. Neununddreißig, als wir das letzte Mal Karneval feiern und »Kölle Alaaf« rufen durften, war »Du munteres Rehlein, du ...« Nummer eins, und immer noch und bis heut erklingt »Heidewitzka, Herr Kapitän ...«, womit ich das »Mülheimer Bötchen« unsterblich gemacht habe.

Dann aber wurd es zappenduster. Erst als der Krieg vorbei war und von uns leev Kölle nur noch Ruinen geblieben waren, als die Besatzungsmacht unseren Karneval strikt verboten hatte und für die Zukunft alles bös aussah, kam ich mit »Wir sind die Eingeborenen von Trizonesien« ganz groß raus, denn die kölsche Jecken lassen sich partout nix verbieten. Über die Trümmer weg und mit dem übriggebliebenen Plunder rausgeputzt: die Roten Funken, all die Pänz, sogar paar Invalide von der Prinzengarde, so ging's vom Hahnentor los. Und neunundvierzig hat dann das erste jecke Dreigestirn nach dem Krieg – was da sind: Prinz, Bauer, Jungfrau – eigenhändig angefangen, aus dem total kaputten Gürzenich den Schutt rauszuschippen. War symbolisch gemeint, denn im Gürzenich sind schon immer die schönsten Sitzungen gewesen.

Erst im nächsten Jahr durften wir wieder offiziell. War ein Jubiläum, weil die ahlen Römer im Jahr fuffzig unsere Stadt als Colonia gegründet haben. »Kölle, wie et es un wor, zick 1900 Johr« hieß denn auch das Motto. Aber leider nicht ich hab den Karnevalsschlager der Saison gedichtet, und auch sonst keiner von uns Professionellen, kein Jupp Schlösser und kein Jupp Schmitz, nein, das war ein gewisser Walter Stein, dem, wie gesagt wurde, »Wer soll das bezahlen, wer hat so viel Geld« beim Rasieren eingefallen ist. Muß ich zugeben, das traf die Stimmung: »Wer hat so viel Pinkepinke, wer hat so viel Geld ...« Aber lanciert hat dieses Schunkellied jemand vom Rundfunk, Feltz mit Namen. Ein ganz ausgebuffter Schlaumeier, weil nämlich der Stein und der Feltz eine einzige Person gewesen sind. War zwar ein bös aufgemachter Schwindel und echtester Kölscher Klüngel, aber »Wer soll das bezahlen ...« lief und lief, weil nämlich dieser Stein oder Feltz den richtigen Ton gefunden hat. Hatte doch keiner wat in de Täsch nach der Währungsreform, jedenfalls nicht das einfache Volk. Doch unser Prinz Karneval, Peter III., der hatte immer schon Mäuse genug: Kartoffelgroßhandel! Und unser Bauer betrieb eine Marmorfirma in Ehrenfeld. Gut betucht war auch unsere Jungfrau Wilhelmine, die nach Statut ein Mann sein mußte, und der war Juwelier und obendrein Goldschmied. Dieses Dreigestirn hat dann auch mit dem Geld nur so rumgeschmissen, als in der Markthalle die Weiberfastnacht mit denne Marktwiever gefeiert wurde ...

Aber ich wollte ja vom Rosenmontagszug erzählen.

War verregnet. Sind trotzdem über eine Million gekommen, sogar aus Holland und Belgien. Selbst die Besatzer haben mitgefeiert, weil nun wieder ziemlich alles erlaubt war. Lief fast wie früher ab, wenn man sich die Ruinen, die ja noch überall gespenstisch ins Auge fielen, einfach weggedacht hat. War ein historischer Zug mit ahle Germanen und ahle Römer. Fing an mit dem Ubiervolk, von dem die Kölschen abstammen sollen. Dann aber ging's los mit Beineschmeißen und Funkenmariechen, Musik vorneweg. Und all die Wagen, an die fuffzig. Wenn es noch im letzten Jahr geheißen hatte, »Mer sin widder do un dun, wat mer künne«, wobei wirklich nicht viel zu »künne« war, gab's diesmal von den Wagen runter jede Menge Karamellen für die Pänz und Jecke, rund fünfundzwanzig Zentner. Und von einer fahrbaren Sprühfontäne hat die Firma 4711 paar tausend Liter echt Eau de Cologne über die Massen versprüht. Da war gut schunkeln: »Wer soll das bezahlen ...«

Dieser Schlager hielt sich noch lange. Doch sonst war beim Rosenmontagszug politisch nicht viel los, weil ja die Besatzungsmacht zugeguckt hat. Nur daß im Festzug zwei Masken auffielen, immer dicht zusammen. Sogar geküßt haben die sich und miteinander getanzt. Waren sozusagen ein Herz und eine Seele, was natürlich ziemlich fies gewesen ist und auch ein bißchen bös gemeint, denn die eine Maske gab naturgetreu den alten Adenauer, und die andere war der Spitzbart von drüben, na, dieser Ulbricht. Klar, daß die Leut gelacht haben über den schlitzohrigen Indianerhäuptling und die sibirische Ziege. Das war aber das einzig Gesamtdeutsche, was im Rosenmontagszug vorkam. Ging wohl mehr gegen Adenauer, den die kölsche Jecke noch nie gemocht haben, weil der schon vorm Krieg als Oberbürgermeister gegen den Karneval geredet hat. Der hätt ihn als Kanzler am liebsten verboten. Und zwar für immer.

1951

Sehr geehrte Herren vom Volkswagenwerk!

Ich muß mich schon wieder beschweren, weil wir von Ihnen überhaupt keine Antwort kriegen. Ist das so, weil wir, wie es das Schicksal nun mal gewollt hat, in der Deutschen Demokratischen Republik unseren Wohnsitz haben? Dabei befindet sich unser Häuschen bei Marienborn, ganz nah an der Grenze, über die wir nun nicht mehr rüberkönnen, seitdem man den Schutzwall hat leider errichten müssen.

Das ist Unrecht, wenn Sie nicht antworten! Mein Mann ist bei Ihnen von Anfang an dabeigewesen, ich erst später. Schon achtunddreißig hat er in Braunschweig für VW Werkzeugmacher gelernt. Dann war er Schmelzschweißer und hat, als der Krieg zu Ende ging, gleich wieder beim Schuttabräumen geholfen, weil ja fast die Hälfte zerbombt war. Später, als Herr Nordhoff die Leitung bekam und es wieder richtig losging mit der Montage, war er sogar Prüfer in der Qualitätssicherung und außerdem im Betriebsrat. Auf beiliegendem Foto können Sie sehen, daß er dabeigewesen ist, als am 5. Oktober einundfünfzig der 250 000. VW vom Band ging und wir gefeiert haben. Herr Nordhoff hat eine schöne Rede gehalten. Wir standen alle um den Käfer, der noch nicht goldgelb gespritzt war, wie der Millionste, der vier Jahre später gefeiert wurde. Trotzdem war das eine bessere Feier als drei Jahre vorher, weil damals, als es um den 50 000. ging, nicht genug Gläser da waren und wir Becher aus irgendeinem Kunststoff benutzt haben, worauf viele Gäste und Mitarbeiter ganz tolle Magenbeschwerden bekamen und sich manch einer schon in der Werkhalle oder draußen erbrochen hat. Aber diesmal gab es richtige Gläser. Nur schade, daß in dem Jahr Professor Porsche, der eigentlich – und nicht dieser Hitler – den Volkswagen erfunden hat, in Stuttgart gestorben ist und deshalb nicht mitfeiern konnte. Der hätte uns bestimmt geantwortet, wenn er unsere Sparkarten von früher gesehen hätte.

Ich habe erst im Krieg bei VW-Wolfsburg angefangen, gleich nach Stalingrad, als alle ranmußten. Damals wurden ja, wie Sie sicher noch wissen, keine Käfer, aber jede Menge Kübelwagen für die Wehrmacht gefertigt. Im Preßwerk, wo ich Bleche gestanzt habe, waren außer Tarif viele russische Frauen dabei, mit denen wir aber nicht reden durften. War eine schlimme Zeit. So habe ich auch die Bombardierung miterlebt. Als es dann aber wieder losging, bekam ich leichtere Arbeit am Montageband. Damals habe ich meinen Mann kennengelernt. Aber erst zweiundfünfzig, als meine liebe Mutter starb und uns ihr Häuschen mit Garten bei Marienborn hinterlassen hat, bin ich in die SBZ gegangen. Mein Mann blieb noch ein knappes Jahr, bis er den schweren Unfall hatte. Vielleicht war das ein Fehler von uns. Denn nun hat es das Schicksal so gewollt, daß wir von allem abgeschnitten sind. Nicht mal unsere Post wird von Ihnen beantwortet. Das ist nicht gerecht!

Dabei haben wir letztes Jahr unsere Beitrittserklärung zum Volkswagensparvergleich pünktlich abgegeben und

Ihnen all die Unterlagen geschickt. Erstens die Bestätigung, daß mein Mann, Bernhard Eilsen, vom März neununddreißig an jede Woche wenigstens fünf Reichsmark eingezahlt und vier Jahre lang Sparkarten geklebt hat für einen blauschwarzen Kraft-durch-Freude-Wagen, wie damals noch der VW hieß. Insgesamt hat mein Mann 1 230 Mark angespart. Das war damals der Kaufpreis ab Werk. Zweitens ist Ihnen eine Bestätigung vom Gauwagenwart der NS-Gemeinschaft »Kraft durch Freude« zugegangen. Weil aber die wenigen im Krieg gefertigten Volkswagen nur für Parteibonzen bestimmt waren, ging mein Mann leer aus. Deshalb und weil er nun Invalide ist, erheben wir Anspruch auf einen Käfer, und zwar einen VW 1500 in Lindgrün und ohne besondere Extras.

Jetzt, wo schon über fünf Millionen Käfer vom Band sind und Sie sogar für die Mexikaner ein Werk gebaut haben, wird es wohl möglich sein, unseren Volkswagensparanspruch zu erfüllen, auch wenn wir in der DDR unseren festen Wohnsitz haben. Oder zählen wir nicht mehr als Deutsche?

Da Ihr Bundesgerichtshof kürzlich mit dem Hilfsverein ehemaliger Volkswagensparer in Karlsruhe einen Vergleich geschlossen hat, steht uns ein Preisnachlaß von 600 D-Mark zu. Den Rest zahlen wir gerne in unserer Währung. Das wird doch wohl möglich sein – oder?

Hochachtungsvoll erwartet Ihr Antwortschreiben

Elfriede Eilsen

1952

Sag ich, wenn Gäste uns fragen, immer noch: Uns hat der Zauberspiegel, wie anfangs – und nicht nur in »Hör zu« – das Fernsehen genannt wurde, zusammengeführt, die Liebe kam erst scheibchenweise. Es geschah auf Weihnachten zweiundfünfzig. Da standen überall und so auch bei uns in Lüneburg die Menschen gedrängt vor den Schaufenstern der Radiogeschäfte und erlebten, wie auf den Bildschirmen das erste richtige Fernsehprogramm ablief. Wo wir standen, gab's nur einen einzigen Apparat.

Na, besonders mitreißend war das nicht: Zuerst eine Geschichte, in der es um das Lied »Stille Nacht, heilige Nacht«, einen Lehrer und einen Herrgottsschnitzer namens Melchior ging. Später gab's ein Tanzspiel, in dem, frei nach Wilhelm Busch, Max und Moritz rumzappelten. Das alles nach Musik von diesem Norbert Schulze, dem wir ehemaligen Landser nicht nur »Lili Marleen«, sondern auch »Bomben auf Engeland« verdankten. Achja, anfangs quasselte noch der Intendant vom Nordwestdeutschen Rundfunk irgendwas Feierliches, ein gewisser Dr. Pleister, auf den dann die Fernsehkritik »Scheibenkleister« gereimt hat. Und eine Ansagerin gab's, die im geblümten Kleid beinahe schüchtern auftrat und alle und besonders mich anlächelte.

Es war Irene Koss, die uns auf diese Weise verkuppelt

hat, denn in der Menschentraube vor dem Radiogeschäft stand Gundel rein zufällig neben mir. Ihr gefiel alles, was der Zauberspiegel zu bieten hatte. Die Weihnachtsgeschichte rührte sie zu Tränen. Jeden Streich, den Max und Moritz lieferten, beklatschte sie ungeniert. Doch als ich nach den Tagesneuigkeiten – weiß nicht mehr, was außer der Papstbotschaft lief – Mut faßte und sie ansprach: »Ist Ihnen aufgefallen, mein Fräulein, daß Sie eine sagenhafte Ähnlichkeit mit der Ansagerin haben?«, fiel ihr nur ein schnippisches »Nicht daß ich wüßte« ein.

Trotzdem trafen wir uns anderntags, ohne verabredet zu sein, vor dem wiederum menschenbedrängten Schaufenster, und zwar schon am frühen Nachmittag. Sie blieb, obgleich ihr die Ausstrahlung des Fußballspiels zwischen dem F. C. St. Pauli und Hamborn 07 langweilig wurde. Am Abend sahen wir, doch nur der Ansagerin wegen, das Programm. Und zwischendurch hatte ich Glück: Gundel folgte »zum Aufwärmen« meiner Einladung zu einer Tasse Kaffee. Sie stellte sich mir als ein Flüchtlingsmädel aus Schlesien vor, tätig als Verkäuferin bei »Salamander«. Ich, der ich damals hochfliegende Pläne schmiedete, Theaterdirektor, zumindest Schauspieler werden wollte, gab zu, daß ich leider in der mehr schlecht als recht gehenden Gaststätte meines Vaters aushelfen müsse, aber im Grunde arbeitslos sei, doch voller Ideen. »Nicht nur Luftschlösser«, beteuerte ich.

Nach der Tagesschau sahen wir uns vor dem Radiogeschäft eine, wie wir fanden, witzige Sendung an, in der es um die Zubereitung von Weihnachtsstollen ging. Eingerahmt war das Teiganrühren von launigen Beiträgen Peter Frankenfelds, der später mit seiner Talentsuchsendung »Wer will, der kann« populär wurde. Außerdem vergnügten wir uns an Ilse Werner, die pfiff und sang, besonders aber an dem Kinderstar Cornelia Froboess, einer Berliner Göre, die durch den Ohrwurm »Pack die Badehose ein« bekannt geworden war.

Und so ging es weiter. Wir trafen uns vor dem Schaufenster. Bald standen und guckten wir Hand in Hand. Doch dabei blieb es. Erst als das neue Jahr schon begonnen hatte, stellte ich Gundel meinem Vater vor. Ihm gefiel das Ebenbild der Fernsehansagerin Irene Koss, und ihr gefiel die am Waldrand gelegene Gaststätte. Um es kurz zu machen: Gundel hat Leben in den heruntergewirtschafteten »Heidekrug« gebracht. Sie verstand es, meinen seit Mutters Tod mutlosen Vater zu überreden, Kredit aufzunehmen und in die große Gaststube einen Fernseher, nicht etwa das kleine Tischgerät, sondern die Projektionstruhe von Philips, zu stellen, eine Anschaffung, die sich gelohnt hat. Ab Mai war Abend für Abend im »Heidekrug« kein Tisch, kein Stuhl mehr frei. Von weither kamen Gäste, denn die Zahl privater Fernsehempfänger blieb noch lange bescheiden.

Bald hatten wir ein treues Stammpublikum, das nicht nur glotzte, sondern auch ordentlich was verzehrte. Und als der Fernsehkoch Clemens Wilmenrod populär wurde, übernahm Gundel, die nun nicht mehr Schuhverkäuferin war, sondern meine Verlobte, dessen Rezepte, um sie der zuvor recht eintönigen Speisekarte des »Heidekrugs« einzuverleiben. Ab Herbst vierundfünfzig – wir waren inzwischen verheiratet – zog dann die Seriensendung »Familie Schölermann« immer mehr Publikum an. Und mit unseren Gästen erlebten wir das wechselvolle Geschehen auf dem Bildschirm, als habe die Fernsehfamilie auf uns abgefärbt, als seien auch wir die Schölermanns, also, wie man oft abfällig hören konnte, deutscher Durchschnitt. Ja, es stimmt. Wir sind mit zwei Kindern gesegnet, das dritte ist unterwegs. Beide leiden wir ein wenig unserer überschüssigen Pfunde wegen. Zwar habe ich meine hochfliegenden Pläne eingemottet, bin aber nicht unzufrieden mit meiner nebengeordneten Rolle. Denn es ist Gundel, die den »Heidekrug« – fleißig den Schölermanns abgeguckt – nun auch als Pension führt. Wie viele Flüchtlinge, die ganz von vorne anfangen mußten, ist sie voller Tatendrang. Und das sagen auch unsere Gäste: Die Gundel, die weiß, was sie will.

1953

Der Regen hatte nachgelassen. Als Wind aufkam, knirschte Ziegelstaub zwischen den Zähnen. Das ist typisch für Berlin, wurde uns gesagt. Anna und ich waren seit einem halben Jahr hier. Sie hatte die Schweiz verlassen, ich Düsseldorf hinter mir. Sie lernte bei Mary Wigman in einer Dahlemer Villa den barfüßigen Ausdruckstanz, ich wollte in Hartungs Atelier am Steinplatz immer noch Bildhauer werden, schrieb aber, wo ich stand, saß oder bei Anna lag, kurze und lange Gedichte. Dann geschah etwas außerhalb der Kunst.

Wir nahmen die S-Bahn bis zum Lehrter Bahnhof. Dessen Stahlskelett stand immer noch. Vorbei an der Reichstagsruine, dem Brandenburger Tor, auf dessen Dach die rote Fahne fehlte. Erst am Potsdamer Platz sahen wir von der Westseite der Sektorengrenze aus, was geschehen war und im Augenblick oder seitdem der Regen nachgelassen hatte, geschah. Das Columbushaus und das Haus Vaterland qualmten. Ein Kiosk stand in Flammen. Verkohlte Propaganda, die der Wind mit dem Qualm aufgetrieben hatte, schneite in Flocken schwarz vom Himmel. Und Menschenaufläufe sahen wir, hin und her ohne Ziel. Keine Vopos. Aber, eingeklemmt in der Menge, sowjetische Panzer, T 34, den Typ kannte ich.

Warnend stand auf einem Schild: »Achtung! Sie verlassen den amerikanischen Sektor.« Einige Halbwüchsige wagten sich mit und ohne Fahrrad dennoch rüber. Wir blieben im Westen. Ich weiß nicht, ob Anna anderes oder mehr gesehen hat als ich. Beide sahen wir die Kindergesichter russischer Infanteristen, die sich entlang der Grenze eingruben. Und weiter weg sahen wir Steinewerfer. Überall lagen Steine genug. Mit Steinen gegen Panzer. Ich hätte die Wurfhaltung skizzieren, stehend ein Gedicht, kurz oder lang, über das Steinewerfen schreiben können, machte aber keinen Strich, schrieb kein Wort, doch die Gestik des Steinewerfens blieb haften.

Erst zehn Jahre später, als Anna und ich einander von Kindern bedrängt als Eltern erlebten und wir den Potsdamer Platz als Niemandsland und nur noch vermauert sahen, schrieb ich ein Theaterstück, das als deutsches Trauerspiel »Die Plebejer proben den Aufstand« hieß und den Tempelwächtern beider Staaten ärgerlich war. Es ging in vier Akten um die Macht und die Ohnmacht, um geplante und spontane Revolution, um die Frage, ob Shakespeare sich ändern lasse, um Normerhöhungen und einen zerfetzten roten Lappen, um Worte und Gegenworte, um Hochmütige und Kleinmütige, um Panzer und Steinewerfer, um einen verregneten Arbeiteraufstand, der, kaum war er niedergeschlagen, auf den 17. Juni datiert, zur Volkserhebung verfälscht und zum Feiertag verklärt wurde, wobei es im Westen bei jeder Abfeier mehr und mehr Verkehrstote gab.

Die Toten im Osten jedoch waren erschossen, gelyncht, hingerichtet worden. Außerdem wurden Freiheitsstrafen verhängt. Das Zuchthaus Bautzen war überbelegt. Das alles kam erst später ans Licht. Anna und ich haben nur ohnmächtige Steinewerfer gesehen. Vom Westsektor aus hielten wir Distanz. Wir liebten uns und die Kunst sehr und waren keine Arbeiter, die Steine in Richtung Panzer warfen. Doch seitdem wissen wir, daß dieser Kampf immer wieder stattfindet. Manchmal, doch dann um Jahrzehnte verspätet, siegen sogar die Steinewerfer.

1954

Zwar war ich in Bern nicht dabei, aber übers Radio, das an jenem Tag in meiner Münchner Studentenbude von uns Jungökonomen belagert wurde, erlebte ich dennoch Schäfers Flanke in den ungarischen Strafraum. Ja, selbst heute, als bejahrter, doch immer noch umtriebiger Chef einer Consulting-Firma, die in Luxemburg ihren Sitz hat, ist mir, als sehe ich, wie sich Helmut Rahn, den alle den »Boß« nennen, im Lauf das Leder holt. Jetzt schießt er aus dem Lauf, nein, umspielt er zwei Gegner, die sich ihm entgegenwerfen, ist an weiteren Verteidigern vorbei und versenkt mit linkem Fuß aus gut vierzehn Meter Entfernung die Bombe im unteren linken Toreck. Unerreichbar für Grosics. Sechs oder fünf Minuten vor Schluß: 3 : 2. Und die Ungarn stürmen. Nach einer Vorlage von Kocsis ist Puskás zur Stelle. Aber ein Tor wird nicht gegeben. Kein Protest hilft. Angeblich stand der Honvédmajor im Abseits. Da kommt in letzter Minute Czibor hinter den Ball, zielt aus sieben, acht Meter ins kurze Eck, aber in fliegender Parade ist Toni Turek mit beiden Fäusten zur Stelle. Ein Einwurf der Ungarn noch. Dann pfeift Mister Ling das Spiel ab. Wir sind Weltmeister, haben es der Welt gezeigt, sind wieder da, sind nicht mehr Besiegte, singen unter Regenschirmen im Stadion zu Bern, wie wir ums

Radio in meiner Münchner Bude geschart »Über alles in der Welt« gegrölt haben.

Doch hier ist meine Geschichte nicht zu Ende. Eigentlich fängt sie jetzt erst an. Denn meine Helden vom 4. Juli 1954 hießen nicht Czibor oder Rahn, nicht Hidegkúti oder Morlock, nein, jahrzehntelang habe ich mich, wenn auch vergeblich, als Ökonom und Anlageberater, schließlich von meinem Standort Luxemburg aus, um das wirtschaftliche Wohl meiner Idole Fritz Walter und Ferenc Puskás gekümmert. Aber sie wollten sich nicht helfen lassen. Ungenutzt blieb mein jeglichen Nationalismus überwindender Brückenschlag. Vielmehr waren beide gleich nach dem großen Spiel einander spinnefeind, weil der ungarische Major den deutschen Kickern teutonischen Größenwahn, sogar Doping unterstellt hatte. »Die spielten mit Schaum vorm Mund«, soll er gesagt haben. Erst Jahre später, als er schon bei Real Madrid unter Vertrag war, doch auf deutschen Plätzen immer noch Spielverbot hatte, bequemte er sich zu einer schriftlichen Entschuldigung, so daß einer geschäftlichen Verbindung zwischen Walter und Puskás eigentlich nichts mehr im Wege gestanden hätte; und meine Firma hat auch sogleich vermittelnd zu beraten versucht.

Vergebliche Liebesmüh! Zwar bekam Fritz Walter Orden umgehängt, wurde »der König vom Betzenberg« genannt, aber seine viel zu niedrig eingeschätzten Werbedienste für Adidas und eine Sektkellerei, die sogar Marken nach ihm benennen durfte – etwa »Fritz Walter Ehrentrunk« –, blieben unterbezahlt; erst nachdem seine Bestseller über den Bundessepp und den unverwüstlichen Weltmeistersieg der Walterelf ihm fette Einnahmen gebracht hatten, konnte er in Kaiserslautern, nahe der Burgruine, ein simples Kino mitsamt einer Toto- und Lottoannahme im Foyer einrichten. Eigentlich kümmerlich, denn viel Gewinn fiel dabei nicht ab. Dabei hätte er schon Anfang der fünfziger Jahre in Spanien sein Glück machen können. Atlético Madrid hatte einen Abwerber mit einer Viertelmillion Handgeld im Aktenkoffer gesandt. Aber der bescheidene, schon immer viel zu bescheidene Fritz lehnte ab, wollte in der Pfalz bleiben und dort, nur dort König sein.

Ganz anders Puskás. Nach dem blutigen Ungarnaufstand blieb er, weil in Südamerika mit der Nationalelf unterwegs, im Westen, verzichtete auf sein gutgehendes Restaurant in Budapest und nahm später spanische Staatsangehörigkeit an. Mit dem Franco-Regime bekam er keine Schwierigkeiten, weil er aus Ungarn, wo ihn die herrschende Partei – ähnlich wie die Tschechen ihren Zátopek – als »Helden des Sozialismus« gefeiert hatte, einschlägige Erfahrungen mitbrachte. Sieben Jahre lang spielte er für Real Madrid und scheffelte Millionen, die er in eine Salamifabrik steckte: »Salchichas Puskás« exportierte sogar ins Ausland. Und nebenbei führte der starke Esser, der immer mit Übergewicht zu kämpfen hatte, ein Feinschmeckerrestaurant, das »Pancho Puskás« hieß.

Gewiß, meine beiden Idole vermarkteten sich, doch verstanden sie es nicht, ihre Interessen zu bündeln, sich sozusagen als Doppelpack zu verkaufen. Selbst mir und meiner auf Fusionen spezialisierten Firma ist es nicht gelungen, den einstigen Arbeiterjungen aus einem Budapester Vorort und den einstigen Banklehrling aus der Pfalz zu Geschäftspartnern zu machen, zum Beispiel die

Salamiwürste des Majors Puskás zugleich mit dem Spitzensekt »Fritz Walters Krönung« anzubieten und auf profitabler Ebene den Provinzhelden mit dem Weltbürger zu versöhnen. Mißtrauisch jeglicher Fusion gegenüber, lehnten beide ab oder ließen ablehnen.

Der Honvédmajor meint wohl immer noch, damals in Bern kein Abseitstor geschossen, vielmehr zum 3 : 3 ausgeglichen zu haben. Womöglich glaubt er, der Schiedsrichter, Mister Ling, habe Rache genommen, weil es im Jahr zuvor den Ungarn gelungen war, im heiligen Wembley-Stadion Englands erste Heimniederlage zu besiegeln: 6 : 3 siegten die Magyaren. Und Fritz Walters Sekretärin, die den König vom Betzenberg unerbittlich abschirmt, hat sich sogar geweigert, eine von mir persönlich überreichte »Puskás-Salami« als Geschenk anzunehmen. Eine Niederlage, an der ich immer noch kaue. Wohl deshalb beschleicht mich gelegentlich der Gedanke: Was wäre aus dem deutschen Fußball geworden, wenn der Schiedsrichter, als Puskás traf, nicht »Abseits« gepfiffen hätte, wir bei der Verlängerung in Rückstand geraten wären oder das fällige Wiederholungsspiel verloren hätten und schon wieder als Besiegte, nicht als Weltmeister vom Platz gegangen wären …

1955

Bereits im Vorjahr stand unser Einfamilienhaus, teilfinanziert durch einen Bausparvertrag – glaube, mit Wüstenrot –, den Papa als Beamter, wie er sagte, »in relativ gesicherten Verhältnissen« abschließen zu dürfen geglaubt hatte. Allerdings war das Haus, in dessen fünfeinhalb Zimmern sich nicht nur wir drei Mädels, sondern auch Mama und Großmama bald wohl fühlten, ohne Luftschutzraum erstellt worden, obgleich Papa immer wieder versichert hatte, daß er Mehrkosten nicht scheuen würde. Noch während der Bauplanung hat er Brief nach Brief an die ausführende Firma und an die zuständige Behörde geschrieben, Fotos von Atompilzen über amerikanischem Versuchsgelände und von, wie er sagte, »relativ unbeschädigten Behelfsschutzräumen« in Hiroshima und Nagasaki den Briefen beigelegt. Sogar etwas unbeholfene Konstruktionszeichnungen eines Kellerraumes für sechs bis acht Personen mit Schleuseneingang und Außendrucktür sowie eines ähnlich beschaffenen Notausgangs hat er als Vorschläge unterbreitet. Entsprechend groß war seine Enttäuschung, als diese, wie er sagte, »im Atomzeitalter unerläßlichen Schutzmaßnahmen für einen relativ großen Teil der Zivilbevölkerung« keine Berücksichtigung fanden. Es fehle, hieß es von seiten der Baubehörde, an Richtlinien staatlicherseits.

Dabei ist Papa kein ausgesprochener Gegner der Atombombe gewesen. Er akzeptierte sie als ein notwendiges Übel, zu dem man sich bekennen müsse, solange der Weltfrieden von der Sowjetmacht bedroht werde. Doch mit Eifer hätte er bestimmt die späteren Bemühungen des Bundeskanzlers bekrittelt, jegliche Diskussion über den Zivilschutz zu unterbinden. »Das sind wahltaktische Mätzchen«, höre ich ihn sagen, »will die Bevölkerung nicht beunruhigen, sieht Atomkanonen als bloße Weiterentwicklung der Artillerie, kommt sich dabei noch schlau vor, der alte Fuchs.«

Jedenfalls stand nun unser Häuschen, das bald in der Nachbarschaft »Dreimädelhaus« genannt wurde. Und auch der Garten konnte bestellt werden. Wir durften beim Pflanzen der Obstbäume helfen. Dabei fiel nicht nur Mama, sondern auch uns Kindern auf, daß Papa im schattigen Bereich des Gartens ein beträchtliches Viereck auszusparen bemüht war. Erst als Großmama ihn, wie es ihre Art war, streng ins Verhör nahm, gab er seine Pläne preis und gestand, nach neuesten, vom Schweizer Zivilschutz gewonnenen Erkenntnissen einen unterirdischen und, wie er sagte, »relativ kostengünstigen« Bunker zu planen. Als dann im Sommer etliche Zeitungen schreckliche Einzelheiten eines Atommanövers bekanntmachten, das unter Beteiligung aller Westmächte am 20. Juni 1955 als »Operation Carte Blanche« stattgefunden, ganz Deutschland, nicht nur unsere Bundesrepublik, als atomaren Kriegsschauplatz ausgewiesen hatte, und als dabei nach grober Schätzung annähernd zwei Millionen Tote und dreieinhalb Millionen Verletzte aufgelistet wurden – wobei man die Ostdeutschen natürlich nicht mitgezählt hat –, begann Papa zu handeln.

Leider ließ er sich bei seinem Vorhaben nicht helfen. Der Ärger mit der Baubehörde hatte dazu geführt, daß er sich nur noch, wie er sagte, »auf die eigene Kraft« verlassen wollte. Selbst Großmama konnte ihn nicht abhalten. Als dann noch bekannt wurde, welche Gefahr seit Jahren von rund um den Globus wandernden Wolken ausging, die bedenklich radioaktiv geladen waren, und daß jederzeit mit einem Ausbrechen, dem sogenannten »Fall out« zu rechnen sei, schlimmer noch, daß bereits im Jahr zweiundfünfzig solch verseuchte Wolken über Heidelberg und Umgebung, also direkt über uns entdeckt worden seien, gab es für Papa kein Halten mehr. Nun war sogar Großmama »von der Buddelei«, wie sie sagte, überzeugt und finanzierte etliche Säcke Zement.

Ohne Hilfe hat er nach Dienstschluß – Papa war Abteilungsleiter im Katasteramt – das viereinhalb Meter tiefe Loch gegraben. Ohne Hilfe gelang es ihm, an einem Wochenende das kreisrunde Fundament zu betonieren. Auch verstand er es, die Ein- und Ausgänge mitsamt den Schleusenkammern in Gußbeton zu errichten. Mama, die sonst mit Zuspruch eher zurückhaltend war, lobte ihn überschwenglich. Vielleicht hat er deshalb auch dann noch auf Hilfe verzichtet, als es darum ging, die Kuppel unseres, wie er sagte, »relativ atomsicheren Familienbunkers« zu verschalen und mit Frischbeton auszugießen. Auch das schien gelungen zu sein. Er befand sich im Rundbau, um das Bunkerinnere zu überprüfen, als das Unglück geschah. Die Verschalung gab nach. Von der Betonmasse verschüttet, kam für ihn jede Hilfe zu spät.

Nein, wir haben seinen Plan nicht vollendet. Nicht nur Großmama war dagegen. Ich aber habe mich fortan, was Papa gewiß nicht gerne gesehen hätte, an österlichen Antiatommärschen beteiligt. Jahrelang war ich dagegen. Und selbst im reifen Alter bin ich mit meinen Söhnen wegen der Pershing-Raketen in Mutlangen und Heilbronn dabeigewesen. Aber viel hat das nicht geholfen, wie man ja weiß.

1956

Im März jenes trauertrüben Jahres, in dem der eine im Juli und bald nach seinem siebzigsten Geburtstag, der andere, keine sechzig alt, im August starb, worauf mir die Welt öde, die Bühne leergefegt vorkam, begegnete ich, ein Student der Germanistik, der im Schatten zweier Giganten fleißig Gedichte fertigte, den beiden am Kleistgrab, jenem abseitigen Ort mit Blick auf den Wannsee, an dem schon manch eine Begegnung unerhörter Art, sei es zufällig, sei es auf Verabredung, zustande gekommen war.

Ich nehme an, sie hatten Ort und Stunde insgeheim, womöglich mit Hilfe vermittelnder Frauen vereinbart. Zufällig war nur ich dabei, das Studentlein im Hintergrund, der den einen kahlköpfig buddhahaft, den anderen gebrechlich und schon von Krankheit gezeichnet auf zweiten Blick erkannte. Es fiel mir schwer, Distanz zu ihnen zu halten. Doch da sich der sonnig frostige Märztag windstill gab, trugen ihre Stimmen, die eine weich brummig, die andere hell und ein wenig fistelnd. Sie sprachen nicht viel, erlaubten sich Pausen. Mal standen sie dicht beieinander, wie auf gemeinsamem Sockel, dann wieder auf jene ihnen vorgeschriebene Lücke bedacht. Galt der eine dem Westen der Stadt als literarischer, deshalb ungekrönter König, war der andere die nach Belieben zitierbare Instanz der östlichen Stadthälfte. Da in jenen Jahren zwischen Ost und West Krieg, wenn auch nur kalter, herrschte, hatte man beide gegeneinander zugespitzt. Nur zwiefacher List folgend konnte ihr Treffen außerhalb dieser Kampfordnung seinen Ort finden. Es gefiel wohl meinen Idolen, ihren Rollen auf ein Stündchen zu entkommen.

So sah es aus, so hörte sich ihre Zweisamkeit an. Was ich als Satzgefüge oder Halbsätze mir ergänzend zusammenreimte, war nicht feindselig gegeneinander gerichtet. Was beide zitierten, nahm nicht sich, sondern jeweils den anderen beim Wort. Ihre Auswahl suchte im Doppelsinn Vergnügen. Der eine wußte das kurze Gedicht »Der Nachgeborene« herzusagen und trug dessen Schlußvers genüßlich, als sei er von ihm, vor:

»Wenn die Irrtümer verbraucht sind
Sitzt als letzter Gesellschafter
Uns das Nichts gegenüber.«

Der andere sagte aus dem frühen Gedicht »Mann und Frau gehn durch die Krebsbaracke« ein wenig salopp den abschließenden Vers her:

»Hier schwillt der Acker schon um jedes Bett.
Fleisch ebnet sich zu Land. Glut gibt sich fort.
Saft schickt sich an zu rinnen. Erde ruft.«

So zitierten sich Kenner mit Lust. Auch lobten sie einander zwischen Zitaten, wobei sie spöttisch mit jenen Wörtern um sich warfen, die uns Studenten allzu geläufig waren. »Ist Ihnen phänotypisch verfremdet gelungen«, rief der eine, und der andere fistelte: »Ihr abendländisches Leichenschauhaus steht meinem epischen Theater so monologisch wie dialektisch zur Seite.« Und weitere Sticheleien zum wechselseitigen Spaß.

Dann machten sie sich über den im Vorjahr gestorbenen Thomas Mann lustig, indem sie dessen »strapazierfähige Leitmotive« parodierten. Danach waren Becher und Bronnen dran, deren Namen Sprachspiele erlaubten. Was den Eigenwuchs ihrer politischen Sünden betraf, nahmen sie einander nur kurz aufs Korn. So brachte der eine spöttisch zwei Zeilen aus einem parteiischen Hymnus des anderen, »... und des Sowjetvolkes großer Ernteleiter, Josef Stalin, sprach von Hirse, sprach von Dung und Dürrewind ...«, worauf der andere des einen zeitweilige Begeisterung für den Führerstaat mit dessen Propagandaschrift »Dorische Welt« und einer Rede, gehalten zu Ehren des faschistischen Futuristen Marinetti, in Einklang brachte. Der hinwiederum lobte »Die Maßnahme« des anderen ironisch als »Ausdruckswelt eines wahren Ptolemäers«, um sogleich beide an Kleists Grab versammelten Sünder mit einem Zitat aus dem großen Gedicht »An die Nachgeborenen« zu entlasten.

»Ihr, die ihr auftauchen werdet aus der Flut
In der wir untergegangen sind
Gedenkt
Wenn ihr von unseren Schwächen sprecht
Auch der finsteren Zeit
Der ihr entronnen seid.«

Mit dem »ihr« war wohl ich gemeint, der nachgeborene Lauscher im Abseits. Mir mußte diese Ermahnung genug sein, obgleich ich von meinen Idolen deutlichere Einsicht in ihre wegweisenden Irrtümer erwartet hatte. Doch mehr kam nicht. Trainiert im Verschweigen, befaßten sich beide nun mit ihrer Gesundheit. Der eine war als Arzt besorgt um den anderen, dem ein Professor Brugsch noch kürzlich einen längeren Aufenthalt in der

Charité empfohlen hatte und der sich deshalb erklärend auf die Brust schlug. Nun war der eine über den »öffentlichen Rummel« besorgt, der ihm mit der Abfeier seines Siebzigsten bevorstünde – »Ein kühles Helles wär mir genug!« –, worauf der andere auf testamentarische Vorsorge pochte: Niemand, auch der Staat nicht, dürfe ihn öffentlich aufbahren. Keine Rede solle an seinem Grab gehalten werden ... Zwar stimmte der eine dem anderen zu, hatte dann aber doch Bedenken: »Vorsorge ist gut. Wer aber schützt uns vor unseren Epigonen?«

Nichts über die politische Lage. Kein Wort über die Wiederbewaffnung im westlichen, im östlichen Staat. Letzte Witze über Tote und Lebende belachend, verließen beide das Kleistgrab, ohne den dort zur Unsterblichkeit verurteilten Dichter erwähnt oder zitiert zu haben. Am Bahnhof Wannsee nahm der eine, der in Schöneberg nahe dem Bayerischen Platz wohnte, die S-Bahn; auf den anderen wartete ein Auto mit wartendem Chauffeur, der ihn, so war anzunehmen, nach Buckow raus oder zum Schiffbauerdamm bringen sollte. Als dann der Sommer kam und beide kurz nacheinander starben, beschloß ich, meine Gedichte zu verbrennen, die Germanistik aufzugeben und an der Technischen Universität fortan und fleißig das Maschinenbauwesen zu studieren.

1957

LIEBER FREUND, nach so langer gemeinsamer Tätigkeit drängt es mich, Dir diesen Brief zu schreiben. Auch wenn unsere Wege sich getrennt haben, baue ich auf die zwischen Dir und mir fortdauernde Kameradschaft und hoffe zugleich, daß Dich mein vertrauliches Schreiben erreicht; leider ist in unserem geteilten Vaterland solch vorsichtiges Verhalten geboten.

Doch nun zum Anlaß meiner freundschaftlichen Bekundung: Nachdem sowohl bei Euch drüben wie auch bei uns die Aufbauphasen der Bundeswehr und der Nationalen Volksarmee als abgeschlossen gelten, wurde mir am 1. Mai dieses Jahres die Verdienstmedaille in Bronze der NVA verliehen. Bei der feierlichen Würdigung meiner Tätigkeit kam mir zu Bewußtsein, daß diese Ehrung zum nicht geringen Teil auch Dir gilt: gemeinsam haben wir uns um die Entwicklung des deutschen Stahlhelms verdient gemacht.

Leider hat man bei dem Festakt (aus gewiß verständlichen Gründen) versäumt, die Vorgeschichte des Modells M 56 zu erwähnen, waren wir beide doch schon während des letzten Weltkrieges im Eisen- und Hüttenwerk A. G. Thale für die Stahlhelmfertigung zuständig, indem wir die von Prof. Fry und Dr. Hänsel geformten und später durch Beschuß erprobten Helme B und B II als zuständige Ingenieure ausreifen ließen. Wie Du Dich sicher erinnerst, untersagte uns leider die Oberste Heeresleitung die Ausmusterung der M-35-Helme, obgleich deren Mängel – zu steile Seitenwände und Auftreffwinkel bis zu 90 Grad – durch erhebliche Mannschaftsverluste erwiesen waren. Die neuen, schon dreiundvierzig bei der Infanterie-Schule Döberitz erprobten, bewiesen durch flache Neigungswinkel gesteigerte Beschußfestigkeit und hatten sich beim Bedienen der 2-cm-Panzerbüchse sowie des 8-cm Granatwerfers – genannt »Ofenrohr« – durchaus bewährt, desgleichen beim Gebrauch von Scherenfernrohren und der »Dora«-Funkgeräte. Außerdem ergaben sich weitere Vorteile, die durch mehrere Gutachten bestätigt wurden: das geringe Helmgewicht, die größere Bewegungsfreiheit des Kopfes beim Bedienen aller Waffen und Geräte sowie ein gesteigertes Hörvermögen bei Wegfall von Nebengeräuschen.

Leider blieb es, wie Du weißt, bis zum Schluß beim M-35-Helm. Erst jetzt, mit dem Aufbau der Nationalen Volksarmee, durfte ich beim VEB Eisenhüttenwerk Thale die abermals erprobten Modelle B und B II fortentwickeln und als NVA-Helm M 56 in Serie produzieren. Wir rechnen fürs erste mit einer Stückzahl von hunderttausend. Die Innenausstattung wurde dem VEB Leder- und Sattlerwaren Taucha aufgetragen. Unser Helm kann sich sehen lassen, wobei ich den hier und dort geäußerten Spott, er sei tschechischen Modellen ähnlich, als unsachlich zurückweise.

Ganz im Gegenteil, lieber Freund! Wie Du siehst, hat man sich in unserer Republik (wenn auch unausgesprochen) bei der Helmgestaltung sowie bei der Uniformgebung zu preußischen Vorbildern bekannt und sogar den bewährten Knobelbecher und die Offiziers-Schaftstiefel übernommen, während sich bei Euch das ominöse »Amt Blank« offensichtlich von jeglicher Tradition verabschieden will. So hat man gehorsamst ein amerikanisches Helmmodell akzeptiert. Das Feldgrau der Uniformen wurde zum Bonner Schiefergrau verwässert. Es kränkt Dich hoffentlich nicht, wenn ich nun feststelle: Diese Bundeswehr ist zwar nach außen bemüht, salopp und möglichst zivil aufzutreten, kann aber, trotz lächerlich wirkender Verkleidung, ihren Aggressionswillen nicht verbergen. Doch immerhin hat sie, wie auch wir es zu tun entschlossen sind, bei der Leitung der Truppe auf verdiente Wehrmachtsgeneräle zurückgegriffen.

Nun aber will ich noch einmal die mir (und im Prinzip zugleich Dir) erwiesene Ehrung erwähnen, denn als mir im Rahmen der 1.-Mai-Feierlichkeiten die Bronzemedaille überreicht wurde, kam mir unser Professor Schwerd von der Technischen Hochschule Hannover in den Sinn. Schließlich ist er es gewesen, der im Jahre fünfzehn jenen zuerst vor Verdun, dann an allen Fronten zum Einsatz gebrachten Stahlhelm entwickelt und mit ihm die elende Pickelhaube abgelöst hat. Wir haben uns als seine Schüler verstanden. Jedenfalls erfüllte mich Dankbarkeit, als mir (und insgeheim Dir) soviel Ehre erwiesen wurde. Und dennoch war meine Freude nicht ungetrübt: leider stehen nun zwei deutsche Armeen gegeneinander. Zerrissen ist unser Vaterland. Fremde Herrschaft hat das gewollt. Bleibt nur zu hoffen, daß uns eines nicht allzu fernen Tages die nationale Einheit wieder gewiß wird. Dann dürfen wir uns, wie in jungen Tagen, gemeinsam den Harz erwandern, von keiner Grenze gehemmt. Und vereint werden dann unsere Soldaten jenen Helm tragen, der sich im Verlauf zweier

Weltkriege zu einer maximal beschußabweisenden und zugleich der deutschen Tradition verpflichteten Form entwickelt hat. Dazu, lieber Freund und Kamerad, haben wir beitragen dürfen!

Dein Erich

1958

Soviel steht fest: Wie nach der Freßwelle die Reisewelle, so kam mit dem Wirtschaftswunder das deutsche Fräuleinwunder. Doch welche Covergirls waren die ersten? Wer war bereits siebenundfünfzig Aufmacher im »Stern«? Welche unter den vielen nachwachsenden Hübschen wurden beim Namen genannt, als das Fräuleinwunder über den Atlantik schwappte und »Life« die »Sensation from Germany« ganz groß coverte?

Als Voyeur jüngster Schule hatte ich mich schon Anfang der Fünfziger in die Zwillinge verguckt, gleich nachdem sie von drüben aus Sachsen kamen, um ihren Vater, der die Mutter sitzengelassen hatte, während der Ferienzeit zu besuchen. Sie blieben im Westen, weinten aber ein bißchen ihrer Leipziger Ballettschule nach, sobald beide, dank meiner Vermittlung, im Varieté »Palladium« zu tingeln begannen, denn Alice und Ellen strebten Höheres an und hatten sich ein Engagement bei der Düsseldorfer Oper erträumt: »Schwanensee« und darüber hinaus.

Hinreißend komisch, wie beide sächselten, wenn ich sie in lila Strümpfen an den Schaufenstern der Kö vorbei spazierenführte, anfangs als Blickfang, bald als Sensation. Deshalb sind sie von den auf Talentsuche reisenden Lido-Direktoren entdeckt und dank meiner Fürsprache beim Zwillingsvater nach Paris wegengagiert worden. Also packte auch ich die Koffer. Düsseldorfs Getue war mir ohnehin gähnend langweilig geworden. Und weil ich mich nach Mamas Tod nicht mit dem Aufsichtsrat unserer florierenden Waschmittelproduktion hatte verheiraten wollen, zahlte mich der Konzern derart kulant aus, daß ich seitdem jederzeit flüssig bin, mir Reisen, bestgeführte Hotels, einen Chrysler mit Chauffeur, wenig später ein Chalet nahe Saint-Tropez, also eine typische Playboyexistenz leisten konnte; doch im Grunde schlüpfte ich der Kessler-Zwillinge wegen in diese nur äußerlich betrachtet amüsante Rolle. Ihre doppelte Schönheit zog mich an. Zwei sächsischen Zuchtgewächsen war ich verfallen. Ihre himmlisch übertriebene Langstieligkeit gab meinem unnützen Dasein ein Ziel, das ich freilich nie erreicht habe, denn Alice und Ellen, Ellen und Alice sahen in mir nur ein Schoßhündchen, das allerdings zahlungskräftig war.

Ohnehin war in Paris an beide nur schwer heranzukommen. Die »Glockenblume«, Miß Bluebell, ein wahrer Drache, der eigentlich Leibovici hieß, hielt die sechzehn langbeinigen Girls ihrer Revue wie Klosterschülerinnen: Keine Herrenbesuche in der Garderobe! Kein Verkehr mit Lidogästen! Und nach der Vorstellung waren beim Taxitransport ins Hotel nur Fahrer über sechzig zugelassen. In meinem Freundeskreis – und damals verkehrte ich mit einer Clique internationaler Lüstlinge – sagte man: »Ein Banktresor ist leichter zu knacken als ein Bluebell-Girl.«

Dennoch fand ich Gelegenheit oder erlaubte es mir die gestrenge Zuchtmeisterin, meine verehrten Zwillingsgeschöpfe auf den Champs-Élysées spazierenzuführen. Außerdem erteilte sie mir die Aufgabe, beide zugleich immer wieder zu trösten, weil sie ihrer teutonischen Herkunft wegen von den Garderobefrauen ignoriert, von den französischen Girls auf häßliche Weise angegriffen wurden. In ihrer überschlanken Größe mußten sie für allerlei Kriegsverbrechen der »boches« geradestehen. Welche Pein! Wie herzzerreißend sie darüber weinen konnten! Wie sammelwütig ich ihre Tränen getupft habe …

Doch später, mit dem Erfolg, ließen die Angriffe nach. Und in Amerika wurde die Bewunderung der »Sensation from Germany« von keinerlei Schmähung getrübt. Schließlich lag auch Paris ihnen zu Füßen. Ob Maurice Chevalier oder Françoise Sagan, Gracia Patricia von Monaco oder Sophia Loren, alle schwärmten, sobald ich ihnen die Kessler-Zwillinge vorgestellt hatte. Einzig Liz Taylor mag die Taillen meiner sächsischen Liliengewächse mit Neid gesehen haben.

Ach Alice, ach Ellen! So begehrt sie waren, richtig zum Zuge ist bei ihnen wohl keiner der brünstigen Hengste gekommen. Selbst bei den Dreharbeiten für »Trapez«, als Tony Curtis und Burt Lancaster unermüdlich versuchten, bei der einen, der anderen zu landen, blieben Erfolge aus, ohne daß ich den Aufpasser spielen mußte. Man war dennoch gut Freund und neckte sich. Riefen die Hollywoodstars spöttisch »Ice-creams!«, sobald Ellen und Alice während der Drehpausen aufkreuzten, antworteten meine Geschöpfe: »Hot dogs! Hot dogs!« Und selbst wenn Burt Lancaster, was später behauptet wurde, doch eine von beiden langgelegt hat, wird er davon nicht viel gehabt und kaum geahnt haben, welche von beiden.

Nur zum Anschauen waren sie gut. Und das durfte ich, wann und wo auch immer. Nur ich durfte das, bis sie eigene Wege gingen, die der Erfolg ihnen geebnet hat. Ihr Glanz überstrahlte alles, sogar dieses oft berufene Wunderwerk, das man ausschließlich der deutschen Wirtschaft nachgesagt hat, denn mit Alice und Ellen begann jenes sächsische Fräuleinwunder, das uns noch heute erstaunen läßt.

1959

Wie wir einander, Anna und ich – das war dreiundfünfzig –, im januarkalten Berlin auf dem Tanzboden der »Eierschale« gefunden hatten, tanzten wir nun, weil nur abseits der Buchmessehallen samt ihren zwanzigtausend Neuerscheinungen und zigtausend quasselnden Insidern Rettung zu finden war, auf Verlagskosten (Luchterhand, oder war es in S. Fischers backfrischem »Bienenkorb«, bestimmt nicht auf Suhrkamps gebohnerten Dielen, nein, in einem von Luchterhand gemieteten Lokal) auf heißen Sohlen, wie wir schon immer, Anna und ich, uns tanzend gesucht und gefunden hatten, zu einer Musik, die den Rhythmus unserer jungen Jahre hielt – Dixieland! –, als könnten wir uns nur tanzend vor diesem Rummel, der Bücherflut, all diesen wichtigen Leuten retten und so ihrem Gerede – »Erfolg! Böll, Grass, Johnson machen das Rennen ...« – leichtfüßig entkommen und zugleich unsere Ahnung, jetzt hört was auf, jetzt fängt was an, jetzt haben wir einen Namen, in schneller Drehung überstehen, und zwar auf Gummibeinen, ganz eng geschmiegt oder auf Fingerspitzendistanz, denn dieses Messehallengemurmel – »Billard, Mutmassungen, Blechtrommel ...« – und dieses Partygeflüster – »Jetzt endlich ist sie da, die deutsche Nachkriegsliteratur ...« – oder auch militärische Befunde – »Trotz Sieburg und FAZ, jetzt ist der Durchbruch gelungen ...« – waren nur so, tanzsüchtig und losgelassen, zu überhören, weil Dixieland und unser Herzschlag lauter waren, uns beflügelten und schwerelos machten, so daß die Last des Schmökers – siebenhundertdreißig Seiten fett – im Tanz aufgehoben war und wir uns von Auflage zu Auflage, fünfzehn-, nein, zwanzigtausend, steigerten, wobei Anna, als irgendwer »Dreißigtausend!« schrie und Lizenzabschlüsse mit Frankreich, Japan, Skandinavien vermutete, plötzlich, weil wir auch diesen Erfolg überboten und nun ohne Bodenhaftung tanzten, ihren am unteren Saum mit Mausezähnchen behäkelten und in drei Stufen gerüschten Unterrock verlor, als der Gummizug schlappmachte oder mit uns jede Hemmung verloren hatte, weshalb Anna gelöst aus der gefallenen Wäsche schwebte, sie mit freier Fußspitze dorthin schleuderte, wo wir Zuschauer hatten, Messevolk, sogar Leser darunter, die mit uns auf Verlagskosten (Luchterhand) den jetzt schon Bestseller feierten und »Oskar!« riefen, »Oskar tanzt«; aber das war nicht Oskar Matzerath, der »Jimmy the Tiger« mit einer Dame vom Fernsprechamt aufs Parkett legte, das waren eingetanzt Anna und ich, die Franz und Raoul, ihre Söhnchen, bei Freunden untergestellt hatten und per Bahn gereist waren, und zwar von Paris her, wo ich in einem feuchten Loch die Heizung für unsere zwei Zimmer mit Koks gefüttert und vor fließender Wand Kapitel nach Kapitel geschrieben hatte, während Anna, deren gefallener Unterrock ein großmütterliches Erbstück war, an der Place Clichy bei Madame Nora täglich an der Ballettstange schwitzte, bis ich die letzten Seiten getippt, die Korrekturfahnen nach Neuwied geschickt hatte und auch der Buchumschlag fertig gepinselt war, mit Oskar blauäugig drauf, so daß uns der Verleger (Reifferscheid hieß er) nach Frankfurt zur Buchmesse einlud, damit wir zu zweit den Erfolg erleben, auskosten, vor- und nachschmecken konnten; aber getanzt haben Anna und ich immer schon, auch später noch, als wir uns zwar einen Namen gemacht, aber von Tanz zu Tanz immer weniger zu sagen hatten.

1960

Welch ein Jammer! Zwar trat in Rom noch einmal eine gesamtdeutsche Mannschaft zu den Olympischen Spielen an, aber bei Adidas kam es endgültig zur Spaltung. Und das geschah wegen Hary. Nicht, daß es seine Absicht gewesen wäre, weiteren Streit zwischen uns Brüdern vom Zaun zu brechen, aber zugespitzt hat er unseren Zwist trotzdem, wenngleich wir geschäftlich schon viel früher getrennte Wege gingen, weil mein Bruder gleichfalls hier, in der Nähe von Fürth, sein Konkurrenzunternehmen Puma aufgemacht hatte, ohne allerdings die Produktionszahlen von Adidas auch nur annähernd zu erreichen.

Es stimmt: beide Firmen haben den Weltmarkt für Renn- und Fußballschuhe beherrscht. Aber gleichfalls ist wahr, daß Armin Hary uns gegeneinander ausgespielt hat, indem er bei seinen Rekordläufen mal mit Adidas-Spikes, mal mit Spikes von Puma an den Start ging. Dafür gezahlt haben beide Firmen. So ist er in Rom mit den Spikes meines Bruders gelaufen, stand dann aber, als er mit seinem sagenhaften Lauf Gold geholt hatte, mit Adidas auf dem Siegerpodest. Dabei bin ich es gewesen, der schon nach dem Züricher Zehn-Sekunden-Weltrekordlauf seine Rennschuhe in unser Museum aufgenommen und das Zukunftsmodell »9,9«

entwickelt hat, damit Hary in diesen 9,9 -Spikes in Rom an den Start gehen konnte.

Ein Jammer, daß er sich von meinem Bruder hat abwerben lassen, und typisch für unseren Familienzwist, daß gleich nach dem Goldsegen – Hary war auch in der Viermalhundertmeterstaffel erfolgreich – acht Puma-Modelle mit seinem Namenszug der Sportpresse vorgestellt wurden. Fing an mit »Hary-Start« und »Hary-Spurt«, schloß ab mit »Hary-Sieg«. Weiß allerdings nicht, wieviel Puma dafür hat hinblättern müssen.

Heute jedoch, nachdem es für Umkehr und Versöhnung zu spät, die Firma ins Ausland verkauft und mein Bruder tot, jegliche Feindschaft begraben ist, weiß ich mit schmerzlicher Klarheit, daß wir uns beide mit diesem zu Recht als Windhund bezeichneten Burschen nie hätten einlassen dürfen. Die Rechnung für unsere Geberlaune lag auch bald auf dem Tisch. Kaum hatte er sich den endlich bestätigten Weltrekord erlaufen, holten ihn Skandale ein. Schon in Rom geriet der verwöhnte Bengel, als es um die Staffel ging, mit Sportfunktionären in Streit. Im Jahr darauf war seine Karriere als Sprinter so gut wie beendet. Und das nach kometenhaftem Aufstieg. Ach was, kein Autounfall, wie es hieß, sondern grobe Verstöße gegen die Amateurregeln waren der Anlaß. Und wir – Adidas und Puma – sollen den armen Jungen dazu verführt haben. Das ist natürlich Unsinn, wenngleich ich zugeben muß, daß sich mein sauberer Herr Bruder auf das Abwerben von Läufern – koste es, was es wolle – schon immer verstanden hat. Ob Fütterer, Germar oder Lauer, keiner blieb unversucht. Doch mit Hary ist er ganz schön auf die Nase gefallen, auch wenn ich heute der Meinung bin, daß das Sportgericht zu kleinlich geurteilt und so diesem unvergleichlichen Kurzstreckenphänomen – sogar der Schwarze Jesse Owens hat dem Weißen Armin Hary anerkennend die Hand geschüttelt – jeden weiteren Sieg und Rekord verwehrt hat.

Ich bleibe dabei: Ein Jammer! Selbst wenn der Werdegang dieses Läufergenies anzeigt, wie unzureichend seine Begabung moralisch unterfüttert gewesen ist, wie häufig er später, ob als Immobilienmakler oder Unternehmer, in Skandale verwickelt und schließlich Anfang der achtziger Jahre in jenen Sumpf aus Machenschaften des gewerkschaftlichen Unternehmens »Neue Heimat« und des erzbischöflichen Ordinariats München hineingezogen worden ist, was ihm wegen Untreue und Betrug zwei Jahre Haft eingebracht hat, dennoch sehe ich immer noch den großen Jungen vor mir, und so sah ihn wohl auch mein Bruder, wie er die Hundertmeterdistanz mit fünfundvierzig Laufschritten in Weltrekordzeit schaffte, wobei als äußerste Schrittlänge zwei Meter neunundzwanzig gemessen wurden.

Ach, sein Start! Kaum aus den Löchern raus, war er an allen, auch an den farbigen Läufern vorbei. Viele Jahre lang hat sich dieser letzte Kurzstreckenrekord eines Weißen gehalten. Welch ein Jammer, daß er seine berühmten Zehnkommanull nicht selbst hat unterbieten dürfen. Denn wäre Armin Hary bei Adidas geblieben und hätte sich nicht auf Puma und meinen Bruder eingelassen, hätte er bestimmt 9,9 geschafft. Jesse Owens soll ihm sogar 9,8 zugetraut haben.

1961

Auch wenn das heute kaum jemand mehr juckt oder überhaupt von Interesse ist, sage ich mir, genau besehen, war das deine beste Zeit. Du warst gefragt, wurdest gefordert. Über ein Jahr lang hast du riskant gelebt, hast dir vor Angst die Fingernägel abgebissen, hast dich Gefahren ausgesetzt, ohne viel zu fragen, ob dabei auch noch das nächste Semester draufgeht. Ich war nämlich Student an der TU und schon damals an Fernheiztechnik interessiert, als von einem Tag auf den anderen querdurch die Mauer gebaut wurde.

Gab das ein Geschrei! Viele liefen auf Kundgebungen, haben vorm Reichstag oder sonstwo protestiert, ich nicht. Noch im August holte ich Elke rüber, die drüben Pädagogik studiert hat. Ziemlich einfach ging das mit einem westdeutschen Paß, der, was den Datenkram und das Foto betraf, für sie problemlos war. Doch schon Ende des Monats mußten wir Passierscheine frisieren und in Gruppen arbeiten. Ich war Kontaktläufer. Mit meinem Bundespaß, der in Hildesheim ausgestellt worden war, wo ich eigentlich herkomme, klappte das bis Anfang September. Ab dann mußten beim Verlassen des Ostsektors die Passierscheine abgegeben werden. Womöglich hätten wir auch die hingekriegt, wenn uns jemand rechtzeitig das typische Zonenpapier geliefert hätte.

Aber davon will heutzutage keiner was wissen. Meine Kinder schon gar nicht. Hören einfach weg oder sagen: »Schon gut, Papa. Ihr wart damals ne Klasse besser als wir, weiß doch jeder.« Na, vielleicht später mal meine Enkel, wenn ich denen erzähle, wie ich ihre Oma, die ja drüben festsaß, rübergeholt und dann im »Unternehmen Reisebüro«, wie wir zur Tarnung hießen, mitgemacht habe. Gab Spezialisten bei uns, die beim Stempelfälschen mit hartgekochten Eiern operierten. Andere schworen auf die Friemelei mit angespitzten Streichhölzern. Wir waren fast alle Studenten, ganz linke, aber auch Burschenschaftler und solche, die sich, wie ich, überhaupt nicht für Politik erwärmen konnten. Liefen zwar Wahlen im Westen, und Berlins Regierender kandidierte für die Sozis, aber ich hab weder für Brandt und Genossen noch für den alten Adenauer mein Kreuzchen gemacht, denn mit Ideologie und große Töne spucken lief bei uns nix. Nur Praxis zählte. Wir mußten nämlich Paßbilder, wie das hieß, »umhängen«, auch in ausländische Pässe, schwedische, holländische. Oder es wurden welche mit ähnlichen Fotos und Daten – Haarfarbe, Augenfarbe, Größe, Alter – über Kontaktleute organisiert. Dazu passende Zeitungen, Kleingeld, alte Fahrkarten, der typische Krimskrams, den jemand, zum Beispiel eine junge Dänin, in der Tasche hatte. War ne Heidenarbeit. Und alles umsonst oder zum Selbstkostenpreis.

Aber heute, wo es nix umsonst gibt, glaubt einem das keiner mehr, daß wir als Studenten nicht abkassiert haben. Sicher, da gab es welche, die später beim Tunnelbau die Hand aufgehalten haben. Lief deshalb auch ganz blöd, das Projekt Bernauer Straße. Das war, als sich eine Dreierclique von einer amerikanischen Fernsehgesellschaft für das Filmen im Tunnel, ohne daß wir davon wußten, mit 30 000 Mark löhnen ließ. Vier Monate lang haben wir gebuddelt. Märkischer Sand! Über hundert Meter lang war die Röhre. Und als dann gefilmt wurde, während wir an die dreißig Leute, Omas und Kinder darunter, in den Westen geschleust haben, dachte ich mir, das wird bestimmt ein Dokumentarfilm für später. Aber nein, lief schon bald im Fernsehen und hätte die Schleuse prompt auffliegen lassen, wäre der Tunnel, trotz teurer Abpumpanlage, nicht kurz davor abgesoffen. Aber wir haben trotzdem anderswo weitergemacht.

Nein, Tote gab's keine bei uns. Weiß schon. Solche Geschichten geben mehr her. Die Zeitungen waren voll davon, wenn jemand aus dem Fenster von einem Grenzhaus drei Stockwerk tief absprang und unten, wo die Feuerwehr das Sprungtuch gespannt hatte, haarscharf daneben aufs Pflaster knallte. Oder als ein Jahr später Peter Fechter am Checkpoint Charlie rüber wollte, angeschossen wurde und, weil keiner half, verblutet ist. Mit sowas konnten wir nicht aufwarten, weil wir auf Nummer Sicher gingen. Und trotzdem könnt ich Ihnen Geschichten erzählen, die uns schon damals manch einer nicht glauben wollte. Zum Beispiel, wie viele Leutchen wir durch Abwasserkanäle rübergeholt haben. Und wie es da unten nach Ammoniak gestunken hat. Einen der Fluchtwege, der von Stadtmitte nach Kreuzberg lief, nannten wir »Glockengasse 4711«, weil alle, die Flüchtlinge und wir, durch kniehohe Jauche mußten. Ich war später Deckelmann und habe, sobald alle Leute weg und unterwegs waren, den Einstiegsdeckel eingepaßt, weil die letzten Flüchtlinge meistens in Panik gerieten und das Dichtmachen vergaßen. So war das bei dem Regenwasserkanal unter der Esplanadenstraße im Norden der Stadt, als einige, kaum waren sie im Westen, einen Heidenlärm gemacht haben. Aus Freude, na klar doch. Aber so ist den Vopos, die drüben Wache schoben, ein Licht aufgegangen. Haben dann Tränengasbomben in den Kanal geworfen. Oder die Sache mit dem Friedhof, dessen Mauer ein Teil der Gesamtmauer war und zu dem wir einen abgestützten Kriechtunnel durch den Sandboden gebuddelt haben, direkt zu den Urnengräbern, so daß unsere Kundschaft, alles harmlos wirkende Leute mit Blumen und sonstigem Grabschmuck, plötzlich verschwunden war. Das lief ein paarmal ganz gut, bis eine junge Frau, die mit Kleinkind rüber wollte, neben dem abgedeckten Einstieg ihren Kinderwagen stehenließ, was prompt auffiel ...

Mit solchen Pannen mußte man rechnen. Doch jetzt, wenn Sie wollen, ne andere Geschichte, bei der alles geklappt hat. Reicht Ihnen? Verstehe. Bin ich gewohnt, daß man genug davon kriegt. Vor ein paar Jahren, als die Mauer noch stand, war das anders. Da haben manchmal Kollegen, mit denen ich hier im Fernheizwerk tätig bin, Sonntag früh beim Schoppen gefragt: »Wie war das, Ulli? Erzähl mal, wie das ablief, als du deine Elke rübergeholt hast ...« Aber heut will davon keiner irgendwas hören, hier in Stuttgart sowieso nicht, na, weil die Schwaben schon einundsechzig so gut wie nix mitbekommen haben, als in Berlin querdurch ... Und als die Mauer dann weg war, plötzlich, noch weniger. Eher wären die froh, wenn's die Mauer noch gäbe, na, weil dann der Soli wegfiele, den sie berappen müssen, seitdem die Mauer fehlt. Also red ich nicht mehr davon, auch wenn es meine beste Zeit war, als wir kniehoch durch die Jauche im Kanalsystem … Oder durch Kriechtunnel … Jedenfalls hat meine Frau recht, wenn sie sagt: »Damals warst du ganz anders. Damals haben wir richtig gelebt …«

1962

Wie heut der Papst, wenn er auf Reise geht und seine Leut in Afrika oder Polen sehen möcht, ohne daß ihm Schlimmes passieren kann, so hat der große Transportleiter, als er bei uns saß vor Gericht, in einem Käfig gesteckt, der aber nach drei Seiten nur zu war. Nach die eine Seite, wo die Herren Richter ihren Tisch hatten, stand seine Glaszelle offen. Das hat die Sicherheit so vorgeschrieben, und deshalb hab ich den Kasten mit Spezialglas, was teures Panzerglas war, nur dreiseitig verglast. Mit bißchen Glück bekam meine Firma den Auftrag, weil wir schon immer Kunden mit ganz besondere Wünsche hatten. No, Bankfilialen in ganz Israel und Juweliere an der Dizengoffstraße, die ihre Schaufenster und Vitrinen voll Kostbarkeiten zeigen und gegen womögliche Gewalt sichergemacht haben möchten. Aber schon in Nürnberg, was mal eine scheene Stadt gewesen ist und wo früher ganze Familie lebte, war mein Vater der Herr Meister von seine Glaserei, die bis nach Schweinfurt und Ingolstadt geliefert hat. No, da war Arbeit genug bis achtunddreißig, als überall viel kaputtging, können sich vorstellen, warum. Gott der Gerechte, hab ich als junger Bengel geflucht, weil Vater streng war und ich Tag für Tag hab Nachtschicht machen gemußt.

Mit bißchen Glück nur sind wir noch raus, mein kleiner Bruder und ich. Waren die einzigen. Alle anderen kamen, als schon Krieg war, zuletzt meine Schwestern beide und alle Cousinen, erst mal nach Theresienstadt und dann, weiß ich, wohin, nach Sobibor, Auschwitz womöglich. Nur Mama ist schon vorher, wie sagt man, auf ganz natürliche Weise gestorben, nämlich an Herzversagen. Aber Genaues hat auch Gerson, was mein Bruder ist, nicht rausgekriegt hinterher, als er, wenn endlich Frieden war, in Franken und überall rumgehorcht hat. Nur, wann abtransportiert wurde, hat er gefunden den Tag genau, denn von Nürnberg, wo meine Familie schon immer ist ansässig gewesen, gingen ganze Züge voll ab.

No, und da saß er nun, der in alle Zeitungen »Transporteur des Todes« genannt wurd, in meinem Glaskasten, der schußsicher sein mußte, war er auch. Verzeihung, mein Deutsch ist bißchen schlecht womöglich, weil ich war neunzehn, als ich mit kleinem Bruder an der Hand wegmachte nach Palästina mit Schiff, aber der da im Kasten saß und an seine Kopfhörer fummelte immerzu, sprach noch schlechter. Die Herren Richter alle, die gut deutsch reden konnten, sagten das auch, wenn er Sätze so lang wie Bandwurm geredet hat, daß kein Durchkommen war. Aber soviel konnt ich, wo ich zwischen gewöhnliche Zuhörer saß, genau verstehen, daß er nur auf Befehl hat alles gemacht. Und daß es noch viele gab, die auf Befehl gemacht haben alles, nun aber mit bißchen Massel frei rumlaufen dürfen immer noch. Gut bezahlt sind die, einer als Staatssekretär sogar von dem Adenauer, mit dem unser Ben Gurion ums Geld hat verhandeln gemußt.

Da hab ich zu mir gesagt: Hör zu, Jankele! Du hättest hundert, nein, tausend solche Panzerglaszellen bauen müssen. Mit deine Firma und paar Leut mehr eingestellt hättest du das geschafft, wenn auch nicht alle Kästen auf einmal. No, hätt man ja immer dann, wenn ein Neuerlicher mit Namen genannt wurde, der Alois Brunner womöglich, ganz kleinen Glaskasten nur mit Namensschild drin und bißchen symbolisch zwischen Eichmann sein Glaskasten und Richterbank stellen gekonnt. Auf ganz besonderen Tisch. Wär bald voll gewesen am Ende.

Man hat ja viel darüber geschrieben, no, über das Böse und daß es bißchen banal ist. Erst nachdem er gehängt war am Hals, schrieb man weniger schon. Solang aber der Prozeß lief und lief, waren alle Zeitungen voll davon. Nur Gagarin, dieser gefeierte Sowjetmensch in seine Raumkapsel, machte unserem Eichmann Konkurrenz, so daß unsre Leut und die Amerikaner ganz neidisch auf den Gagarin waren. Aber ich hab mir gesagt damals: Findest du nicht, Jankele, daß die beiden in ähnliche Lage sind? Jeder ganz abgekapselt für sich. Nur, daß dieser Gagarin noch viel einsamer ist, weil unser Eichmann immer jemand kriegt, mit dem er reden und reden kann, seitdem unsere Leut ihn aus Argentinien, wo er hat Hühner gezüchtet, weggeholt haben. Denn reden tut er gern. Am liebsten redet er darüber, wie er uns Juden am allerliebsten nach Madagaskar runter und nicht ins Gas hat schicken gewollt. Und daß er überhaupt kein bißchen was hat gegen Juden. Sogar bewundern tut er uns für die Idee vom Zionismus, weil man so scheene Idee gut organisieren kann, hat er gesagt. Und wenn er nicht Befehl gehabt hätt, für Transport zu sorgen, wär das Judenvolk ihm heut noch dankbar womöglich, weil er sich so persönlich um Massenauswanderung besorgt hat.

Da hab ich mir gesagt: Auch du, Jankele, solltest dem Eichmann für bißchen Glück dankbar sein, weil Gerson, was dein kleiner Bruder ist, mit dir noch im achtunddreißiger Jahr rausgedurft hat. Nur für Rest von ganze Familie mußt du nicht dankbar sein, für Vater nicht und all die Tanten und Onkels, die Schwestern alle und deine hübschen Cousinen, gezählt an die zwanzig Leut. Darüber hätt ich gern gesprochen mit ihm womöglich, weil er Bescheid gewußt hat, no, über Transportziele und wohin meine Schwestern und der strenge Vater endlich gekommen sind. Aber ich durft nicht. Waren Zeugen genug da. Außerdem war ich zufrieden, daß ich mich um seine Sicherheit hab kümmern gedurft. Womöglich gefiel ihm seine Panzerglaszelle. Sah so aus, wenn er gelächelt hat bißchen.

1963

Ein bewohnbarer Traum. Eine Erscheinung, die blieb und fest vor Anker lag. Ach, wie habe ich mich begeistern können! Ein Schiff, ein kühn entworfener Segler und zugleich Musikdampfer, liegt lachsfarben nahe der alles trennenden, häßlichen Mauer, auf wüstem Umfeld gestrandet, bietet der Barbarei mit ragendem Bug die Stirn und ist, wie man später sehen konnte, manch anderem Bauwerk in seiner Nähe, mag es noch so modern geraten sein, ins Überwirkliche enthoben.

Man nannte meinen Jubel mädchen-, ja, backfischhaft verstiegen, und doch schämte ich mich meiner Begeisterung nicht. Geduldig, vielleicht auch aus hochmütiger Gelassenheit habe ich den Spott der älteren Garderobenfrauen ertragen, wußte ich doch, daß mir, der Bauerntochter aus der Wilstermarsch und nun, dank Stipendium, eifrigen Musikstudentin, die nur gelegentlich und des leidigen Geldes wegen Dienst als Garderobenfrau leistete, kein laut anmaßendes Besserwissen zustand. Zudem war der Spott meiner reifen Kolleginnen hinterm Garderobentresen gutmütiger Art. »Unser Flötenmädchen übt wieder mal allerhöchste Töne«, sagten sie und spielten auf mein Instrument an, die Querflöte.

In der Tat: Es ist Aurèle Nicolet, mein verehrter Meister, gewesen, der mich und gewiß manch andere, zum Schwärmen neigende Schülerin ermuntert hat, der

Begeisterung, sei es für eine der Menschheit dienende Idee, sei es für ein gestrandetes Schiff namens Philharmonie, beredten Ausdruck zu geben; ist doch auch er ein Feuerkopf, dem das Kraushaar lodert und – wie ich einst fand – verführerisch anziehend zu Gesicht steht. Jedenfalls hat er meinen Vergleich mit dem gestrandeten Schiff sogleich ins Französische übertragen: »Bateau échoué«.

Die Berliner hingegen bemühten wieder einmal ihren Witz, indem sie die zeltartigen Elemente des Baus mit der zentralen Position des Dirigenten mixten und den großen Entwurf kurzerhand auf den billigen Nenner »Zirkus Karajani« brachten. Andere lobten und nörgelten zugleich. Kollegenneid der Architekten sprach sich aus. Nur der von mir gleichfalls verehrte Professor Julius Posener hat mit seiner Bemerkung »Scharoun blieb es vorbehalten, einen piranesischen Raum zu bauen und seinen Gefängnischarakter ins Festliche zu wenden ...« etwas Zutreffendes gesagt. Dennoch bleibe ich dabei: Es ist ein Schiff, von mir aus ein Gefängnisschiff, dessen Innenleben von der Musik, von mir aus von der im Raum gefangenen und zugleich freigegebenen Musik, bewohnt beseelt beherrscht wird.

Und die Akustik? Von allen, fast allen wurde sie gelobt. Ich war dabei, durfte dabeisein, als man sie erprobt hat. Kurz vor der feierlichen Eröffnung – natürlich mutete sich Karajan die Neunte zu! – hatte ich mich, ohne um Erlaubnis zu bitten, in den abgedunkelten Konzertsaal geschlichen. Die Ränge waren grad noch zu erahnen. Nur das zuunterst liegende Podium wurde von Tiefstrahlern erhellt. Da rief mich aus dem Dunkel brummig gutmütig eine Stimme an: »Nicht nur rumstehen, Mädchen! Wir brauchen Hilfe. Schnell aufs Podium!« Und ich, sonst nie um Widerworte verlegen, die störrische Bauerntochter aus der Marsch, gehorchte aufs Wort, beeilte mich treppab, stand nach einigen Umwegen im Licht und ließ mir von einem Mann, der mir später als Akustiker bekannt wurde, einen Trommelrevolver in die Hand drücken und mit knappen Worten erklären. Da kam abermals aus dem Dunkel des ringsum in Waben geschichteten Konzertsaales die brummige Stimme: »Alle fünf Schuß nacheinander. Keine Angst, Mädchen, sind nur Platzpatronen. Jetzt, sag ich, jetzt!«

Da hob ich gehorsam den Trommelrevolver, tat das unerschrocken und soll dabei, wie man mir später sagte, »engelhaft schön« ausgesehen haben. Stand also und drückte fünfmal kurz nacheinander ab, auf daß akustische Messungen stattfinden konnten. Und siehe: alles war wohlgeraten. Die Brummstimme aber, die aus dem Dunkel gekommen war, gehörte dem Baumeister Hans Scharoun, den ich seitdem genauso verehre wie vormals meinen Flötenlehrer. Deshalb – und wohl auch einem inneren Ruf folgend – habe ich die Musik aufgegeben und studiere nun begeistert Architektur. Doch gelegentlich – und weil nun ohne Stipendium – helfe ich immer noch in der Philharmonie als Garderobenfrau aus. So erlebe ich von Konzert zu Konzert, wie sehr Musik und Bauwesen einander genügen, besonders dann, wenn ein Schiffsbaumeister die Musik zugleich gefangennimmt und befreit.

1964

Richtig, auf all das Schreckliche, das da passiert ist und was sonst noch damit zusammenhängt, bin ich erst spät gekommen, und zwar, als wir schnell heiraten mußten, weil ich schwanger war, und wir uns im Römer, wo bei uns in Frankfurt das Standesamt ist, richtig verlaufen haben. Stimmt, die vielen Treppen und die Aufregung. Jedenfalls hat man uns gesagt: »Da sind Sie falsch hier. Das ist zwei Stockwerke tiefer. Hier läuft der Prozeß.« – »Was für'n Prozeß?« hab ich gefragt. »Na, gegen die Täter von Auschwitz. Lesen Sie denn nicht Zeitung? Sind doch alle voll davon.«

Also sind wir wieder runter, wo schon unsere Trauzeugen gewartet haben. Meine Eltern zwar nicht, weil die anfangs gegen die Heirat waren, aber Heiners Mutti war da und ganz aufgeregt, auch zwei Freundinnen vom Fernsprechamt. Hinterher sind wir dann alle in den Palmengarten, wo Heiner einen Tisch bestellt hatte und wir richtig gefeiert haben. Aber nach der Hochzeit bin ich davon nicht losgekommen, bin hingegangen immer wieder, auch als ich schon im fünften oder sechsten Monat war und die Justiz den Prozeß in die Frankenallee verlegt hatte, wo im Bürgerhaus Gallus eine ziemlich große Halle mehr Platz geboten hat, besonders für Zuschauer.

Heiner ist nie mitgekommen, sogar dann nicht, wenn

er auf dem Güterbahnhof, wo seine Arbeit ist, Nachtdienst gehabt hat und gekonnt hätte. Aber erzählt hab ich ihm, was man davon erzählen kann. All die schrecklichen Zahlen, die in die Millionen gingen, konnt man ja nicht begreifen, weil immer andere Zahlen als tatsächlich genannt wurden. Richtig, mal sollen es drei, dann höchstens nur zwei Millionen Vergaste oder sonstwie Umgekommene gewesen sein. Aber das andere, das vor Gericht kam, war genauso schlimm oder noch schlimmer, weil man das vor Augen hatte und ich davon Heiner erzählen konnte, bis er gesagt hat: »Hör schon auf damit. Ich war vier, höchstens fünf Jahre alt, als das lief. Und du warst grad mal geboren damals.«

Das stimmt. Aber Heiners Vater und sein Onkel Kurt, der eigentlich ein richtig netter ist, sind beide Soldat gewesen, und zwar ganz tief in Rußland, wie mir Heiners Mutti einmal erzählt hat. Doch als ich den beiden nach Beates Taufe, bei der sich endlich die ganze Familie getroffen hat, vom Prozeß im Haus Gallus und von Kaduk und Boger erzählen wollte, bekam ich immer nur zu hören: »Davon haben wir nichts mitgekriegt. Wann soll das gewesen sein? Dreiundvierzig? Da gab's bei uns nur noch Rückzug ...« Und Onkel Kurt sagte: »Als wir die Krim räumen mußten und ich endlich auf Urlaub kam, da waren wir ausgebombt hier. Aber über all den Terror, den die Amis und der Engländer mit uns angestellt haben, redet niemand. Klar, weil die gesiegt haben und schuldig nur immer die anderen sind. Hör endlich auf damit, Heidi!«

Aber Heiner, der mußte zuhören. Richtig gezwungen hab ich ihn, denn das war bestimmt kein Zufall, daß wir uns, als wir getraut werden sollten, im Römer verlaufen haben und dabei auf Auschwitz und, noch schlimmer, Birkenau gestoßen sind, wo die Öfen waren. Anfangs wollte er das alles nicht glauben, daß, zum Beispiel, ein Angeklagter einem Häftling befohlen hat, seinen eigenen Vater zu ertränken, worauf der Häftling richtig wahnsinnig wurde und ihn deshalb, nur deshalb der Angeklagte auf der Stelle erschossen hat. Oder was auf dem kleinen Hof zwischen Block 11 und Block 10 an der schwarzen Wand passiert ist. Erschießungen! Tausende ungefähr. Denn als das verhandelt wurde, wußte keiner die genaue Zahl. Überhaupt fiel das schwer mit der Erinnerung. Als ich dann Heiner von der Schaukel erzählt habe, die nach diesem Wilhelm Boger benannt ist, der solch ein Gerät, um die Häftlinge zum Sprechen zu bringen, erfunden hat, wollte er das anfangs nicht kapieren. Da hab ich ihm auf ein Stück Papier genau aufgezeichnet, was ein Zeuge an einem Modell, das er extra für den Prozeß gebastelt hatte, für die Richter demonstriert hat. An der Stange hing oben nämlich als Puppe ein Häftling in richtig gestreiften Sachen, und zwar so verschnürt, daß ihm dieser Boger genau zwischen die Beine und immerzu auf die Hoden schlagen konnte. Ja, auf die Hoden genau. »Und stell dir vor, Heiner«, hab ich gesagt, »als der Zeuge das alles dem Gericht erzählte, hat Boger, der halbrechts auf der Anklagebank, also hinter dem Zeugen saß, richtig geschmunzelt, bis in die Mundwinkel rein ...«

Stimmt! Hab ich mich auch gefragt! Ist das noch ein Mensch? Trotzdem hat es Zeugen gegeben, die behauptet haben, daß dieser Boger sonst ziemlich korrekt gewesen ist und sich immer um die Blumen in der Kommandantur gekümmert hat. Nur die Polen soll er richtig gehaßt haben, die Juden viel weniger. Naja, das mit den Gaskammern und dem Krematorium im Hauptlager und in Birkenau, wo jede Menge Zigeuner in Extrabaracken gewesen und alle vergast worden sind, war viel komplizierter zu begreifen als das mit der Schaukel. Daß aber dieser Boger eine gewisse Ähnlichkeit mit Heiners Onkel Kurt hatte, besonders wenn er so gutmütig geguckt hat, hab ich natürlich nicht erzählt, weil das gemein gewesen wäre Onkel Kurt gegenüber, der ja ganz harmlos und die Nettigkeit in Person ist.

Trotzdem ist das mit der Schaukel und was sonst noch Tatsache war, bei Heiner und mir hängengeblieben, so daß wir uns immer, wenn wir Hochzeitstag haben, erinnern müssen, auch weil ich damals mit Beate schwanger ging und wir uns hinterher gesagt haben: »Hoffentlich hat das Kind nichts mitgekriegt von alldem.« Aber letzten Winter hat Heiner zu mir gesagt: »Vielleicht machen wir im Sommer, wenn ich Urlaub krieg, mal ne Reise nach Krakau und Kattowitz runter. Mutti wünscht sich das schon lange, weil sie eigentlich aus Oberschlesien kommt. Ich war schon bei Orbis. Das ist das polnische Reisebüro ...«

Aber ich weiß nicht, ob das für uns richtig ist und ob daraus was wird, auch wenn man inzwischen ganz leicht ein Visum bekommt. Stimmt. Von Krakau aus soll es nicht weit nach Auschwitz sein. Kann man sogar besichtigen, steht hier im Prospekt ...

1965

Mit Blick auf den Rückspiegel noch einmal Kilometer fressen. Zwischen Passau und Kiel unterwegs. Gegenden abklappern. Auf Stimmenfang. Ans Steuer unseres geliehenen DKW hat sich Gustav Steffen, ein Student aus Münster, geklemmt, der, weil nicht aus zu gutem Hause, sondern in katholisch-proletarischem Milieu aufgewachsen – der Vater war früher beim Zentrum –, den zweiten Bildungsweg, eine Mechanikerlehre, das Abendgymnasium abtraben mußte und nun, weil er wie ich für die Sozis Wind machen will, vernünftig, pünktlich – »Wir sind anders. Wir kommen nicht zu spät!« – die Termine unserer Wahlreise abhakt: »Gestern in Mainz, heute nach Würzburg. Viele Kirchen und Glocken. Schwarzes Nest mit Aufhellungen an den Rändern ...«

Und da parken wir schon vor den Huttensälen. Weil auf den Rückspiegel angewiesen, lese ich die Inschrift auf einem Transparent, das von den immer korrekt gescheitelten Buben der Jungen Union wie eine Pfingstbotschaft hochgehalten wird, zuerst spiegelverkehrt, dann in natura: »Was sucht der Atheist in der Stadt des Heilgen Kilian?« und komme erst im überfüllten Saal, den in den vorderen Reihen korporierte Studenten, erkennbar an ihren Bierzipfeln, besetzt halten, zu einer das allgemeine Zischen beschwichtigenden Antwort –

»Ich suche Tilman Riemenschneider!« –, die jenen Bildhauer und Bürgermeister der Stadt aufruft, dem die fürstbischöfliche Obrigkeit während der Zeit der Bauernkriege beide Hände verkrüppelt hat und der nun, so deutlich heraufbeschworen, meiner Rede von Absatz zu Absatz Luft und womöglich Gehör verschafft: »Dich singe ich, Demokratie!« – Walt Whitman, für Wahlkampfzwecke leicht abgewandelt ...

Was nicht dem Rückspiegel, nur der Erinnerung abzulesen ist: Organisiert haben diese Reise Studenten vom Sozialdemokratischen Hochschulbund und vom Liberalen Studentenbund, die, ob in Köln, Hamburg oder Tübingen, verlorene Haufen sind und denen ich, als alles nur hoffnungsstichiger Plan war, in der Friedenauer Niedstraße einen konspirativen Topf Linsensuppe gekocht hatte. Bis dahin ahnte die SPD nichts von ihrem unverdienten Glück, fand aber später, als wir auf Reise gingen, zumindest unser Plakat, meinen Es-Pe-De krähenden Hahn, gelungen. Auch waren die Genossen erstaunt, daß die Säle, obgleich wir Eintritt nahmen, gerammelt voll waren. Nur inhaltlich hat ihnen manches nicht geschmeckt, etwa mein überall zitiertes Verlangen nach der endlichen Anerkennung der Oder-Neiße-Grenze, also der erklärte Verzicht auf Ostpreußen, Schlesien, Pommern und – was mich besonders schmerzte – Danzig. Das lag jenseits aller Parteitagsbeschlüsse, so auch meine Polemik gegen den Paragraphen 218; doch hieß es: Andererseits sehe man, daß viele Jungwähler kämen, zum Beispiel in München ...

Platzvoll heute der Zirkus Krone mit seinen dreitausendfünfhundert Plätzen. Gegen das auch hier epidemische Zischen einer Rechtsaußenclique hilft mein Gelegenheitsgedicht »Der Dampfkessel-Effekt«, das jedesmal, so auch hier Stimmung macht: »... Seht dieses Volk, im Zischen geeint. Zischoman, zischoplex, zischophil, denn das Zischen macht gleich, kostet wenig und wärmt. Aber es kostete wessen Geld, diese Elite, geistreich und zischend, heranzubilden ...« Wie gut, daß ich im Zirkuskronebau rückgespiegelt Freunde sitzen sehe, unter ihnen welche, die inzwischen tot sind. Hans Werner Richter, mein literarischer Ziehvater, der anfangs, bevor ich auf Reise ging, skeptisch war, dann aber sagte: »Mach mal. Ich hab das alles schon hinter mir: Grünwalder Kreis, Kampf dem Atomtod. Jetzt darfst du dich verschleißen ...«

Nein, lieber Freund, kein Verschleiß. Ich lerne dazu, sondiere langangestauten Mief, bin auf Schneckenspur, komme in Gegenden, in denen noch immer der Dreißigjährige Krieg tobt, jetzt, zum Beispiel, nach Cloppenburg, schwärzer als Vilshofen oder Biberach an der Riß. Gustav Steffen steuert uns pfeifend durchs flache Münsterland. Kühe, überall Kühe, die sich im Rückspiegel vermehren und die Frage aufwerfen, ob hierzulande sogar die Kühe katholisch sind. Und immer mehr vollbepackte Traktoren, die wie wir in Richtung Cloppenburg fahren. Es sind vielköpfige Bauernfamilien, die dabeisein wollen, wenn in der von uns gemieteten Münsterlandhalle der Leibhaftige spricht ...

Zwei Stunden benötige ich für die Rede »Es steht zur Wahl«, die sonst in knapp einer Stunde vorbeirauscht. Ich hätte auch mein »Loblied auf Willy« vom Blatt weg posaunen können oder »Des Kaisers neue Kleider«; doch diesen Tumult hätte selbst eine Lesung aus dem Neuen Testament nicht beschwichtigt. Auf Eierwürfe reagiere ich mit Hinweisen auf »verschleuderte« Subventionen für die Landwirtschaft. Gezischt wird hier nicht. Hier geht es handfester zu. Einige Bauernjungs, die gezielt mit Eiern warfen und auch trafen, werden mich vier Jahre später, als nunmehr bekehrte Jungsozialisten, zur zweiten Runde nach Cloppenburg einladen; doch diesmal ermahne ich die Eierwerfer aus moorlochtief katholischem Wissen: »Laßt das, Jungs! Sonst müßt ihr am nächsten Sonnabend eurem Herrn Pfarrer ins Ohr beichten ...«

Als wir den Tatort, beschenkt mit vollem Eierkorb – die Gegend um Vechta und Cloppenburg ist bekannt für drangvolle Geflügelfarmen –, verließen und ich ziemlich bekleckert den Beifahrer abgab, sagte Gustav Steffen, der wenige Jahre später bei einem Verkehrsunfall ums junge Leben kam, mit Blick auf den Rückspiegel: »Geht bestimmt schief, die Wahl. Aber hier, das hat Stimmen gebracht.«

Zurück in Berlin brannte, während ich bleischwer schlief, unsere Haustür und erschreckte Anna, die Kinder. Seitdem hat sich in Deutschland einiges geändert, nur in Sachen Brandstiftung nicht.

1966

Das Sein oder das Seyn, die erhabenen Wörter, mit oder ohne y geschrieben, plötzlich sagten sie nichts mehr. Plötzlich, als seien das Wesen, der Grund, alles Seiende und das nichtende Nichts bloßes Wortgeklingel, sah ich mich in Frage gestellt und gleichsam aufgerufen, hier Zeugnis abzulegen. Nach so langer Jahresflucht und weil im gegenwärtigen Getriebe allerlei disparate Denkwürdigkeiten, etwa die D-Mark, weil sie vor fünfzig Jahren zu rollen begann, aber auch das ominöse Jahr achtundsechzig wie bei einem Schlußverkauf abgefeiert werden, schreibe ich nieder, was mir an einem Nachmittag des laufenden Sommersemesters widerfuhr. Denn plötzlich, nachdem ich mein Mittwochseminar mit eher vorsichtigen Hinweisen auf textuale Korrespondenzen zwischen den Gedichten »Todesfuge« und »Todtnauberg« eingeleitet, dabei aber vorerst die denkwürdige Begegnung zwischen dem Philosophen und dem Dichter ausgespart hatte, wurde ich, während noch die ersten Beiträge meiner Studentinnen und Studenten ins begrifflich Beliebige abglitten, tief innerlich von Fragen angefochten, die eigentlich zu zeitbezüglich auftraten, um sie so existentiell zu gewichten: Wer war ich damals? Wer bin ich heute? Was ist aus jenem einst seinsvergessenen, doch immerhin radikalen Achtundsechziger geworden, der bereits zwei Jahre zuvor, wenn auch wie zufällig nur, dabei war, als sich in Berlin zum ersten Mal der Antivietnamprotest formierte?

Neinnein, keine fünf-, knappe zweitausend mögen es gewesen sein, die – durchaus angemeldet und genehmigt – vom Steinplatz aus über die Hardenbergstraße eingehenkelt und lauthals zum Amerikahaus zogen. Allerlei Gruppen und Grüppchen, der SDS, SHB, der Liberale Studentenbund und der Argument-Club sowie die Evangelische Studentengemeinde hatten dazu aufgerufen. Vorher waren einige, gewiß auch ich, zu Butter-Hoffmann gegangen, um vorsätzlich Eier der billigsten Sorte zu kaufen. Damit bewarfen wir die, wie es hieß, »imperialistische Niederlassung«. Nicht nur bei renitenten Bauern, auch in studentischen Kreisen kam damals das Eierwerfen in Mode. Oh ja, auch ich habe geworfen und mit anderen »Amis raus aus Vietnam!« und »Johnson Mörder!« gerufen. Eigentlich hätte es zur Diskussion kommen sollen, und der Leiter des Amerikahauses, ein sich liberal gebender Mann, war sogar dazu bereit, aber schon flogen die Eier, und nach dem kollektiven Werfen zogen wir, während die Polizei sich zurückhielt, über den Kurfürstendamm, dann die Uhlandstraße lang zum Steinplatz zurück. Einige Transparentinschriften erinnere ich, zum Beispiel »Ledernacken Sachen pakken!« und »Einig gegen den Krieg!« Aber bedauerlich war, daß sich etliche SED-Funktionäre von drüben in den Protestzug eingereiht hatten, um uns – wenn auch vergeblich – zu agitieren. Für die Springer-Presse jedoch erwies sich deren Präsenz als gefundenes Fressen.

Aber ich? Wie bin ich dazu gekommen, in Reihe zu laufen? Mich einzuhenkeln? Mich heiser zu brüllen? Mit anderen Eier zu werfen? In bürgerlichen und gleichsam konservativen Verhältnissen aufgewachsen, studierte ich bei Taubes Religionswissenschaft und ein bißchen Philosophie, probierte Husserl, genoß Scheler, inhalierte Heidegger, sah mich gelassen auf dessen Feldweg, war jeglicher Technik, dem bloßen »Gestell« abhold, und alles Naheliegende, etwa die Politik, tat ich bis dahin als »seinsvergessen« ab. Nun aber, auf einmal, ergriff ich Partei, schmähte den Präsidenten Amerikas und dessen Verbündete, Südvietnams Diktator Thieu und seinen General Ky, war allerdings noch nicht bereit, mich mit Ho-Ho-Ho-Chi-Minh-Rufen gänzlich zu enthemmen. Wer also war ich eigentlich, damals vor dreißig Jahren?

Während die Seminarbeiträge, zwei, drei Kurzreferate, weniger als meine halbe Aufmerksamkeit verlangten, ließ diese Frage nicht von mir ab. Meine Studenten mögen die partielle Abwesenheit ihres Professors bemerkt haben, aber die an mich direkt gerichtete Frage einer Studentin, weshalb wohl der Autor die im Todtnauberg-Gedicht der ersten Fassung enthaltene »Hoffnung, heute, auf eines Denkenden kommendes (ungesäumt kommendes) Wort« gekürzt habe, denn in der letzten Fassung des Gedichtes, die sich in dem Band »Lichtzwang« finde, seien die in Klammern gesetzten Wörter nicht mehr vorhanden, diese zentrale Frage holte mich wieder in den universitären Alltag zurück und beschwor, weil sie so schroff geradewegs gestellt wurde, gleichsam eine Situation, in die ich mich bereits als junger Mensch geworfen sah: noch vor Beginn des Wintersemesters 66/67 verließ ich das unruhige und alsbald von immer größeren Protestzügen belebte Berliner Pflaster, um in Freiburg zu studieren.

Von dort kam ich her. Zudem hatte es mir der Germanist Baumann angetan. Ich versuchte meine Rückkehr als Heideggersche »Kehre« zu interpretieren. Meiner Studentin jedoch, deren herausfordernd gestellte Frage mich zur »ungesäumten« Antwort hatte nötigen sollen, gab ich mit Hinweis auf des umstrittenen Philosophen temporäre Nähe zum Führerstaat und sein jegliche Untat überwölbendes Schweigen eine ausweichende und gewiß unzureichende Antwort, zumal ich gleich danach wiederum nur mich selbst befragte.

Jaja, es ist die Nähe zu dem großen Schamanen gewesen, die ich suchte, als ich nach Freiburg floh. Er oder seine Aura zog mich an. Früh wurden mir erhabene Wörter geläufig, denn schon als Kind hatte mich der Vater, der als Chefarzt in einem Schwarzwald-Sanatorium seine bemessene Freizeit auf Wanderwegen verbrachte, von Todtnau nach Todtnauberg geführt und dabei nie versäumt, auf des Philosophen bescheidene Hütte zu weisen ...

1967

INDES MEIN SICH HINZIEHENDES Mittwochseminar, wenn man von einem Schmetterling absieht, der sich durchs offene Fenster verflogen hatte, von nur mäßigem Interesse belebt zu sein schien, war es dennoch abschüssig genug, um mich immer wieder auf mein verjährtes Sein zu werfen und mich gleichsam vor großkalibrige Fragen zu stellen: Was – eigentlich – trieb mich weg von Berlin? Hätte ich nicht am 2. Juni dabeisein sollen? Hätte ich nicht meinen Platz zwischen den Protestierenden vor dem Schöneberger Rathaus suchen müssen? Wäre nicht auch ich, der ich den Schah von Persien zu hassen meinte, ein geeignetes Ziel der mit Dachlatten dreinprügelnden Jubelperser gewesen?

All das war mit nur geringen Einschränkungen zu bejahen. Gewiß hätte auch ich mich durch ein Plakat mit der Inschrift »Sofortige Freilassung der iranischen Studenten!« solidarisch erklären und der Polizei kenntlich machen können. Und weil im Rathaus, zeitgleich zum Schahbesuch, ein parlamentarischer Ausschuß über die Erhöhung der Studiengebühren beriet, wäre es mir ein leichtes gewesen, mit anderen Demonstranten den albernen Karnevalsschlager von einst, »Wer soll das bezahlen?«, im Chor zu singen. Und als am Abend der Schah mit seiner Farah Diba, staatsmännisch angeführt von Albertz, dem Regierenden Bürgermeister der Stadt, die Deutsche Oper an der Bismarckstraße besuchte, hätten auch mich, wäre ich nicht ängstlich nach Freiburg entwichen, die Greiftrupps der Polizei in den Schlauch zwischen Krumme und Sesenheimer Straße treiben und – während in der Oper schon das Festprogramm lief – mit Schlagstöcken jagen dürfen. Ja, fragte ich mich oder wurde ich zuinnerst befragt, hätte es, als dann der Polizeiplan »Füchsejagd« durchgeführt wurde, nicht mich anstelle des Studenten der Germanistik und Romanistik, Benno Ohnesorg, aus kurzer Distanz treffen können?

Wie ich sah er sich als Pazifist und war Mitglied der Evangelischen Studentengemeinde. Wie ich zählte er sechsundzwanzig Jahre und trug wie ich im Sommer gerne Sandalen ohne Socken. Jadoch, es hätte gleichsam mich erwischen, auslöschen können. Aber ich hatte mich abgesetzt und mit Hilfe eines Philosophen, der sich nach seiner Kehre der Gelassenheit anheimgab, in ontologische Distanz gebracht. Also knüppelten sie ihn, nicht mich nieder. Also richtete der Kriminalbeamte in Zivil, Kurras, seine entsicherte Dienstpistole, Modell PPK, nicht gegen meinen Kopf, sondern traf Benno Ohnesorg über dem rechten Ohr, so daß dessen Gehirn durchdrungen und dessen Schädeldecke zerschmettert wurde …

Plötzlich verstörte ich meine Studenten, indem ich ihre Interpretationsseligkeit angesichts zweier bedeutender Gedichte laut unterbrach: »Eine Schande! Der Polizist Kurras wurde in zwei Prozessen freigesprochen und arbeitete fortan und bis zu seiner Pensionierung in der Funkleitzentrale der Berliner Polizei …« Dann schwieg ich wieder, sah zwar den herausfordernd spöttischen

Blick der besagten Studentin auf mich gerichtet, spürte ihn sogar aufs Intimste und fand mich gleichwohl von Fragen überfüllt, die mein schon seit Kindheitstagen verängstigtes Sein in die Enge trieben. Wann fand sie statt, meine Kehre? Was hieß mich, Abschied vom bloß Seienden zu nehmen? Und ab wann genau ergriff mich im Verlauf der Jahresflucht das Erhabene, um – trotz zeitweiliger Abkehr – nie wieder von mir zu lassen?

Es könnte einen Monat später, an jenem 24. Juli, geschehen sein, als der Dichter, nach längerer Krankheit genesen, in Freiburg eintraf, wo er sein anfängliches Zögern überwand und dem Philosophen, dessen fragwürdige Vergangenheit ihn bedenklich gemacht hatte, dann doch begegnete, bevor er für uns alle feierlich aus seinen Gedichten las. Aber gemeinsam mit Heidegger fotografiert wollte Paul Celan sich nicht sehen. Später war er dann doch fürs Foto bereit; aber für eine der denkwürdigen Begegnung dienliche Ablichtung fehlte inzwischen die Zeit.

Diese und weitere Anekdoten teilte ich, nunmehr befreit von innerer Befragung, meinem nachmittäglichen Seminar mit, denn mit geschickten Wortmeldungen war es insbesondere der einen Studentin gelungen, mich aus den rückläufigen Zwängen zu lösen und als Zeugen jener komplexen Konfrontation sozusagen ins Plaudern zu bringen; denn ich bin es gewesen, der auf Anweisung von Professor Baumann die Schaufenster der Freiburger Buchhandlungen observieren durfte. Auf Wunsch des Philosophen sollten alle Gedichtbände des Dichters würdevoll ausgestellt sein. Und siehe da, vom frühen Band »Mohn und Gedächtnis« bis zu »Sprachgitter« und dem Band »Niemandsrose« war alles unfaßlich und dennoch greifbar; selbst seltene Sonderdrucke kamen, durch meinen Eifer gefördert, zur Ansicht.

So bin auch ich es gewesen, der zur Morgenfrühe des nächsten Tages den Besuch des Dichters hoch oben im Schwarzwald, wo die Hütte des Philosophen wartete, sorgsam vorbereiten durfte. Doch abermals nahm Celan Anstoß an Heideggers Verhalten während der dunklen Jahre, soll ihn sogar, sich selbst zitierend, einen »Meister aus Deutschland« genannt und damit, wenn auch ausgespart nur, den Tod ins Spiel gebracht haben. So blieb ungewiß, ob er die Einladung annehmen werde. Lange schwankte der Dichter und gab sich unnahbar.

Wir fuhren dann doch in der Frühe, wenngleich sich der Himmel bleiern zusammengezogen hatte. Nach dem Besuch der Hütte und jenem denkwürdigen Gespräch oder Schweigen, dem niemand, auch ich nicht beiwohnen durfte, traf man sich in St. Blasien, wo allen ein Café gastlich wurde. Nichts schien zu befremden. Offenbar war dem Dichter der Denker nunmehr genehm. Bald schon fanden sich beide auf dem Weg zum Horbacher Moor, von dessen Ostrand wir alle eine Wegstrecke auf eingelegten Rundhölzern wanderten. Weil aber das Wetter garstig blieb und des Dichters Schuhwerk zu städtisch oder, wie er bemerkte, »nicht rustikal genug« war, wurde die Wanderung alsbald abgebrochen, worauf wir im Herrgottswinkel eines Gasthofes in Behaglichkeit das Mittagsmahl einnahmen. Neinnein, nichts Tagespolitisches, etwa die Unruhen in Berlin und der kürzlich gemeldete Tod eines Studenten, kam zur Sprache; man plauderte über die Pflanzenwelt, wobei sich zeigte, daß der Dichter gleich viele, wenn nicht mehr Kräuter beim Namen zu nennen wußte als der Denker. Überdies verstand es Paul Celan, manch Kräutlein nicht nur lateinisch, sondern auch rumänisch, ungarisch, sogar jiddisch zu benennen. Er stammte ja aus Czernowitz, das bekanntlich in der vielsprachigen Bukowina liegt.

Das alles und noch weitere Denkwürdigkeiten gab ich meinen Studenten preis, konnte aber die von besonderer Seite gestellte Frage, was denn nun in der Hütte gesprochen oder verschwiegen worden sei, nur mit Hinweis auf das Gedicht »Todtnauberg« beantworten. Da ergebe sich manches. Zum Beispiel erlaube »Arnika«, kenntnisreich »Augentrost« genannt, allerlei Deutung. Und beziehungsreich sei der Brunnen vor der Hütte mit dem bezeichnenden Sternwürfel drauf. Überdies finde sich an zentraler Stelle, sozusagen als Herzstück, jenes Gästebuch im Gedicht erwähnt, in das der Dichter mit banger Frage »wessen Namen nahms auf vor dem meinen« sich einschrieb, freilich mit »einer Hoffnung, heute, auf eines Denkenden kommendes Wort im Herzen ...«, wobei nochmals gesagt werden müsse, daß die in Klammern stehenden Wörter »ungesäumt kommendes«, die später vom Dichter getilgt wurden, der Dringlichkeit seines Wunsches, der ja, wie man wisse, unerfüllt blieb, fordernder Ausdruck gewesen seien. Aber was sonst in der Hütte habe zu Wort kommen dürfen oder beschwiegen worden sei, wisse man nicht, bleibe im Ungefähren, lasse sich kaum erahnen, halte aber gleichsam die Wunde offen ...

So etwa sprach ich zu meinen Studenten, ohne ihnen oder gar der besagten Person zu verraten, wie oft ich mir das Gespräch in der Hütte imaginiert habe; denn zwischen dem ortlosen Dichter und dem Meister aus

Deutschland, dem Juden mit unsichtbar gelbem Stern und dem einstigen Rektor der Freiburger Universität mit kreisrundem und gleichwohl getilgtem Parteiabzeichen, dem Benenner und dem Verschweiger, auch zwischen dem immerfort sich totsagenden Überlebenden und dem Künder des Seins und des kommenden Gottes hätte das Unsägliche Wörter finden müssen, aber es fand sich kein einziges.

Und dieses Schweigen schwieg sich fort. Auch ich unterschlug dem Seminar die Gründe meiner Flucht aus Berlin, ließ mich wie unberührt vom Blick jener Studentin abtasten und gab nicht preis, was mich zeitweilig dem Erhabenen entfremdet und schon im folgenden Jahr, wiederum fluchtartig, von Freiburg weg hinein in die Frankfurter Turbulenzen getrieben hat, an einen Ort übrigens, an dem Paul Celan, sogleich nachdem er unser Universitätsstädtchen verlassen hatte, das Gedicht »Todtnauberg« in erste Fassung brachte.

1968

Das Seminar schien befriedet, ich aber blieb in Unruhe. Kaum war es mir dank behutsam vermittelter Autorität gelungen, jenes Hüttengedicht als spätes Echo auf die »Todesfuge« und als Herausforderung des bedeutsamen, aber zugleich als Tod personifizierten »Meisters aus Deutschland« zu hören, da erlebte ich mich wiederum inständig in Frage gestellt: Was vertrieb dich sogleich nach dem Osterfest des folgenden Jahres aus Freiburg? Welche Kehre machte dich, der du bis dahin dem Schweigen zwischen den Wörtern gelauscht und dich aufs erhaben Fragmentarische, auf Hölderlins mähliches Verstummen eingelassen hattest, zum radikalen Achtundsechziger?

Es wird wohl, wenn nicht verspätet die Ermordung des Studenten Benno Ohnesorg, dann gewiß der Mordanschlag auf Rudi Dutschke gewesen sein, der dich, zumindest verbal, zum Revolutionär machte, indem du dem Jargon der Eigentlichkeit entsagtest und in einem anderen Jargon, dem der Dialektik, daherzureden begannst. So etwa erklärte ich mich, war mir aber der tieferen Ursache meines Sprachwechsels nicht gewiß und versuchte, solange sich mein Mittwochseminar selbsttätig beschäftigte, den jähen Aufruhr meiner Irrtümer zu beschwichtigen.

Jedenfalls brach ich in Frankfurt – vorerst – mit der

Germanistik und belegte, wie zum Beweis meiner abermaligen Kehre, das Studienfach Soziologie. Also hörte ich Habermas und Adorno, den wir – ich bald als Mitglied des SDS – allerdings kaum noch zu Wort kommen ließen, galt er uns doch als anfechtbare Autorität. Und weil überall, in Frankfurt besonders vehement, Schüler gegen Lehrer revoltierten, kam es zur Besetzung der Universität, die aber, weil Adorno, der große Adorno, sich genötigt sah, die Polizei zu rufen, alsbald wieder geräumt wurde. Einer unserer wortmächtigsten Sprecher, von dessen Eloquenz sogar der Meister der Negation angetan war, Hans-Jürgen Krahl nämlich, der übrigens wenige Jahre zuvor noch dem faschistischen Ludendorff-Bund, danach der reaktionären Jungen Union angehört hatte und der sich nun, nach absoluter Kehre, in direkter Dutschke-Nachfolge und als gegenmächtige Autorität begriff, dieser Krahl wurde verhaftet, war aber nach wenigen Tagen wieder frei und alsbald aktiv, sei es gegen die Notstandsgesetze, sei es gegen seinen trotz alledem hochverehrten Lehrer. So am letzten Tag der Buchmesse, dem 23. September, als im Haus Gallus, wo fünfundsechzig der erste Auschwitzprozeß sein Ende gefunden hatte, eine Podiumsdiskussion, der schließlich Adorno zum Opfer fiel, in Turbulenzen unterzugehen drohte.

Welch heftige Zeit! In meinem windstillen Seminar aufgehoben und nur von einer besonders hartnäckigen jungen Dame durch provokantes Fragen irritiert, versuchte ich, die Flucht von dreißig abgelebten Jahren zu überspringen und mich in eine Diskussion einzufädeln, die zum Tribunal wurde. Welche Lust am gewaltsamen Wort! Auch ich, in der Menge, rief dazwischen, fand fetzende Wörter, glaubte Krahls Eifer überbieten zu müssen, war mit ihm und anderen darauf aus, den kugelköpfigen Meister der alles im Widerspruch auflösenden Dialektik, der nun betreten und verlegen um Worte schwieg, ganz und gar zu entkleiden, was auch gelang. Saßen doch dem Professor dichtgedrängt Studentinnen zu Füßen, die kürzlich noch ihre Brüste vor ihm entblößt und so Adorno zum Abbruch seiner Vorlesung genötigt hatten. Nun wollten sie ihn, den Empfindsamen, nackt sehen. Er, der straff Rundliche, der sich gediegen bürgerlich kleidete, sollte gleichsam enthüllt werden. Heikler noch: Stück für Stück der ihn schützenden Theorie mußte er ablegen und seine – was Krahl und andere forderten – soeben zerfetzte Autorität im dürftig geflickten Zustand der Revolution zum Gebrauch freigeben. Er solle sich nützlich machen, hieß es. Man brauche ihn noch. Demnächst beim Sternmarsch nach Bonn. Man sehe sich, angesichts der herrschenden Klasse, gezwungen, aus seiner Autorität Nutzen zu ziehen. Doch im Prinzip gehöre er abgeschafft.

Das letzte habe wohl ich gerufen. Oder wer oder was rief aus mir? Was hieß mich, der Gewalt das Wort zu reden? Sobald mir die Gesichter meiner Studenten, die sich im laufenden Celan-Seminar mit mäßigem Eifer ihre Scheine abverdienten, wiederum gegenwärtig wurden, bezweifelte ich meine einstige Radikalität. Vielleicht haben wir, habe ich mir nur einen Spaß erlauben wollen. Oder ich war verwirrt, habe manch allzu gezirkelte Phrase, wie die von der repressiven Toleranz, mißverstanden, wie ich vormals des Meisters Verdikt gegen alle Seinsvergessenheit mißdeutet hatte.

Krahl, der als Adornos begabtester Schüler galt, liebte es, in weiten Bögen die endliche Schlinge zu legen und den soeben noch stumpfen Begriff auf die Spitze zu treiben. Gewiß, es waren auch Gegenworte zu hören. Etwa von Habermas, der aber mit seiner seit dem Kongreß in Hannover stets mitzuhörenden Warnung vor drohendem Linksfaschismus bei uns unten durch war. Oder jener schnauzbärtige Schriftsteller, der sich an die Es-Pe-De verkauft hatte und nun meinte, uns »blindwütigen Aktionismus« vorwerfen zu dürfen. Der Saal tobte. Ich muß annehmen, gleichfalls getobt zu haben. Was aber hat mich bewogen, vorzeitig den überfüllten Saal zu verlassen? War es mangelnde Radikalität? Konnte ich Krahls Anblick, der, weil einäugig, stets eine Sonnenbrille trug, nicht mehr ertragen? Oder wich ich jenem Leidensbild aus, das der gedemütigte Theodor W. Adorno abgab?

Nahe dem Saalausgang, wo immer noch dichtgepackt Publikum stand, sprach mich ein älterer Herr und offensichtlicher Buchmessegast mit leichtem Akzent an: »Was haben Sie da für Unsinn geredet. Bei uns in Prag stehen seit einem Monat überall sowjetische Panzer, und Sie faseln hier von kollektiven Lernprozessen des Volkes. Kommen Sie schnell in schönes Böhmen gereist. Da können Sie lernen im Kollektiv, was ist Macht, was ist Ohnmacht. Nichts wißt ihr, wollt aber alles besser wissen ...«

»Ach ja«, sagte ich plötzlich über meine Studenten hinweg, die erschrocken von ihren Textinterpretationen zweier Gedichte aufschauten, »da geschah ja im Spätsommer achtundsechzig noch etwas anderes. Die Tschechoslowakei wurde okkupiert, deutsche Soldaten beteiligten sich. Und nach einem knappen Jahr war Adorno tot: Herzversagen hieß es. Übrigens verunglückte Krahl im Februar siebzig bei einem Verkehrsunfall tödlich. Und in Paris warf Paul Celan im gleichen Jahr, ohne von Heidegger das erhoffte Wort bekommen zu haben, sein restliches Leben von einer Brücke herab ins Wasser. Wir wissen den Tag nicht genau …«

Danach verlief sich mein Mittwochseminar. Nur die besagte Studentin blieb sitzen. Da sie offenbar keine Frage übrig hatte, blieb auch ich stumm. Es genügte ihr wohl, mit mir einige Zeit allein zu sein. Also schwiegen wir. Erst als sie ging, waren doch noch zwei Sätze aufgespart: »Bin jetzt weg«, sagte sie. »Von Ihnen kommt sowieso nichts mehr.«

1969

Muss bestimmt ne rasante Zeit gewesen sein, auch wenn ich damals als schwierig eingestuft wurde. Immerzu hieß es »Carmen ist schwierig« oder »besonders schwierig« oder »Carmen ist ein Problemkind«. Und das nicht nur, weil meine Mutter in Scheidung lebte und mein Vater meistens weit weg auf Montage war. Aber in unserem Kinderladen waren noch andere Problemkinder, sogar solche, die eigentlich hätten erwachsen sein sollen, zum Beispiel unsere Studenten von der Ruhruniversität, die den Laden zuerst mal nur für alleinerziehende Studentinnen aufgemacht hatten und alles, aber auch rein alles antiautoritär deichseln wollten, sogar mit Proletarierkindern, wie man uns, als wir dazukamen, genannt hat. Das brachte erst mal Zoff, weil wir eher ne strenge Hand gewohnt waren und unsre Eltern sowieso. Nur meine Mutter, die später die zwei Räume, die mal Büro oder sowas gewesen sind, geputzt hat, weil die Studentenmütter sich dafür zu fein waren, soll zu den anderen Müttern aus der Nachbarschaft gesagt haben: »Laßt doch die Roten mal ausprobieren, wie sowas läuft«, denn in Bochum war die Initiativgruppe, die den Laden nun auch für die Kinder der sogenannten Unterprivilegierten gewollt hat, extrem links eingestellt, weshalb es immer zur Fraktionierung, so hieß das, gekommen ist und die Elternversammlungen, die ja meistens bis nach

Mitternacht dauerten, jedesmal beinahe aufgeflogen wären, wie mir meine Mutter erzählt hat.

Aber damals soll ja allgemein, nicht nur bei uns Kindern, sowas wie Chaos geherrscht haben. Überall in der Gesellschaft, wo man nur hinguckte, war Zoff. Und außerdem lief Wahlkampf. Aber bei uns vorm Laden hing ein Transparent, auf dem, wie sich meine Mutter noch erinnern kann, »Statt Wahlkampf Klassenkampf!« zu lesen stand. Den hatten wir dann auch. Immerzu gab's Keilereien, weil jeder, besonders wir Proletenkinder, das Spielzeug, das die linken Studenten für unseren Laden gesammelt hatten, für sich haben wollte. Besonders ich, sagt meine Mutter, muß ziemlich raffig gewesen sein. Aber sonst haben wir vom Wahlkampf so gut wie nichts mitgekriegt. Nur einmal haben uns unsere Studenten zu einer Demo mitgenommen, direkt vor der Uni, die ein riesiger Betonklotz war. Und dort haben wir mit den anderen rufen gemußt: »Wer hat uns verraten? – Sozialdemokraten!« Die haben dann aber doch mit ihrem Willy die Wahl einigermaßen gewonnen. Das kriegten wir Kinder natürlich nicht mit, denn im Fernsehen lief den Sommer über was ganz anderes, nämlich die Mondlandung. Die war für uns, die wir ja alle zu Hause oder ich bei Frau Pietzke, unserer Nachbarin, in die Glotze guckten, viel interessanter als das, was im Wahlkampf lief. Weshalb wir mit großen Farbstiften und Tubenfarben, die man anrühren konnte, ganz antiautoritär, nämlich jeder, was er grad wollte, sowas wie die Landung auf alle Wände im Kinderladen gemalt haben. Natürlich die beiden Männchen auf dem Mond in ihren ulkigen Klamotten. Und außerdem die Mondfähre, die auf deutsch »Adler« hieß. Das muß eigentlich lustig gewesen sein. Aber ich als Problemkind soll dabei wieder mal für Zoff in der Elternversammlung gesorgt haben, weil ich nicht nur die beiden Männchen – Armstrong und Aldrin hießen die – auf die Wand gekritzelt und mit Farben gekleckst habe, sondern auch, wie ich das im Fernsehen ganz deutlich gesehen hatte, die amerikanische Fahne mit vielen Sternen und Streifen drauf, die nun auf dem Mond flatterte. Sowas ging unseren Studenten, jedenfalls den besonders linken, natürlich gegen den Strich. Große pädagogische Aktion! Aber mit Gutzureden war bei mir nichts zu machen. Und meine Mutter erinnert sich, daß nur eine Minderheit, nämlich die bloß antiautoritären Studenten, die ja keine Maoisten oder sonst was Revolutionäres waren, dagegengestimmt hat, als im Elternrat beschlossen wurde, daß meine Malerei, nämlich »Stars und Stripes«, wie meine Mutter immer noch sagt, von der Kinderladenwand ganz radikal abgewaschen werden mußte. Nein, kein bißchen hab ich deswegen geheult. Aber bockig soll ich gewesen sein, als mich einer von den Studenten – richtig, der ist heut in Bonn sowas wie'n Staatssekretär – überreden wollte, eine knallrote Fahne auf den Mond zu pflanzen. Wollt ich nicht. Kam für mich nicht in Frage. Nein, hatte nichts gegen Rot. Nur weil im Fernsehen keine rote, sondern die andere … Da muß ich, weil dieser Student nicht lockerließ, richtig auf Chaos gemacht und all die schönen Farbstifte, alle Kreiden und Tuben, auch die von den anderen Kindern, zertrampelt haben, so daß meine Mutter, die ja täglich den Laden geputzt hat und dafür von den Studentinnen, die auch Mütter waren, bezahlt wurde, hinterher richtig Mühe gehabt hat, die ganze Farbmansche von den Dielen zu kratzen, weshalb sie heut immer noch, wenn sie sich mit Müttern von damals trifft, zu denen sagt: »Meine Carmen ist mal ein richtiges Problemkind gewesen ...«

Ich jedenfalls werde meine Kinder, falls ich noch welche kriege, bestimmt anders, nämlich normal erziehen, auch wenn das Jahr, als der Mond bestiegen wurde und bald danach meine Mutter für ihren Willy gestimmt hat, ne rasante Zeit gewesen sein muß und ich heut noch manchmal ganz lebhaft von unserm Kinderladen träume.

1970

Niemals nimmt mir meine Zeitung das ab. Irgendeinen Schmus wollen die haben. Sowas wie »Nahm alle Schuld auf sich ...« oder »Plötzlich fiel der Kanzler auf die Knie ...« oder noch dicker aufgetragen: »Kniete für Deutschland!«

Von wegen plötzlich. Fein ausgeklügelt war das. Bin sicher, daß ihm dieses Schlitzohr, na, sein Zwischenträger und Unterhändler, der es versteht, den schmählichen Verzicht auf urdeutsches Land zu Hause als Gewinn zu verkaufen, diese besondere Nummer eingeflüstert hat. Und nun macht sein Chef, der Säufer, auf katholisch. Geht auf die Knie. Dabei glaubt der an nix. Reine Show alles. War aber als Aufmacher, rein journalistisch gesehen, ein Knüller. Schlug ein wie ne Bombe. Lief hübsch abseits vom Protokoll. Alle dachten, das geht wie üblich über die Bühne: Nelkenkranz ablegen, Schleifenbänder ordnen, zwei Schritt hinter sich treten, Kopf senken, Kinn wieder hoch, stur in die Ferne blicken. Und schon geht's mit Blaulicht ab nach Schloß Wilanów, ins noble Quartier, wo das Fläschchen und die Cognacschwenker warten. Aber nein, er erlaubt sich ne Extratour: nicht etwa auf die erste Stufe, was kaum riskant gewesen wäre, sondern direkt auf den nassen Granit, ohne sich mit der einen, der anderen Hand abzustützen, gekonnt aus den Kniekehlen raus geht er runter, behält dabei die Hände verklammert vorm Sack, macht ein Karfreitagsgesicht, als wäre er päpstlicher als der Papst, wartet das Klicken der Fotografenmeute ab, hält geduldig ne starke Minute lang hin und kommt dann wieder nicht etwa auf die sichere Tour – erst das eine, dann das andere Bein –, sondern mit einem Ruck hoch, als hätt er das trainiert, tagelang vorm Spiegel, zack hoch, steht nun und guckt, als wär ihm der heilige Geist persönlich erschienen, über uns alle weg, als müßt er nicht nur den Polen, nein aller Welt beweisen, wie fotogen man Abbitte leisten kann. Naja, gekonnt war das schon. Sogar das Sauwetter spielte mit. Aber so, hübsch schräg auf dem zynischen Klavier geklimpert, nimmt mir das meine Zeitung niemals ab, selbst wenn unsere Chefetage diesen Kniefallkanzler lieber heut als morgen weg hätte, gestürzt oder abgewählt oder sonstwie, nur weg!

Also nehme ich nochmal Anlauf und laß die Orgel wummern: Wo einst das Warschauer Ghetto gewesen ist, das im Mai 1943 auf so sinnlose wie grausame Weise zerstört und brutal ausgelöscht wurde, kniete nun vor einer Gedenkstätte, an der tagtäglich, so auch an diesem naßkalten Dezembertag, aus zwei bronzenen Kandelabern vom Wind zerfetzte Flammen fauchen, einsam der deutsche Bundeskanzler und gab der Reue Ausdruck, Reue für alle im deutschen Namen begangenen Untaten, indem er die übergroße Schuld auf sich nahm, er, der selber nicht schuldig wurde, fiel dennoch aufs Knie ...

Na also. Das druckt jeder. Der Lastenträger, der Schmerzensmann! Vielleicht noch bißchen Lokalkolorit als Zugabe? Paar kleine Nicklichkeiten. Kann nicht schaden. Zum Beispiel etwas über das Befremden der Polen, weil der hohe Staatsgast nicht am Denkmal des Unbekannten Soldaten, das hier Nationalheiligtum ist, sondern ausgerechnet bei den Juden auf die Knie ging. Man muß nur nachfragen, bißchen bohren, und schon zeigt sich der wahre Pole als Antisemit. Ist ja noch gar nicht so lange her, vor gut zwei Jahren, als hier die polnischen Studenten meinten, genau wie die Studenten bei uns oder in Paris verrückt spielen zu dürfen. Aber dann hat die Miliz, an der Spitze der hiesige Innenminister Moczar, die, wie man sagte, »zionistischen Provokateure« zusammenknüppeln lassen. An die paar tausend Parteifunktionäre, Professoren, Schriftsteller und sonstige Geistesgrößen, meistens Juden, wurden geschaßt, haben die Koffer gepackt, sind ab und davon, nach Schweden oder Israel. Darüber redet hier keiner mehr. Uns aber alle Schuld auflasten gehört zum guten Ton. Von »katholischer Haltung, die jedem aufrechten Polen zu Herzen geht«, wird gefaselt, wenn dieser Vaterlandsverräter, der in norwegischer Uniform gegen uns Deutsche gekämpft hat, hier mit großem Gefolge – Krupp-Manager Beitz, paar linke Schriftsteller und sonstige Geistesgrößen – angereist kommt, den Polacken unser Pommern, Schlesien, Ostpreußen auf dem Tablett serviert und dann noch, als Zugabe wie im Zirkus, ruckzuck auf die Knie geht.

Ist sinnlos. Wird nicht gedruckt. Lieber schweigt sich meine Zeitung darüber aus. Agenturmeldung und fertig. Außerdem, was geht das mich an? Ich stamm aus Krefeld, bin ne rheinische Frohnatur. Was reg ich mich auf? Breslau, Stettin, Danzig? Sollte mir schnuppe sein. Werde einfach was Atmosphärisches schreiben: über den polnischen Handkuß, wie hübsch die Altstadt ist, daß Schloß Wilanów und sonst noch paar Prachtbauten wieder aufgebaut sind, obgleich, wo man auch hinguckt, die wirtschaftliche Lage miserabel … Nix in den Schaufenstern … Schlangen vor jedem Fleischerladen … Weshalb ganz Polen auf einen Milliardenkredit hofft, den dieser Kniefallkanzler bestimmt seinen kommunistischen Freunden versprochen hat. Dieser Emigrant! Wie der mir gegen den Strich geht. Nicht etwa, weil er unehelich ist … Sowas kann vorkommen … Aber sonst … Sein ganzes Gehabe … Und als er da kniete im Nieselregen … Widerlich … Wie ich ihn hasse.

Na, der wird sich wundern, wenn er nach Hause kommt. Zerfetzen werden sie ihn und seine Ostverträge. Nicht nur in meiner Zeitung. – Aber gekonnt war das schon, einfach so auf die Knie.

1971

Wirklich, einen Roman könnte man schreiben. Sie war meine beste Freundin. Die verrücktesten Dinge, auch gefährliche haben wir uns ausgesponnen, nur dieses Unglück nicht. Angefangen hat es, als überall Diskotheken aufmachten und ich, die ich eigentlich lieber in Konzerte ging und weidlich das Theaterabonnement meiner Mutter, die damals schon kränkelte, wahrnahm, Uschi überredet habe, mit mir mal was anderes zu probieren. Nur mal kurz reinschnuppern, sagten wir uns, blieben aber gleich in der erstbesten Disco hängen.

Sie sah wirklich niedlich aus mit ihrem fuchsigen Kraushaar und den Sommersprossen auf dem Näschen. Und wie sie schwäbelte, gell. Ein bißchen frech, aber immer witzig dabei. Beneidenswert, wie sie die Jungs anmachte, ohne sich auf irgend etwas Ernsthaftes einzulassen, dachte ich und kam mir neben Uschi oft wie ein schwerblütiger Trampel vor, der jedem Wort Gewicht beimißt.

Und doch, wie habe ich mich volldröhnen lassen: »Hold That Train ...« Natürlich Bob Dylan. Aber auch Santana, Deep Purple. Besonders standen wir auf Pink Floyd. Wie uns das angeturnt hat. »Atom Heart Mother ...« Aber Uschi zog die Gruppe Steppenwolf vor – »Born To Be Wild ...« Da konnte sie sich ganz loslassen. Etwas, das mir nie recht gelingen wollte.

Nein, wirklich extrem ging es nicht zu. Ein Joint ringsum, noch einer, mehr nicht. Und ehrlich, wer hat denn damals nicht gekifft? Von richtiger Gefahr konnte nicht die Rede sein. Bei mir war die Hemmschwelle ohnehin zu hoch, stand ich doch kurz vor meiner Abschlußprüfung als Stewardeß und war bereits bald im Inlanddienst tätig, so daß für Discos kaum Zeit blieb und ich Uschi ein wenig aus den Augen verlor, was zwar bedauerlich war, aber unvermeidlich, zumal ich ab August siebzig häufiger mit der BEA nach London flog und immer seltener nach Stuttgart kam, wo mich dann, weil meine Mutter nun wirklich immer hinfälliger wurde, ganz andere Probleme erwarteten, zumal mein Vater ... Aber lassen wir das.

Jedenfalls muß Uschi während meiner Abwesenheit zu härterem Stoff übergegangen sein, Nepal-Shit wahrscheinlich. Und dann hing sie plötzlich an der Nadel, hat Heroin gedrückt. Ich bin zu spät, erst durch ihre Eltern, wirklich nette, unauffällige Leute, hinter den ganzen Verlauf gekommen. Richtig ins Schlimme steigerte sich ihr Zustand jedoch, als sie schwanger wurde und nicht mal wußte, von wem. Kann man schon sagen: Das war ein Unglück für sie, weil das Mädel ja noch in der Ausbildung steckte, Dolmetscherschule, aber eigentlich gerne, wie ich, Stewardeß geworden wäre. »Weit rumkommen, die Welt sehen!« Mein Gott, hatte das Kind Vorstellungen von meinem harten Job, besonders bei Long-distance-Flügen. Aber Uschi war nun mal meine beste Freundin. Und deshalb habe ich ihr Mut gemacht: »Vielleicht schaffst du es, bist ja noch jung, gell ...«

Und nun passierte das. Obgleich Uschi fürs Austragen war, hat sie dann doch wegen ihrer Heroindrückerei abtreiben wollen und ist von Doktor zu Doktor gelaufen, natürlich vergeblich. Als ich ihr helfen, sie nach London schicken wollte, weil dort bis zum dritten Monat mit einem Tausender, später mit Zuschlag was zu machen war und ich über eine Kollegin Adressen wußte, zum Beispiel das Nursing Home in der Cross Road, ich ihr außerdem den Hin- und Rückflug und selbstverständlich die dort üblichen Kosten plus Übernachtung angeboten habe, wollte sie, wollte sie nicht und wurde, was gewiß nicht an mir lag, immer schwieriger im persönlichen Umgang.

Irgendwo auf der Schwäbischen Alb, bei einem dieser Kurpfuscher – soll ein Ehepaar gewesen sein, er mit Glasauge –, hat sie dann abtreiben lassen. Wirklich, ganz extrem muß das gewesen sein, mit einer Lösung aus Kernseife und einer Riesenspritze direkt in den Gebärmutterhals. Hat nicht lange gedauert. Gleich nach dem Fruchtabgang wanderte alles in die Klosettschüssel. Wurde einfach weggespült. Soll ein Junge gewesen sein.

Das alles hat Uschi mehr fertiggemacht als die Heroindrückerei. Nein, man muß wohl davon ausgehen, daß beides, die Nadel, von der sie nicht loskam, und der schreckliche Besuch bei den Engelmachern, das Mädel an den Rand gebracht hat. Und trotzdem hat sie versucht, tapfer dagegen anzugehen. Aber wirklich clean wurde sie nicht, bis es mir schließlich gelungen ist, über den Paritätischen Wohlfahrtsverband an eine Adresse auf dem Land, in Bodenseenähe, heranzukommen. Ein Therapiedorf, nein, in Wirklichkeit war es eher ein größerer Hof, auf dem eine Gruppe von wirklich netten Anthroposophen dabei war, so etwas wie ein Therapeutikum aufzubauen, und wo man versuchte, mit Rudolf-

Steiner-Methoden, also durch Heileurythmie, Malen, biologisch-dynamischen Gemüseanbau und entsprechende Tierhaltung, eine erste Gruppe von Drogenabhängigen von der Nadel wegzubringen.

Da hab ich Uschi einquartiert. Es gefiel ihr dort auch. Sie lachte wieder ein bißchen und lebte richtig auf, obgleich es auf dem Bauernhof auf andere Weise extrem zuging. Ständig brachen die Rinder aus. Trampelten alles nieder. Und die Toilette! Es fehlte am Nötigsten, weil der Landtag in Stuttgart jeglichen Zuschuß verweigerte. Auch sonst ging vieles schief, besonders bei den Gruppengesprächen. Aber das störte Uschi nicht. Darüber lachte sie nur. Selbst als das Haupthaus der Heilstätte abgebrannt war, weil, wie sich später herausstellte, Mäuse ein Nest gebaut und Stroh auf ein verdecktes Ofenrohr gescharrt hatten, weshalb es zum Schwelbrand und schließlich zum offenen Feuer gekommen ist, blieb sie dort, half beim Einrichten von Notquartieren in der Scheune, und alles verlief wirklich gut, bis, ja, bis eine dieser Illustrierten mit ganz großem Aufmacher rauskam: »Wir haben abgetrieben!«

Leider bin ich es gewesen, die ihr an einem Besuchstag diese reichlich bebilderte Reportage mit dem tollen Cover gebracht hat, weil ich glaubte, das könne dem Mädel helfen, wenn sich mehrere hundert Frauen, unter ihnen viele mit Namen, auf Paßfotos zu erkennen geben: Sabine Sinjen, Romy Schneider, Senta Berger und so weiter, lauter Filmgrößen, die bei uns auf der VIP-Liste standen. Natürlich hätte die Staatsanwaltschaft, weil sowas strafbar war, ermitteln müssen. Hat sie wohl auch. Aber passiert ist den bekennenden Frauen nichts. Waren zu prominent. So läuft das nun mal.

Aber meine Uschi ist von soviel Mut, wie sie sagte, »richtig high« gewesen und wollte deshalb bei der Aktion mitmachen, weshalb sie mit beigelegtem Paßfoto und Lebenslauf an die Chefredaktion geschrieben hat. Prompt kam eine Absage. Ihre detaillierte Schilderung – Heroin plus Kurpfuscher – sei zu extrem. Einen solch krassen Fall zu veröffentlichen hieße der guten Sache Schaden zufügen. Vielleicht später einmal. Der Kampf gegen den Paragraphen 218 sei noch lange nicht zu Ende.

Man faßt es nicht. Diese kaltschnäuzige Routine. Das war für Uschi zuviel. Wenige Tage nach der Absage war sie verschwunden. Überall haben wir gesucht. Ihre Eltern und ich. Sooft es mein Dienst erlaubte, war ich unterwegs, habe alle Discos abgeklappert. Das Mädel war und blieb weg. Und als man sie schließlich im Stuttgarter Hauptbahnhof fand, lag sie in der Frauentoilette. Die übliche Überdosis, der Goldene Schuß, wie das heißt.

Natürlich mache ich mir Vorwürfe, immer noch. Schließlich war sie meine beste Freundin. Ich hätte Uschi fest an die Hand nehmen, mit ihr nach London fliegen, sie dort in der Cross Road abliefern, im voraus zahlen, sie hinterher in Empfang nehmen, sie auffangen, seelisch stützen müssen, gell, Uschi? Und eigentlich hätte unser Töchterlein Ursula heißen sollen, aber mein Mann, der wirklich verständnisvoll ist und sich um unser Kind rührend bemüht, weil ich ja immer noch bei der BEA fliege, war der Meinung, lieber solle ich über Uschi schreiben …

1972

Ich bin jetzt er. Er wohnt in Hannover-Langenhagen, ist Grundschullehrer. Er – nun nicht mehr ich – hat es nie leicht gehabt. Auf dem Gymnasium war nach der siebten Klasse Schluß. Dann die kaufmännische Lehre abgebrochen. War Zigarettenverkäufer, diente sich beim Bund zum Gefreiten hoch, versuchte es noch einmal auf einer privaten Handelsschule, wurde aber zur Abschlußprüfung nicht zugelassen, weil ohne mittlere Reife. Ging nach England, um Sprachkenntnisse aufzubessern. War dort Wagenwäscher. Wollte in Barcelona Spanisch lernen. Aber erst in Wien, wo ihm ein Freund durch so etwas wie Erfolgspsychologie den Rücken zu stärken versuchte, faßte er Mut, nahm abermals Anlauf, ging in Hannover auf die Verwaltungsakademie und schaffte es, durfte, auch ohne Abitur, studieren, brachte sein Lehrerexamen hinter sich und ist nun Mitglied der Gewerkschaft Erziehung und Wissenschaft, sogar Vorsitzender des Junglehrer-Ausschusses, ein pragmatischer Linker, der die Gesellschaft Schritt nach Schritt verändern will, wovon er in seinem irgendwo günstig getrödelten Ohrensessel träumt. Da klingelt es bei ihm in der Walsroder Straße, zweiter Stock rechts.

Ich, das ist er, mache auf. Steht da ein Mädchen mit braunem Langhaar, will mich, ihn sprechen. »Können bei euch zwei Personen mal kurz übernachten?« Sie sagt

»euch«, weil sie von irgendwem weiß, daß er oder ich mit einer Freundin zusammenlebt. Er und ich sagen ja.

Später, sagt er, kamen mir Zweifel und meiner Freundin beim Frühstück auch. »Da kann man doch nur vermuten ...«, sagte sie. Aber wir gingen erst mal zur Schule, denn sie unterrichtet wie ich, aber auf einer Gesamtschule. Bei mir stand ein Klassenausflug zum Vogelpark an. Der ist in der Nähe von Walsrode. Danach hatten wir immer noch Zweifel: »Die sind inzwischen womöglich schon eingezogen, weil ich der Langhaarigen den Schlüssel zur Wohnung ...«

Deshalb spricht er mit einem Freund, wie auch ich bestimmt mit einem guten Freund gesprochen hätte. Der Freund sagt, was die Freundin schon beim Frühstück gesagt hatte: »Ruf 110 an ...« Er wählt (mit meiner Zustimmung) die Nummer und läßt sich mit dem Sonderkommando BM verbinden. Die vom Sonderkommando horchen auf, sagen: »Wir werden Ihrem Hinweis nachgehen« und tun das auch in Zivil. Schon bald nehmen sie mit dem Hauswart das Treppenhaus in Augenschein. Währenddessen kommt ihnen treppauf eine Frau mit einem jungen Mann entgegen. Der Hauswart will wissen, wen sie suchen. Sie wollen zum Lehrer. »Ja«, sagt der Hauswart, »der wohnt in der zweiten Etage, wird aber nicht dasein.« Später kommt der junge Mann zurück, sucht draußen eine Telefonzelle auf, wird, als er Münzen einwirft, verhaftet, trägt eine Pistole bei sich.

Der Lehrer steht politisch bestimmt links von mir. Manchmal, wenn er in seinem getrödelten Ohrensessel sitzt, träumt er sich fortschrittlich in die Zukunft. Er glaubt an einen »Emanzipationsprozeß der Unterprivilegierten«. Mit einem Professor in Hannover, der in linken Kreisen fast so bekannt wie Habermas ist und der, was BM betrifft, gesagt haben soll: »Die Fanale, die sie mit ihren Bomben setzen wollen, sind in Wirklichkeit Irrlichter«, stimmt er ziemlich überein: »Diese Leute haben der Rechten die Argumente geliefert, das gesamte Spektrum der Linken zu diffamieren.«

Das entspricht meiner Meinung. Deshalb haben er und ich, er als Lehrer und Gewerkschaftler, ich freiberuflich, 110 gewählt. Deshalb sind die Beamten von der Landeskriminalpolizei jetzt in einer Wohnung, die die Wohnung des Lehrers ist und in der ein getrödelter Ohrensessel steht. Die Frau, die, nachdem die Polizisten geklingelt haben, die Wohnungstür öffnet, sieht mit ihren struppig kurzen Haaren kränklich aus und ähnelt, abgemagert, wie sie ist, überhaupt nicht dem Fahndungsfoto. Vielleicht ist sie nicht die Gesuchte. Wurde schon mehrmals totgesagt. Soll an einem Gehirntumor gestorben sein, hat in den Zeitungen gestanden.

»Ihr Schweine!« ruft sie bei der Verhaftung. Doch erst, als die Beamten in der Wohnung des Lehrers eine aufgeschlagene Illustrierte finden, in der die Röntgenaufnahme des Schädels der gesuchten Person abgebildet ist, ist das Sonderkommando sicher, wen es im Griff hat. Danach finden die Beamten noch mehr in der Wohnung des Lehrers: Munition, Schußwaffen, Handgranaten und einen Kosmetikkoffer, Marke Royal, in dem eine Vierkommafünf-Kilo-Bombe liegt.

»Nein«, sagt der Lehrer später in einem Interview, »ich mußte so handeln.« Und auch ich bin der Meinung, daß er sich sonst mit seiner Freundin in die Sache verstrickt hätte. Er sagt: »Trotzdem beschlich mich ein ungutes Gefühl. Schließlich bin ich früher mit ihr, bevor sie mit den Bomben angefangen hat, manchmal einer Meinung gewesen. Zum Beispiel mit dem, was sie nach dem Anschlag auf das Frankfurter Kaufhaus Schneider in ›konkret‹ geschrieben hat: ›Gegen die Brandstiftung im allgemeinen spricht, daß dabei Menschen gefährdet sein können, die nicht gefährdet werden wollen ...‹ Aber dann hat sie in Berlin, als Baader befreit wurde, doch mitgemacht, wobei ein einfacher Angestellter schwer verletzt wurde. Danach ist sie abgetaucht. Danach gab es Tote auf beiden Seiten. Danach kam sie zu mir. Danach habe ich ... Aber eigentlich habe ich gedacht, sie lebt nicht mehr.«

Er, der Lehrer, in dem ich mich sehe, will jetzt die hohe Belohnung, die ihm, weil er 110 gewählt hat, von Staats wegen zusteht, für den bevorstehenden Prozeß zur Verfügung stellen, damit alle, die bisher gefaßt wurden, auch Gudrun Ensslin, die auffiel, als sie in Hamburg eine schicke Boutique aufsuchte, ihren fairen Prozeß bekommen, bei dem, wie er sagt, »die gesellschaftlichen Zusammenhänge aufgezeigt werden ...«

Das täte ich nicht. Schade um das viele Geld. Warum sollen diese Anwälte, Schily und sonstwer noch, davon profitieren? Soll er das Geld lieber in seine und andere Schulen stecken, zugunsten der Unterprivilegierten, um die er sich kümmert. Doch gleich, wem er das Geld geben wird, bedrückt ist der Grundschullehrer trotzdem, weil er nun lebenslang der Mann bleibt, der 110 gewählt hat. Mir geht es ähnlich.

1973

Von wegen heilsamer Schock! Da kennen Sie meine Schwiegersöhne, alle vier, aber schlecht. Die sind nicht mit meinen Töchtern, sondern klammheimlich mit ihren Autos verheiratet. Putzen dauernd, auch noch am Sonntag dran rum. Jammern über die kleinste Beule. Reden andauernd über teure Schlitten, Porsche und so, nach denen sie schielen wie nach tollen Bienen, mit denen man kurz mal fremdgehen möchte. Und nun Schlangen vor jeder Zapfsäule. Die Ölkrise! Das schlug rein, sag ich Ihnen. War zwar ein Schock, aber kein heilsamer. Na klar, gehamstert haben sie. Alle vier. Und Gerhard, der sonst wie ein Gesundheitsapostel redet – »Um Gotteswillen, kein Fleisch! Nur ja keine tierischen Fette!« – und auf Grahambrot schwört, hat beim Umfüllen in Kanister, die er auch auf Vorrat gehamstert hatte, solange am Schlauch genuckelt, bis er knapp vor ner Benzinvergiftung gewesen ist. Brechreiz, Kopfschmerzen. Literweise hat er Milch getrunken. Und Heinz-Dieter hat sogar die Badewanne aufgefüllt, daß es überall in der Wohnung gestunken hat und die kleine Sophie in Ohnmacht gefallen ist.

Meine Herren Schwiegersöhne! Die beiden anderen nicht besser. Ständiges Gejammer wegen Tempolimit bei hundert. Und weil im Büro von Horst nur noch 19 Grad Zimmertemperatur erlaubt ist, glaubt er, wie ne

Frostbeule zittern zu müssen. Dazu sein ewiges Geschimpfe: »Diese Kameltreiber, die Araber sind schuld!« Dann sollen es die Israelis sein, weil die schon wieder Krieg gemacht und so die armen Saudis verärgert haben. »Verständlich«, ruft Horst, »daß die den Ölhahn zugedreht haben, damit es knapp wird bei uns und womöglich knapp bleibt...« Worauf Heinz-Dieter den Tränen nahe ist: »Lohnt gar nicht mehr, auf den neuen BMW zu sparen, wenn alle nur noch mit Tempo hundert auf der Autobahn und mit achtzig auf Landstraßen schleichen dürfen...« – »Das ist sozialistische Gleichmacherei. Das könnte diesem Lauritzen, der sich Verkehrsminister schimpft, so passen...«, hat Eberhard, das ist mein ältester Schwiegersohn, gewettert und dabei mit Horst, weil der Genosse ist – aber genauso autoverrückt –, richtig Streit gekriegt: »Na wartet, die nächsten Wahlen kommen bestimmt...« Angepöbelt haben sie sich.

Da hab ich »Alle mal herhören« gesagt, »eure autonome Schwiegermutter, die schon immer gut zu Fuß gewesen ist, hat ne prima Idee«. Denn seit Vaters Tod, als meine Mädchen kaum flügge waren, bin ich Familienoberhaupt, das zwar, wenn es denn sein muß, immer was zu meckern hat, aber auch den Laden zusammenhält und notfalls sagt, wo's langgeht, zum Beispiel, wenn eine richtige Energiekrise, vor der die Leute vom Club of Rome so dringlich gewarnt haben, auf uns zukommt und alle meinen, verrückt spielen zu dürfen. »Also mal herhören alle«, hab ich am Telefon gesagt, »ihr wißt ja, daß ich schon immer das Ende vom Wachstum hab kommen sehen. Jetzt haben wir den Salat. Aber noch immer kein Grund zum Trübsalblasen, auch wenn morgen Totensonntag ist. Da herrscht sowieso, wie zukünftig an jedem Sonntag, striktes Autofahrverbot. Also machen wir einen Familienausflug. Klar doch, zu Fuß. Erst mal nehmen wir die Straßenbahn Linie 3, und ab Endstation wird gelaufen, wo wir doch um Kassel herum so schöne Wälder haben. Ab in den Habichtswald!«

War das ein Gejaule. »Und wenn's regnet?« – »Sollte es wirklich gießen, dann laufen wir nur nach Schloß Wilhelmshöhe, gucken uns da die Rembrandts und andere Bilder an, dann wieder runter zu Fuß.« – »Kennen wir schon, diese alten Schinken.« – »Und wer läuft denn im November im Wald rum, wenn kein Blatt mehr am Baum ist?« – »Laßt uns doch alle, wenn schon unbedingt Familientag sein muß, zusammen ins Kino gehen ...« – »Oder wir treffen uns bei Eberhard, schmeißen in der Diele den Kamin an und sitzen alle gemütlich drum rum ...«

»Nix da!« hab ich gesagt. »Keine Ausrede. Die Kinder freuen sich schon.« Und so sind wir denn allesamt, anfangs bei Nieselregen, in Regenkutten und Gummistiefeln ab Endstation Druseltal in den Habichtswald rein, der ja, selbst wenn er kahl steht, seine Schönheit hat. Zwei Stunden lang sind wir bergauf, bergab. Sogar Rehe haben wir von weitem gesehen, wie sie guckten, dann wegsprangen. Und ich hab den Kindern die Bäume erklärt: »Das ist eine Buche. Das hier ist eine Eiche. Und die Nadelbäume da oben, die sind in den Wipfeln schon angefressen. Das kommt von der Industrie und den vielen, viel zu vielen Autos. Die Abgase machen das, versteht ihr?«

Und dann hab ich den Kindern Eicheln und Bucheckern gezeigt und erzählt, wie wir im Krieg Eicheln und Bucheckern gesammelt haben. Und Eichhörnchen haben wir die Stämme rauf runter gesehen. War das schön! Dann aber sind wir fluchtartig, weil es nun doch stärker zu regnen begann, in einen Gasthof rein, wo ich, die böse Schwiegermutter und gute Oma, den ganzen Clan zu Kaffee und Kuchen eingeladen habe. Für die Kinder gab's Limo. Und klar, Schnäpschen gab's auch. »Heut dürfen sogar die Autofahrer«, hab ich meine Herren Schwiegersöhne gefrotzelt. Und den Kindern mußte ich erzählen, was sonst noch alles im Krieg knapp gewesen ist, nicht nur Benzin, und daß man aus Bucheckern, wenn man viele rausgepult hat, richtiges Speiseöl pressen kann.

Aber fragen Sie mich nicht, was hinterher los war. Da kennen Sie meine Schwiegersöhne nicht. Von wegen dankbar. Gemault haben sie über das blöde Rumgelaufe bei dem Sauwetter. Außerdem hätte ich den Kindern mit meiner »sentimentalen Verherrlichung der Mangelwirtschaft« ein falsches Beispiel gegeben. »Wir leben nicht in der Steinzeit!« hat Heinz-Dieter gebrüllt. Und Eberhard, der sich bei jeder unpassenden Gelegenheit liberal nennt, hat mit Gudrun, meiner Ältesten, richtig Krach gekriegt, so daß er schließlich sein Bettzeug aus dem Schlafzimmer geholt hat. Und nun raten Sie mal, wo der Arme geschlafen hat. Richtig, in der Garage. Und zwar in seinem alten Opel, an dem er Sonntag für Sonntag rumputzt und rumputzt.

1974

WIE IST DAS, wenn man sich vor der Glotze doppelt erlebt? Wer geübt ist, zweigleisig zu spuren, sollte eigentlich nicht irritiert sein, sobald er seinem Ich bei besonderen Anlässen teils teils begegnet. Man ist nur mäßig überrascht. Man hat nicht nur während harter Ausbildungszeit, sondern auch durch Praxis gelernt, mit sich, diesem zweierlei Ich, hauszuhalten. Und später, als man bereits vier Jahre in der Vollzugsanstalt Rheinbach abgesessen hatte und dann erst, nach langwierigem Prozeß, laut Beschluß der kleinen Strafvollstreckungskammer die Genehmigung zum Betrieb seines eigenen Fernsehgerätes bekam, war man sich seiner im Zwiespalt aufgehobenen Existenz seit langem bewußt, aber vierundsiebzig, als man noch in der Haftanstalt Köln-Ossendorf als Untersuchungsgefangener einsaß und dem Wunsch nach einem Fernsehapparat in der Zelle umstandslos für die Dauer der Fußballweltmeisterschaft entsprochen wurde, haben mich die Vorgänge auf der Mattscheibe dann doch in mehrfacher Beziehung zerrissen.

Nicht als die Polen bei sintflutartigem Regen ein phantastisches Spiel hinlegten, nicht als man gegen Australien gewann und gegen Chile immerhin ein Unentschieden erreichte, es geschah, als Deutschland gegen Deutschland spielte. Für wen war man? Für wen war ich oder ich? Für welche Seite durfte man jubeln? Welches Deutschland siegte? Was, welch innerer Konflikt brach in mir aus, welche Kraftfelder haben an mir gezerrt, als Sparwasser das Tor schoß?

Für uns? Gegen uns? Da man mich jeden Vormittag zur Vernehmung nach Bad Godesberg gekarrt hat, hätte das Bundeskriminalamt wissen können, daß mir diese und ähnliche Zerreißproben nicht fremd sind. Doch eigentlich waren es keine Zerreißproben, vielmehr ein der deutschen Zweistaatlichkeit zugeordnetes Verhalten, dem nachzugehen doppelte Pflicht war. Solange ich mich als des Kanzlers zuverlässigster Referent, zudem als Gesprächspartner in einsamen Situationen auf zwiefache Weise bewähren durfte, hielt ich diese Spannung aus und erlebte sie nicht als Konflikt, zumal nicht nur der Kanzler mit meinen Leistungen zufrieden war, sondern mir von seiten der Berliner Zentrale, über Kontaktleute, gleichfalls Zufriedenheit bekundet und ich von höchster Stelle, dem Genossen Mischa, ob meiner Tätigkeit belobigt wurde. Man war sich gewiß, daß zwischen ihm, der sich als »Kanzler des Friedens« verstand, und mir, der ich meiner Mission als »Kundschafter des Friedens« nachging, auf produktive Weise Einklang bestand. Es war eine gute Zeit, in der des Kanzlers Lebensdaten mit den Terminen seines Referenten in puncto Frieden harmonisierten. Jeweils war man mit Eifer zu Diensten.

Nun aber erfuhr ich mich hin- und hergerissen, als im Hamburger Volksparkstadion am 22. Juni das Spiel DDR–BRD vor über sechzigtausend Zuschauern angepfiffen wurde. Zwar blieb die erste Halbzeit torlos, aber als der kleine, wendige Müller in der 40. Minute um ein

Haar die Bundesrepublik in Führung gebracht hätte, doch nur den Pfosten traf, wäre ich beinahe Tor, Tor, Tooor! brüllend in Ekstase geraten und hätte in meiner Zelle den Vorteil des westlichen Separatstaates bejubelt, wie ich andererseits in Jubel ausbrechen wollte, als Lauck Overath glatt ausspielte, wie er im späteren Spielverlauf sogar Netzer abgehängt hat, aber das Tor der Bundesdeutschen knapp verfehlte.

Welch einem Wechselbad sah man sich ausgesetzt. Selbst die Entscheidungen des Schiedsrichters aus Uruguay begleitete man mit parteiischem Kommentar, der mal dem einen, mal dem anderen Deutschland zugute kam. Ich erfuhr mich undiszipliniert, sozusagen gespalten. Dabei war es mir am Vormittag, als mich Kriminalhauptkommissar Federau verhörte, durchgängig gelungen, beim vorgegebenen Text zu bleiben. Es ging um meine Tätigkeit beim besonders links stehenden SPD-Bezirk Hessen-Süd, wo man mich als zwar tüchtigen, aber doch konservativen Genossen eingeschätzt hatte. Gerne gab ich zu, dem rechten, mehr pragmatisch eingestellten Flügel der Sozialdemokraten anzugehören. Dann sah ich mich meinem beschlagnahmten Fotolabor-Zubehör konfrontiert. Man wiegelt in solchem Fall ab, beruft sich auf frühere Tätigkeit als Berufsfotograf, verweist auf Urlaubsfotos, das restlich verbliebene Hobby. Doch dann kamen meine leistungsstarke Super-8-Schmalfilmkamera und zwei Kassetten mit extra hartem und hochempfindlichem Filmmaterial zur Ansicht, geeignet, wie es hieß, »speziell für Agententätigkeit«. Nunja, ein Beweis war das nicht, allenfalls ein Indiz. Da es mir gelang, beim Text zu bleiben, kehrte ich beruhigt in meine Zelle zurück und freute mich auf das Spiel.

Hier wie dort: niemand hätte in mir einen Fußballfan vermuten können. Bis dahin war mir nicht einmal bekannt, daß Jürgen Sparwasser zu Hause erfolgreich für Magdeburg spielte. Nun aber erlebte ich ihn, sah, wie er sich in der 78. Minute, nach Zuspiel von Hamann, den Ball mit dem Kopf vorlegte, an Vogts, diesem zähen Burschen, vorbeistürmte, auch Höttges stehenließ und das Leder, für Maier unhaltbar, ins Netz schmetterte.

1 : 0 für Deutschland. Für welches? Für meines oder für meines? Ja, ich habe wohl in meiner Zelle Tor, Tor, Tooor! gebrüllt, aber zugleich schmerzte mich der Rückstand des anderen Deutschland. Als Beckenbauer versuchte, den Angriff immer wieder neu aufzubauen, habe ich die bundesdeutsche Elf angefeuert. Und meinem Kanzler, den natürlich nicht unsereins gestürzt hat – das waren wohl Nollau und allen voran Wehner und Genscher –, schrieb ich auf einer Postkarte mein Bedauern über den Ausgang des Spiels, wie ich ihm späterhin an den Feiertagen und zum 18. Dezember, seinem Geburtstag, geschrieben habe. Aber er antwortete nicht. Dabei darf man sicher sein, daß auch er Sparwassers Tor mit gemischten Gefühlen erlebt hat.

1975

Ein Jahr wie andere auch? Oder schon bleiern die Zeit und wir ertaubt am eigenen Geschrei? Ich kann mich nur diffus erinnern oder allenfalls an ziellose Unruhe, weil bei mir unterm Dach, ob in Friedenau oder Wewelsfleth an der Stör, jeweils der Haussegen schief hing, weil Anna, weil ich, weil Veronika, weshalb die Kinder verletzt oder aus dem Nest und ich mich – wohin sonst? – ins Manuskript geflüchtet hatte, im Schwellkörper »Butt« weggetaucht war, nun die Jahrhunderte treppab lief und bei neun und mehr Köchinnen zeitweilte, die mich – mal streng, mal nachsichtig – unterm Löffel hielten, während sich abseits meiner Fluchtspuren die Gegenwart austobte und überall, ob im Zellentrakt Stammheim oder um das Kernkraftwerk-Baugelände Brokdorf, die Gewalt ihre Methoden verfeinerte, aber sonst, seitdem Brandt weg war und Schmidt uns als Kanzler alle versachlichte, nicht viel lief; nur auf dem Bildschirm herrschte Andrang.

Bleibe dabei: War kein besonderes Jahr oder besonders nur, weil wir Westbürger, vier, fünf an der Zahl, uns an der Grenze kontrollieren ließen, dann in Ostberlin fünf, sechs Ostbürger trafen, die gleichfalls mit Manuskript überm Herzen angereist waren, Rainer Kirsch und Heinz Czechowski sogar aus Halle. Anfangs hockten wir bei Schädlich, dann bei Sarah Kirsch oder

Sibylle Hentschke, bei diesem oder jener, um uns nach Kaffee und Kuchen (und den üblichen Ostwestfrotzeleien) gereimte und ungereimte Gedichte, zu lange Kapitel und kurze Geschichten vorzulesen, was zur Zeit beiderseits der Mauer in Arbeit war und im Detail die Welt bedeuten sollte.

Ist also dieses Ritual, die mehr oder weniger schleppende Grenzkontrolle, die Fahrt zum Treffpunkt (Rotkäppchenweg oder Lenbachstraße), das mal witzige, mal bekümmerte Geplänkel und Absingen gesamtdeutscher Klagelieder, zudem der verlesene Tintenfluß schreibwütiger Autoren, sodann die teils heftige, teils maulfaule Kritik am Gelesenen, dieser aufs Intime reduzierte Abklatsch der Gruppe 47, schließlich die, kurz vor Mitternacht, überhastete Ausreise – Grenzkontrolle Bahnhof Friedrichstraße – das einzig haftende Ereignis gewesen, das dieses Jahr im Kalender hatte?

Weit weg und nahbei fiel im Fernsehen Saigon. In Panik verließen vom Dach ihrer Botschaft die letzten Amerikaner Vietnam. Aber dieses Ende war abzusehen und bei Streuselkuchen und Bienenstich kein Thema für uns gewesen. Oder der Terror der RAF, der sich nicht nur in Stockholm (Geiselnahme) abspielte, sondern nun auch zwischen den Häftlingen in Stammheim zum Alltag gehörte, bis sich im Jahr drauf Ulrike Meinhof in ihrer Zelle erhängte oder bis sie erhängt wurde. Doch selbst diese langlebige Frage wird uns versammelte Schreibfederhalter nicht besonders bewegt haben. Neu waren allenfalls, nach sommerlicher Trockenheit, jene Waldbrände in der Lüneburger Heide, in deren weitflächigem Verlauf fünf Feuerwehrmänner, von Flammen eingeschlossen, zu Tode kamen.

Auch das war kein Ostwestthema. Vielleicht aber haben wir, bevor Nicolas Born aus seiner »Erdabgewandten Seite« las, Sarah ihre märkischen Gedichte berlinerte, Schädlich uns mit einer jener Geschichten verstörte, die später im Westen unter dem Titel »Versuchte Nähe« erschienen sind, und ich ein Fragment aus dem »Butt« erprobte, uns jenes Ereignis als Neuigkeit geboten, das auf westlicher Seite der Stadt im Mai Schlagzeilen gemacht hatte: Am Kreuzberger Gröbenufer, nahe dem Grenzübergang Oberbaumbrücke, fiel ein fünfjähriger Türkenjunge (Cetin) in den Spreekanal, der zwischen den Stadthälften Grenze war, weshalb niemand – nicht die Westberliner Polizei, nicht die Matrosen der Volksarmee in ihrem Wachboot – dem Jungen helfen wollte oder konnte. Und weil sich im Westen keiner ins Wasser wagte und im Osten die Entscheidung eines ranghöheren Offiziers abgewartet werden mußte, verging Zeit, bis es für Cetin zu spät war. Als die Feuerwehr schließlich die Leiche bergen durfte, begannen am Westufer des Kanals türkische Frauen mit ihrem Klagegesang, der lange anhielt und bis weit in den Osten zu hören gewesen sein soll.

Was noch wäre bei Kaffee und Kuchen in jenem Jahr, das verlief wie andere Jahre auch, zu erzählen gewesen? Im September, als wir uns wieder mit Manuskripten trafen, hätte mir der Tod des Kaisers von Äthiopien – war es Mord, war es Prostatakrebs? – Gelegenheit geboten, ein Kindheitserlebnis aufzutischen. In »Fox tönende Wochenschau« hatte der Kinogänger in mir den Negus Haile Selassie gesehen, wie er in einer Motorbarkasse bei typischem Nieselwetter einen Hafen (den Hamburger?) besichtigte. Kleinwüchsig, bärtig, mit zu großem

Tropenhelm stand er unter einem Sonnenschirm, den ein Diener aufgespannt hielt. Traurig oder bekümmert sah er aus. Das muß fünfunddreißig gewesen sein, kurz bevor Mussolinis Soldaten in Abessinien, wie damals Äthiopien hieß, einmarschierten. Als Kind hätte ich den Negus gerne zum Freund gehabt und ihn begleitet, als er vor Italiens Übermacht von Land zu Land fliehen mußte.

Nein, ich bin nicht sicher, ob bei unseren westöstlichen Treffen vom Negus die Rede gewesen ist oder gar von Mengistu, dem allerneuesten, dem kommunistischen Herrscher. Sicher war nur, daß wir vor Mitternacht in der Grenzkontrollhalle, »Palast der Tränen« genannt, unsere Ausweise und das Einreisepapier vorzeigen mußten. Und gleichfalls blieb sicher, daß in Westberlin und Wewelsfleth, wo immer ich mit meinem fragmentarischen »Butt« ein Dach überm Kopf suchte, der Haussegen schief hing.

1976

Wir glaubten, gleich wo wir uns in Ostberlin trafen, abgehört zu werden. Wir vermuteten überall, unterm Putz, in der Deckenlampe, selbst in den Blumentöpfen, sorgsam plazierte Wanzen und plauderten deshalb ironisch über den fürsorglichen Staat und dessen unstillbares Bedürfnis nach Sicherheit. Deutlich und langsam zum Mitschreiben gaben wir Geheimnisse preis, die den grundsätzlich subversiven Charakter der Lyrik bloßstellten und dem gezielten Gebrauch des Konjunktivs verschwörerische Absichten unterschoben. Wir gaben der Firma, wie die Staatssicherheit der Arbeiter- und Bauern-Macht vertraulich genannt wurde, den Rat, bei der westlichen Konkurrenz (Pullach oder Köln) Amtshilfe zu erbitten, falls sich erweisen sollte, daß unsere intellektuellen Spitzfindigkeiten und dekadenten Metaphern nur grenzüberschreitend, also in gesamtdeutscher Zusammenarbeit zu entschlüsseln seien. Hochmütig spielten wir mit der Stasi und vermuteten – halb ernst, halb aus Laune – in unserer Runde zumindest einen Spitzel, wobei wir uns freundschaftlich versicherten, daß »im Prinzip« ein jeder unter Verdacht stehe.

Zwei Jahrzehnte später schickte mir Klaus Schlesinger, der nun bei jener Behörde, die unter dem Namen »Gauck« firmiert, allen ihn betreffenden Stasifleiß gefiltert hatte, einige Spitzelberichte, die auf unsere konspirativen Treffen (Mitte der siebziger Jahre) bezogen waren. Aber da stand nur zu lesen, welche Person sich mit welcher vor der Buchhandlung am Bahnhof Friedrichstraße getroffen, wer wen zur Begrüßung geküßt oder Gastgeschenke, etwa buntverpackte Flaschen, überreicht habe, auch mit wessen Trabi (Kennzeichen) die betreffenden Personen wohin gefahren, in welchem Haus (Straße, Hausnummer) alle observierten Personen zu welchem Zeitpunkt verschwunden seien und wann – nach mehr als sechs Stunden Objektüberwachung – alle das Objekt genannte Haus verlassen und sich in verschiedene Richtungen, die Westpersonen zur Ausreisestelle, davongemacht hätten, einige lachend und laut, nach offenbar starkem Alkoholgenuß.

Also keine Wanzen. Kein Spitzel in unserer Runde. Kein Wort stand über unsere Leseübungen geschrieben. Nichts – wie enttäuschend! – über den Sprengstoff gereimter und ungereimter Lyrik. Und kein Hinweis auf das subversive Geplauder bei Kaffee und Kuchen. So blieb unvermittelt, was die Westpersonen über den Film »Der weiße Hai«, der neuerdings in einem der Kinos am Ku'damm lief, an Sensationen zu berichten wußten. Einschätzungen der sich in Athen hinziehenden Prozesse gegen die Junta-Obristen verhallten ungehört. Und als wir, ich ortskundig, unseren Freunden Bericht gaben über die Schlacht um das Atomkraftwerk Brokdorf, bei der die Polizei zum ersten Mal und sogleich erfolgreich die in Amerika erprobte »chemische Keule« einsetzte, um hernach mit tieffliegenden Hubschraubern zigtausend protestierende Zivilisten über die flachen Äcker der Wilstermarsch zu hetzen, hatte die östliche Behörde gleichfalls versäumt, von der Effizienz westlicher Polizeieinsätze Kenntnis zu nehmen.

Oder ist etwa in unserer Runde kein Wort über Brokdorf gefallen? Kann es sein, daß wir unsere jenseits der Mauer isolierten Kollegen geschont, ihr ziemlich heiles Westbild nicht verletzt, ihnen den Einsatz der chemischen Keule und die allzu deprimierende Schilderung prügelnder, selbst Frauen und Kinder niederprügelnder Polizisten erspart haben? Eher nehme ich an, daß Born oder Buch oder ich dieses unaussprechliche Gas (Chloracetophenon), mit dem die in Brokdorf zum Einsatz gekommenen Spraydosen gefüllt waren, betont sachlich im Zusammenhang mit jenem Gas zu erwähnen wußten, das bereits im Ersten Weltkrieg unter dem Namen »Weißkreuz« in Gebrauch gewesen ist, und daß daraufhin Sarah oder Schädlich, Schlesinger oder Rainer Kirsch die Meinung vertreten haben, so hochgerüstet sei die Volkspolizei gegenwärtig noch nicht, das aber werde sich ändern lassen, sobald man über mehr Devisen verfüge, denn im Prinzip könne das, was der Westen schaffe, auch dem Osten erstrebenswert sein.

Unnütze Spekulationen. Nichts davon findet sich in Schlesingers Stasipapieren. Und was sich dort nicht findet, hat nie existiert. Jeder Fakt aber, der mit Zeitangabe, als Ortsbenennung und mittels knapper Personenbeschreibung zu Papier gekommen ist, war Tatsache und von Gewicht, sprach Wahrheit aus. So konnte ich Schlesingers Geschenk – es waren Fotokopien – ablesen, daß mich bei einem der jeweils bis zur Haustür observierten Besuche in Ostberlin eine Person – weiblich, hochgewachsen, blondgelockt – begleitet habe, die, was die Grenzkontrolle zu ergänzen wußte, auf der Ostseeinsel Hiddensee geboren sei, ihr Strickzeug mit sich führe, aber bis zum gegenwärtigen Zeitpunkt in literarischen Kreisen als unbekannt gelte.

So kam Ute in die Akten. Seitdem ist sie Tatsache. Kein Traum kann sie mir nehmen. Denn fortan mußte ich nicht mehr von hier nach dort irren, wo jeweils der Haussegen schief hing. Vielmehr schrieb ich in ihrem Windschatten dem »Butt« Kapitel nach Kapitel auf die steinige Haut und las weiterhin, sobald wir zusammenhockten, den Freunden vor, sei es etwas Gotisches über »Schonische Heringe«, sei es eine barocke Allegorie, »Von der Last böser Zeit«. Aber was Schädlich, Born, Sarah und Rainer Kirsch oder ich wirklich an wechselnden Orten gelesen haben, steht nicht in Schlesingers Papieren, ist also nicht tatsächlich, hat weder den Segen der Stasi noch der Gauck-Behörde; allenfalls darf vermutet werden, daß ich, als Ute Tatsache war, das fortgesetzte Märchen »Die andere Wahrheit« gelesen habe und Schädlich uns schon damals oder im nächsten Jahr erst den Anfang seines »Tallhover«, die Geschichte vom unsterblichen Spitzel, vorgelesen hat.

1977

Das hatte Folgen. Aber was hatte nicht Folgen? Terror, der sich seinen Gegenterror erfand. Und Fragen, die ohne Deckel blieben. So weiß ich bis heute nicht, wie zwei Revolver mit Munition, mit denen sich Baader und Raspe in Stammheim erschossen haben sollen, in den Sicherheitstrakt gekommen sind und wie sich Gudrun Ensslin mit einem Lautsprecherkabel erhängt haben kann.

Das hatte Folgen. Aber was hatte nicht Folgen? Etwa im Vorjahr die Ausbürgerung des Liedermachers Wolf Biermann, dem fortan der festummauerte Arbeiter- und Bauern-Staat und – sobald er auf westlicher Bühne sang – der Resonanzboden fehlte. Bis zum heutigen Tag sehe ich ihn in der Friedenauer Niedstraße, wo er auf staatlich genehmigtem Durchreisebesuch zuerst einmal an unserem Eßtisch launig von sich, vom wahren Kommunismus und abermals von sich sprach und dann in meinem Atelier mit Gitarre vor kleinem Publikum – Ute, die vielen Kinder und deren Freunde – sein Programm für den großen, gnädigst erlaubten Auftritt in Köln probte, wie wir ihn tags darauf im Fernsehen wiederum »live« erlebten, denn er hat alles, jeden Aufschrei gegen die Willkür der herrschenden Partei, jedes Hohnlachen, das ihm das volkseigene Spitzelwesen entlockte, jeden Schluchzer über den verratenen, von den führenden Genossen verratenen Kommunismus, jeden schrägen Akkord und schmerzgeborenen Krächzer geübt, bis hin zum Anflug beginnender Heiserkeit, bis in den Wortlaut des spontanen Versprechens, jeden Wimpernschlag, jede Clowns- und jede Leidensmiene, sag ich, geübt, seit Monaten, Jahren, solange ihn gestrenges Auftrittsverbot außerhalb seiner Höhle (gegenüber der »Ständigen Vertretung«) stumm gemacht hatte, geübt, den großen Auftritt sich Nummer für Nummer eingeübt; denn all das, was in Köln die zuhörenden Zuschauermassen erschütterte, ist ihm tags zuvor bereits vor kleinem Publikum gelungen. So reich an einstudierter Absicht war er. So sehr auf Treffsicherheit bedacht. Und so erprobt kam sein Mut über die Rampe.

Kaum war er ausgebürgert, hofften wir alle, daß solch ein Mut Folgen haben, sich dieser Mut nun im Westen erproben werde. Aber da kam nicht mehr viel. Später, viel später, als die Mauer kippte, war er beleidigt, weil das ohne sein Zutun geschah. Kürzlich hat man ihn mit dem Nationalpreis geehrt.

Nach Biermanns Ausbürgerung trafen wir uns zum letzten Mal im Osten der Stadt. In Kunerts Haus mit den vielen Katzen lasen wir anfangs (wie eingeübt) einander vor, dann aber kamen weitere hinzu, die öffentlich gegen die Ausbürgerung Biermanns protestiert hatten und nun mit den Folgen ihres Protestes umzugehen versuchten. Eine der Folgen war, daß sich viele (nicht alle) genötigt sahen, die Ausreise aus ihrem Staat zu beantragen. Kunerts gingen mit ihren Katzen. Mit Kindern, Büchern und Hausrat gingen Sarah Kirsch und Jochen Schädlich.

Auch das hatte Folgen. Aber was hatte nicht Folgen.

Später starb Nicolas Born uns allen weg. Später, viel später zerbrachen unsere Freundschaften: Vereinigungsschäden. Unsere Manuskripte jedoch, aus denen wir uns Mal um Mal vorgelesen hatten, kamen auf den Markt. Auch der Butt schwamm sich frei. Ach ja, und zum Jahresende siebenundsiebzig starb Charlie Chaplin. Er watschelte auf den Horizont zu, ging einfach davon, ohne Nachfolge zu finden.

1978

Gewiss, Hochwürden, ich hätte früher kommen, mein Herz ausschütten sollen. Doch glaubte ich fest, mit den Kindern, das werde sich geben. Mein Mann und ich fühlten uns sicher, es fehle ihnen an nichts, wir waren beiden in Liebe zugetan. Und seitdem wir in meines Schwiegervaters Villa, auf dessen Wunsch übrigens, wohnten, sah es auch so aus, als seien sie glücklich oder immerhin zufrieden. Das geräumige Haus. Das große Anwesen mit altem Baumbestand. Und obgleich wir etwas abseits wohnen, ist es ja doch, wie Sie wissen, Hochwürden, nicht weit zum Stadtzentrum. Sie wurden ständig von ihren Schulkameraden besucht. Ausgesprochen heiter ging es bei Gartenfesten zu. Sogar mein Schwiegervater, unser von den Kindern heißgeliebter Opa, erfreute sich an dem munteren Treiben. Und nun auf einmal fielen beide aus der Art. Mit Martin fing es an. Aber Monika meinte, ihren Bruder überbieten zu müssen. Der Junge war plötzlich, bis auf ein Büschel über der Stirn, kahlgeschoren. Und das Mädel hat ihr schönes Blondhaar teils lila, teils giftgrün gefärbt. Nun, darüber hätte man hinwegsehen können – taten wir auch –, aber als sich nun beide in diesen schrecklichen Klamotten zeigten, waren wir – ich mehr als mein Mann – schockiert. Martin, der sich bis dahin eher ein wenig snobistisch trug, steckte plötzlich in löcherigen

Jeans, die an einer rostigen Kette hingen. Dazu sollte eine schwarze Nietenjacke passen, die von einem monströsen Vorhängeschloß über der Brust zusammengehalten wurde. Und unsere Moni zeigte sich in einer abgeschabten Ledermontur, lief in Schnürstiefeln. Zu alledem kam aus beiden Zimmern diese Musik, wenn man dererlei aggressiven Lärm so nennen mag. Kaum waren sie aus der Schule, ging das Getöse los. Ohne Rücksicht auf unseren Opa, der, seitdem er im Ruhestand ist, nur noch die Stille pflegte, dachten wir ahnungslos...

Ja, Hochwürden. So oder ähnlich heißt diese Ohrenpein, »Sex Pistols«. Sie scheinen sich darin ja auszukennen. Aber gewiß doch. Haben wir alles versucht. Gut zureden, allerdings auch mit Strenge. Mein Mann, sonst die Geduld selbst, sogar mit Taschengeldentzug. Nichts half. Die Kinder immer aushäusig und in schlechter Gesellschaft. Ihre Schulfreunde, alle aus guten Familien, kamen natürlich nicht mehr. Es war die Hölle, denn nun brachten sie diese Typen, diese Punks ins Haus. Nirgendwo war man vor ihnen sicher. Hockten auf den Teppichen. Lümmelten sich im Raucherzimmer sogar in den Ledersesseln. Dazu diese Fäkalsprache. So war es, Hochwürden. Ständig dieses No-future-Gerede, bis, nun, wie soll ich es sagen, unser Opa plötzlich durchdrehte. Und zwar von einem Tag auf den anderen. Mein Mann und ich, wir erlebten uns fassungslos. Denn mein Schwiegervater...

Sie kennen ihn ja. Dieser feine, gepflegte Herr – die Diskretion in Person –, mit Altherrencharme und leisem, nie verletzendem Witz ausgestattet, der, seit er sich von allen Bankgeschäften zurückgezogen hatte, nur noch seiner Liebe zur klassischen Musik lebte, kaum seine

Räume verließ, nur gelegentlich auf der Gartenterrasse saß, gedankenverloren, als habe er den Finanzfachmann in gehobener Position – Sie wissen ja, Hochwürden, er gehörte zu den Führungskräften der Deutschen Bank – ganz und gar hinter sich gelassen, er, der nie über sich und seine langjährige Tätigkeit sprach – ganz Diskretion in Nadelstreifen –, denn als ich ihn einmal, jung verheiratet, nach seiner beruflichen Tätigkeit während der schrecklichen Kriegszeit gefragt habe, hat er, wie es seine Art war, mit leiser Ironie geantwortet, »Das bleibt Bankgeheimnis«, und selbst Erwin, der ja gleichfalls im Bankwesen tätig ist, weiß wenig über die Stationen seiner Kindheit, und noch weniger weiß er über den Werdegang seines Vaters, der nun auf einmal, ich sagte es bereits, Hochwürden, von einem Tag auf den anderen wie ausgetauscht war...

Stellen Sie sich das vor: Er überrascht, nein schokkiert uns zum Frühstück in diesem schrecklichen Outfit. Hat sich sein schönes, noch im hohen Alter dichtes Grauhaar bis auf einen zu Berge stehenden Mittelstreifen abrasiert und den jämmerlichen Rest zudem fuchsrot gefärbt. Dazu trägt er, wahrlich passend, einen offenbar heimlich aus schwarzweißen Stoffresten zusammengeflickten Kittel zu seiner alten Stresemannhose, die er vormals auf Vorstandssitzungen getragen hatte. Wie ein Sträfling sah er aus. Und alles, die Stoffstreifen und sogar der Hosenschlitz waren von Sicherheitsnadeln zusammengehalten. Desgleichen hatte er sich – fragen Sie mich bitte nicht, wie – zwei besonders große Sicherheitsnadeln durch die Ohrläppchen gebohrt. Zudem muß er irgendwie ein Paar Handschellen aufgetrieben haben, die er aber nur trug, sobald er ausging.

Aber gewiß, Hochwürden. Niemand konnte ihn halten. Ständig war er aushäusig, machte sich nicht nur hier in Rath, sondern, wie man uns berichtet hat, im Stadtzentrum, sogar auf der Königsallee zum Gespött der Leute. So hatte er denn auch bald eine Horde dieser Punks um sich herum, mit denen er die Gegend bis hoch nach Gerresheim unsicher machte. Nein, Hochwürden, selbst wenn ihm Erwin Vorhaltungen gemacht hat, hieß es: »Herr Abs geht jetzt aus. Herr Abs muß die Böhmische Unionbank und die Wiener Creditanstalt übernehmen. Außerdem muß Herr Abs demnächst in Paris und Amsterdam namhafte Geschäftshäuser arisieren. Man hat Herrn Abs gebeten, wie schon beim Bankhaus Mendelssohn, dabei diskret vorzugehen. Herr Abs ist für Diskretion bekannt und wünscht, nicht weiter befragt zu werden ...«

Das und noch mehr haben wir uns anhören müssen, tagtäglich, Hochwürden. Sie sagen es: Mit seinem ehemaligen Chef, dem er offenbar nicht nur während der Aufbauphase der Nachkriegsjahre, sondern auch in Kriegszeiten aufs engste verbunden gewesen sein will, jadoch, mit Hermann Josef Abs, der seinerzeit den Herrn Bundeskanzler in wichtigen Finanzfragen beraten durfte, hat sich nun unser Opa voll und ganz identifiziert. Ob es um lästige Entschädigungsfragen geht, die die I. G. Farben betreffen, oder um weitere Forderungen aus Israel, immer meint er, als Herrn Adenauers Unterhändler tätig werden zu müssen. Dann heißt es: »Herr Abs weist alle Forderungen zurück. Herr Abs wird dafür sorgen, daß wir kreditfähig bleiben ...« So haben ihn auch diese schrecklichen Punks gerufen, sobald er die Villa verließ: »Papa Abs!« Und uns hat er lächelnd versichert: »Kein Anlaß zur Sorge. Herr Abs tritt nur eine Geschäftsreise an.«

Und die Kinder? Sie werden es nicht glauben, Hochwürden. Von einem Tag auf den anderen waren sie kuriert, so sehr hat sie unser Opa geschockt. Monika hat ihre Ledermontur und diese gräßlichen Schnürstiefel in den Mülleimer gestopft. Sie bereitet sich jetzt aufs Abitur vor. Martin hat wieder seine Seidenkrawatten entdeckt. Er will, wie ich von Erwin hörte, gerne nach London und dort ein College besuchen. Eigentlich, doch nur, wenn man von den tragischen Folgen absieht, sollten wir dem alten Herrn dankbar sein, daß er seine Enkelkinder wieder zur Vernunft gebracht hat.

Gewiß, Hochwürden. Überaus schwer ist es uns gefallen, diesen, ich weiß, hart anmutenden Entschluß zu fassen. Stundenlang haben wir mit den Kindern gemeinsam nach einem Weg gesucht. Ja, er ist jetzt in Grafenberg. Sie sagen es: Die Anstalt hat einen guten Ruf. Wir besuchen ihn regelmäßig. Gewiß, auch die Kinder. Es fehlt ihm an nichts. Nur gibt er sich leider immer noch als »Herr Abs« aus, verkehrt aber, wie uns einer der Pfleger versichert hat, recht gesellig mit anderen Pflegefällen. Unser Opa soll neuerdings sogar mit einem Fall, der sich passenderweise als »Herr Adenauer« ausgibt, befreundet sein. Man erlaubt den beiden, sich beim Bocciaspiel zu erfreuen.

1979

Hör endlich auf mit der Fragerei. Was soll das: meine größte Liebe? Bist du natürlich, mein ziemlich nerviger Klaus-Stephan, während ich für dich … Also gut, damit die Löcherei aufhört. Nehme an, du meinst mit Liebe sowas wie Herzflimmern, feuchte Hände, Gestammel kurz vorm Irrereden. Ja, einmal hat es gefunkt, und zwar, als ich dreizehn war. Da hab ich mich, du wirst staunen, in einen richtigen Ballonfahrer verknallt, total bis zum Ohnmächtigwerden. Genauer gesagt, in den Sohn eines Ballonfahrers oder noch genauer in den älteren Sohn des einen Ballonfahrers, denn es waren zwei Männer, die mit ihren Familien – wann das war? Vor zwölf Jahren, Mitte September – in einem Heißluftballon von Thüringen rüber ins Fränkische geflogen sind. Ach was, keine Vergnügungstour! Du verstehst nichts oder willst nicht kapieren. Über die Grenze weg sind sie. Tollkühn über Stacheldraht, Tretminen, Selbstschußanlagen, den Todesstreifen weg und direkt zu uns. Ich komme nämlich, wie du dich vielleicht erinnern magst, aus Naila, einem Nest in Franken. Und keine fünfzig Kilometer weit weg, im damals noch anderen Deutschland, liegt Pößneck, von wo aus die beiden Familien geflüchtet sind. Sag ich doch, mit einem Ballon, und zwar einem selbstgenähten. Woraufhin Naila berühmt wurde und in alle Zeitungen, sogar ins

Fernsehen kam, weil die Ballonfahrer bei uns zwar nicht direkt vor der Haustür, aber am Stadtrand auf einer Waldwiese gelandet sind: vier Erwachsene, vier Kinder. Und eines davon war Frank, grad fünfzehn geworden, in den ich mich verknallt habe, und zwar sofort, als wir anderen Kinder hinter der Absperrung standen und zuguckten, wie die beiden Familien noch einmal fürs Fernsehen in die Gondel geklettert sind und auf Wunsch Winkewinke gemacht haben. Nur mein Frank nicht. Verzog keine Miene. Dem war das peinlich. Hatte den Rummel satt. Na, das ganze Mediengetue. Wollte raus aus der Gondel, durfte aber nicht. Mich aber hat es auf der Stelle erwischt. Wollte zu ihm hin oder weg von ihm. Genau, war ganz anders als mit uns, wo sich alles allmählich entwickelt hat und so gut wie nichts spontan gelaufen ist. Aber mit Frank, das war Liebe auf ersten Blick. Und ob ich mit ihm geredet hab! Das heißt, kaum war er raus aus der Gondel, hab ich ihn einfach angequatscht. Er hat kaum was gesagt. War ziemlich gehemmt. Richtig süß. Aber ich hab ihn gelöchert, wollt alles wissen, na, die ganze Geschichte. Wie die beiden Familien es schon einmal versucht haben, aber der Ballon, weil Nebel war, feucht wurde und drüben, knapp vor der Grenze, runterkam und alle nicht wußten, wo sind wir? Haben Schwein gehabt, daß sie nicht geschnappt wurden drüben. Und dann hat mir Frank erzählt, wie die beiden Familien nicht etwa aufgesteckt, sondern nochmal meterweise Regenmantelstoff zusammengekauft haben, überall in der damaligen DDR, was ja bestimmt nicht einfach gewesen ist. Nachts haben die Frauen und Männer dann mit zwei Nähmaschinen den neuen Ballon Stück für Stück genäht, weshalb ihnen gleich nach der geglückten Flucht die Firma Singer zwei funkelnagelneue Elektromaschinen schenken wollte, weil man annahm, daß der Ballon nur mit zwei altmodischen Singer-Tretmaschinen … Stimmte aber nicht … Waren Ostfabrikate … Sogar elektrische … Also gab's keine Supergeschenke … Klar, weil ja der Werbeeffekt nun fehlte … Und für nichts gibt's nichts … Jedenfalls hat mir mein Frank das alles nach und nach erzählt, wenn wir uns auf der Waldwiese, wo der Ballon gelandet ist, heimlich trafen. Eigentlich war er schüchtern und ganz anders als die Jungs hier im Westen. Ob wir uns geküßt haben? Anfangs nicht, aber später. Da gab es schon Schwierigkeiten mit meinem Vater. Der meinte nämlich, was nicht ganz falsch war, daß die Ballonfahrereltern unverantwortlich gehandelt, ihre Familien in Gefahr gebracht hätten. Wollte ich natürlich nicht einsehen. Hab zu meinem Vater, was auch nicht falsch war, gesagt: Eifersüchtig bist du, weil diese Männer was gewagt haben, wofür du bestimmt viel zu ängstlich bist … Na sowas! Jetzt spielt mein herzallerliebster Klaus-Stephan auch noch den Eifersüchtigen, will mir ne Szene, womöglich wieder mal Schluß machen mit uns. Nur weil mir vor Jahren … Also gut. Gelogen hab ich. Hab mir einfach was ausgedacht. Bin viel zu verklemmt gewesen mit dreizehn, um den Jungen anzuquatschen. Hab immer nur geguckt und geguckt. Auch später noch, wenn ich ihn auf der Straße sah. Er ging ja ganz nah bei uns in die Hauptschule von Naila. Die liegt in der Albin-Klöver-Straße, von wo es nicht weit zu der Waldwiese ist, auf der sie alle mit dem Ballon gelandet sind. Später sind wir dann weggezogen, ja, nach Erlangen, wo mein Vater in der Produktwerbung bei Siemens angefangen hat. Aber Frank ... Nein, nicht nur bißchen verknallt, geliebt habe ich ihn, heiß und innig, ob dir das paßt oder nicht. Und selbst wenn zwischen uns kein bißchen was passiert ist, hab ich ihn immer noch lieb, auch wenn Frank davon keinen Schimmer hat.

1980

Ist doch von Bonn aus ein Katzensprung nur«, sagte mir seine Frau am Telefon. Sie ahnen ja nicht, Herr Staatssekretär, wie naiv diese Leute sind, dabei freundlich: »Schauen Sie ruhig mal kurz vorbei, damit Sie mitkriegen, wie das bei uns hier läuft von früh bis spät und so weiter ...« Also sah ich mich als Leiter des zuständigen Referats verpflichtet, Augenschein zu nehmen, und sei es auch nur, um Ihnen gegebenenfalls zu berichten. In der Tat: vom Auswärtigen Amt war es ein Katzensprung nur.

Aber nein, in einem stinknormalen Reihenhaus befindet sich die Zentrale oder was man dafür hält. Und von dort aus meint man, kurzentschlossen ins Weltgeschehen eingreifen, uns gegebenenfalls unter Zugzwang setzen zu können. So hat mir denn auch seine Frau versichert, daß sie »den ganzen Organisationskram« schaffe, trotz Haushalt und der drei kleinen Kinder. »Mit links« mache sie das, halte dabei ständig Kontakt mit dem besagten Schiff im Südchinesischen Meer und verteile, wie nebenbei, die immer noch reichlich fließenden Spendengelder. Nur mit uns, sagte sie, »mit der Bürokratie« gebe es Schwierigkeiten. Im übrigen halte sie sich an den Wahlspruch ihres Mannes, »Seid vernünftig, wagt das Unvernünftige!«, den er vor Jahren, achtundsechzig war das, in Paris aufgeschnappt habe, damals,

als die Studenten noch wagemutig und so weiter. Diesem Motto zu folgen, rate sie auch mir, sprich, dem Auswärtigen Amt, denn ohne politischen Wagemut würden immer mehr Boat people ertrinken oder auf dieser Ratteninsel Pulau Bidong verhungern. Auf jeden Fall müsse dem Schiff für Vietnam, das ihr Mann dank reichlicher Spenden für weitere Monate habe chartern können, endlich erlaubt werden, Flüchtlinge von anderen Schiffen, zum Beispiel jene armen Menschen, die von einem Frachter der dänischen Maersk-Linie aufgefischt worden seien, umstandslos zu übernehmen. Das fordere sie. Das sei ein Gebot der Menschlichkeit und so weiter.

Und ob ich die gute Frau darauf hingewiesen habe. Wiederholt und selbstverständlich weisungsgemäß, Herr Staatssekretär. Schließlich ist die Seerechtskonvention von 1910 die einzige Richtlinie, an die wir uns in dieser prekären Situation halten können. Nach deren Wortlaut sind, wie ich ihr immer wieder versichert habe, alle Kapitäne verpflichtet, Schiffsbrüchige aufzunehmen, allerdings ausschließlich direkt aus dem Wasser und nicht von anderen Frachtern, wie es im Fall »Maersk Mango« geschehen soll, der unter der Billigflagge Singapur fährt und über zwanzig Schiffsbrüchige aufgenommen hat, die man nun loswerden möchte. Und zwar sofort. Man habe, laut Funkspruch, schnell verderbliche Südfrüchte geladen, man dürfe nicht vom Kurs abweichen und so weiter. Und trotzdem, habe ich ihr gegenüber immer wieder beteuert, verstoße eine direkte Übernahme der geretteten Boat people durch die »Cap Anamur« gegen das internationale Seerecht.

Ausgelacht hat sie mich, während sie am Kochherd stand und Mohrrüben in ein Eintopfgericht schnipselte.

Diese Regelung, sagte sie, stamme aus Titanic-Zeiten. Die heutigen Katastrophen seien von anderer Dimension. Man müsse schon jetzt von dreihunderttausend ertrunkenen, verdursteten Bootsflüchtlingen ausgehen. Selbst wenn es der »Cap Anamur« bisher gelungen sei, viele hundert zu retten, könne man sich damit nicht zufriedengeben. Auf meine Relativierung der bloß grob geschätzten Zahlen und weitere Einwände bekam ich zu hören: »Ach was! Dafür interessiere ich mich nicht, ob es unter den Flüchtlingen auch Schwarzhändler, Zuhälter, womöglich Kriminelle oder US-Kollaborateure gibt«, für sie gehe es um Menschen, die tagtäglich ersaufen, während sich das Auswärtige Amt, überhaupt alle Politiker an Richtlinien klammerten, die von anno dazumal seien. Vor einem Jahr noch, als das Elend begann, habe es Landesfürsten gegeben, die in Hannover und München fürs Fernsehen ein paar hundert, wie es geheißen habe, »Opfer des kommunistischen Terrors« in Empfang genommen hätten, nun aber, auf einmal, rede man nur noch von Wirtschaftsflüchtlingen und vom schamlosen Mißbrauch des Asylrechts …

Nein, Herr Staatssekretär, die gute Frau war nicht zu beruhigen. Das heißt, besonders aufgeregt war sie nicht, eher heiter gelassen, dabei immer geschäftig, sei es am Herd mit dem Eintopfgericht – »Gemüse mit Hammeldünnung«, wie mir versichert wurde –, oder sie hing am Telefon. Außerdem kamen fortwährend Besucher, Ärzte darunter, die ihre Dienste anboten. Langes Palaver über Wartelisten, Tropentauglichkeit, Schutzimpfungen und so weiter. Dazwischen immerfort die drei Kinder. Wie gesagt, ich stand in der Küche. Wollte gehen und ging nicht. Kein Stuhl war frei. Mehrmals bat sie mich, mit einem Holzlöffel den Eintopf umzurühren, während sie im Wohnzimmer nebenan telefonierte. Als ich schließlich auf einem Wäschekorb Platz nahm, habe ich mich auf eine Gummiente gesetzt, die, ein Spielzeug der Kinder, erbärmliche Quietschlaute von sich gab, was allerseits Gelächter zur Folge hatte. Nein, frei von Spott oder gar Hohn. Diese Leute, Herr Staatssekretär, lieben das Chaos. Das mache sie kreativ, bekam ich zu hören. Wir haben in diesem Fall mit Idealisten zu tun, die sich einen Dreck um bestehende Vorschriften, Richtlinien und so weiter kümmern. Vielmehr sind sie, wie diese gute Frau in ihrem Reihenhaus, felsenfest davon überzeugt, die Welt bewegen zu können. Eigentlich bewundernswert, fand ich, wenngleich es mir nicht gefallen konnte, in meiner Funktion beim Auswärtigen Amt als Unmensch dazustehen, als jemand, der immerfort nein sagen muß. Gewiß, nichts ist verdrießlicher, als Hilfe versagen zu müssen.

Rührender-, aber auch beschämenderweise hat mir eines der Kinder, ein Mädchen, zum Abschied die quietschende Gummiente geschenkt. Die kann schwimmen, bekam ich zu hören.

1981

Kannst Du mir glauben, Rosi, war mir peinlich die Reise. Hatte vorher noch nie so viele Ritterkreuze gesehn, nur das eine auf Fotos, das mein Onkel Konrad am Hals gehabt hat. Nun aber baumelten jede Menge, auch solche mit Eichenlaub, wie mir meine Oma, die auf dem Friedhof neben mir stand, ziemlich laut, weil sie schwerhörig ist, erklärt hat. Von ihr war nämlich dieses Telegramm gekommen: »Zug sofort nach Hamburg nehmen. Dann S-Bahn bis Endstation Aumühle. Dort wird unser Großadmiral zur letzten Ruhe ...«

Klar, daß ich mußte. Du kennst meine Oma nicht. Wenn die »sofort« sagt, dann isses so. Selbst wenn ich mir sonst nichts sagen lasse und in Kreuzberg, wie Du ja weißt, zur Hausbesetzerszene gehöre und wir jeden Tag damit rechnen mußten, daß dieser Lummer uns seine Bullen schickt: Räumkommando Hermsdorfer Straße. War mir jedenfalls peinlich, meiner WG das Telegramm vorzuzeigen. Und ob die gelästert haben von wegen Großadmiral. Jedenfalls stand ich nun da neben meiner Oma und zwischen all den Opas, die ihre Mercedesse vorm Friedhof geparkt hatten und jetzt, fast jeder zweite mit nem Ritterkreuz unterm Kinn, sonst aber in Zivil, von der Kapelle weg bis zum Grab »Spalier standen«, wie meine Oma das nannte. Ich fror. Aber die Opas standen fast alle ohne Mantel, auch wenn Schnee lag und es trotz

Sonne saumäßig kalt war. Hatten aber Schirmmützen auf, marinemäßig.

Das waren alles U-Bootfahrer, wie die Männeken, die den Sarg mit dem Großadmiral drin und Schwarzrotgold drauf langsam an uns vorbeitrugen, wie ja die beiden älteren Brüder von meinem Vater, der aber zum Schluß nur beim Volkssturm war, auch U-Bootfahrer gewesen sind. Der eine ist im Eismeer, der andere irgendwo im Atlantik draufgegangen, oder sie haben, wie meine Oma immer sagt, »das kühle Seemannsgrab gefunden«. Der eine war »Kaleu«, was sowas wie'n Kapitän ist, der andere, mein Onkel Karl, nur Oberbootsmann.

Du wirst das nicht glauben, Rosi. Insgesamt sollen an die dreißigtausend in rund fünfhundert Booten abgesoffen sein. Alle auf Befehl von diesem Großadmiral, der eigentlich ein Kriegsverbrecher gewesen ist. Jedenfalls sagt das mein Vater. Und daß die meisten, auch seine Brüder, sagt er, freiwillig in »diese schwimmenden Särge« gestiegen sind. Dem ist das genauso peinlich wie mir, wenn unsere Oma immer um Weihnachten rum ihren Kult mit ihren »toten Heldensöhnen« treibt, weshalb mein Vater auch dauernd Krach mit ihr kriegt. Nur noch ich besuch sie manchmal in Eckernförde, wo sie ihr Häuschen hat und schon immer, auch nach dem Krieg, diesen Großadmiral verehrt hat. Aber sonst ist sie ganz o. k. Und eigentlich versteh ich mich mit ihr besser als mit meinem Vater, dem das mit unserer Hausbesetzerei natürlich nicht paßt. Deshalb hat meine Oma nur mir und nicht meinem Vater dies Telegramm geschickt, ja, in die Hermsdorfer Nummer 4, wo wir uns schon seit Monaten mit Hilfe von Sympathisanten, das sind Ärzte, linke Lehrer, Rechtsanwälte und so, richtig gemütlich eingerichtet hatten. Herbi und Robi, die, wie ich Dir neulich geschrieben habe, meine besten Freunde sind, waren bestimmt nicht begeistert, als ich ihnen das Telegramm zeigte. »Du tickst wohl nicht richtig«, hat Herbi gesagt, als ich meine Klamotten packte. »Ein alter Nazi weniger!« Aber ich hab gesagt: »Ihr kennt meine Oma nicht. Wenn die ›Sofort kommen‹ sagt, gibt's keine Ausrede.«

Und eigentlich – kannst Du mir glauben, Rosi – bin ich ganz froh, daß ich mir den Zirkus auf dem Friedhof angeguckt habe. Waren fast alle da, die vom U-Bootkrieg übriggeblieben sind. War schon komisch und bißchen gruslig, aber auch ziemlich peinlich, als alle am Grab dann gesungen haben, wobei die meisten aussahen, als wären sie immer noch auf Feindfahrt und müßten den Horizont nach sowas wie ner Rauchfahne absuchen. Meine Oma hat auch gesungen, ganz laut natürlich. Zuerst »Über alles in der Welt« und dann »Ich hatt' einen Kameraden«. War richtig schaurig. Dazu waren auch noch paar von diesen rechtsgewickelten Trommelbuben aufmarschiert, mit Kniestrümpfen bei der Kälte. Und am Grab wurde geredet, über alles mögliche, besonders viel über Treue. Der Sarg aber war eigentlich enttäuschend. Sah ganz gewöhnlich aus. Hätte man nicht, hab ich mich gefragt, eine Art Mini-U-Boot zimmern können, aus Holz natürlich, aber wie'n Kriegsschiff angepinselt? Und hätte man darin nicht ganz bequem den Großadmiral einsargen können?

Als wir dann gingen und die Ritterkreuzmänner mit ihren Mercedessen alle abgezischt waren, hab ich zu meiner Oma, die mich auf dem Hamburger Hauptbahnhof zu ner Pizza eingeladen und mir bißchen mehr als das Reisegeld zugesteckt hat, gesagt: »Meinst du wirklich, Oma, daß sich diese Geschichte mit dem Seemannsgrab von Onkel Konrad und Onkel Karl gelohnt hat?« War mir peinlich hinterher, daß ich sie das so direkt gefragt habe. Mindestens minutenlang hat sie nix gesagt, dann aber: »Tja, min Jung, irgendeinen Sinn muß es ja wohl gehabt ham ...«

Na, wie Du ja weißt inzwischen, haben uns Lummers Bullen, kaum war ich zurück, weggeräumt. Ziemlich knüppelmäßig. Nun haben wir in Kreuzberg paar andere Häuser instandbesetzt. Meine Oma findet auch, daß das mit den vielen leerstehenden Wohnungen ne Riesensauerei ist. Aber wenn Du willst, Rosi, können wir, wenn ich wieder weggeräumt werde, bei meiner Oma in ihrem klein Häuschen wohnen. Sie würde sich ganz riesig freuen, hat sie gesagt.

1982

Abgesehen von Missverständnissen, die mein Zitat »perfides Albion« offenbar ausgelöst hat, bin ich, was mein Gutachten für die Howaldtwerft und die AEG-Marinetechnik-Filiale in Wedel betrifft, das unter dem Titel »Folgen des Falklandkrieges« stand, selbst aus heutiger Sicht durchaus zufrieden. Denn angenommen, es wäre den beiden U-Booten vom Typ 209, die die HDW an Argentinien geliefert hatte und deren elektronisches Torpedosystem als optimal gilt, mit erstem Schlag gelungen, gegen die englische Task Force erfolgreich zum Einsatz zu kommen, etwa den Flugzeugträger »Invincible« und desgleichen den voll ausgelasteten Truppentransporter »Queen Elizabeth« zu versenken, dann hätte dieser Doppelerfolg für die Bundesregierung, trotz ihrer erklärt positiven Einstellung zum Nato-Doppelbeschluß und über den damals längst fälligen Kanzlerwechsel hinaus, verheerende Folgen gehabt. »Deutsche Waffensysteme bewähren sich im Einsatz gegen Nato-Verbündete!« hätte es geheißen. »Nicht auszudenken!« schrieb ich und wies zugleich darauf hin, daß selbst die Versenkung des Zerstörers »Sheffield« und des Landungsschiffes »Sir Galahad« durch argentinische Flugzeuge französischer Herkunft einen etwaigen Erfolg, erzielt durch U-Boote aus deutscher Produktion, nicht relativiert hätte. Gewiß wäre die in England nur mühsam verdeckte Deutschfeindlichkeit offen zutage getreten. »Hunnen« hätte man uns wieder einmal genannt.

Zum Glück lag bei Ausbruch des Falklandkrieges das eine der Howaldt-Boote, die »Salta«, mit Maschinenschaden im Hafen, das andere, die »San Luis«, kam zwar zum Einsatz, jedoch mit unzureichend ausgebildeter Besatzung, die, wie sich zeigen sollte, unfähig war, die komplizierte AEG-Elektronik der Torpedo-Lenksysteme zu bedienen. »So sind«, schrieb ich in meinem Gutachten, »die britische Navy und auch wir als Nation mit dem Schrecken davongekommen«, zumal den Engländern wie uns die erste Falklandschlacht vom 8. Dezember 1914, als das bis dahin erfolgreiche deutsche Ostasiengeschwader, unter dem Kommando des legendären Vizeadmirals Graf von Spee, von der britischen Übermacht vernichtet wurde, immer noch als Ruhmestat gegenwärtig ist.

Um aber die über das bloß Waffentechnische hinausgehenden, weil historisch begründeten Erwägungen meines Gutachtens zu stützen, habe ich vor acht Jahren, als Schmidt gehen mußte und mit Kohl die Wende begann, meiner ansonsten nüchternen Analyse die Ablichtung eines Ölgemäldes beigelegt. Es handelt sich um ein »Seestück« von der Hand des bekannten Marinemalers Hans Bordt, das den Untergang eines Panzerkreuzers im Verlauf der besagten Schlacht zum Motiv hat. Während im Bildhintergrund das Schiff nach achtern weg sinkt, treibt im Vordergrund ein deutscher Matrose, der sich an eine Planke klammert, jedoch mit rechter Hand eine Fahne – offenbar die des sinkenden Panzerkreuzers – mit einprägsamer Geste hochhält.

Es ist, wie Sie sehen, eine besondere Fahne. Und deshalb, lieber Freund und Kamerad, schreibe ich Ihnen so weitausholend und rückbezüglich. Wir erkennen nämlich auf dem dramatischen Bild jene Reichskriegsflagge, die uns jüngst, anläßlich der Leipziger Montagsdemonstrationen, abermals ins Zeitgeschehen gerückt wurde. Leider kam es dabei zu häßlichen Prügelszenen. Ich bedaure das. Denn wie ich, nach Anforderung, mit einem Gutachten zum Einheitsprozeß in Vorschlag gebracht habe, hätte nach meiner Darlegung der Austausch jener eher nichtssagenden Parole »Wir sind das Volk!« durch den, wie man sieht, die Politik zum Erfolg antreibenden Ruf »Wir sind ein Volk!« durchaus friedlich, ja, gesittet vonstatten gehen müssen. Andererseits dürfen wir froh sein, daß es jenen kahlgeschorenen und zu allem entschlossenen Burschen – allgemein als Skinheads bekannt – handstreichartig gelungen ist, mit ihren in so großer Zahl organisierten Reichskriegsflaggen die Leipziger Montagsszene zu beherrschen und – zugegeben überaus lautstark – dem Ruf nach der Einheit Deutschlands Nachdruck zu verleihen.

So läßt sich erkennen, welche Umwege zu gehen die Geschichte fähig ist. Manchmal allerdings muß man ihr auf die Sprünge helfen. Wie gut, daß ich mich, als die Zeit reif war, an mein damaliges Falklandkrieg-Gutachten und das erwähnte Seestück erinnert habe. Damals zeigten sich die Herren aus dem Hause AEG, wie allgemein üblich, bar jeder historischen Kenntnis und deshalb ohne Verständnis für meinen kühnen Zeitsprung, doch inzwischen mag ihnen der tiefere Sinn der Reichskriegsflagge aufgegangen sein. Immer häufiger sehen wir sie. Junge, wiederum begeisterungsfähige Menschen zeigen sich mit ihr, halten sie hoch. Und seitdem nunmehr die Einheit unter Dach und Fach ist, darf ich Ihnen gegenüber, bester Freund, zugeben, daß mich Stolz erfüllt, weil ich den Wink der Geschichte erkannt habe und mit meinem Gutachten behilflich gewesen bin, als es darum ging, sich wieder der nationalen Werte zu erinnern und endlich weit sichtbar Flagge zu zeigen …

1983

So oan krieg'n wir nimmer! Seitdem er ein letztes Halali – na, wo schon? – bei einem Jagdtreffen mitten im Wald nicht mehr erlebte und nun auch sein Spezi, der Fleisch-Käs-Bierlieferant, weg ist und nur der dritte im Bunde, der rechtzeitig von drüben rübermachte, seine Villa am Tegernsee vollgewichtig besetzt hält, fehlt es uns Kabarettisten an Stoff, denn selbst das regierende Schwergewicht kann dieses Trio nicht aufwiegen. Langeweile seitdem. Nur noch Süssmuthgeraspel, Blümchenkaffee, Späße mit Augenbrauen und ähnliche Haarspalterei. Gibt nichts mehr zu lachen. Und wir, die professionellen Spaßmacher der Nation, meinten uns deshalb sorgenvoll beraten zu müssen. Selbstredend in einem bayrischen Gasthof. Großholzleute heißt das Kaff, wo sich schon andere mit ihren knisternden Papieren mehr oder weniger preiswürdig versammelt haben, lange ist's her. Wir aber hockten ratlos in namhafter Runde. Allen Ernstes wurde sogar ein Referat gehalten – »Über die Lage des deutschen Kabaretts nach dem Ableben des großen Franz Josef, unter besonderer Berücksichtigung der alsbald nach seinem Tod vollzogenen Einheit« –, aber viel Spaß brachte das nicht. Allenfalls wurden wir, die bierernst versammelten Komiker, zur Lachnummer.

Ach, wie er uns fehlt! Strauß, Franz Josef, heiliger

Arbeit- und Stichwortgeber der nunmehr pensionsreifen Humorspezialisten. Deine krummen Dinger waren uns täglich Brot. Ob es um allseits geschmierte Schützenpanzer, zerteppertes Spiegelglas, langzwirnige Amigo-Affären oder um Deine Techtelmechtel mit Diktatoren in aller Welt ging, jeweils war ein Kabinettstückchen fällig. Ist doch das deutsche Kabarett schon immer dienstwillig gewesen, wenn es darum ging, die arme gebeutelte Opposition zu entlasten. Zu Dir, dem Mann ohne Hals, fiel uns immer was ein. Und wenn Not an Zugpferden herrschte, nahmen wir, Dir zur Seit', Wehner, den ollen Nußknacker, ins Geschirr. Aber der und dessen Pfeife ziehen auch nicht mehr.

Auf Dich und uns war immer Verlaß. Nur einmal, dreiundachtzig, als es um die Milliarde ging – versteht sich: mildtätig für die armen Brüder und Schwestern im Osten –, müssen wir gepennt haben, sind jedenfalls nicht Mäuschen gewesen, als zu Rosenheim, im Gästehaus Spöck, ein Triumvirat sondergleichen tagte. Hier kompakt Strauß, dort der Ostbote Schalck, als Weltkind der Fleisch-Käs- und Bierlieferant März in der Mitte. Gewappnet mit bester Absicht, trat ein Gauner- und Schiebertrio in einem Stück auf, das als Schmierenkomödie abendfüllend gewesen wäre. Denn der neunnullige Betrag aus westlicher Kasse sollte nicht nur dem devisenschwachen Oststaat zugute kommen, sondern auch dafür sorgen, daß dem Hausherrn und Gastgeber als bayrischem Großimporteur ganze Herden einst volkseigner, nun schlachtreifer Ochsen unters Messer kamen.

Man schätzte sich unter Brüdern. Was heißt hier »Kommunistenfresser« und »Feind des Kapitalismus«, wenn unter der Hand die Fleisch-Käs-Bierrechnung aufgeht und ganz nebenbei der namentliche Schalck seinem staatsobersten Dachdecker aus erster Quelle die neuesten Kohl-Witze liefern kann. Nicht daß man sich umarmt hätte, aber ein gesamtdeutsches Zwinkern war allemal fällig. Wie das so läuft bei Großereignissen an geheimgehaltenem Ort. Jeder hat was zu bieten: Marktvorteile, rustikalen Charme, Bonner Innereien, preiswerte Schweinehälften, gut abgehangene Staatsgeheimnisse und sonstige Miefproben der achtziger Jahre, säurehaltig genug, um mit ihnen jeweils den hauseignen Geheimdienst zu erfreuen.

Ein Augen-, Nasen- und Ohrenschmaus muß das gewesen sein und eine gesamtdeutsche Gaudi. Natürlich wurde getafelt: Fleisch, Käse, Bier. Uns aber hatte man nicht zu Tisch gebeten. Man war sich selbst Satire genug. Unser professioneller Stimmenimitator, dem das Straußsche Kollern auch heut noch wie keinem zweiten gelingt, konnte Schalcks Fisteln allenfalls vermuten, und der Ochsentreiber März war ohnehin nur als Meister der zahlenkundigen Fingersprache zu erahnen. So kam es ohne uns Kabarettisten zum Milliardenkredit. Eigentlich schade, denn auf unserer Bühne hätte man das Ganze nachträglich als Vorspiel zur deutschen Einheit unter dem Motto »Eine Treuhand wäscht die andere« inszenieren können, aber Strauß und März senior traten ab, bevor die Mauer fiel, und unser aller Schalck, dessen KoKo-Firmen noch immer im verborgenen blühen, sitzt in seiner Villa am Tegernsee sicher, weil er mehr weiß, als Bayerns weißblauem Befinden guttäte, weshalb sein Schweigen Gold ist.

Als unsere Veteranenrunde so dörflich wie bedeppert

tagte, hieß es: Das deutsche Kabarett kann man glatt vergessen. Doch nach Franz Josef wurde Münchens Großflughafen benannt, nicht nur, weil er außer dem Jagd- einen Flugschein besaß, sondern auch, damit er uns bei jedem An- und Abflug in Erinnerung bleibt. Er war ja vieles zugleich: einerseits unsere gewichtigste Witzfigur, andererseits ein Risiko jener Art, das wir, als er im Jahre achtzig Kanzler werden wollte, als vorsichtige Wähler und ängstliche Kabarettisten nicht eingehen wollten.

1984

Ich weiss, ich weiss! Allzu leichtzüngig wird jenes »Gedenket der Toten« gefordert, doch bedarf es an Ort und Stelle einer Vielzahl von Vorgaben organisatorischer Art. Deshalb werden mit zunehmendem Eifer, und nicht zuletzt gefördert durch jenes symbolische Hand in Hand, zu dem sich der Präsident und der Kanzler an jenem denkwürdigen 22. September des Jahres 1984 vor dem Beinhaus verstanden, mehr und mehr Wanderwege auf dem ehemaligen Schlachtfeld von Verdun markiert, wobei unsereins bestrebt ist, mit zweisprachigen Hinweisen, etwa zum Wanderziel Mort-Homme, gleich Toter Mann, behilflich zu werden, zumal dort und nahe dem blutgetränkten Rabenwald (Bois des Corbeaux) immer noch Minen und Blindgänger in der inzwischen übergrünten Kraterlandschaft vermutet werden können, weshalb die bereits vorhandene Warnung, das französische »Nicht betreten«, durch unser »Betreten verboten« auf Schildern ergänzt werden mußte. Auch sollte man nicht zögern, an bestimmten Punkten, etwa dort, wo noch Überreste des Dorfes Fleury zu erkennen sind und nun eine Kapelle zur Versöhnung einlädt, desgleichen auf der Höhe 304 (Côte 304), die zwischen Mai und August des Jahres 1916 wiederholt erstürmt und im Gegenangriff genommen wurde, mit diskretem Hinweis daran zu erinnern, daß hier wie an vielen Wanderzielen des Schlachtfeldes ein nachdenkliches Verweilen angebracht ist.

Diese Bemerkung entbehrt nicht einer gewissen Dringlichkeit, denn seitdem der Kanzler unseren Soldatenfriedhof Consenvoye besucht hat, dem sich der Besuch des französischen Friedhofs auf dem Gelände von Fort Douaumont anschloß, wo es dann zur historischen Handreichung mit dem Präsidenten der Republik kam, nimmt der Besucherstrom ständig zu. Man kommt mit vielköpfigen Busladungen, wobei das allzu touristische Verhalten einiger Besuchergruppen zu Beschwerden Anlaß gibt. So wird das Beinhaus, dessen Gewölbe von einem der Artilleriegranate nachempfundenen Turm überhöht ist, häufig als nur schauerliche Attraktion erlebt, weshalb vor den Glasfenstern, die allerdings nur einen geringen Teil der Knochen und Schädel von hundertdreißigtausend gefallenen Franzosen zur Ansicht bringen, nicht selten Gelächter, schlimmer noch, zotige Bemerkungen zu hören sind. Auch werden gelegentlich allzu markige Worte laut, die bekunden, daß jenes große Versöhnungswerk zwischen unseren Völkern, zu dem beizutragen Kanzler und Präsident mit eindrucksvoller Geste bemüht waren, noch lange nicht vollendet ist. So nimmt man unsererseits nicht ganz unbegründet Anstoß an der kaum zu übersehenden Tatsache, daß der französischen Gefallenen mit fünfzehntausend weißen Grabkreuzen, der Kreuzinschrift »Mort pour la France« und jeweils davor gepflanztem Rosenstock gedacht wird, während unseren Gefallenen in viel geringerer Zahl nur schwarze, zudem unbeschriftete Kreuze und keinerlei Blumenschmuck zugestanden wurden.

Hier sei nun gesagt, daß es unsereins schwerfällt, auf diese Beschwerden Antwort zu finden. Gleichfalls erfährt man sich oft ratlos, wenn es um die Frage nach der Zahl der Kriegsopfer geht. Lange hieß es, es seien auf jeder Seite um die dreihundertfünfzigtausend Gefallene zu beklagen. Von einer Million Opfer auf fünfunddreißig Quadratkilometern zu sprechen, halten wir indes für übertrieben. Es wird wohl insgesamt nur eine halbe Million gewesen sein – in den Schlachtzentren etwa sieben bis acht Tote pro Quadratmeter –, die im erbitterten Kampf um Fort Douaumont und Fort Vaux, bei Fleury, auf der Höhe 304 sowie auf der »Kalten Erde« (Froideterre), welche für den lehmigen und kargen Boden des gesamten Schlachtfeldes von Verdun spricht, ihr Leben ließen. Man benutzte ja in Militärkreisen allgemein den Begriff »Abnutzungskrieg«.

Doch wie hoch die Verluste auch immer gewesen sein mögen, unser Kanzler und Frankreichs Präsident setzten ein Zeichen, jeglichem Zahlenwerk überlegen, als sie Hand in Hand vor dem Beinhaus (Ossuaire) standen. Wenngleich unsereins zur erweiterten Delegation gehörte, zu der auch Ernst Jünger, der greise Schriftsteller und Zeitzeuge des so sinnlos anmutenden Opfergangs, zählen durfte, hat man die beiden Staatsmänner nur von hinten gesehen.

Später pflanzten sie gemeinsam einen Bergahorn, weshalb vorher sichergestellt wurde, daß diese symbolische Tat nicht auf noch immer vermintem Gelände stattfand. Dieser Teil des Programms gefiel allgemein. Hingegen konnten die in der näheren Umgebung gleichzeitig stattfindenden deutsch-französischen Manöver nur wenig Anklang finden. Unsere Panzer auf Frankreichs Straßen und unsere Tornados im Tiefflug über Verdun hinweg: das sah man hierzulande nicht gerne. Gewiß wäre es sinnträchtiger gewesen, wenn sich – anstelle des Manövers – unser Kanzler auf einen der markierten Wanderwege begeben hätte, etwa bis hin zu den Resten jenes Unterstandes, der »Vier Schornsteine« (Abri de Quatre Cheminées) heißt und um den am 23. Juni 1916 bayrische Regimenter und französische Alpenjäger so erbittert wie verlustreich gekämpft haben. Jenseits aller Symbolik wäre hier durchaus des Kanzlers nachdenkliches Verweilen angebracht gewesen, möglichst abseits vom Protokoll.

1985

MEIN LIEBES KIND, Du möchtest wissen, wie ich die achtziger Jahre erlebt habe, weil derart persönliche Informationen für Deine Magisterarbeit, die »Der Alltag der Senioren« heißen soll, wichtig sind. Ich helfe Dir gerne. Nun schreibst Du mir aber, daß es dabei auch um »Defizite beim Konsumverhalten« gehen soll. Dazu vermag ich nur wenig beizusteuern, denn Deine Großmutter kann sich nicht besonders beklagen. Abgesehen von Opa, dem liebsten Menschen, den niemand ersetzen kann, fehlte es mir an nichts. Anfangs war ich noch gut zu Fuß, half halbtags bei der Schnellreinigung nebenan und war sogar in der Kirchengemeinde tätig. Wenn Du mich aber nach meinen Mußestunden fragst, muß ich, wenn ich ehrlich bin, gestehen, daß ich die Achtziger vor der Glotze teils vertan, teils recht vergnüglich verbracht habe. Besonders seitdem die Beine nicht mehr so recht mitmachen wollen, bin ich kaum noch vor die Haustür getreten, und für Geselligkeiten dieser oder jener Art habe ich, was Dir Deine lieben Eltern bestätigen können, nie viel übrig gehabt.

Sonst aber lief ja nicht viel. In der Politik, nach der Du wiederholt fragst, schon gar nichts. Nur die üblichen Versprechungen. Darin war ich mir mit meiner Nachbarin, Frau Scholz, immer einig. Sie hat sich übrigens all die Jahre rührend um mich gekümmert, und zwar, wie ich ehrlicherweise zugeben muß, mehr als die eigenen Kinder, Dein lieber Vater leider nicht ausgenommen. Nur auf Frau Scholz war Verlaß. Manchmal, wenn sie bei der Post Frühschicht hatte, kam sie schon am Nachmittag und brachte Selbstgebackenes mit. Da haben wir es uns gemütlich gemacht und oft bis in den Abend hinein geguckt, was grad so lief. An »Dallas« erinnere ich mich lebhaft und an die »Schwarzwaldklinik«. Ilse Scholz hat dieser Professor Brinkmann gefallen, mir weniger. Als dann aber, was ja immer noch läuft, etwa ab Mitte der achtziger Jahre die »Lindenstraße« lief, hab ich zu ihr gesagt: Das ist mal was anderes. Wie aus dem Leben gegriffen ist das. Und zwar, wie es normalerweise so läuft. Dieses ständige Durcheinander, mal heiter, mal traurig, mit Streit und Versöhnung, aber auch mit viel Kummer und Herzeleid, wie es ja auch hier bei uns in der Gütermannstraße abläuft, selbst wenn Bielefeld nicht München ist und die Eckkneipe bei uns schon seit Jahren als Gaststätte nicht von einem Griechen, sondern von einer italienischen Familie recht ordentlich betrieben wird. Aber die Hausmeistersche bei uns ist genauso zänkisch wie Else Kling in der Lindenstraße Nummer drei. Hackt dauernd auf ihrem Mann rum und kann richtig tückisch werden. Dafür ist Mutter Beimer die Güte in Person. Hat immer ein Ohr offen für anderer Leute Probleme, beinahe wie meine Nachbarin, Frau Scholz, die ja mit ihren Kindern genug am Hals hat und deren Tochter Jasmin, ähnlich wie die Marion von den Beimers, ein, wenn ich ehrlich bin, recht problematisches Verhältnis mit einem Ausländer hat.

Jedenfalls waren wir von Anfang an dabei, als die Serie, glaub, im Dezember anlief. Schon bei der Weihnachtssendung kam es zum Streit zwischen Henny und Franz um den mickrigen Weihnachtsbaum. Haben sich dann aber doch vertragen die beiden. Und bei Beimers war man zwar traurig am Heiligabend, weil Marion unbedingt mit ihrem Vasily nach Griechenland wollte, aber dann brachte Hans Beimer zwei elternlose Kinder mit. Und weil der einsame Vietnamese Gung auch eingeladen war, wurde es dann doch noch ein schönes Fest.

Manchmal habe ich mich, wenn ich mit Frau Scholz »Lindenstraße« sah, an meine frühen Ehejahre erinnert, als Dein Großvater und ich in einer Gaststätte, in der damals schon Fernsehen lief, die Serie »Familie Schölermann« gesehen haben. Natürlich nur in Schwarzweiß. Das muß Mitte der fünfziger Jahre gewesen sein.

Aber Du wolltest ja für Deine Magisterarbeit wissen, was sonst noch in den achtziger Jahren von Interesse gewesen ist. Richtig, genau in dem Jahr, als die Marion von Frau Beimer mit einer blutigen Platzwunde am Kopf viel zu spät nach Hause gekommen ist, fing schon vorher das Theater mit Boris und Steffi an. Mach mir ja sonst nicht viel aus Tennis, dieses ewige Hin und Her, aber geguckt haben wir schon, oft stundenlang, als die Brühlerin und der Leimener, wie es geheißen hat, immer größer herauskamen. Frau Scholz wußte bald Bescheid, wie das lief mit Aufschlag und Return. Was Tie-Break bedeutet, konnte ich nicht begreifen und hab deshalb oft fragen gemußt. Als aber Wimbledon stattfand und sich unser Boris gegen einen aus Südafrika durchsetzte und im Jahr drauf nochmal gegen den Tschechen Lendl, den alle für unbesiegbar gehalten hatten, da hab ich ehrlich gezittert um mein Bobbele, der grad mal siebzehn war. Hab ihm beide Daumen gedrückt. Und wie er dann neunundachtzig, als endlich in der Politik wieder was lief, nochmal in Wimbledon, und zwar gegen den Schweden Edberg, nach drei Sätzen den Sieg davontrug, habe ich ehrlich geheult und meine liebe Nachbarin auch.

Für Steffi, die von Frau Scholz immer »Fräulein Vorhand« genannt wurde, habe ich mich nie recht erwärmen können und für ihren Herrn Vater, diesen Steuerbetrüger mit seinen Schmuddelaffären, schon gar nicht. Aber mein Bobbele, der ließ sich nicht verbiegen, konnte richtig frech sein und war manchmal ganz schön vorlaut. Nur daß er keine Steuern hat zahlen wollen und deshalb nach Monaco ausgewandert ist, hat uns beiden nicht gefallen. »Muß sowas denn sein?« hab ich Frau Scholz gefragt. Und dann, als es mit ihm und Steffi schon abwärtsging, fing er sogar an, für Nutella zu werben. Sah zwar süß aus, wenn er im Fernsehen das Messer abgeleckt und dabei bißchen spitzbübisch gelächelt hat, aber nötig war das bestimmt nicht, wo er doch sowieso mehr reinbekommen hat, als er ausgeben konnte.

Aber das ist in den Neunzigern passiert, während Du, mein liebes Kind, ja wissen wolltest, was für mich in den Achtzigern gelaufen ist. Mit Nutella jedenfalls hab ich schon in den Sechzigern zu tun gekriegt, als unsere Kinder alle dieses Schmierzeug, das für mich wie Schuhcreme aussieht, unbedingt aufs Brot haben wollten. Frag mal Deinen Vater, ob er sich noch erinnert, was das mit seinen kleinen Brüdern täglich für Ärger gebracht hat. Ging richtig laut zu bei uns, mit Türenschlagen und so. Beinahe wie in der »Lindenstraße«, die ja immer noch läuft...

1986

WIR OBERPFÄLZER, SAGT MAN, mucken selten auf, aber das war zuviel. Erst Wackersdorf, wo sie dieses Teufelszeug wiederaufbereiten wollten, und dann kam auch noch Tschernobyl über uns. Bis in den Mai hinein lag die Wolke auf ganz Bayern gebreitet. Auch über Franken und sonst wo noch, nur im Norden weniger. Aber nach Westen hin, sagten jedenfalls die Franzosen, soll sie an der Grenze haltgemacht haben.

Naja, wer's glaubt! Es gibt ja allweil solchwelche, die's mit dem heiligen Florian halten. Bei uns in Amberg jedoch war der Richter vom Amtsgericht schon immer gegen die WAA gewesen, was ganz ausgesprochen Wiederaufbereitungsanlage geheißen hat. Deshalb hat er die jungen Burschen, die vor dem Zaun von der Wiederaufbereitung kampiert und mit Eisenstangen gegen den Zaun gelärmt haben – was man in den Zeitungen »Die Trompeten von Jericho« genannt hat –, sonntags mit einer ordentlichen Brotzeit versorgt, weshalb ihn dieser Beckstein vom Landgericht, der schon immer ein scharfer Hund gewesen und deshalb später Minister fürs Innere geworden ist, mit übler Nachrede – »Leute wie der Richter Wilhelm müssen existentiell vernichtet werden« – ganz hundsgemein angefeindet hat.

Und alles wegen Wackersdorf. Ich bin da auch hin. Aber erst als die Wolke von Tschernobyl kam und sich über die Oberpfalz und den schönen Bayerischen Wald gelegt hat. Und zwar sind wir mit der ganzen Familie hin. Auf meine alten Tage, hat man gesagt, hätt mich das eigentlich nicht groß kümmern müssen, aber da wir, weil das bei uns Tradition ist, schon seit jeher im Herbst in die Pilze gegangen sind, hieß es nun aufpassen, mehr noch: Alarm schlagen! Und weil dieses Teufelszeug, das Cäsium heißt, von den Bäumen runtergeregnet ist und den Waldboden, gleich ob Moos, Laub oder Nadel, ganz schaurig mit Radioaktivität belastet hat, bin auch ich aufgewacht und bin mit einer Eisensäge zum Zaun hin, auch wenn meine Enkel alle gerufen haben: »Laß das, Opa, das ist nichts für dich!«

Mag ja gestimmt haben. Denn einmal, als ich mich zwischen all die jungen Leut gemischt und wir gerufen haben: »Plutoniumküche, Plutoniumküche!«, bin ich von dem Wasserwerfer, den die Herren aus Regensburg extra geschickt hatten, glatt umgeworfen worden. Und in dem Wasser war ein sogenannter Reizstoff drin, ganz elendiges Gift, auch wenn es nicht so schlimm war wie dieses Cäsium, das aus der Wolke von Tschernobyl auf unsere Pilze getropft ist und nun bleibt und bleibt.

Deshalb hat man später im Bayerischen Wald und in den Wäldern um Wackersdorf alle Pilze, nicht nur die eßbaren, wie den schmackhaften Parasol und die Flaschenboviste, vermessen, denn das Wild frißt auch allerlei Täublinge, die wir nicht genießen, und hat sich so verseucht. Uns, die wir trotzdem in die Pilze gehen wollten, hat man auf Tabellen gezeigt, daß der Maronenröhrling, der im Oktober kommt und besonders schmackhaft ist, am allermeisten konzentriertes Cäsium in sich aufgenommen hat. Am wenigsten hat wohl der

Hallimasch abbekommen, weil der nicht aus dem Waldboden heraus, sondern als Schmarotzerpilz auf Baumstümpfen wächst. Und auch den Tintenschöpfling, der jung wohlschmeckend ist, hat's verschont. Doch schwer belastet, sag ich, sind noch heuer die Ziegenlippe, die Rotfußröhrlinge, die Blutreizker, welche gern unter jungem Nadelholz stehn, sogar der Birkenpilz, weniger die Rotkappen, aber leider äußerst die Cantharellen, die man Eierschwamm und woanders Pfifferlinge heißt. Schlimm hat's den Herrenpilz erwischt, welcher auch Steinpilz genannt wird und der, wenn man ihn findet, ein wahrer Gottessegen ist.

Nunja, aus Wackersdorf ist am End nix geworden, weil die Herren von der Atomindustrie ihr Teufelszeug in Frankreich billiger aufbereitet bekommen und man dort nicht solchen Ärger kriegt wie in der Oberpfalz. Jetzt herrscht wieder Ruhe hier. Und selbst von Tschernobyl und der Wolke, die über uns kam, redt heuer kein Mensch mehr. Aber meine Familie, die Enkelkinder alle, gehen nimmer in die Pilze, was verständlich ist, auch wenn damit unsere Familientradition ein End hat.

Ich geh schon noch. Da, wo mich die Kinder in einem Seniorenheim abgestellt haben, gibt's ringsum viel Wald. Dort sammel ich, was ich find: Semmelpilze und Braunkappen, den Herrenpilz schon im Sommer, und wenn's Oktober wird, Maronenröhrlinge. Die brat ich in meiner winzigen Einbauküche für mich und einige andere Alte im Heim, die nicht mehr so gut zu Fuß sind. Alle haben wir die Siebzig weit hinter uns. Was soll uns da noch das Cäsium anhaben, wenn unsere Tage eh schon gezählt sind, fragen wir uns.

1987

Was hatten wir in Calcutta zu suchen? Was zog mich dorthin? Die »Rättin« und den Überdruß an deutschen Schlachtfesten im Rücken, zeichnete ich Müllberge, Straßenschläfer, die Göttin Kali, wie sie aus Scham die Zunge zeigt, sah Krähen auf gehäuften Kokosschalen, den Abglanz des Empire in grün überwucherten Ruinen und fand, so namentlich alles zum Himmel stank, vorerst keine Worte. Da träumte mir...

Aber bevor mir so folgenreich träumte, soll nagende Eifersucht eingestanden werden, denn Ute, die immer und vielerlei liest, las, solange sie dünner und dünner werdend Calcutta ertrug, einen Fontane nach dem anderen; wir hatten ja, als Gegengewicht zum indischen Alltag, viele Bücher im Gepäck. Aber warum las sie nur ihn, den hugenottischen Preußen? Warum so leidenschaftlich und unter laufendem Ventilator den plaudernden Chronisten der Mark Brandenburg? Warum unter bengalischem Himmel und überhaupt Theodor Fontane? Da träumte mir mittags...

Bevor ich aber diesen Traum von der Spule lasse, muß gesagt sein, daß ich nichts, absolut nichts gegen den Schriftsteller Fontane und dessen Romane hatte. Einige seiner Werke waren mir als verspätete Lektüre erinnerlich: Effi auf der Schaukel, Ruderpartien auf der Havel, Spaziergänge mit Frau Jenny Treibel am Halensee, Sommerfrischen im Harz ... Doch Ute kannte alles, jedes Pastors Sprüche, jeder Feuersbrunst Ursache, mochte dabei Tangermünde in Flammen aufgegangen sein oder in »Unwiederbringlich« ein Schwelbrand Folgen gehabt haben. Sogar bei anhaltenden Stromsperren und unter schweigendem Ventilator las sie, während Calcutta im Dunkel versank, bei Kerzenlicht nochmals die »Kinderjahre« und flüchtete sich, Westbengalen zum Trotz, auf Swinemündes Bollwerk oder lief mir auf Hinterpommerns Ostseestränden davon.

Da träumte mir mittags, während ich unterm Moskitonetz lag, etwas kühl Nördliches. Ich sah vom Fenster meines Dachbodenateliers hinab in den Wewelsflether Garten, den Obstbäume beschatten. Nun habe ich diesen Traum zwar schon oft und vor wechselndem Publikum in Variationen erzählt, doch dabei manchmal vergessen zu erwähnen, daß das Dorf Wewelsfleth in Schleswig-Holstein an der Stör, einem Nebenfluß der Elbe, liegt. Also sah ich im Traum unseren holsteinischen Garten und in ihm den reich tragenden Birnbaum, unter dessen Schattendach Ute an einem runden Tisch und einem Mann gegenüber saß.

Ich weiß, man kann Träume – besonders solche, geträumt unterm Moskitonetz und schweißgebadet – nur schlecht erzählen: alles gerät zu vernünftig. Aber diesen Traum irritierten keine Nebenhandlungen, kein zweiter oder dritter Film flimmerte traumgerecht, vielmehr verlief er linear und war dennoch folgenreich, weil mir jener Mann, mit dem Ute plaudernd unterm Birnbaum saß, bekannt vorkam: ein weißhaariger Herr, mit dem sie plauderte, plauderte und dabei schöner und schöner wurde.

Nun mißt man in Calcutta während der Monsunzeit eine Luftfeuchtigkeit von achtundneunzig Prozent. Kein Wunder also, daß ich mir unterm Moskitonetz, das der Ventilator, wenn überhaupt, dann schwach bewegte, etwas kühl Nördliches erträumte. Aber mußte der alte Herr, der lächelnd und zutraulich mit Ute unterm Birnbaum plauderte und auf dessen Weißhaar Lichtkringel spielten, unbedingt Theodor Fontane gleichen?

Er war es. Ute bändelte mit ihm an. Sie hatte etwas mit einem berühmten Kollegen von mir, der erst im hohen Alter Roman nach Roman zu Papier gebracht hat; und in einigen seiner Romane ging es um Ehebruch. Bisher kam ich in dieser geträumten Geschichte nicht oder nur als weit entfernter Zuschauer vor. Die beiden hatten an sich genug. Deshalb träumte ich mich nun eifersüchtig. Das heißt, Klugheit oder Schläue gebot mir im Traum, aufkommende Eifersucht verdeckt zu halten, weise oder listig zu handeln, also mir einen im Traum nahe stehenden Stuhl zu greifen, mit ihm treppab zu steigen und mich im Garten unter dem angenehm kühlen Schatten des Birnbaums zu dem Traumpaar, zu Ute und ihrem Fontane, zu setzen.

Fortan – und das sage ich immer, wenn ich diesen Traum erzähle – führten wir eine Ehe zu dritt. Die beiden wurden mich nicht mehr los. Ute gefiel sogar diese Lösung, und mit Fontane machte ich mich mehr und mehr vertraut, ja, ich begann, noch in Calcutta, alles von ihm zu lesen, was greifbar war, zum Beispiel seine Briefe an einen Engländer namens Morris, in denen er sich als weltpolitisch kundig zeigte. Gelegentlich einer gemeinsamen Rikschafahrt ins Stadtzentrum – Writers Building – befragte ich ihn deshalb, was er von den

Nachwirkungen der britischen Kolonialherrschaft und der Teilung Bengalens in Bangladesh und Westbengalen halte. Mit ihm war ich einer Meinung: Diese Teilung könne nur schwerlich mit der gegenwärtigen deutschen verglichen werden, und an eine bengalische Wiedervereinigung sei kaum zu denken. Und als wir später auf Umwegen nach Wewelsfleth an der Stör zurückkehrten, nahm ich ihn gutwillig mit, das heißt, ich gewöhnte mich an ihn als einen unterhaltsamen, gelegentlich launischen Hausgenossen, gab mich nunmehr als Fontane-Fan und wurde ihn erst los, als sich in Berlin und anderswo die Geschichte als Wiederkäuerin bewies und ich ihn, mit Utes freundlicher Erlaubnis, beim plaudersüchtigen Wort nehmen durfte, indem ich seine verkrachte Existenz in unser zu Ende gehendes Jahrhundert fortschrieb. Seitdem er – gefangen in dem Roman »Ein weites Feld« – seiner Unsterblichkeit lebt, gelingt es ihm nicht mehr, meine Träume zu beschweren, zumal er als Fonty gegen Schluß der Geschichte, verführt von einem jungen Ding, in den Cevennen und bei den letzten dort überlebenden Hugenotten untergetaucht ist ...

1988

... DOCH VORHER, IM JAHR BEVOR DIE MAUER hinfällig wurde und überall, bevor man einander als fremd erlebte, die Freude riesengroß war, begann ich, was unübersehbar ins Auge fiel, gestürzte Kiefern, entwurzelte Buchen, totes Holz zu zeichnen. Seit einigen Jahren schon war nebensächlich vom »Waldsterben« die Rede. Gutachten hatten Gegengutachten zur Folge. Wieder einmal wurde, weil Autoabgase den Wäldern schädlich sind, vergeblich Tempo hundert gefordert. Ich lernte neue Wörter: saurer Regen, Angsttriebe, Feinwurzelfäule, Nadelbräune ... Und die Regierung gab jährlich einen Waldschadensbericht heraus, der später, weniger beunruhigend, Waldzustandsbericht hieß.

Da ich nur glaube, was sich zeichnen läßt, fuhr ich von Göttingen aus in den Oberharz, nistete mich dort in einem annähernd leeren Hotel für Sommerfrischler und Skiurlauber ein und zeichnete mit sibirischer Reißkohle – einem Holzprodukt –, was auf Hängen und Kammlagen zu Fall gekommen war. Wo die Forstwirtschaft den Schaden schon beseitigt, das gefallene Holz abgeräumt hatte, waren dicht bei dicht Wurzelstrünke geblieben, die in aufgelockerter Friedhofsordnung Großflächen besiedelten. Bis zu den Warnschildern kam ich und sah, daß hier das Waldsterben grenzüberschreitend um sich griff und den über Berg und Tal laufenden

Drahtzaun, den verminten Todesstreifen, den nicht nur das Mittelgebirge Harz, sondern ganz Deutschland, mehr noch, Europa teilenden »Eisernen Vorhang« überwunden hatte, lautlos und ohne daß ein Schuß gefallen wäre. Kahle Berge machten den Blick frei nach drüben.

Ich begegnete niemandem, weder Hexen noch einem einsamen Köhler. Nichts ereignete sich. Alles war schon geschehen. Keine Goethe-, keine Heine-Lektüre hatte mich auf diese Harzreise vorbereitet. Mein einziges Material waren körniges Zeichenpapier, ein Kästchen voll krummer Kohlestäbe und zwei Dosen Fixativ, deren Gebrauchsanweisung behauptete, ganz ohne übles Treibgas und gewiß nicht umweltschädigend zu sein.

Und so ausgerüstet reiste ich mit Ute wenig später – aber immer noch zu Zeiten des Schießbefehls – nach Dresden, von wo aus uns eine schriftliche Einladung zum Einreisevisum verholfen hatte. Unsere Gastgeber, ein ernster Maler und eine heitere Tänzerin, gaben uns den Schlüssel zu einer wohnlichen Kate im Erzgebirge. Nahe der tschechischen Grenze begann ich sogleich – als hätte ich nicht genug gesehen – den auch dort vor sich hin sterbenden Wald zu zeichnen. Auf Hängen lag das Holz überkreuz, wie es gefallen war. Auf Kammlagen hatten Winde die abgestorbenen Stämme in Mannshöhe gebrochen. Auch hier ereignete sich nichts, außer daß in der Kate des Malers Göschel aus Dresden sich Mäuse vermehrten. Sonst aber war alles bereits geschehen. Abgase und sich weiträumig ablagernde Rückstände aus zwei volkseignen Industrierevieren hatten über die Grenze hinweg ganze Arbeit geleistet. Während ich Blatt nach Blatt zeichnete, las Ute, nun nicht mehr Fontane.

Ein Jahr später stand auf den Plakaten und Transparenten demonstrierender Bürger in Leipzig und anderswo »Sägt die Bonzen ab, schützt die Bäume« zu lesen. Aber noch war es nicht soweit. Noch hielt der Staat mühsam seine Bürger beisammen. Noch sahen die grenzüberschreitenden Schäden dauerhaft aus.

Eigentlich gefiel uns die Gegend. Die Häuser in den Dörfern des Erzgebirges waren mit Schindeln gedeckt. Hier war lange die Armut ansässig gewesen. Die Dörfer hießen Fürstenau, Gottgetreu und Hemmschuh. Durch den nahen Grenzort Zinnwald verlief die Transitstrecke nach Prag. Über diese nicht nur von Touristen bereiste Straße waren vor zwanzig Jahren, an einem Tag im August, motorisierte Einheiten der Nationalen Volksarmee ihrem Marschbefehl gefolgt; und vor fünfzig Jahren hatten sich an einem Oktobertag des Jahres 1938 Einheiten der deutschen Wehrmacht mit gleicher Zielsetzung auf den Weg gemacht, so daß sich die Tschechen Mal um Mal erinnern mußten. Der Rückfall. Gewalt im Doppelpack. Die Geschichte liebt solche Wiederholungen, auch wenn damals alles ganz anders war; zum Beispiel standen die Wälder noch …

1989

ALS WIR, VON BERLIN KOMMEND, zurück ins Lauenburgische fuhren, kam uns, weil aufs Dritte Programm abonniert, die Nachricht übers Autoradio verspätet zu Ohren, worauf ich, wie zigtausend andere, wahrscheinlich »Wahnsinn!«, vor Freude und Schreck »Das ist ja Wahnsinn!« gerufen und mich dann, wie Ute, die am Steuer saß, in vor- und rückläufigen Gedanken verloren habe. Und ein Bekannter, der auf der anderen Seite der Mauer seinen Wohnsitz und Arbeitsplatz hatte und im Archiv der Akademie der Künste, zuvor wie gegenwärtig, Nachlässe hütet, bekam die fromme Mär gleichfalls verzögert, sozusagen mit Zeitzünder geliefert.

Seinem Bericht zufolge kehrte er schwitzend vom Joggen aus dem Friedrichshain zurück. Nichts Ungewöhnliches, denn auch den Ostberlinern war diese Selbstkasteiung amerikanischen Ursprungs mittlerweile geläufig. An der Kreuzung Käthe-Niederkirchner-Straße/Bötzowstraße traf er einen Bekannten, den gleichfalls Laufen ins Hecheln und Schwitzen gebracht hatte. Noch auf der Stelle tretend, verabredete man sich für den Abend auf ein Bier und saß dann in dem geräumigen Wohnzimmer des Bekannten, dessen Arbeitsplatz in der, wie es hieß, »materiellen Produktion« sicher war, weshalb es meinen Bekannten nicht erstaunte, in der Wohnung seines Bekannten einen frisch verlegten Parkettboden vorzufinden; solch eine Anschaffung wäre ihm, der im Archiv nur Papier bewegte und allenfalls für Fußnoten zuständig war, unerschwinglich gewesen.

Man trank ein Pilsner, noch eines. Später kam Nordhäuser Korn auf den Tisch. Man redete von früher, von den heranwachsenden Kindern und von ideologischen Barrieren bei Elternversammlungen. Mein Bekannter, der aus dem Erzgebirge stammt, wo ich im Vorjahr auf Kammlagen totes Holz gezeichnet hatte, wollte, wie er seinem Bekannten sagte, im kommenden Winter mit seiner Frau dort zum Skilaufen hin, hatte aber Probleme mit seinem Wartburg, dessen Vorder- wie Hinterreifen so runtergefahren waren, daß sie kaum noch Profil zeigten. Jetzt hoffte er, über seinen Bekannten an neue Winterreifen zu kommen: wer sich im real existierenden Sozialismus privat Parkett legen lassen kann, der weiß auch, wie man an die Spezialreifen mit der Markierung »M + S«, was heißen sollte »Matsch und Schnee«, herankommt.

Während wir uns, nun schon mit froher Botschaft im Herzen, Behlendorf näherten, lief im sogenannten »Berliner Zimmer« des Bekannten meines Bekannten mit fast auf Null gedrehtem Ton das Fernsehen. Und während noch die beiden bei Korn und Bier über das Reifenproblem plauderten und der Parkettbesitzer meinte, daß an neue Reifen im Prinzip nur mit dem »richtigen Geld« ranzukommen sei, sich aber anbot, Vergaserdüsen für den Wartburg zu besorgen, sonst jedoch keine weitere Hoffnung zu machen verstand, fiel meinem Bekannten mit kurzem Blick in Richtung tonlose Mattscheibe auf, daß dort offenbar ein Film lief, nach dessen Handlung junge Leute auf die Mauer kletterten, rittlings auf derem oberen Wulst saßen und die Grenzpolizei diesem Vergnügen tatenlos zuschaute. Auf solche Mißachtung des Schutzwalls aufmerksam gemacht, sagte der Bekannte meines Bekannten: »Typisch Westen!« Dann kommentierten beide die laufende Geschmacklosigkeit – »Bestimmt ein Kalter-Kriegs-Film« – und waren bald wieder bei den leidigen Sommerreifen und fehlenden Winterreifen. Vom Archiv und den dort lagernden Nachlässen mehr oder weniger bedeutender Schriftsteller war nicht die Rede.

Während wir bereits im Bewußtsein der kommenden, der mauerlosen Zeit lebten und – kaum zu Hause angekommen – die Glotze in Gang setzten, dauerte es andererseits der Mauer noch ein Weilchen, bis endlich der Bekannte meines Bekannten die paar Schritte übers frischverlegte Parkett machte und den Ton des Fernsehers voll aufdrehte. Ab dann kein Wort mehr über Winterreifen. Dieses Problem mochte die neue Zeitrechnung, das »richtige Geld« lösen. Nur noch den restlichen Korn gekippt, dann weg und hin zur Invalidenstraße, wo sich bereits die Autos – mehr Trabant als Wartburg – stauten, denn alle wollten zum Grenzübergang hin, der wunderbar offenstand. Und wer genau hinhörte, dem kam zu Ohren, daß jeder, fast jeder, der zu Fuß oder im Trabi in den Westen wollte, »Wahnsinn!« rief oder flüsterte, wie ich kurz vor Behlendorf »Wahnsinn!« gerufen, mich dann aber auf Gedankenflucht begeben hatte.

Ich vergaß, meinen Bekannten zu fragen, wie und wann und gegen welches Geld er endlich doch noch an Winterreifen gekommen sei. Auch hätte ich gerne gewußt, ob er den Jahreswechsel von neunundachtzig auf neunzig mit seiner Frau, die während DDR-Zeiten eine erfolgreiche Eisschnellläuferin gewesen ist, im Erzgebirge gefeiert hat. Denn irgendwie ging das Leben ja weiter.

1990

Wir trafen uns in Leipzig nicht nur, um beim Stimmenzählen dabeizusein. Jakob und Leonore Suhl kamen von Portugal her angereist und waren nahe dem Bahnhof im Hotel Merkur abgestiegen. Ute und ich hatten, von Stralsund kommend, im Vorort Wiederitzsch bei einem Drogisten, den ich vom Leipziger Runden Tisch her kannte, Quartier gefunden. Den Nachmittag über waren wir auf Jakobs Spuren. In einem Arbeiterviertel, das früher Oetzsch geheißen hatte und jetzt Markkleeberg heißt, ist er aufgewachsen. Zuerst wanderte sein Vater, Abraham Suhl, der als Lehrer am Jüdischen Gymnasium Deutsch und Jiddisch unterrichtete, mit den jüngeren Brüdern nach Amerika aus. Achtunddreißig folgte dann, fünfzehnjährig, Jakob. Nur die Mutter blieb, der zerrütteten Ehe wegen, in Oetzsch, bis auch sie nach Polen, Litauen, Lettland fliehen mußte, wo sie im Spätsommer einundvierzig von der deutschen Wehrmacht eingeholt und – wie es später hieß – von einem Wachkommando auf der Flucht erschossen wurde. Ihrem Mann und ihren Söhnen war es in New York nicht gelungen, genügend Geld für ein Einreisevisum in die Vereinigten Staaten von Amerika aufzubringen, letzte Hoffnung der Frau, der Mutter. Manchmal und stockend sprach Jakob von diesem vergeblichen Bemühen.

Obgleich nicht mehr gut zu Fuß, wurde er nicht müde, uns das Mietshaus, den Hinterhof, in dem Wäsche hing, seine Schule und in einer Nebenstraße die Turnhalle zu zeigen. Im Hinterhof gab es ein Wiedersehen mit der Teppichklopfstange. Erfreut wies Jakob immer wieder auf dieses Relikt seiner Jugend hin. Er hielt den Kopf schräg, schloß die Augen, als lausche er regelmäßigen Schlägen nach, als sei der Hinterhof noch immer belebt. Und unter einem blauen Emailleschild, auf dem über dem Datum vom 1. Mai 1982 das amtliche Lob »Vorbildliche Hausgemeinschaft der Stadt Markkleeberg« zu lesen stand, wollte er von Leonore fotografiert werden. Gleichfalls stellte er sich vor die blaue, leider verschlossene Tür zur Turnhalle, über der aus einer Nische heraus die Büste des Turnvaters Jahn, der die jungdeutsche Turnbewegung gegründet hatte, streng in die Ferne sah. »Nein«, sagte Jakob, »mit den reichen Pelzjuden in der Innenstadt hatten wir nichts zu tun. Hier waren alle, ob Juden oder Nichtjuden, auch die Nazis, nur kleine Angestellte und Arbeiter.« Dann wollte er weg, hatte genug.

Das Wahldesaster erlebten wir im »Haus der Demokratie«, das wir, begleitet von einem jungen Bautechniker, in der Bernhard-Göring-Straße fanden. Dort hatten die Bürgerrechtsbewegungen seit kurzer Zeit Büroräume. Zuerst waren wir bei den Grünen, dann beim Bündnis 90. Hier und dort standen, saßen, hockten junge Leute vor Fernsehapparaten. Auch hier machte Leonore Fotos, auf denen sich bis heute das Schweigen und Entsetzen angesichts der ersten Hochrechnung abzeichnet. Eine junge Frau verhüllte ihr Gesicht. Alle sahen, daß der CDU ein niederschmetternd hoher Sieg bevorstand.

»Naja«, sagte Jakob, »so läuft das nun mal in der Demokratie.«

Am nächsten Tag fanden wir vor dem Seiteneingang der Nikolaikirche, von der aus im Herbst des vergangenen Jahres die Montagsdemonstrationen ausgegangen waren, auf einem Wellblechbauzaun einen Aufkleber, der mit blauer Umrandung und in blauer Schrift ein Straßenschild imitierte. Wir lasen: »Platz der Angeschmierten«. Und darunter stand klein geschrieben: »Die Oktoberkinder grüßen. Ja, wir sind noch da.«

Ehe wir uns von unserem Drogisten, der christlich gewählt hatte – »No, des lieben Geldes wegen. Bereue ich jetzt schon ...« –, verabschiedeten, zeigte er uns mit dem gemütvollen Stolz eines auch im Sozialismus umtriebig gebliebenen Sachsen sein Haus samt Swimmingpool und Garten. Neben einem winzigen Teich sahen wir einen einsfünfzig hohen Goethekopf aus Bronze, den unser Gastgeber, kurz bevor des Dichters gewaltiges Haupt eingeschmolzen werden sollte, gegen einen größeren Posten Kupferdraht eingetauscht hatte. Wir bestaunten im Garten einen Kandelaber, der mit anderen Kandelabern gegen Devisen nach Holland verkauft worden wäre, wenn es unserem Drogisten nicht gefallen hätte, dieses Exemplar abzustauben oder, wie er sagte, »zu bergen«. Desgleichen hatte er zwei Labradorsäulen und ein Porphyrbecken von einem Friedhof, dem Planierung drohte, geborgen und seinem Garten einverleibt. Und überall fanden sich steingehauene oder gußeiserne Sitzgelegenheiten, die aber von ihm, der nie saß, kaum benutzt wurden.

Dann führte uns unser Drogist, der trotz Sozialismus selbständig geblieben war, zu seinem überdachten Swimmingpool, der ab April von Sonnenkollektoren erwärmt werden sollte. Doch mehr als diese mittels Tauschhandel erworbenen Westprodukte überraschten uns überlebensgroße Sandsteinfiguren, die Jesus Christus und sechs Apostel, unter ihnen die Evangelisten, abbildeten. Uns wurde versichert, daß es ihm in letzter Minute gelungen sei, diese Skulpturen zu retten, und zwar, bevor die Markuskirche, wie andere Leipziger Kirchen, von den, wie er sagte, »kommunistischen Barbaren« zerstört wurde. Nun stand Christus, gestaltet nach dem Empfinden des späten neunzehnten Jahrhunderts, mit einigen seiner Apostel im Halbkreis um das türkis schimmernde Schwimmbecken und segnete zwei emsig die Kachelwände säubernde Roboter (japanischer Herkunft), segnete auch uns, die wir nach Leipzig gekommen waren, um uns am 18. März von der ersten freien Volkskammerwahl ernüchtern zu lassen, segnete womöglich die kommende Einheit und stand segnend unter einem Dach, dessen Konstruktion von schlanken, wie der Drogist wußte, »dorischen Säulen« getragen wurde. »Hier kreuzen sich«, sagte er, »hellenistische und christliche Elemente mit sächsischem Sinn fürs Praktische.«

Während der Rückreise, vorbei an den Weinbergen längs der Unstrut, über Mühlhausen in Richtung Grenze, schlief Jakob Suhl, erschöpft von seiner Rückkehr nach Leipzig-Oetzsch. Er hatte genug gesehen.

1991

Tote sieht man nicht. Nur wacklige Koordinaten und Treffer, angeblich zielgenau. Läuft ab wie'n Kinderspiel…«

»Klar, weil CNN die Fernsehrechte an diesem Krieg hat und schon jetzt am nächsten und übernächsten…«

»Aber brennende Ölfelder sieht man…«

»Weil es um Öl geht, nur ums Öl…«

»Das wissen sogar die Kids überall auf den Straßen. Ganze Schulen sind leer und unterwegs, meist ohne Lehrer, in Hamburg, Berlin, Hannover…«

»Sogar in Schwerin und Rostock. Und zwar mit Kerzen, weil bei uns vor zwei Jahren überall …«

»… während wir hier immer noch von achtundsechzig quasseln, wie wir damals knallhart gegen den Krieg in Vietnam, gegen Napalm und und und…«

»… aber heute den Arsch nicht hochkriegen, während draußen die Kinder…«

»Ist nicht zu vergleichen. Wir hatten zumindest ne Perspektive und sowas wie'n revolutionäres Konzept, während die nur mit Kerzen…«

»Aber Saddam mit Hitler vergleichen, das kann man, was? Beide auf einen Nenner gebracht, und schon weiß jeder, was gut ist, was böse.«

»Naja, das war wohl mehr metaphorisch gemeint, aber

verhandeln, viel länger verhandeln hätte man müssen und mit Wirtschaftsboykott wie in Südafrika Druck ausüben, denn mit Krieg...«

»Was für'n Krieg denn? Die Show, die CNN mit dem Pentagon säuberlich arrangiert hat und die nun der Normalverbraucher auf der Mattscheibe mitkriegt, sieht wie Feuerwerk aus, extra fürs Wohnzimmer inszeniert. Ganz sauber, keine Toten. Guckt man sich an wie Sciencefiction und knabbert Salzstangen dazu.«

»Aber die brennenden Ölfelder sieht man und wie auf Israel Raketen fallen, so daß die Leute nun im Keller mit Gasmasken...«

»Und wer hat Saddam gegen den Iran jahrelang aufgerüstet? Genau. Die Amis und die Franzosen...«

»... und deutsche Firmen. Hier, ne lange Liste, wer was geliefert hat: jede Menge vom Allerfeinsten, Raketenzubehör, ganze Giftküchen samt Rezept...«

»... deshalb ist selbst dieser Biermann, den ich immer für nen Pazifisten gehalten habe, für Krieg. Der sagt sogar...«

»Nix sagt der, aber denunziert alle, die nicht mit ihm auf einer Linie...«

»... und die Kinder mit den Kerzen, die für Frieden sind, nennt er Heulsusen...«

»Weil diese Kids ohne gesellschaftliches Ziel, ohne Perspektive und Argumente, während wir damals...«

»... also ›Kein Blut für Öl!‹ sagt immerhin was...«

»Aber nicht genug. Als wir gegen den Vietnamkrieg...«

»... na, ›Ho Ho Ho Chi Minh!‹ war auch nicht grad ein umwerfendes Argument...«

»Jedenfalls sind jetzt die Kinder auf den Straßen und Plätzen. Nun auch in München, Stuttgart. Über fünftausend. Sogar aus Kinderläden ziehen sie mit. Machen Schweigemärsche mit Brüllminuten dazwischen. ›Ich hab Angst! Ich hab Angst!‹ schreien sie. Das hat es noch nie gegeben, daß hier in Deutschland jemand ganz offen zugibt ... Meiner Meinung nach ...«

»Meinungen sind Scheiße! Guckt euch die Kids doch an. Unten Adidas, oben Armani. Verwöhnte Gören, die nun auf einmal Angst kriegen um ihre schicken Klamotten, während wir achtundsechzig und später, als es um die Startbahn West ging oder noch später gegen die Pershing II in Mutlangen und sonstwo ... War ganz schön hart damals. Und nun kommen diese Kids mit ihren Kerzen angewackelt ...«

»Na und? Hat es in Leipzig nicht auch so angefangen? War dabei, als wir jeden Montag friedlich von der Nikolaikirche aus. Jeden Montag, sag ich, bis die da oben das Zittern bekamen ...«

»Kann man nicht vergleichen mit heute.«

»Aber Hitler und Saddam. Beide auf einer Briefmarke. Das kann man, was?«

»Jedenfalls brennen die Ölfelder ...«

»Und in Bagdad wurde ein Schutzbunker voller Zivilisten ...«

»Bei CNN läuft aber ein ganz anderer Film ...«

»Kapier doch endlich. Das ist Zukunft. Noch bevor Krieg ist, werden meistbietend die Fernsehrechte verhökert ...«

»Sowas kannste heute sogar vorproduzieren, denn der nächste Krieg kommt bestimmt. Anderswo oder wieder am Golf.«

»Auf 'em Balkan gegen Serben oder Kroaten bestimmt nicht...«

»Nur wo's Öl gibt...«

»Tote kommen dann wieder nicht vor...«

»Und Angst, richtig Angst haben die Kinder nur...«

1992

Ein wenig verwundert, weil auf Anfrage und Bitten älterer Herrschaften, die dem untergegangenen Staatswesen zu Diensten gewesen waren, reiste ich von Wittenberg an. Als Pfarrer war ich einigermaßen in Übung, falls es wieder einmal darum gehen sollte, Abgründe seelsorgerisch zu sondieren, die seit jüngster Zeit landesweit offenlagen. Auch ich hatte mich bald nach dem Mauerfall dafür ausgesprochen, den Fleiß der einstigen Staatssicherheit kenntlich zu machen, nun kam mir doppelte Verantwortung zu.

Der anstehende Fall – »Ehemann bespitzelt jahrelang eigene Frau« – war mir, nicht nur von der Schlagzeile her, aus der Presse bekannt. Doch nicht die vom Unglück oder, besser gesagt, vom Nachlaß der Stasiherrschaft ereilten Eheleute baten um meinen Rat, vielmehr waren es deren Eltern, die einerseits Hilfe suchten, mir aber andererseits am Telefon versicherten, ganz ohne religiöse Bindung zu sein; und ich beteuerte meinerseits, die Reise nach Berlin ganz ohne missionarischen Eifer antreten zu wollen.

Das gastgebende Paar saß auf dem Sofa, die anderen Schwiegereltern wie ich in Sesseln. »Wir«, bekam ich zu hören, »wollen das so, wie es groß in den Zeitungen steht, einfach nicht glauben. Aber mit uns redet ja keiner der Betroffenen.« – »Am meisten«, sagte die Mutter der bespitzelten Ehefrau, »leiden natürlich die Kinder, weil beide besonders liebevoll am Vater hängen.« Alle Eltern des Unglückspaares waren sich darin einig: Der Sohn und Schwiegersohn sei den Kindern immer ein guter und geduldiger Papa gewesen. Außerdem wurde mir versichert, daß die Tochter und Schwiegertochter die stärkere, ja dominierende Person gewesen sei, doch die Kritik an der Partei und später am Staat sei beiderseits und einmütig geäußert worden. Da habe es kein Einsehen gegeben, sooft man zu verstehen gegeben habe, wieviel dem Arbeiter- und Bauern-Staat zu verdanken sei. Nie hätten sie und er als ausgebildete Wissenschaftler solch hochqualifizierte Betätigung gefunden, wenn nicht dank sozialistischer Vorsorge ...

Ich beschränkte mich vorerst aufs Zuhören. Man sagt mir nach, darin gut zu sein. Also erfuhr ich, daß beide Schwiegerväter, der eine als anerkannter Forscher im Pharmabereich, der andere – und Vater der bespitzelten Tochter – bis zum Schluß bei der Staatssicherheit, und zwar im Bereich der Kaderausbildung, tätig gewesen waren. Nun arbeitslos, bedauerte der ehemalige Stasioffizier die Verstrickung seines Schwiegersohnes aus Gründen interner Kenntnis des Apparates: »Hätte er mir doch rechtzeitig ein Wort gesagt. Ich hätte ihm abgeraten von seinem gewagten Doppelspiel. Denn einerseits wollte er, aus Loyalität dem Staat gegenüber, als Informant nützlich sein, andererseits ging es ihm wohl darum, seine allzu kritische Frau, die schon immer zu Spontanitäten neigte, vor etwaigen Gegenmaßnahmen des Staates zu schützen. Das hat ihm Schwierigkeiten bereitet. War viel zu schwach, um soviel Druck aushalten zu können. Weiß schließlich, wovon ich rede. Wurde von übergeordneter Stelle aus mehrmals gerügt, weil ich mich nach der ersten Provokation meiner Tochter in einer Pankower Kirche geweigert hatte, jeglichen Kontakt aufzugeben, was geheißen hätte, mit ihr zu brechen. Nein, habe sie dennoch bis zum Schluß finanziell unterstützt, auch wenn sie meine Dienststelle immer nur verächtlich ›die Krake‹ genannt hat.«

Ähnlich klagte der verdiente Forscher. Nie habe sein Sohn ihn um Rat gefragt. Er, erprobter Antifaschist und langjähriges Parteimitglied, das seit der Zeit der Emigration mit jeglicher Spielart des Abweichlertums und mit entsprechend drastischen Sanktionen vertraut sei, habe dem Sohn dringlich geraten, sich so oder so zu entscheiden: »Er aber träumte von einem dritten Weg ...«

Die Mütter und Schwiegermütter sagten wenig oder nur dann etwas, wenn sich Gelegenheit bot, ihre Sorgen um die Enkelkinder zu beteuern und die Qualitäten des verehelichten Spitzels als Vater herauszustreichen. Die Mutter der als Dissidentin bespitzelten Tochter sagte: »Hier, auf diesem Sofa, haben die beiden noch vor wenigen Monaten mit den Kindern gesessen. Ganz harmonisch ... Und nun ist alles ins Rutschen geraten ...«

Als geübter Zuhörer hielt ich mich weiterhin zurück. Kaffee gab es und Kekse, westliche übrigens, solche von Bahlsen. Ich hörte, daß man das Ende der Republik nicht ohne Schmerz, wenn auch kaum als Überraschung erlebt habe. Erstaunlich sei nur gewesen, daß der Sohn und Schwiegersohn, trotz oder wegen seiner Doppelrolle, »unseren Staat« für reformierbar, bis zum Schluß für veränderbar gehalten habe. Desgleichen die Tochter und Schwiegertochter: Zu einem Zeitpunkt, als die führenden Genossen schon resigniert hätten, sei sie für einen »irgendwie demokratischen Sozialismus« auf die Barrikaden gegangen. Das alles könne man nur als Beweise beidseitiger Naivität werten. »Nein!« rief der nun arbeitslose Stasioffizier. »Wir sind nicht an der Opposition unserer Kinder, sondern an uns selber gescheitert.« Nach einer Pause, in der Kaffee nachgegossen wurde, hörte ich: »Spätestens ab dreiundachtzig, seitdem meine Tochter und mein Schwiegersohn einträchtig – so sah es aus – dabei waren, als in Gotha die sogenannte ›Kirche von unten‹ gegründet wurde, hätten Partei und Staat diesen kritischen Impuls positiv werten, ihn als ›Partei von unten‹ umsetzen müssen ...«

Jetzt folgten Selbstanklagen. Und ich, der ich gleichfalls der »Kirche von unten«, trotz Bedenken unserer Kirchenleitung, angehört hatte, gab mir Mühe, jeglichen Triumph über soviel späte, zu späte Einsicht zu unterdrücken. Dann aber warf der Pharmakologe dem Kader ausbildenden Stasioffizier vor, durch allzu fleißig gehorteten Aktennachlaß das ohnehin geschwächte Staatsvolk dem Westen und dessen Behörde ausgeliefert zu haben. Und der Schwiegervater des Stasispitzels gestand dieses Versagen der Sicherheitsorgane ein. Man habe versäumt, die gutgläubig loyalen Informanten, unter ihnen Familienangehörige, durch rechtzeitiges Löschen der Berichte und Personaldaten zu schützen. Sorgfaltspflicht hätte diese Vorkehr gebieten müssen. »Oder was meinen Sie dazu, Herr Pfarrer?«

Um Antwort verlegen, sagte ich: »Gewiß, gewiß. Aber auch der Westen hätte erkennen müssen, welche Zeitbombe in der Normannenstraße tickt. Auf Dauer versiegeln sollen hätte man die Zentrale mit all dem Zeug. Zwanzig Jahre Sperrfrist, wenigstens. Aber es reichte dem Westen wohl nicht, materiell gesiegt zu haben … Auch aus christlicher Sicht hätte man … Und um, wie in Ihrem Familienfall, die Enkelkinder zu schützen …«

Daraufhin wurde mir ein Fotoalbum vorgelegt. Auf einigen Bildchen sah ich die seit einigen Jahren prominente Dissidentin und ihren nun gleichfalls bekannten Mann, einen melancholischen Bartträger. Zwischen ihnen die Kinder. Die fotografierte Familie saß auf jenem Sofa, auf dem nun die Eltern der Tochter als Großeltern bedauernswerter Enkelkinder saßen. Jetzt erst erfuhr ich von der bevorstehenden Scheidung der Eheleute. Die jeweiligen Schwiegereltern stimmten dieser Absicht zu. »Das geht in Ordnung«, sagten die einen und »Da ist nichts mehr zu machen« die anderen Eltern. Dann dankte man mir für geduldiges Zuhören.

1993

Als kleiner Polizist bist du machtlos dagegen. Nicht im Prinzip, denn vor ein paar Jahren noch, als nach Westen hin alles dicht war und unsere staatlichen Organe hielten, was sie versprochen hatten, nämlich für Normalität und Ordnung zu sorgen, gab's das nicht, fünf-, sechshundert Glatzen, alles Rechtsradikale, solche mit Baseballschlägern darunter, die draufhaun, einfach draufhaun, wenn sie auch nur nen Schatten von nem Neger sehn. Höchstens wurde bißchen gegen anreisende Polen gemeckert, die hier einsickerten und alles wegkauften, was zu kriegen war. Aber richtige Nazis, straff organisiert, mit Reichskriegsflagge und so, die kamen hier erst zum Schluß auf, als sowieso keine Ordnung mehr war und unsere führenden Genossen die Hosen gestrichen voll hatten. Drüben im Westen gab's die schon lange, war normal drüben. Aber als es dann auch bei uns, na, zuerst in Hoyerswerda losging und dann hier in Rostock-Lichtenhagen, weil die Zentrale Anlaufstelle für Asylanten, kurz ZASt genannt, und gleich daneben das Wohnheim für Vietnamesen die Anwohner störten, waren wir als Polizisten ziemlich machtlos, weil viel zu wenige und ohne entschlossene Führung. Hieß dann auch prompt: »Typisch Osten!« und »Die Polizei da guckt einfach weg ...« Jadoch, sowas bekam man zu hören. Heimliche und offne Sympathie mit den Schlägern wurde uns unterstellt. Und erst jetzt, nachdem es im letzten Jahr drüben in Mölln gebrannt und drei Tote gegeben hat und es neulich in Solingen wieder zu ner Brandstiftung mit Toten, diesmal fünf Stück, gekommen ist, seitdem überall, sagen wir mal gesamtdeutsch, der Terror sich Bahn bricht und langsam normal wird, sagt keiner mehr: »Das gibt's nur im Osten«, auch wenn bei uns in Rostock die früher mal durchweg werktätige Bevölkerung, die nun abgewickelt, auf deutsch arbeitslos ist und die im Prinzip nie was gegen Ausländer gehabt hat, nun allgemein Zufriedenheit zeigt, weil seit den Krawallen die Asylantenheime geräumt, die Schwarzen und auch die Vietnamesen weg, nein, nicht weg, aber jedenfalls woanders sind und nicht mehr auffallen.

Gut, das war nicht schön und hat uns Polizisten die Sache nicht leichter gemacht, als hier in Lichtenhagen, wie vorher in Hoyerswerda, die Leute an den Fenstern drängelten, einfach nur zugeguckt und manche sogar Beifall geklatscht haben, als die Glatzen mit ihren Baseballschlägern diese armen Hunde, darunter auch solche vom Balkan, gejagt, draufgehaun, einfach draufgehaun haben und hier, kann man schon sagen, die Sau los war. Alle Mühe hatten wir, die paar Vietnamesen vorm Schlimmsten zu bewahren. Denn Tote hat es bei uns nicht, aber – wie gesagt – im Westen, nämlich in Mölln und Solingen, gegeben. Waren Türken. Die gibt's hier so gut wie überhaupt nicht. Kann sich aber ändern, wenn die im Westen meinen, man könnte bei uns ihre Türken und auch alles, was da vom Balkan her rüberschwappt, Bosniaken, Albaner, richtig fanatische Moslems darunter, abstellen, einfach abstellen, weil hier, heißt es, noch Platz genug ist. Wenn sowas passiert, bist du als kleiner Polizist ziemlich machtlos, sobald diese Schlägertypen kommen und einfach das tun, was im Normalfall eigentlich die Politik leisten müßte: nämlich dichtmachen die Grenzen und aufräumen, bevor es zu spät ist. Aber die Herren da oben reden bloß und überlassen uns dann die Drecksarbeit.

Was meinen Sie? Lichterketten? Hunderttausende, die mit Kerzen gegen Ausländerfeindlichkeit protestiert haben? Was ich davon halte? Jetzt frag mal ich: Was hat das denn groß gebracht? Gab's übrigens hier bei uns auch. Jede Menge Kerzen. Vor paar Jahren noch. In Leipzig, sogar in Rostock. Und? Was kam dabei raus? Schön und gut: Nun ist die Mauer weg. Aber was noch? Daß es hier auf einmal jede Menge Rechtsradikale gibt. Jeden Tag mehr. Lichterketten! Die sollen helfen dagegen! Daß ich nicht lache. Fragen Sie mal die Leute, die früher alle bei der Werft oder sonstwo in Arbeit gewesen sind, was die von Lichterketten halten und was wirklich Fakt ist, nämlich was das heißt, einfach von heut auf morgen abgewickelt zu werden. Oder fragen Sie meine Kollegen, nein, nicht die aus Hamburg, die man schnell, kaum waren sie da, gleich wieder abgezogen hat, nachdem es hier losgegangen war, sondern unsere Beamten, die ja aus Vopozeiten noch Diensterfahrung haben, was die von dem Kerzenzauber und ähnlichem Friedensklimbim halten. Was sagen Sie? So wurde unseren europäischen Nachbarn ein deutliches Zeichen unserer Scham gegeben, weil wieder einmal in Deutschland der braune Mob ...

Da möchte ich mal ganz bescheiden als kleiner Polizist nur anfragen: Läuft das in Frankreich etwa anders? Oder in London zum Beispiel? Fassen die ihre Algerier oder Pakistani etwa mit Glacéhandschuhen an? Oder der Amerikaner seine Neger? Na also. Jetzt werde ich mit Ihnen mal Klartext reden: Was hier in Lichtenhagen gelaufen ist und später in Mölln und Solingen zum Extremfall wurde, war zwar bedauerlich, kann aber im Prinzip als ganz normaler Vorgang gewertet werden. Wie wir als Deutsche überhaupt – und jetzt rede ich mit Ihnen gesamtdeutsch – ein ganz normales Volk sind, wie die Franzosen, Engländer und Amis auch. Was sagen Sie? Na schön. Von mir aus stinknormal …

1994

Beinhart sei ich, heisst es. Was soll's! Hätte ich etwa, nur weil ich eine Frau bin, Schwäche zeigen sollen? Der mich hier niederschreibt und meint, mir ein Zeugnis ausstellen zu dürfen – »Sozialverhalten mangelhaft!« –, wird, bevor er meine unterm Strich stets erfolgreichen Tätigkeiten als Pleiten auspinselt, zur Kenntnis nehmen müssen, daß ich alle, aber auch alle Untersuchungsausschüsse bei bester Gesundheit, das heißt unbeschadet überstanden habe und auch im Jahr 2000, wenn dann die Expo läuft, allen Korinthenkackern und Fliegenbeinzählern gewachsen sein werde. Sollte ich aber fallen, weil plötzlich diese Sozialromantiker das Sagen haben, werde ich weich fallen und mich auf unseren Familiensitz mit Elbblick zurückziehen, der mir blieb, als Papa, einer der letzten großen Privatbankiers, in den Bankrott getrieben wurde. Dann werde ich »Was soll's« sagen und den Schiffen, besonders den Containerschiffen mein Augenmerk schenken: wie sie stromaufwärts nach Hamburg ziehen oder von dort tiefliegend, weil schwer beladen, Richtung Elbmündung ins Meer, den vielen Meeren entgegen Kurs halten. Und wenn dann bei Sonnuntergang Stimmung aufkommt, der Fluß alle Farben durchspielt, werde ich nachgeben, mich den schnell zerfließenden Bildern hingeben, nur noch Gefühl sein, ganz weich …

Aber ja! Ich liebe die Poesie, doch auch das monetäre Wagnis, gleichfalls das Nichtkalkulierbare, wie einst die »Treuhand«, die unter meiner, schließlich nur unter meiner Aufsicht Milliarden bewegt, vieltausend Betriebsruinen in Rekordzeit abgewickelt und Leerraum fürs Neue geschaffen hat, weshalb dieser Herr, der offenbar vorhat, die von mir für erbrachte Leistung gewährten Spitzengehälter mit unvermeidbaren Sanierungsschäden zu verrechnen, einen – wie gehabt – übergewichtigen Roman plant, in dessen Verlauf er mich mit einer Figur aus dem Werk des Dichters Fontane in Vergleich bringen will, nur weil eine gewisse »Frau Jenny Treibel« es genau wie ich verstanden hat, das Geschäftliche mit der Poesie zu verbinden...

Warum nicht? Werde fortan nicht nur die beinharte »Frau Treuhand« sein – auch »Eiserne Lady« genannt –, sondern obendrein zum Bestand der Literaturgeschichte gezählt werden. Dieser Sozialneid und Haß auf uns Besserverdienende! Als hätte ich mir den einen, den anderen Job ausgesucht. Jedesmal rief die Pflicht. Berufen wurde ich jedesmal, ob nach Hannover als Minister für Wirtschaft oder später ins große Haus in der Wilhelmstraße, als dort mein Vorgänger – von wem wohl? – einfach weggeschossen wurde, worauf bei der Treuhand Not am Mann war. So auch die Expo 2000. Hat man mir aufgedrängt, und zwar, weil ich Wagnisse nicht scheue, weil ich niemandem, allenfalls dem Markt hörig bin und Verluste wegstecken kann, weil ich Schulden mache, die sich lohnen, und weil ich jedes Ding beinhart durchstehe, koste es, was es wolle...

Zugegeben: Es gab Arbeitslose, gibt sie immer noch. Der Herr, der mich niederschreibt, will mir Hunderttausende anhängen. Was soll's, sag ich mir. Denen bleibt immer noch die soziale Hängematte, während ich mich rastlos neuen Aufgaben zu stellen habe, denn als vierundneunzig die Treuhand ihr unvergleichliches Werk vollbracht und die Überreste kommunistischer Planwirtschaft planiert hatte, mußte ich mich sofort aufs nächste Abenteuer, die Weltausstellung, vorbereiten. Was heißt vorbereiten? Aufs laufende Pferd, Expo genannt, galt es zu springen. Einer noch vagen Idee sollte Leben eingehaucht werden. Dabei hätte ich mich viel lieber, weil ja gewissermaßen arbeitslos, faul und auf Staatskosten in solch eine Hängematte gelümmelt, mit Vorzug natürlich auf der Terrasse unseres Familiensitzes mit Elbblick, den ich aber leider nur noch selten und so gut wie nie vor Sonnuntergang genießen darf, weil mir die Treuhand immer noch anhängt, weil mir schon wieder mit einem Untersuchungsausschuß gedroht wird, weil dieser Herr, der mich unter dem Jahr 1994 abbuchen will, nun vorhat, mir die ganz große Rechnung aufzumachen: Ich – und nicht die westdeutsche Kali-Industrie – soll Bischofferode, das Aus für ein paar tausend Kalibergleute verschuldet haben; ich – und nicht etwa Krupp – soll in Oranienburg das Stahlwerk plattgemacht haben; ich – und kein bißchen Schweinfurts Kugelfischer – soll es gewesen sein, die sämtliche Kugellagerwerke aus grauer DDR-Zeit in den Ruin getrieben hat; mir wird der Trick untergeschoben, mit staatlichen Ostgeldern maroden Westbetrieben – etwa Bremens Vulkanwerft – auf die Sprünge geholfen zu haben; mir, der Frau Treuhand, auch Jenny Treibel genannt, soll bildträchtig – und auf Kosten hilflos zappelnder Menschlein – ein Milliardenschwindel von der Hand gegangen sein …

Nein. Mir hat keiner was geschenkt. Alles habe ich mir nehmen müssen. Kein Kleckerkram mit sozialem Klimbim, nur gigantische Aufgaben haben mich herausfordern können. Ich liebe nun mal das Risiko, und das Risiko liebt mich. Wenn aber eines Tages das Gerede über die angeblich zu hohe Arbeitslosigkeit und die spurlos, ich betone, spurlos verschwundenen Gelder vorbei sein wird, wenn ab 2000 kein Hahn mehr wegen subventionierter Eintrittskarten für die Expo krähen und niemand mehr über ähnliche Kinkerlitzchen reden will, wird man erkennen, welch immense Freiräume die Treuhand durch beinhartes Abräumen erkämpft hat und daß man die möglichen Verluste der Weltausstellung getrost der Zukunft, unserer gemeinsamen Zukunft, gutschreiben kann. Ich jedoch werde endlich von unserem Familiensitz aus den Elbblick, die Poesie eines geschäftigen Stromes und kostenlos Sonnuntergänge genießen dürfen; es sei denn, man stellt mich vor das Wagnis neuer Aufgaben. Zum Beispiel könnte es mich reizen, aus zentraler Position den dann fälligen Umtausch der harten D-Mark gegen den Euro in Schein und Münze zu lenken...

Was soll's, werde ich mir dann sagen und hart, notfalls beinhart zugreifen. Und niemand, auch Sie nicht, mein Herr, der mich niederschreiben will, wird die Frau, die keine Schwäche kennt, vor jener Spielart von Pleite bewahren können, die von Format ist und allein schon deshalb Erfolg verspricht...

1995

... UND NUN, liebe Zuhörer und Zuhörerinnen, ist, wie man in Berlin sagt, der Bär los. Hören Sie nur, zwei-, dreihunderttausend mögen es sein, die den Ku'damm, der so viele Schicksalsstunden erlebt hat, in ganzer Länge, von der Gedächtniskirche bis hoch nach Halensee, zum Kochen, nein, zum Überkochen bringen. So etwas ist nur in dieser Stadt möglich. Nur hier, in Berlin, wo vor kurzem noch ein Event sondergleichen, der von dem international gepriesenen Künstler Christo auf so unvergleichlich zauberhafte Weise verhüllte Reichstag, zu einem Ereignis wurde, das Hunderttausende angezogen hat, hier, nur hier, wo vor wenigen Jahren die Jugend auf der Mauer getanzt, der Freiheit ein überschäumendes Fest bereitet und den Ruf »Wahnsinn!« zum Wort des Jahres erhoben hat, einzig hier, sage ich, kann zum wiederholten Mal, doch diesmal bei überwältigendem Andrang, so lebenshungrig wie total ausgeflippt die »Love Parade« über die Bühne gehen und dürfen sich, auch wenn anfangs der Senat zögerlich reagiert und der zu erwartenden Müllberge wegen sogar ein Verbot erwogen hat, nun endlich doch – gewiß, liebe Zuhörer und Zuhörerinnen, wir respektieren Ihre Bedenken – auf einer vom Innensenator zugelassenen Demonstration die sogenannten Raver, was soviel wie Schwärmer, Phantasten, total Ausgeflippte heißen mag, als besessene Techno-Tänzer versammeln und ganz Berlin, diese wunderbare, stets allem Neuen offene Stadt, mit, so heißt es, »der größten Party der Welt« beglükken, sagen die einen, schockiert es die anderen, denn was hier seit Stunden abläuft – Hören Sie nur! –, ist an Phonstärke und Lebensfreude, aber auch an lustvoller Friedfertigkeit nicht zu überbieten, heißt doch das Motto dieses an der Spree gefeierten »Karnevals in Rio« diesmal »Peace on Earth«. Ja, liebe Zuhörer beiderlei Geschlechts, das ganz gewiß und zuallererst wollen diese so phantastisch herausgeputzten jungen Leute, die von überall her, sogar aus Australien angereist kommen, Frieden auf Erden! Aber zugleich wollen sie auch aller Welt zeigen: Seht, es gibt uns. Wir sind viele. Wir sind anders. Wir wollen Spaß. Nur noch Spaß. Und den bereiten sie sich hemmungslos, weil sie, wie gesagt, anders sind, keine Schlägertypen von links oder rechts, keine nachgeborenen Achtundsechziger, die immer nur gegen und nie richtig für etwas waren, aber auch keine Gutmenschen, die, wie wir es erlebt haben, mit Angstgeschrei oder mittels Lichterketten den Krieg bannen wollten. Nein, diese Jugend der Neunziger ist anders gestrickt, wie ihre Musik, die Ihnen, meine lieben Zuhörer und Zuhörerinnen, womöglich nur als das Trommelfell strapazierender Lärm vorkommen mag, denn selbst ich muß, wenn auch ungern, zugeben, daß dieses dröhnende, den Ku'damm erschütternde Wummern der Bässe, dieses erbarmungslose Bum Bum Bum – Tschaka Tschaka Tschaka, kurz Techno genannt, nicht jedermanns Geschmack entspricht, aber diese Jugend ist nun mal in sich und das Chaos vernarrt, will sich volldröhnen lassen und in Ekstase erleben. Bis zur Erschöpfung tanzt sie, bringt sich in Dampf, Schweiß, bis an die Grenze und drüber weg, läßt nun auf kaum von der Stelle kommenden, doch aufs Witzigste dekorierten Lastwagen, Sattelschleppern, in und auf gemieteten Bussen den Ku'damm – hören Sie nur! –, ganz Berlin überkochen, so daß es mir, der ich mich jetzt mit meinem Mikrophon in die hüpfende, stampfende Menge wage, an Worten zu fehlen beginnt, weshalb ich fragend an einige der besessenen Tänzer, Raver genannt, herantrete: Warum hat es dich gelockt, in diese Stadt, nach Berlin zu kommen? – »Weil das super ist, einfach zu erleben, wie viele hier sind ...« – Und Sie, mein Fräulein in Pink: – »Na, weil ich hier auf der Love Parade endlich mal sein kann, wie ich wirklich bin ...« – Und Sie, junger Mann? – »Klar, weil ich für Frieden bin, und wie das hier abläuft, so stell ich mir Frieden vor ...« – Und du, meine Schöne in durchsichtiger Plastikhülle? Was bringt dich hierher? – »Mein Bauchnabel und ich, wir wollen gesehen werden ...« – Und ihr zwei beiden in glänzenden Lackröckchen? – »Echt geil hier ...« – »Supergeil ...« – »Geht voll auf einen über die Stimmung ...« – »Nur hier kommt mein Outfit voll an ...« – Sie hören es, meine lieben Zuhörer, jung und alt, weiblich und männlich. Das Stichwort heißt: Outfit! Denn diese wie losgelassene Jugend, diese Raver tanzen nicht nur, als stecke der Veitstanz in ihnen, sie wollen gesehen werden, auffallen, ankommen, ich sein. Und was sie am Leib tragen – oft Unterwäsche nur –, muß knapp sitzen. Kein Wunder, daß sich jetzt schon namhafte Modedesigner von der Love Parade inspirieren lassen. Und wen verwundert es, wenn bereits jetzt die Tabakindustrie, allen voran Camel, die Techno-Tänzer als Werbeträger entdeckt hat. Und niemand hier nimmt an dem Werberummel Anstoß, denn diese Generation hat sich ganz unverkrampft mit dem Kapitalismus ausgesöhnt. Sie, die Neunziger, sind seine Kinder. Er ist ihnen auf den Leib geschrieben. Sie sind seiner Märkte Produkt. Immer das Neueste wollen sie sein und haben. Was manch einen dazu bringt, dem allerneuesten Hochgefühl mit Ecstasy, der allerneuesten Droge, nachzuhelfen. Sagte mir doch vorhin noch ein junger Mann bestgelaunt: »Die Welt ist sowieso nicht zu retten, also laßt uns ne Party feiern ...« Und diese Party, liebe Zuhörer und Zuhörerinnen, findet heute statt. Keine revolutionären Parolen sind gefragt, nur gegenwärtig und zukünftig Peace, selbst wenn irgendwo auf dem Balkan, in Tuzla, Srebrenica und sonst noch wo geschossen, gemordet wird. Deshalb lassen Sie mich nun meinen Stimmungsbericht vom Kurfürstendamm mit einem Blick in die Zukunft beschließen: Hier, in Berlin, ist sie jetzt schon da, hier, wo einst der legendäre Bürgermeister Reuter den Völkern der Welt zugerufen hat: »Schaut auf diese Stadt!«, hier, wo einst Amerikas Präsident, John F. Kennedy, bekannt hat: »Auch ich bin ein Berliner!«, hier, in dieser einst geteilten, nun zusammenwachsenden Stadt und ewigen Großbaustelle, von der nunmehr – und dem Jahr 2000 vorauseilend – die »Berliner Republik« ihren Ausgang nehmen wird, hier darf sich Jahr für Jahr – und in Jahresfrist sogar im Tiergarten – eine Generation in Ekstase tanzen, der jetzt schon die Zukunft gehört, während wir Älteren, wenn ich mir abschließend diesen Scherz erlauben darf, uns um den Müll, die Müllberge sorgen dürfen, die uns die Love Parade und große Techno-Party wie schon im Vorjahr so auch zukünftig hinterlassen wird.

1996

Eigentlich wollte mir Professor Vonderbrügge, den ich seit geraumer Zeit mit laienhaften Fragen bedränge, etwas Genanalytisches zu diesem Jahr schreiben, Daten, die geklonten Schafszwillinge Megan und Morag betreffend – das schottische Schaf Dolly wurde erst im folgenden Jahr von einer Leihmutter geboren –, doch der Professor entschuldigte sich mit einer dringlichen Reise nach Heidelberg. Dort müsse er als allerorts gefragte Kapazität am Weltkongreß der Genom-Forscher teilnehmen, dort gehe es nicht nur um geklonte Schafe, sondern aus bioethischer Sicht vor allem um unsere schon jetzt als zunehmend vaterlos ablesbare Zukunft.

Also erzähle ich ersatzweise von mir oder besser von meinen drei Töchtern und mir, ihrem nachweislichen Vater, wie wir uns kurz vor Ostern gemeinsam auf eine Reise gemacht haben, die mit Überraschungen nicht geizte und doch ganz nach Wunsch und Laune verlief. Laura, Helene und Nele wurden mir von drei Müttern geschenkt, die zuinnerst und – mit liebevollem Blick – von außen betrachtet unterschiedlicher, ja, wäre es zwischen ihnen je zum Gespräch gekommen, widersprüchlicher nicht sein könnten; ihre Töchter jedoch waren sich schnell einig über das Ziel der Reise mit dem einladenden Vater: Auf nach Italien! Ich durfte mir Florenz und Umbrien wünschen, was aus, zugegeben, sentimentalen Gründen geschah, denn dorthin hatte mich vor Jahrzehnten, im Sommer einundfünfzig genau, eine Autostoppreise gebracht. Damals wog mein Rucksack mit Schlafsack und Hemd zum Wechseln, dem Skizzenblock und Aquarellkasten leicht, und jeder Olivenhain, jede am Baum reifende Zitrone war mir bestaunenswert gewesen. Nun reiste ich mit den Töchtern, und sie reisten ohne Mütter mit mir. (Ute, die keine Töchter, nur Söhne geboren hat, gab mir mit skeptischem Blick zeitweiligen Abschied.) Laura, die wenn, dann nur versuchsweise lächelnde Mutter dreier Kinder, hatte für uns mit Hotelbuchungen und dem ab Florenz bestellten Leihwagen vorgesorgt. Helene, noch ungeduldig auf einer Schauspielschule, verstand es bereits, vor Brunnenbecken, auf Marmortreppen oder an antike Säulen gelehnt, rollengerechte, zumeist komische Haltungen einzunehmen. Nele ahnte womöglich, daß diese Reise letzte Gelegenheit bot, kindlich an Vaters Hand zu gehen. So konnte sie bevorstehende Wirrnisse leichtnehmen und es Laura überlassen, sie schwesterlich umzustimmen, dennoch – und sei es der blöden Schule zum Trotz – das Abitur zu machen. Alle drei waren auf Perugias steilen Treppen, in Assisi und Orvieto bergauf um ihren Vater besorgt, dessen Beine den Raucher bei jedem Schritt an während Jahrzehnten verwehten Qualm erinnerten. Pausen mußte ich einlegen und darauf achten, daß es dabei dennoch Bestaunenswertes zu sehen gab: hier ein Portal, dort eine besonders farbintensiv bröckelnde Fassade, manchmal ein Schaufenster nur, vollgestellt mit Schuhen.

Sparsamer als mit Tabak zeigte ich mich mit Belehrungen angesichts der vielen Kunst, die überall, ob anfangs in den Uffizien, später vor Orvietos Domfassade oder in Assisis im Jahr sechsundneunzig noch heiler Unter- und Oberkirche zu Kommentaren einlud; vielmehr waren mir meine Töchter lebendigste Belehrung, denn sobald ich sie vor einem Botticelli, Fra Angelico, vor Fresken und Gemälden sah, auf denen die italienischen Meister in Anmut Frauen, oft drei an der Zahl, gruppiert, gestaffelt, gereiht, in Vorder- und Rückenansicht, ins Profil gebracht hatten, erlebte ich, wie sich Laura, Helene, Nele spiegelbildlich zu den gemalten Jungfrauen, Engeln, frühlingshaft allegorischen Mädchen verhielten, mal gleich Grazien, mal in stummer Anbetung, dann wieder mit beredter Gestik vor den Bildern standen, tänzelten, feierlich von links nach rechts oder aufeinander zuschritten, als seien sie von Botticellis, Ghirlandaios, Fra Angelicos oder (in Assisi) von Giottos Hand. Überall wurde mir, von Vereinzelungen abgesehen, ein Ballett geboten.

So sah der distanzierte Betrachter sich als Vater gefeiert. Doch kaum zurück in Perugia, wo wir Quartier genommen hatten, war mir, sobald ich mich mit den Töchtern entlang der etruskischen Stadtmauer bergauf, bergab bewegte, als werde ich, der soeben noch selbstherrliche Vater, aus den Ritzen des engverfugten Mauerwerkes beobachtet, als fiele ein kompakter Blick auf mich, als seien die drei so unterschiedlichen Mütter auf der Hut und – mich betreffend – einträchtig besorgt, ob auch alles mit rechten Dingen zugehe, ich keine der Töchter bevorzuge, stets bemüht bleibe, frühe Versäumnisse auszugleichen, und ob ich überhaupt meiner Vaterpflicht gewachsen sei. An den folgenden Tagen mied ich das durchlässige Mauerwerk streng etruskischer Machart. Es kam dann auch Ostern mit Glockengeläut. Wir liefen, als hätten wir Kirchgang und Messe hinter uns, den Corso auf und ab: Laura bei mir eingehenkelt, Nele hatte ich an der Hand, und vor uns setzte sich Helene in Szene. Dann fuhren wir ins Grüne. Und ich, der väterlich vorgesorgt hatte, versteckte in den schrundigen, Höhlen und Nester bildenden Wurzelstämmen eines Olivenhains, der uns zum Picknick eingeladen hatte, nicht gerade Ostereier, aber doch ausgesuchte Überraschungen wie Mandelgebäck, Tüten voller getrockneter Steinpilze, als Paste konzentriertes Basilikum, Gläschen voller Oliven, Kapern, Sardellen und was sonst noch Italien dem Gaumen zu bieten hat. Während ich zwischen Bäumen beeilt war, mußten die Töchter unbewegt in die Landschaft gucken.

Danach ging es immer noch oder nachgeholt kindlich zu. Alle drei stöberten Vaters Verstecke auf und schienen glücklich dabei zu sein, wenngleich Helene behauptete, zwischen Baumwurzeln hätten, grad dort, wo sie ein Säckchen Lavendel gefunden habe, Schlangen, bestimmt giftige, in ihrem Nest gelegen, seien dann aber – Gottseidank – weggehuscht.

Sogleich kamen mir wieder die im Etruskischen verborgenen Mütter als geballtes Matriarchat in den Sinn. Dann jedoch, schon auf dem Rückweg und vorbei an Wahlplakaten, die für einen Medienhai oder dessen faschistische Verbündete, aber auch für ein Mitte-Links-Bündnis im Zeichen der Olive warben, sahen wir von fern und bald aus der Nähe eine Schafherde, in der, dem Leithammel folgend, Mutterschafe mit ihren Osterlämmern vorbeizogen und dabei so schafsmäßig unbesorgt taten, als werde es so etwas wie geklonte Schafe namens Megan und Morag nie geben, als sei mit dem vaterlosen Schaf Dolly nicht demnächst zu rechnen, als dürften Väter auch zukünftig nützlich sein …

1997

Sehr geehrter Herr, erst jetzt, zurück vom Kongreß in Edinburgh, wo ich Gelegenheit nahm, mit dem allseits gerühmten und gefürchteten Embryologen Dr. Wilmut ins fachliche Gespräch zu kommen, und bevor ich – bereits übermorgen – nach Boston fliege, um mich mit Kollegen auszutauschen, findet sich einige Zeit, Ihre gewiß nicht haltlosen, jedoch ins Fabelhafte übersteigerten Befürchtungen zu entkräften. Sie neigen dazu, Ihrer Phantasie auf unterhaltsame Weise ungehemmt freien Lauf zu lassen, dabei sollte, zum Wohle aller, Nüchternheit angezeigt sein.

Beginnen wir mit dem, was selbst einem Laien verständlich sein könnte, auch dann, wenn ihm die Methode dieses an sich simplen Baukastensystems wie Zauberei vorkommt. Dolly verdankt ihre genügsame Existenz drei Müttern: der Genmutter, der Euterzellen entnommen wurden, deren Erbsubstanz man alsdann in die Lage versetzt hat, den Bau eines komplett neuen Schafes zu steuern; der Eimutter, der Eizellen entnommen wurden, worauf man einer einzelnen Eizelle die Erbsubstanz abgesaugt und mit Hilfe elektrischer Impulse die Euterzelle mit der nunmehr entkernten Eizelle verschmolzen hat, weshalb einzig das Erbgut der Genmutter der Eizelle den Befehl erteilen konnte, sich zu teilen; und schon durfte der Leihmutter, dem dritten Schaf, das wachsende Embryo in die Gebärmutter gepflanzt werden, worauf nach herkömmlicher Tragzeit unsere Dolly, identisch mit ihrer Genmutter, zur Welt kam, ohne daß – und hieraus ergibt sich die Sensation – männlichen Tieren irgendeine Zutat abverlangt wurde.

Das ist an sich alles. Doch dieser Verzicht auf maskuline Teilhabe ist offenbar, wenn ich Sie recht verstehe, Ursache Ihrer anhaltenden Beunruhigung. Sie befürchten, es werde über kurz oder lang möglich sein, die beim Schaf, demnächst beim Schwein, schließlich beim Affen ertragreiche und gänzlich vaterlose Genmanipulation auch bei Menschen, enger gefaßt, bei Frauen zum Erfolg zu bringen. Das ist in der Tat nicht auszuschließen. Allseits erhofft und befürchtet man die nicht nur denkbare Erweiterung der Baukastenmethode. Und Dr. Wilmut, der sozusagen »geistige Vater« des Klonschafes Dolly, wußte mir von hochmotivierten Frauen zu berichten, die sich jetzt schon als Genmutter, Eimutter, Leihmutter anbieten.

Nein, werter Herr, das alles bleibt vorläufig noch im Bereich des Spekulativen, wenngleich schon der Nobelpreisträger und verdiente Erforscher der Erbsubstanz, James Watson, zu Beginn der siebziger Jahre das Klonen von Menschen zwecks Herstellung von Kopien außergewöhnlicher Exemplare, sprich Genies wie Einstein, die Callas oder Picasso, nicht nur vorausgesagt, sondern explizit gefordert hat. Und haben nicht Sie in einem Roman, den ich leider nur auszugsweise kenne, der aber bei Erscheinen heftig umstritten gewesen sein muß, geklonte Rattenmenschen ins fiktive Spiel gebracht und diese infam erklügelten Produkte ungehemmter Genmanipulation mit leiser Ironie »Watsoncricks« genannt?

Doch Spaß beiseite. Was uns fehlt, werter Herr, ist eine wissenschaftlich fundierte Bioethik, die, weil wirksamer als überholte Moralvorstellungen, einerseits die weitverbreitete Angstmacherei in Grenzen hält und andererseits autorisiert ist, den kommenden Klongenerationen, die ja eines nicht allzu fernen Tages neben der altgedient herkömmlichen Humangeneration aufwachsen werden, eine neue Sozialordnung zu entwerfen, denn gänzlich konfliktfrei wird sich dieses Nebeneinander kaum entfalten können. Auch wird es Aufgabe der Bioethiker sein, das Wachstum der Weltbevölkerung zu regulieren, in Praxis zu reduzieren. Wir stehen nun mal am Scheideweg. Schon deshalb wird man sich fragen müssen, welcher Teil der menschlichen Erbsubstanz im Sinn der Bioethik gefördert, welcher eliminiert werden sollte oder gar muß. Das alles verlangt nach Lösungen und langfristiger Planung. Bitte keine Sofortprogramme, wenngleich sich die Wissenschaft, wie man weiß, nicht aufhalten läßt.

Und schon befinden wir uns auf einem weiten, wenn nicht zu weiten Feld, das zu bestellen noch zu entwikkelnder Ackergeräte bedarf. Möglichst bald. Die Zeit drängt!

Was aber Ihre Ängste vor einer, wie Sie sagen, »vaterlosen Gesellschaft« betrifft, habe ich nach Erhalt Ihres letzten Briefes den Eindruck gewonnen, daß Ihre Besorgnisse – mit Verlaub – entweder kindlicher Natur oder dem immer noch virulenten Männlichkeitswahn geschuldet sind. Seien wir doch froh, daß der herkömmlich konfliktzentrierte Zeugungsakt mehr und mehr an Bedeutung verliert. Grund zur Freude besteht, wenn der Mann an sich endlich entlastet, von Verantwortungszwängen befreit, aller Potenznöte enthoben wird. Jadoch, Jubel ist uns erlaubt, denn der kommende, »der emanzipierte Mann«, wie ich ihn nenne, wird frei sein. Frei für Muße. Frei für Spiele. Frei für allerlei Späße. Sozusagen ein Luxusgeschöpf, das sich die kommende Gesellschaft gönnen wird. Gerade Ihnen, mein werter Herr, sollte es leichtfallen, diese demnächst offenen Freiräume zu nutzen, damit sich in ihnen nicht nur Dolly & Co. vermehren dürfen, sondern auch Ihre Kopfgeburten auf schier unbegrenzter Weide Auslauf finden.

Übrigens: Was sagen Sie zur Oderflut? Durchaus löblich, wie sich unsere Bundeswehr bewährt hat. Sollte aber, wofür viele Daten sprechen, eine weltweit wirksame Klimaveränderung bevorstehen, werden wir von Überschwemmungen noch größeren Ausmaßes betroffen sein. Hier hege ich meinerseits Befürchtungen, wenngleich mir ansonsten eine optimistische Grundhaltung eigen ist.

In Hoffnung, Ihre Zukunftsängste ein wenig zurückgeschnitten zu haben, und mit Grüßen an Ihre werte Gattin, der zu begegnen ich kürzlich bei einem Lübecker Weinhändler das Vergnügen hatte, verbleibe ich als Ihr

Hubertus Vonderbrügge

1998

Wir hatten uns per Briefwahl entschieden, trafen dann aber doch schon am Vorabend des 27. September, von Hiddensee kommend, in Behlendorf ein, wo wir unser mitgebracht mulmiges Gefühl mit Geschäftigkeit abzudeckeln versuchten. Ute kochte für den Wahlabend eine Linsensuppe vor, die, gleich welches Ergebnis, beschwichtigen sollte. Einer der Söhne, Bruno mit Freund, und die Rühmkorfs wollten kommen. Ich verdrückte mich am frühen Nachmittag in den nahen Wald, um, großspurig angekündigt, in die Pilze zu gehen.

Der Behlendorfer Forst, der sich über hügelige Endmoränen zum See hin erstreckt, gehört zu den Lübschen Wäldern und sieht im Herbst als Mischwald vielversprechend aus. Doch unter Laub- und Nadelholz fanden sich weder Maronen noch Steinpilze. Wo ich Mitte des Monats eine satte Mahlzeit Safranschirmlinge gefunden hatte, stand nichts. Die violetten Ritterlinge am Waldrand waren bereits ausgewachsen, vergilbt. Mein Pilzgang versprach wenig ertragreich zu sein. Selbst der Hund hatte mich nicht begleiten wollen.

Sie werden es womöglich bezweifeln: einzig mein restlicher Aberglaube, dem ich, wie viele Spätaufklärer, ersatzweise anhänge, hat mich bewogen, dennoch auf Suche zu bleiben und die blindlings erhoffte Ausbeute an Pilzen ins Verhältnis zum gleichfalls erhofften Wahlergebnis zu bringen. Doch das Messer blieb unbenutzt, der Korb leer. Schon wollte ich aufgeben, mir für die restlichen Stunden eine fatalistische Haltung einüben, schon sah ich mich, geübt im Umgang mit Niederlagen, auf der Verliererbank, schon war ich versucht, die allseits erwartete Last einer großen Koalition durch pragmatische Abstriche um einige Gramm zu erleichtern, schon verlästerte ich meinen Aberglauben, da schimmerte es weißlich zwischen morschem Geäst, auf bemoosten Wurzelstrünken, stand vereinzelt und in Gruppen, gab helle, nicht verkennbare Signale: die Unschuld in Pilzgestalt.

Kennen Sie Flaschenboviste? Ist Ihnen der Flaschenbovist jemals begegnet? Keine Lamellen, keine Röhren zeichnen ihn aus. Steht weder auf dünnem, womöglich holzigem Stiel noch auf bauchigem, bereits wurmstichigem Leib. Kein weitkrempiger, kein gedellter, kein Kuppelhut will ihn beschatten. Kahlköpfig, wie er steht, ist er nur mit dem jungen Kartoffelbovist zu verwechseln, der zwar als eßbar gilt, aber nicht schmackhaft sein soll und weniger schön in Erscheinung tritt. Der Flaschenbovist jedoch trägt seinen runden Kahlkopf, der häufig mit weißen Körnchen gepudert scheint, auf sanft abgehobenem und doch deutlich verschlanktem Hals. Direkt überm Waldboden abgeschnitten, beweist er sich jung als schnittfest und zeigt als Ausweis seiner Jugend weißes Fleisch vor, dem allerdings nur wenige Tage gegönnt sind, denn übereilt alternd ergrauen Rundkopf und Hals, zerfällt das Fruchtfleisch wäßrig, geht ins Grünliche über, wird schwammig, um in alter Hülle bräunlich und alsbald in papierener Haut zu Staub zu werden. Dennoch sollten Sie wissen, daß der Flaschenbovist wohlschmeckend ist und keine schweren Träume macht.

Ich fand und fand. Er liebt moderndes Holz. Ein einzelner kündigt mehrere an. Sie sind gesellig. Man könnte sie raffen. Doch will ein jeder behutsam genommen sein. Sosehr sie einander gleichen, sind sie doch von jeweils besonderer Gestalt. Also begann ich, einen jeglichen Bovist, den mein Messer geköpft hatte, zu zählen. Bald lagen auf gebreitetem Zeitungspapier – »Frankfurter Rundschau« –, dem man veraltete Meldungen, Kommentare, Wahlprognosen hätte ablesen können, gut zwanzig kleine, mittelgroße und ausgereifte Exemplare, die letzteren grad noch gut im Fleisch. Mein restlicher Aberglaube klopfte an. Er trieb Zahlenspiele. Er begann, die bereits gefundenen Flaschenboviste mit den Prozenten eines drohenden oder vielversprechenden Wahlergebnisses zu verrechnen. Schon spekulierte er sich eine günstige Hochrechnung herbei. Doch nach fünfunddreißig Exemplaren gingen mir die Fundstellen aus. Ich begann um Rotgrün zu bangen. Überall nichts oder allenfalls Täublinge. Dann aber wurde ich in einer Senke fündig, die sich nahe dem Bach ergibt, der eigentlich ein Überlaufgraben ist und den Behlendorfer See mit dem Elbe-Trave-Kanal verbindet.

Um Sie, der Sie mittlerweile wissen, wie schön der Flaschenbovist ist, und ahnen können, wie köstlich ein Gericht seiner Güte, kurz in Butter gebraten, dem Pilzsucher und seinen Gästen schmecken wird, nicht länger in Erwartung zu halten, sei nun versichert, daß es – jeden schon ältlichen und zuinnerst grün anlaufenden Fund beiseite geschoben – siebenundvierzig auf vergangene Zeitung gebreitete Flaschenboviste gewesen sind, die ich nach Hause und in die Küche trug.

Bald kamen die Gäste: Bruno und sein Freund Martin, Eva und Peter Rühmkorf. Kurz nach der günstigen Trendmeldung und knapp vor der ersten Hochrechnung servierte ich als Voressen das Pilzgericht, von dem, mir vertrauend, alle nahmen, sogar P. R., der, was Speisen betrifft, als heikel gilt. Da ich die Boviste in Scheiben geschnitten und so ihre Anzahl aufgehoben hatte, blieb mein Hexeneinmaleins zwar geheim, aber dennoch wirksam. Die Gäste staunten. Selbst Ute, die immer alles vorweg weiß und ganz anders geartetem Aberglauben anhängt, gab letzte Skepsis auf. Als sich das für Rotgrün ausreichende Wahlergebnis nach und nach stabilisierte, sogar mit Überhangmandaten zu rechnen war, sah ich mich in meinem Aberglauben bestätigt: Es hätten nicht weniger Flaschenboviste sein dürfen, mehr aber auch nicht.

Nun kam mit Majoranduft Utes Linsensuppe auf den Tisch, geeignet, aufkommenden Hochmut zu dämpfen. Wir sahen auf zu klein wirkendem Bildschirm den abgewählten Kanzler echt weinen. Das Staunen der Sieger über soviel noch unhandlich anmutende Macht ließ sie jünger aussehen, als sie an Jahren zählen. Bald würden sie miteinander aus Neigung streiten. Selbst darauf freuten wir uns. Die Rechnung war aufgegangen; aber bis weit in den Oktober hinein fand ich keine Flaschenboviste mehr.

1999

GEZWUNGEN HAT ER MICH NICHT, aber überredet, der Bengel. Das konnt er schon immer, bis ich endlich ja gesagt hab. Und nun leb ich angeblich noch, bin über hundert und bei Gesundheit, weil er das so will. Darin war er von Anfang an groß, als Dreikäsehoch schon. Konnt lügen wie gedruckt und wunderschöne Versprechungen machen: »Wenn ich mal groß und reich bin, dann reisen wir, wohin du willst, Mama, sogar nach Neapel.« Aber dann kam der Krieg, und dann wurden wir abgeschoben, erst in die Sowjetzone, dann Flucht in den Westen rüber, wo uns diese rheinländischen Bauern in der eiskalten Futterküche einquartiert und gepiesackt haben: »Geht doch hin, wo ihr hergekommen seid!« Dabei waren die katholisch wie ich.

Aber schon zweiundfünfzig, als mein Mann und ich längst Wohnung hatten, stand fest, daß es Krebs war bei mir. Hab dann noch, während der Junge in Düsseldorf seine brotlose Kunst studiert und weiß nicht wovon gelebt hat, zwei Jahre durchgehalten, bis unsere Tochter mit ihrer Bürolehre fertig, aber sonst all ihre Wunschträume hinter sich hatte, die arme Marjell. Nicht mal achtundfünfzig hab ich geschafft. Und nun soll, weil er das unbedingt alles nachholen möcht, was mir, seiner armen Mama, entgangen ist, mein hundertsoundsovielter Geburtstag gefeiert werden.

Gefällt mir sogar, was er sich heimlich ausgedacht hat. War schon immer zu nachsichtig, wenn er, wie mein Mann sagte, das Blaue vom Himmel runtergelogen hat. Doch das Seniorenheim mit Seeblick, das »Augustinum« heißt und in dem ich nun, weil er das will, versorgt bin, ist – da kann man nicht meckern – sogar von der besseren Sorte. Eineinhalb Zimmer hab ich, dazu Bad, Kochnische und Balkon. Farbfernseher hat er mir reingestellt und eine Anlage für diese neuen silbrigen Schallplatten, solche mit Opernarien und Operetten drauf, die ich schon immer gern gehört hab, vorhin noch aus dem »Zarewitsch« die Arie »Es steht ein Soldat am Wolgastrand ...« Auch kleine und große Reisen macht er mit mir, neulich nach Kopenhagen, und nächstes Jahr wird es, wenn ich gesund bleib, endlich in den Süden bis nach Neapel gehen ...

Nun aber soll ich erzählen, wie es früher und noch früher gewesen ist. Sag ich ja, Krieg war, immerzu Krieg mit Pausen dazwischen. Mein Vater, der als Schlosser in der Gewehrfabrik gearbeitet hat, ist gleich anfangs bei Tannenberg gefallen. Und dann zwei Brüder in Frankreich. Der eine hat gemalt, vom anderen sind sogar Gedichte in die Zeitung gekommen. Bestimmt hat mein Sohn das alles von den beiden mitgekriegt, denn mein dritter Bruder war Kellner nur, ist zwar weit rumgekommen, aber dann hat es ihn doch irgendwo erwischt. Muß sich angesteckt haben. Soll eine von diesen Geschlechtskrankheiten gewesen sein, mag gar nicht sagen, welche. Da ist meine Mutter ihren Jungs, noch bevor Frieden war, aus reinem Kummer nachgestorben, so daß ich mit meiner kleinen Schwester Betty, dem verwöhnten Ding, nun allein in der Welt stand. War ja gut, daß ich bei Kaiser's Kaffee Verkäuferin und bißchen Buchführung gelernt hatte. So konnten wir dann, nachdem ich mit Willy verheiratet war und gleich nach der Inflation, als wir in Danzig den Gulden bekamen, das Geschäft, Kolonialwaren, aufmachen. Lief auch anfangs ganz gut. Und siebenundzwanzig, da war ich schon über dreißig, kam dann der Junge und drei Jahre später die kleine Marjell …

Wir hatten ja außer dem Laden zwei Zimmer bloß, so daß das Jungchen für seine Bücher und seinen Farbkasten und seine Knetmasse nur unterm Fensterbrett eine Ecke gehabt hat. Aber das war ihm genug. Da hat er sich alles ausgedacht. Und nun zwingt er mich, wieder lebendig zu sein, verwöhnt mich – »Mamachen hier und Mamachen da« – und kommt im Seniorenheim mit seinen Enkelkindern an, die unbedingt meine Urenkel sein sollen. Sind auch ganz niedlich, aber bißchen dreibastig manchmal, so daß ich froh bin und aufatme, wenn die Blagen, darunter Zwillinge – helle Bürschchen, doch vorlaut – unten auf der Parkallee mit ihren Dingern, die wie Schlittschuhe ohne Eis sind und die geschrieben so ähnlich wie Skat heißen, aber von den Jungs Skäter genannt werden, rauf und runter flitzen. Kann ich vom Balkon aus sehen, wie der eine immer schneller sein will als der andere …

Skat! Hab ich mein Lebtag lang gern gespielt. Meistens mit meinem Mann und mit Franz, meinem kaschubischen Cousin, der bei der Polnischen Post war und deshalb gleich anfangs, als wieder Krieg kam, erschossen wurde. War schlimm. Nicht nur für mich. Aber das brachte die Zeit so mit sich. Auch daß Willy in die Partei ging und ich bei der Frauenschaft war, weil man da umsonst Leibesübungen machen konnte, und auch der Junge beim Jungvolk in schicker Uniform ... Später gab beim Skat meistens mein Schwiegervater den dritten Mann ab. War aber immer zu aufgeregt, der Herr Tischlermeister. Vergaß oft, den Skat zu drücken, worauf ich prompt Kontra gegeben hab. Spiel ich noch immer gern, sogar jetzt, wo ich wieder leben muß, und zwar mit meinem Sohn, wenn er seine Tochter Helene, die ja wie ich heißt, auf Besuch mitbringt. Spielt ziemlich gerissen, das Mädel, besser als ihr Vater, dem ich zwar das Skatspielen beigebracht habe, als er zehn oder elf war, der aber immer noch wie ein Anfänger reizt. Spielt seinen geliebten Herz Hand selbst dann, wenn er mit ner blanken Zehn dasitzt ...

Und während wir spielen und spielen und mein Sohn sich dauernd überreizt, sausen unten im Park vom »Augustinum« meine Urenkel auf ihren Skätern, daß man Angst kriegen möcht. Haben aber überall Polster drauf. An den Knien, Ellbogen und an den Händen auch, sogar richtige Helme tragen sie, damit ja nichts passiert. Lauter teures Zeug! Wenn ich da an meine Brüder denk, die im ersten Krieg schon gefallen oder sonstwie krepiert sind, die haben sich, als sie klein waren – das war noch zu Kaisers Zeiten – aus der Langfuhrer Aktienbrauerei ein ausgedientes Bierfaß besorgt, die Faßdauben auseinandergenommen, die Dinger mit Schmierseife eingerieben, sich dann die Dauben unter die Schnürschuhe gebunden und sind als richtige Skiläufer in den Jäschkentaler Wald, wo sie immerzu den Erbsberg rauf und runter. Hat nuscht gekostet, ging aber trotzdem ...

Denn wenn ich nur daran denk, was die Anschaffung

von richtigen Schlittschuhen, solchen mit Schlüssel zum Anschrauben, für mich als kleine Geschäftsfrau bedeutet hat, und zwar für zwei Kinder ... Denn in den dreißiger Jahren ging der Laden nur mäßig ... Zuviel Pumpkundschaft und Konkurrenz ... Und dann kam auch noch die Guldenabwertung ... Zwar haben die Leute geträllert, »Alles neu macht der Mai, macht aus einem Gulden zwei ...«, aber knapp wurde es doch. Wir hatten in Danzig ja Guldenwährung, weil wir Freistaat waren, bis uns dann, als der nächste Krieg losging, der Führer mit seinem Gauleiter, Forster hieß der, »heim ins Reich« geholt hat. Ab dann ging alles über den Ladentisch gegen Reichsmark nur. Gab aber immer weniger. Mußte nach Ladenschluß Lebensmittelmarken sortieren und auf alte Zeitungen kleben. Manchmal half der Junge, bis sie auch ihn in Uniform steckten. Und erst nachdem der Russe über uns gekommen war, dann sich die Polen das letzte genommen haben, wonach wir Vertriebene wurden und all das Elend weiterging, bekam ich ihn wieder gesund zurück. War neunzehn inzwischen und kam sich erwachsen vor. Dann hab ich auch noch die Währungsreform erlebt. Vierzig Mark kriegte jeder vom neuen Geld. Das war ein harter Anfang für uns Flüchtlinge aussem Osten ... Wir hatten ja nuscht sonst ... Das Fotoalbum ... Und grad noch sein Briefmarkenalbum hab ich retten gekonnt ... Und als ich dann starb ...

Aber nun soll ich, weil mein Sohn das so will, auch noch den Euro miterleben, wenn er denn ausgezahlt wird. Doch vorher will er unbedingt meinen Geburtstag feiern, den hundertdritten genau. Na, soll er von mir aus. Der Bengel ist inzwischen über siebzig schon und hat sich längst einen Namen gemacht. Kann aber nicht aufhören mit seinen Geschichten. Manche gefallen mir sogar. Aus anderen hätt ich bestimmte Stellen glatt weggestrichen. Aber Familienfeste, so richtig mit Krach und Versöhnung, hab ich schon immer gemocht, denn wenn wir Kaschuben gefeiert haben, wurde geweint dabei und gelacht. Anfangs wollte meine Tochter, die nun auch schon auf die siebzig zugeht, nicht mitfeiern, weil sie die Idee von ihrem Bruder, mich für seine Geschichten wieder lebendig zu machen, für zu makaber hält. »Laß man, Daddau«, hab ich zu ihr gesagt, »sonst fällt ihm noch was Schlimmeres ein.« So ist er nun mal. Denkt sich die unmöglichsten Sachen aus. Muß immer übertreiben. Mag man gar nicht glauben, wenn man das liest...

Nun kommt meine Tochter doch Ende Februar. Und ich freu mich schon auf all die Urenkel, wenn sie dann wieder unten im Park rumflitzen auf ihren Skätern, während ich vom Balkon runterguck. Und auf 2000 freu ich mich auch. Mal sehen, was kommt... Wenn nur nicht Krieg ist wieder... Erst da unten und dann überall...

Inhalt